Jenn Bennett

LES OMBRES SINISTRES

Un roman des années folles

Tome 2

ROMAN

Traduit de l'anglais
par Noémie Grenier

DIVA
ROMANCE

Titre original : *Grimm Shadows*

Présente édition publiée par :
© Diva Romance, une marque des éditions Leduc.s, 2017
29 boulevard Raspail
75007 Paris - France
contact@editionscharleston.fr
www.editionscharleston.fr

ISBN : 978-2-36812-162-7
Dépôt légal : juillet 2017

Traduit de l'anglais par Noémie Grenier
Maquette : Patrick Leleux PAO

Achevé d'imprimer en Espagne
par BlackPrint CPI Ibérica S.L.
Sant Andreu de la Barca (08740)

L'avis des Lectrices Diva

« Une aventure haute en couleurs, pleine de suspense et de magie noire, où il n'y a presque pas de temps mort. »

Sandrine, du blog *Comme dans un livre*

« L'amulette d'Osiris. L'ambiance mystérieuse liée à l'Égypte ancienne. Tout est là pour captiver le lecteur. Nous sommes bien loin d'une simple romance, tant les péripéties et les reparties piquantes rythment l'intrigue. »

Bénédicte, du blog *La Bibliothèque de Bénédicte*

« Pour tous les amateurs d'Égypte antique, c'est un plaisir de plonger dans les superstitions évoquées dans ce récit. »

Joséphine, du blog *Psychedeslivres*

« Ce tome m'a particulièrement intriguée en se penchant sur des mythes égyptiens et des malédictions. Tout au long de ma lecture, j'ai eu le sentiment de suivre un jeu de piste et je n'ai pas vu les pages défiler. »

Stéphanie, du blog *Sariah Lit*

Ce livre est dédié à la fillette de dix ans
que j'étais, qui avait décidé que ses ambitions précoces de
devenir infirmière ne convenaient pas très bien
à son aversion pour le sang et que, par conséquent,
la profession d'égyptologue représentait le deuxième choix
de carrière de ses rêves. Je crois qu'elle serait heureuse
de savoir que j'ai finalement choisi d'être écrivain.

CHAPITRE 1

Janvier 1928

Lowe Magnusson regarda autour de lui dans le hall désolé de l'Union Pacific Depot. Un jeune couple qu'il avait remarqué dans le train passait le bref arrêt de début de soirée à feuilleter des magazines devant le kiosque à journaux. Une poignée de voyageurs flânaient sur des bancs. Aucun signe des deux malfrats, mais ce n'était qu'une question de temps. Il serait plus facile de le tuer dans un coin sombre d'une gare de campagne qu'au milieu d'un wagon bondé.

Satisfait d'être en sécurité, du moins temporairement, Lowe fit glisser un billet de banque vers le guichet de la billetterie. Ce n'était pas une grosse coupure, mais il avait suffisamment de valeur pour faire écarquiller les yeux d'un billettiste rustaud de Salt Lake City. Assurément.

— Écoutez, dit-il d'une voix très calme. Vous savez aussi bien que moi qu'il vous reste des billets de première classe pour le deuxième train à destination de San Francisco. Il part à vingt heures. Si nous attendons que votre superviseur revienne de sa pause du dîner, je l'aurai raté. Ce n'est pas comme si je vous demandais un nouveau billet. Je désire simplement passer d'un train à l'autre.

Le jeune commis soupira bruyamment.

— Je suis désolé, monsieur. Comme je l'ai expliqué, je n'ai pas l'autorisation d'échanger des billets. Pourquoi ne pouvez-vous pas simplement attendre le départ de votre train ? Une heure de plus ou de moins ne fait pas une grande différence. Il partira peut-être même plus tôt si on charge les fournitures assez vite, et à part quelques arrêts supplémentaires, ils vont tous les deux au même endroit.

Oui, mais l'autre train ne transportait pas de malfrats armés de revolvers.

Lorsqu'il avait remarqué les hommes qui l'avaient pris en filature, Lowe avait cru que le manque de sommeil jouait des tours à son esprit. Après tout, il n'avait pas eu une bonne nuit de sommeil depuis Le Caire. Une réaction à un empoisonnement avait transformé le passage habituellement tolérable d'Alexandrie à Athènes en un véritable cauchemar éveillé. Et juste au moment où il pensait être tiré d'affaire, il avait passé un voyage d'une semaine maudit par les tempêtes, de l'Angleterre à Baltimore, à étreindre la cuvette des toilettes et son oreiller tour à tour, priant pour que la mort l'emporte.

Mais semblait-il que Dieu n'avait pas terminé de le punir. Alors qu'il avait enduré trois nuits de sommeil agité dans le pire voyage en train de sa vie et qu'il se trouvait alors à moins d'un jour de voyage de son foyer, des hommes armés le traquaient.

Mais où était donc passée sa chance ?

À ce moment précis, tout ce qu'il voulait, c'était embrasser le sol asphalté de San Francisco, se laisser tomber dans son lit de plumes ridiculement luxueux (gracieuseté de la fortune de contrebande toujours croissante de son frère) et dormir pendant une semaine entière. Un bol de soupe de palourdes serait chouette. Se prélasser dans un bain chaud pendant deux heures aussi. Peut-être qu'un petit harem de femmes désirables réchaufferaient ses draps — *il faut voir grand*, disait-il toujours. Enfin, s'il pouvait éviter de se faire atteindre par balle ou de se faire voler pendant les dernières heures de ce voyage infernal, il se contenterait de dix heures de sommeil ininterrompu et d'un repas maison.

Le commis regarda du coin de l'œil sa cravate desserrée et sa barbe de trois jours.

— Nous n'aurions même pas le temps de trouver vos bagages et de les transférer avant le départ, monsieur.

— Vous n'avez qu'à les envoyer à mon adresse à San Francisco.

Lowe plaça à contrecœur un autre billet par-dessus le premier. Merde. Il n'avait plus que quarante dollars dans son portefeuille. C'était absurde, vraiment. Un artefact précieux qu'il protégeait contre sa vie maudite depuis deux mois se trouvait dans la sacoche qu'il portait en bandoulière, et tout ce qu'il possédait en son nom était quarante malheureux dollars.

Sans mentionner la dette massive qui restait suspendue au-dessus de sa tête comme une épée de Damoclès depuis l'entente sabotée avec le moine.

Le commis remua la tête de gauche à droite.

— Je ne suis pas censé accepter les pourboires, monsieur.

Lowe opta pour une autre tactique, baissant la voix en se penchant au-dessus du comptoir.

— Puis-je vous dire quelque chose qui restera entre nous ? J'effectue une mission très importante et très *secrète* pour le gouvernement.

Ce n'était pas le cas.

— Société des Nations. Comité de la Santé, élabora Lowe de manière absurde.

— Comité de la Santé, répéta sèchement le commis.

Il s'en contrefichait.

— Je n'étais pas au courant que les États-Unis avaient rejoint la Société, lança une voix étrangère.

Lowe leva la tête pour trouver la propriétaire de cette voix inconnue : une femme, qui se tenait à quelques mètres de lui. Elle était grande et maigre, vêtue d'une robe noire, son bras drapé d'un manteau noir. Des gants noirs. Des cheveux noirs coiffés dans une coupe au carré tombant sous le menton. Tant de noir. Un salon funéraire sur deux jambes qui lui bloquait la vue de l'entrée du quai.

Et elle le fixait du regard avec l'intensité d'un peloton d'exécution rassemblé dans une seule personne.

— J'ai bien précisé qu'il s'agissait d'une mission secrète, lança-t-il à son tour. Au cas où vous auriez manqué cette partie de ma conversation *privée.*

— Oui, j'ai bien entendu, dit-elle avec un accent huppé transatlantique, comme s'il était parfaitement normal et poli de lui offrir ses commentaires.

Aucune gêne ni aucun remords d'avoir fourré le nez dans ses affaires.

— Je vous demande pardon.

Et s'il vous plaît, laissez-moi tranquille, pensa-t-il en se retournant vers le guichet. Imaginer une histoire crédible après tout ce manque de sommeil n'était pas une tâche facile.

Mais la femme n'avait pas terminé.

— Puis-je vous dire un mot, Mr Magnusson ?

L'avait-elle aussi entendu donner son nom à l'agent ? Elle avait l'ouïe surdéveloppée, apparemment.

— Monsieur ?

Lowe recentra vivement son attention vers le commis.

— Écoutez, donnez-moi simplement un billet avant que le train arrive. Faites livrer ma malle à mon adresse par un porteur. Je reviens dans une minute.

Il s'éloigna du comptoir, avançant à grands pas vers la femme.

— Mr Magnusson.

— Oui, dit-il, ennuyé. Nous avons établi que vous savez qui je suis.

La femme haussa les sourcils.

— Vous deviez me retrouver.

Puisqu'il ne répondait rien, la fixant d'un regard vide, elle ajouta :

— Mon père vous a envoyé un télégramme lorsque vous êtes arrivé à Baltimore.

Merde.

Dans sa hâte de changer de train, il avait oublié de rencontrer la fille d'Archibald Bacall, la conservatrice de musée excentrique. Non qu'elle soit repoussante, maintenant qu'il la voyait de près. Pas fade non plus. Pour compléter son ouïe ultra-aiguisée, elle avait un visage angulaire qui lui rappelait la tête d'un oiseau de proie. Le visage long, les bras longs et les jambes joliment longues. Grande, pour une femme. Le dessus de son chapeau à bord étroit devait lui arriver sous le menton, il estimait donc qu'elle faisait près d'un mètre quatre-vingts. Mais sa silhouette d'enfant gracile la faisait paraître plus courte.

Et sa tenue austère de veuve boutonnée jusqu'au cou ne faisait rien pour rehausser son apparence.

— Hadley Bacall.

Elle tendit une main gainée dans un gant de cuir au poignet bordé de fourrure noire. Une autre fourrure parait le col du manteau drapé sur son bras. Les Bacall formaient une famille bien nantie. Le vieil argent de San Francisco, du temps de la ruée vers l'or ; la fortune de sa mère décédée, si Lowe ne se méprenait pas. Les Bacall exerçaient également une influence considérable auprès du musée d'art du Golden Gate Park. Le père dirigeait l'aile des antiquités égyptiennes et siégeait au conseil d'administration ; il avait été archéologue sur le terrain, plus jeune.

Non que Lowe n'eût fréquenté l'homme. Sans l'amulette soigneusement rangée dans sa sacoche, Archibald Bacall et sa fille ne lui présenteraient pas de poignées de main chaleureuses de première classe. À vrai dire, ils ne se donneraient même pas la peine de lui répondre s'il leur demandait l'heure.

— Oui, bien sûr, dit Lowe.

Sa poignée de main était étonnamment évasive, si l'on considérait sa froideur et le bras qu'elle tendait vers lui, couvert d'une fourrure valant des milliers de dollars. Elle tenta de mettre fin à son salut aussi vite qu'elle l'avait offert, mais il la retint. Pendant une petite seconde. Elle baissa les yeux vers sa prise, comme s'il s'agissait d'un enfant mal élevé, puis il la relâcha à contrecœur.

— Vous avez bien reçu le télégramme de mon père, n'est-ce pas ?

— Bien sûr.

Il avait reçu plusieurs télégrammes de cet homme après que les journaux des deux côtés de l'Atlantique eurent publié une photo de lui en compagnie de son oncle, debout devant le site de fouilles archéologiques de Philæ. La même photographie avait paru un mois plus tard dans le *National Geographic*.

— Pourquoi mentiez-vous au billettiste ? demanda-t-elle.

Il toussa avant de répondre.

— Ah, bien, c'est une longue histoire. Et je crains de ne pas avoir le temps de la raconter. Je change de train, voyez-vous. Donc, je n'aurai pas le temps de discuter avec vous.

L'un des sourcils de Hadley s'arqua. Maintenant qu'elle était frustrée, elle était presque attirante ; très glaciale et austère. Les coins de ses yeux se haussaient de manière agréable, sans que son regard se modifie. Un petit truc qui plut à Lowe.

— Vous n'êtes pas venue jusqu'ici pour me rencontrer, j'espère.

Hadley fit non de la tête.

— Je dirigeais un séminaire sur la momification animale à l'ère du Moyen Empire à l'Université d'Utah.

Ce qui cadre tout à fait avec cette femme spécialisée dans l'archéologie funéraire, supposa-t-il. S'il n'était pas si foutrement fatigué, il aurait peut-être voulu entendre ses théories, mais son regard épuisé par le voyage erra jusqu'à la poitrine de son interlocutrice. Rien d'extraordinaire à signaler, ce qui ne suffit pas à l'empêcher de regarder.

— Je rentre à San Francisco, annonça-t-elle, ramenant l'attention de Lowe vers ses yeux. Mais lorsque mon père a appris que vous rentriez aussi par ce train, il a cru que ce serait une bonne idée de réserver un billet pour que je donne une présentation à l'université avant votre arrivée. Nous ne sommes pas les seuls qui sont intéressés par votre découverte. Je me demande si vous savez dans quoi vous vous êtes engagé en apportant l'amulette *djed* ici.

Oh ! il le savait trop bien. Il était sorti de justesse de l'Égypte avec le fichu objet. Pendant que son oncle se battait contre le ministère de l'État égyptien, Lowe avait protégé leur site des pillards. On avait tenté de l'abattre, on lui avait jeté des pierres, on l'avait poignardé (deux fois), et il avait gagné un nombre impressionnant de combats à mains nues.

Il croyait qu'une fois rentré aux États-Unis, il en aurait fini de toutes ces agressions, mais il s'inquiétait maintenant d'avoir à affronter le pire. Dans le train qui l'avait mené à Salt Lake City, il avait brièvement considéré la possibilité que les malfrats professionnels le pourchassent en raison de sa dette envers le moine Morales. Toutefois, si le moine voulait le tuer, il attendrait que Lowe rentre chez lui. Non, ces voyous lui couraient après pour obtenir la *djed*.

— J'ai déjà reçu des offres de quelques collectionneurs.

La femme afficha un sourire crispé.

— Mon père est prêt à vous offrir le meilleur prix. C'est la raison pour laquelle je suis venue vous parler. J'aimerais inspecter l'amulette. S'il s'agit réellement de la colonne d'Osiris…

— Bon sang, baissez la voix, vous voulez bien ?

Lowe inspecta rapidement le hall des yeux.

— J'essaie de ne pas faire de publicité, si ça ne vous dérange pas. Par ailleurs, tous les artefacts trouvés lors des fouilles ont été expédiés par bateau. Ils arriveront le mois prochain, je ne les ai donc pas avec moi.

Un porteur passa près d'eux, poussant un chariot à bagages d'un pas pressé. Hadley attendit qu'il se soit éloigné avant de poursuivre.

— Vous mentez.

— Je vous demande pardon ?

Ses yeux se jetèrent rapidement sur la sacoche en cuir de Lowe.

— À la manière dont vous vous accrochez à ce sac, je dirais que l'objet se trouve à l'intérieur. Peu importe qu'il soit là ou dans la poche de votre veste, je le *sens.*

La bizarre accusation resta suspendue entre eux pendant un long moment. S'il n'avait pas « senti » le satané objet lui-même, il lui aurait peut-être ri au visage. Mais la vérité, c'était que l'amulette émettait une espèce de courant inexplicable. Son oncle ne l'avait pas senti, mais certains de leurs travailleurs égyptiens avaient éprouvé la même sensation. Bon nombre d'entre eux avaient déserté leur camp la nuit où il l'avait sortie du gouffre à demi inondé. L'artefact lui donnait la frousse, en réalité. Et considérant la manière dont Hadley le dévisageait, d'un regard tout à fait froid, sans cligner des yeux, et bien, elle l'effrayait légèrement aussi.

— Mr Magnusson, reprit-elle à voix basse, ses yeux ciblant furtivement quelque chose derrière l'épaule droite de Lowe. Êtes-vous accompagné de gardes du corps ?

Il se figea sur place.

— Non.

— Ne vous retournez pas, avertit-elle.

— Y en a-t-il deux ? Manteaux noirs. Bâtis comme des tas de merde en briques, pardonnez mon langage.

— Inutile d'être poli. Je préfère les gens francs. Et si vous demandez si ce sont des hommes grands et larges, la réponse est oui. Ils vous observent depuis plusieurs minutes. L'un d'eux a disparu dans le couloir derrière la billetterie et l'autre s'approche de nous.

La peau de Lowe devint moite sous l'effet de la panique. Sa main se glissa rapidement vers le poignard à lame courbe attaché à sa ceinture, caché sous son manteau : un *jambiya.* En Égypte, il s'était habitué à le manier pour se protéger. Et après avoir quitté le pays, il avait continué à le porter. Juste au cas où.

Il allait peut-être en avoir besoin, après tout.

— Ne regardez pas l'homme qui marche vers nous, ordonna-t-il. Prenez votre valise et suivez-moi jusqu'au quai. Rapidement mais calmement.

Elle ne paniqua pas ni ne le questionna. Et grâce à ses longues jambes, leurs pas se synchronisèrent dans un rythme à la fois élégant et décidé. Il capta l'odeur fraîche de lis qui émanait de ses vêtements au moment où ils passèrent à côté du kiosque à journaux, où les rangées ordonnées des exemplaires de *Good Housekeeping* et de *Collier's Weekly* s'embrouillèrent dans sa vision périphérique.

— Écoutez-moi, dit-il en posant une paume au creux de son dos, ces hommes sont armés de revolvers. Ils m'ont traqué toute la journée dans le train. Je n'en suis pas certain, mais j'ai la drôle d'impression qu'ils courent après l'amulette. Ce n'était probablement pas sage de votre part de me parler, car ils croient maintenant que nous sommes amis, ce qui fait aussi de vous leur cible.

— Que comptez-vous faire ? s'enquit-elle calmement.

Malgé sa panique momentanée, il ne pouvait s'empêcher d'admirer son courage.

— Vous avez un billet pour le 127 ?

— Oui.

— Allez-y et montez dans le train. Dites au porteur que des hommes suspicieux vous suivent.

— Un porteur ne me protégera pas des coups de feu.

— Enfermez-vous dans votre cabine.

— Je ne ferai rien de tel.

Ah ! elle refusait de coopérer, n'est-ce pas ? Il la força gentiment à avancer sur le quai sur lequel d'autres voyageurs attendaient leur train, faisant leurs au revoir à leurs proches. L'air frais du soir ne suffit pas à retenir le ruissellement d'une perle de sueur le long de son dos.

— S'ils vous atteignent d'une balle et vous prennent l'amulette, je décevrai mon père, expliqua-t-elle logiquement, comme si elle planifiait un dîner entre amis. Je reste avec vous.

— Si vous insistez. Ne croyez pas que je me soucie de votre vie. Vous êtes déjà vêtue pour être dans un cercueil ouvert lors d'un service funéraire.

— Et vous êtes comme un ivrogne de la Côte barbare !

— Vraiment ? Bien, laissez-moi vous dire que je…

Des cris de surprise fusèrent d'un bout à l'autre du quai. Juste devant eux, ouvrant une porte affichant « Réservé aux employés », apparut le deuxième malfrat. Il posa le pied sur le quai de la gare, puis fonça vers Lowe, un revolver poli pointant la poitrine de sa cible.

CHAPITRE 2

Lowe poussa Miss Bacall de côté, puis sa valise dérapa vers l'autre côté du quai. Au même moment, il glissa la main sous son manteau, retira le poignard, puis fendit l'air en direction de son assaillant. Ce n'était pas son meilleur coup. Mais il sentit la résistance de la chair lorsqu'il trancha l'épaule du malfrat.

À l'instant précis où l'homme appuyait sur la gâchette.

Le grondement de deux moteurs de train absorba le bruit du tir. Où la balle avait atterri, Lowe l'ignorait. Elle avait raté son oreille de justesse, cela, il le savait. Et il n'allait pas attendre de voir où la prochaine balle irait se loger.

La brute poussa un grognement et grinça des dents en soutenant son bras blessé de sa main libre. La vive odeur cuivrée du sang se dégagea de la lame de Lowe. Il se prépara à porter un autre coup de poignard vers son attaquant, mais il se ravisa lorsqu'il vit du coin de l'œil Miss Bacall se relever.

Non, décida-t-il, ce n'était vraiment pas intelligent de s'engager dans une bataille au beau milieu d'une gare. Surtout lorsque la conservatrice qui lui garantissait un gros paiement se tenait à ses côtés, vulnérable, et que le compagnon du malfrat blessé, beaucoup plus costaud que son partenaire, avançait vers eux en brandissant son revolver.

Deux armes à feu, un couteau... La chance ne lui souriait pas. Il fallait s'enfuir. Lowe agrippa donc Miss Bacall par la taille et la pressa de prendre la poudre d'escampette.

Les cris retentissant dans le hall se répercutèrent contre deux locomotives au repos. Une grille bordait maintenant le quai de la gare. Nulle part où se réfugier, hormis le train qu'il voulait désespérément quitter.

Hadley trébucha dans les marches métalliques menant vers le premier wagon ouvert. Comme dans un jeu de dominos, Lowe perdit pied derrière elle et manqua de l'écraser, mais il réussit à leur éviter de tomber à la dernière seconde. Il réussit également à ne pas lui enfoncer sa lame ensanglantée dans le corps. Avec beaucoup de chance.

Bravo, Magnusson.

— Ma valise ! lança-t-elle alors qu'il la soulevait dans ses bras pour la pousser vers l'intérieur, essuyant la lame de son poignard sur son pantalon.

— Oubliez-la ! Allez !

Il rangea le poignard dans sa gaine tandis qu'ils filaient à travers la voiture-restaurant, d'un bout à l'autre du passage étroit situé entre les tables drapées de nappes blanches. Des pas lourds tonnèrent derrière eux. Le plus costaud des deux malfrats les avait suivis et pointait maintenant son arme vers eux. Lowe couvrit Miss Bacall de son corps, se préparant au pire…

Merde, il n'était vraiment pas d'humeur à tenter d'éviter des coups de feu.

Toutefois, à la place d'un autre coup de revolver, il entendit quelque chose de différent : une grosse explosion assourdissante, suivie des hurlements des gens surpris par le tremblement du wagon. Un coup d'œil jeté par-dessus son épaule lui révéla que le voyou était maintenant étalé sur le plancher, couvert d'éclats de verre. Les fenêtres du train à l'avant de la voiture-restaurant avaient… éclaté ?

Quatre fenêtres, toutes brisées, comme si une bombe avait explosé. L'air froid de la nuit sifflait entre les dents tranchantes du verre cassé.

Mais comment était-ce possible ?

S'en souciait-il ? Non, il se fichait de comprendre ce qui était arrivé. La bonne fortune lui souriait peut-être à nouveau.

Il poussa Miss Bacall plus loin dans l'allée. Sans dire un mot, ils traversèrent le dernier quart de la salle à manger du wagon et franchirent la porte ouverte qui donnait sur le quai.

Juste à temps pour voir la brute blessée, tenant fermement son épaule, qui inspectait avec circonspection les fenêtres brisées du train. Il ne les avait pas encore remarqués. Un petit miracle.

— Allez, allez, allez, chuchota-t-il à l'oreille de Miss Bacall.

Il attrapa sa main et ils coururent à toutes jambes le long du quai, loin du hall, loin des revolvers. Ils longèrent ainsi le train arrêté jusqu'à ce qu'ils arrivent au dernier wagon.

Le deuxième train, celui qu'il voulait prendre, se trouvait à côté du 127. Un sifflet perça l'air. La vapeur s'échappa en nuage de la locomotive. Le train s'apprêtait à quitter la gare. Et l'escalier qui traversait les rails entre les deux quais aurait aussi bien pu se trouver dans une autre ville.

— En bas ! commanda-t-il.

La jeune femme ne sembla pas comprendre son plan, et il n'avait pas le temps de le lui expliquer. Il sauta donc au bas du quai sur les rails d'acier bordés de gravier, puis il l'aida à descendre.

— Allez ! cria-t-il, entraînant Miss Bacall dans sa course.

Il leur fallait rattraper le train qui s'éloignait tranquillement en soufflant des bouffées de vapeur. Ils n'auraient pas de mal à le rejoindre s'ils ne perdaient pas de temps à hésiter. Grâce à ses longues jambes, Miss Bacall ferait une excellente sprinteuse olympique.

— Êtes-vous fou ? cria-t-elle tandis qu'ils couraient côte à côte.

Une question légitime, à laquelle il ne répondit pas. Il ne considéra pas pour autant laisser la demoiselle derrière lui. Si les malfrats n'hésitaient pas à tirer alors qu'elle se tenait juste à côté de lui, Dieu seul savait ce qu'ils lui feraient si Lowe la laissait à la gare, particulièrement s'ils découvraient combien valait son père.

Une petite plate-forme surmontée d'une balustrade se trouvait à l'arrière du dernier wagon, éclairée par une seule lampe installée au-dessus. Une cible mobile, mais une cible stable. Ce serait comme attraper un tramway. Enfin, presque.

Au diable, le bon sens. Il poussa sur ses jambes, saisit la balustrade et cria :

— Sautez !

Leur atterrissage combiné ne fut pas aussi agile que souhaité. L'équilibre de Lowe fléchit. Il entendit une déchirure et, pendant un bref instant, il la sentit glisser. L'image de son corps se faisant traîner derrière le wagon lui traversa l'esprit, mais un changement de position rapide l'attira dans ses bras. Et après qu'elle se fut débattue maladroitement avec le manteau qu'elle transportait toujours (mais comment était-elle parvenue à s'accrocher à cette chose ?), ils se levèrent sur la plate-forme noire, leurs poitrines se soulevant sous leurs respirations pantelantes.

Ils avaient réussi ! Lowe ne put s'empêcher de lancer un petit cri de triomphe dans le vent lorsqu'ils dépassèrent la locomotive du 127 à l'arrêt. Il aperçut la foule en panique sous les lumières dorées du quai, quelques secondes avant que leur train s'enfonce dans la noirceur.

Il offrit un large sourire à Miss Bacall, tout à fait fier de lui. Presque trop fier. Le sang excité circulant dans son corps énergisé déferlait vers le sud, l'enivrement de la victoire commençant à faire durcir sa verge.

Je suis un homme ! Écoutez-moi rugir !

Dieu, il avait presque envie de l'embrasser. C'était probablement tout ce sang qui pulsait entre ses jambes qui en était la cause, mais encore… Un petit baiser ferait peut-être de ce moment…

— Et quoi, maintenant ? lança-t-elle, plutôt furieuse.

Ses plans de victoire chaotiques s'évaporèrent. Il n'avait pas réfléchi à la suite.

Ignorant les pensées ridicules qui galopaient dans sa tête, Miss Bacall lança une main frustrée en l'air et lui tourna le dos pour s'attaquer à la poignée de porte. Avec la chance qu'ils avaient, la porte serait verrouillée, et…

Seigneur Dieu.

À l'insu de la conservatrice, l'arrière de sa robe était en loques. Le morceau déchiré pendait à un boulon de la balustrade, fouetté par la brise comme un drapeau. Mais le regard de Lowe se rétrécit lorsqu'il posa les yeux sur le trou qu'avait laissé l'étoffe arrachée.

Des kilomètres et des kilomètres de jambes couvertes d'un bas noir. Un bout de peau rose pointait au-dessus de la jarretière. Et un déshabillé de la couleur d'un melon bien mûr, garni d'une bordure de plumes de paon brodées.

Son cœur s'arrêta de battre.

Imaginez cela. Tous ses vêtements noirs et austères n'étaient qu'une façade, comme une bâtisse de l'Ouest sauvage dans un film d'Hollywood ! Et sous cette façade se trouvait toute cette… *couleur.*

De la couleur, et plus.

Tellement plus.

Parce que ce qui remplissait cette culotte était le derrière le plus rond et le plus voluptueux sur lequel il n'ait jamais posé les yeux. Officiellement, sans aucune exagération. Comment une femme aussi maigre et élancée pouvait-elle avoir des fesses de la taille d'un ballon de basket ?

C'était la chose la plus extraordinaire qu'il ait vue de toutes ses vingt-cinq années d'existence.

Hadley poussa un grognement, complètement inconsciente de sa situation.

— La porte n'est pas verrouillée, mais le loquet est bloqué. Aidez-moi.

Devait-il lui dire ? Il devait le lui dire, n'est-ce pas ? Comment ne pouvait-elle pas sentir l'air frais sur sa peau ? Merde, il fallait qu'il lui dise. Et il le lui dirait..., mais *Seigneur,* cette chose était ronde. S'il avait la verge à demi érigée un moment plus tôt, elle avait certainement obtenu toute son attention, maintenant.

— Mr Magnusson ?

— Pardon ? Ah, oui. Laissez-moi... placez-vous de ce côté pour que je puisse atteindre le loquet. Ne bougez pas.

Le vent lui fouetta la nuque. Il passa les bras de chaque côté des épaules de sa compagne, car il n'y avait aucun moyen de faire autrement. Ils n'avaient vraiment pas beaucoup de place sur la plate-forme, et le train accélérait. Il fut donc forcé (oui, forcé !) de s'aplatir contre son dos pour atteindre le loquet. Que Dieu lui vienne en aide. C'était comme de s'enfoncer dans un oreiller douillet : pas trop mou, pas trop ferme. Parfait. Et comme elle était grande, il n'eut pas à se pencher très bas pour que sa queue égayée par la victoire se niche dans la vallée située entre les coussins moelleux et rebondis...

— Oh… Mon Dieu, chuchota-t-elle.

En effet. Il n'aurait pas à lui annoncer la mauvaise nouvelle de la déchirure de sa robe, après tout.

Lorsque le loquet fut libéré, Hadley poussa la porte coulissante et se précipita à l'intérieur du wagon. Des compartiments remplis à craquer de valises longeaient chaque côté de l'espace autrement désert.

Cela venait-il vraiment juste d'arriver ? Parce que « cela » offrait la sensation d'un mâle surexcité. L'air frais chatouilla l'arrière de ses jambes. Elle se tortilla pour mieux inspecter sa robe.

— Elle s'est déchirée lorsque nous avons sauté sur le train.

Il verrouilla la porte externe pour étouffer le sifflement du vent et le claquement du train qui gagnait toujours plus de vitesse.

— Vous auriez pu me le dire !

— Je n'ai pas remarqué avant que vous vous retourniez. J'étais occupé à nous protéger contre les coups de revolver.

— *Nous* protéger ?

Elle rassembla les lambeaux de sa robe pour tenter de cacher les dommages.

— Vous étiez celui qu'on visait, pas moi. Et vous étiez celui qui brandissait un poignard cérémoniel.

— Les poignards cérémoniels ne sont pas aiguisés. Le mien l'est.

Sa voix grave dégageait un léger accent ; pas immédiatement perceptible, mais la cadence de ses paroles contenait presque une qualité chantante.

Des inflexions scandinaves. Ah, c'était bien vrai : les Magnusson étaient des immigrants suédois.

— Et vous devriez être sacrément contente qu'il soit aiguisé, enchaîna-t-il. Ou cette balle aurait pu tuer à nouveau le renard qui a cédé sa courte vie pour finir sur le col de votre manteau.

— C'est du vison, et je ne me souviens pas de vous avoir demandé de me sauver la vie.

— Eh bien, pardonnez-moi d'avoir agi en gentleman.

— Gentleman.

Elle étouffa un rire. Ce qu'il avait poussé contre elle n'était certainement pas digne d'un gentleman. Et malgré tous ses efforts pour y résister, son esprit dévergondé se jetait maintenant sur la nouveauté que lui avait offerte la sensation de cet homme derrière elle, l'accrochant dans un cadre doré dans la vitrine de ses pensées.

— Pas de problème. Devrais-je ouvrir la porte ? demanda-t-il. Vous pouvez sauter et boitiller jusqu'à la station sur une jambe cassée. Et après que ces brutes vous auront tenue en otage, vous pourrez signer le chèque de papa pour payer votre rançon et vous donner une tape d'encouragement sur l'épaule.

Sa vision périphérique s'assombrit avant qu'elle n'ait la chance de calmer sa colère grandissante. Troubles et infâmes, ses spectres émergèrent des murs comme des ombres prenant vie. Bien qu'ils lui soient visibles, ils étaient (habituellement) imperceptibles aux yeux de ceux et celles qui manquaient suffisamment de chance pour se trouver sur leur chemin lorsqu'elle n'arrivait pas à les renvoyer vers l'endroit diabolique d'où ils venaient, quel qu'il soit.

Ou lorsqu'elle *n'avait pas envie* de les renvoyer.

Perturbée par leur mouvement, une rangée de valises en cuir glissa de la grille située au-dessus de Magnusson, puis se renversa. Il s'écarta en titubant et manqua de faire basculer Miss Hadley en essayant de sauver ses propres fesses.

Il le méritait bien.

Elle recula dans le wagon tandis qu'une autre pile de valises déboulait comme une avalanche.

Ça, c'était sa punition pour s'être frotté grossièrement contre ses sous-vêtements et lui avoir fait désirer quelque chose qu'elle ne pouvait avoir.

Elle cria quelque chose d'incohérent, se baissant rapidement pour éviter de recevoir les bagages sur la tête. Lowe bougea avec une grâce étonnante pour quelqu'un de sa taille. Malgré tout, il valait mieux mettre le holà à ce jeu avant que les spectres le fassent tomber dans les pommes ou le tuent carrément.

Ou avant qu'il rassemble les morceaux du casse-tête et qu'il comprenne que c'était ses spectres qui avaient fait éclater la vitre du premier train.

Un, deux, trois, quatre...

La colère l'aveuglait et lui faisait perdre la maîtrise d'elle-même. Et lorsqu'elle perdait son sang-froid, les spectres attaquaient l'objet de sa colère avec une force fatale. Il lui fallait donc repousser au fond d'elle ses émotions dangereuses. C'était son devoir. Son père se fiait à elle pour marchander avec cet homme. L'amulette *djed* représentait beaucoup plus pour son père qu'une étude théorique ou un honneur dont il pouvait se vanter, surtout s'il était prêt à se départir d'une somme colossale pour se l'approprier, avant que le musée ou d'autres collectionneurs aient l'occasion de proposer leurs offres. « Posséder cet objet est la mission la plus importante de ma vie », avait-il dit.

Cinq, six, sept, huit...

Elle compta jusqu'à ce que les spectres disparaissent dans les murs desquels ils avaient émergé et que Magnusson cesse de hurler des obscénités. Elle tenait pour acquis qu'il s'agissait d'obscénités ; il s'était mis à parler en suédois, il était donc difficile d'en être sûre.

— Qu'est-ce que c'est que ce bordel ? lança-t-il, s'exprimant de nouveau en anglais.

Il se tenait en position de garde, balayant du regard les piles de bagages, repoussant des mèches ébouriffées de cheveux blonds ondulés qui lui gênaient la vue. Et quels yeux il avait, aiguisés et malins, du même bleu clair et vif que le vase à lotus en faïence du présentoir numéro 14 de l'exposition *Fin du nouvel empire*, au musée. Ces yeux étaient une distraction, comme ces joues creuses surmontées de pommettes scandinaves royales, hautes et arquées comme la proue d'un drakkar de Vikings. Et ces lèvres... ponctuées de fossettes et si charnues qu'elles feraient envie à n'importe quelle femme.

Son seul défaut était un nez cassé qui ne s'était pas replacé correctement. Sous une saillie au milieu, il était juste assez tordu pour attirer l'attention, sans toutefois être repoussant. C'était ridiculement injuste qu'un chasseur de butin opportuniste soit si malicieusement beau, au point de vous rendre aveugle.

Elle avait vu sa photographie (tout comme la moitié du monde), mais elle ne lui rendait pas justice. Il y avait quelque chose d'autre dans la manière dont il bougeait sa charpente imposante, entourée d'une aura d'assurance et de réprobation. Et cette mâchoire non rasée avec ces chaussures éraflées ne faisaient que lui donner l'air d'un roi déguisé en mendiant tout droit sorti d'un conte de fées. Comme si elle était dupe et qu'elle croirait vraiment qu'il avait besoin de sa compassion. Son frère était l'un des contrebandiers les plus prospères de la ville. Elle ne serait pas surprise si les gains illégaux de la famille Magnusson excédaient ce qui restait de la fortune de sa mère.

— Vous avez vu ça ? demanda-t-il, les bras tendus de chaque côté comme s'il avait perdu l'équilibre.

— J'ai vu.

— Le train se balance-t-il d'un côté à l'autre ? Qu'est-il arrivé ?

— C'est terminé, répondit-elle, faisant de son mieux pour paraître désorientée. Alors, quel est votre plan, maintenant, Mr Magnusson ? Devons-nous nous terrer ici pendant… quoi, les dix-huit prochaines heures, jusqu'à ce que nous arrivions à San Francisco ? Ou devons-nous sauter au prochain arrêt ?

— Merde. Je ne sais pas.

Il replaça la sacoche pendue à son épaule et jeta un dernier regard perplexe vers les valises tombées à ses pieds.

— Qu'en pensez-vous ?

Oh, il voulait son opinion *maintenant* ?

Elle considéra leur situation.

— Pas de gare d'une taille acceptable avant Reno, donc les chances de trouver une billetterie ouverte à cette heure de la nuit sont minces, voire nulles.

— Vous avez probablement raison. Il nous faudrait dormir dans le hall de la gare et attendre le train suivant, possiblement jusqu'à cette heure, demain.

Lowe laissa échapper un long soupir.

— Et je n'ai pas mis les pieds chez moi depuis neuf mois, sans compter que je n'ai pas eu une seule nuit de sommeil décente depuis plusieurs semaines. Alors, attendre n'est pas ma préférence. Qu'y a-t-il dans le wagon d'à côté ? Pouvez-vous jeter un coup d'œil derrière le store de la fenêtre ?

Elle s'apprêta à avancer vers la porte intérieure, mais se souvint de ce qui était arrivé sur la plateforme du train et s'empressa de revêtir son manteau.

— Trop tard. J'ai déjà tout vu.

Il glissa de côté pour passer près d'elle.

— Le plus beau moment de toute la durée de mon voyage de retour, murmura-t-il avec une intonation joyeuse.

Une sensation grisante non désirée chassa toute parcelle de honte qu'elle avait pu éprouver. Pour l'amour de Dieu, qu'est-ce qui ne tournait pas rond chez elle ? Tomber pour des compliments superficiels ? Et pourquoi faisait-il si chaud, ici ? Elle éventa discrètement son visage pendant qu'il scrutait l'intérieur du wagon voisin.

— La voiture-cuisine. Elle semble vide.

Il lui fit signe de le suivre sans la regarder.

— Si on nous surprend, laissez-moi parler.

Ils traversèrent la cuisine en vitesse. L'odeur du café frais et du pain grillé fit gronder l'estomac de Hadley. Le wagon suivant était un poste d'observation rempli de fumée de cigarette. Il n'y avait qu'un seul passager, qui ne daigna pas lever les yeux vers eux. Ils le traversèrent pour trouver ensuite une voiture-lit. Quelques cabines privées longeaient le côté gauche d'un passage étroit, lequel débouchait sur une aire publique.

— Bureau du directeur, lut Magnusson sur l'inscription.

Ils continuèrent leur chemin.

— Ah, voilà les cabines.

Occupée, occupée, occupée. La porte coulissante de la dernière cabine s'ouvrit, puis apparut un jeune homme dégingandé dans un uniforme de l'entreprise ferroviaire. Il ne pouvait être âgé de plus de dix-sept ou dix-huit ans.

— Pardon, monsieur, dit-il, baissant les yeux en reculant dans la cabine pour leur permettre de passer.

— Celle-ci n'est pas occupée ? demanda Lowe.

— Pas en ce moment, monsieur.

Magnusson montra rapidement un billet de train au porteur.

— Nous étions sur le 127, ma sœur et moi, expliqua-t-il en désignant Hadley de la main. Ils nous ont mis sur ce train à Salt Lake City. Le mari de ma sœur… et bien, il n'y a aucune raison de mâcher mes mots. C'est un ivrogne, et il la menaçait, voyez-vous. Et elle a une brioche au four. Une situation non souhaitable, disons.

La bouche de Hadley s'ouvrit abruptement.

Le porteur paraissait aussi perplexe qu'elle.

— Oui, monsieur.

— On a donc été assez gentils pour nous faire changer de train, poursuivit Lowe. On nous a dit de monter à bord en précisant que le directeur de la billetterie nous apporterait de nouveaux billets pendant qu'on appellerait la police. Vous savez, pour arrêter son mari. Pour la protéger.

— Oh, mon Dieu, fit le porteur, se penchant pour mieux regarder Hadley.

— Seulement, le train a quitté la gare, et le directeur n'est jamais venu. Donc, maintenant, nos valises se trouvent sur le 127, et nous sommes pris ici, sans cabine à notre nom.

— Personne ne m'a informé, argumenta le porteur.

— Tout est arrivé si vite, répliqua Lowe en secouant légèrement la tête. Sa pourriture de mari avait un revolver, imaginez-vous ça ? Pointer une arme vers une femme qui porte son propre enfant.

— Madame, prononça le garçon avec empathie.

Hadley répondit en produisant un bruit étranglé.

— Allons, allons, fit Lowe, lui tapotant l'épaule. Courage, ma vieille, je sais que tu dis qu'il ne boit que lorsqu'il est surmené, mais cette situation ne peut plus continuer. Papa va t'engager un avocat. C'est tout simplement trop risqué. Tu dois penser à ton enfant, maintenant.

— C'est vraiment dommage, murmura le porteur.

— Amen, acquiesça le prétendu frère de Hadley. Croyez-vous que c'est la cabine qu'on comptait nous assigner ?

— Celle-ci ? Elle a été réservée par un groupe censé monter à bord au Nevada.

— Ah.

Le visage de Magnusson se décomposa. Il tourna des yeux tristes vers Hadley.

— Je sais que toute cette histoire est bouleversante, et que tu es épuisée et terrifiée. Je suis désolé.

— J'ai déjà enduré tant de choses avec toi, ce soir… mon cher frère, répondit-elle d'un ton sec.

Le porteur s'éclaircit la voix.

— Je suppose que le couple qui a réservé la cabine n'a pas connu d'aussi grandes difficultés. Je peux les mettre dans une couchette disponible en classe économique, si vous n'avez pas d'objection à partager cette cabine.

L'idée ne plaisait pas à Hadley, mais alors pas du tout. Toutefois, ses protestations furent enterrées par la réponse mélodramatique de Lowe.

— Ah, ce serait merveilleux. Absolument merveilleux, se réjouit-il, offrant un sourire reconnaissant au porteur tout en lui serrant énergiquement la main. Nous vous sommes tous les deux reconnaissants.

Il fouilla dans son portefeuille et remit au garçon un billet de cinq dollars.

— Croyez-vous que vous pourriez nous rendre un dernier service et nous apporter du café et des sandwichs ?

— Oui, monsieur.

— Du thé chaud pour moi, ajouta Hadley.

S'ils allaient faire semblant jusqu'au bout, aussi bien obtenir ce qu'elle désirait vraiment.

— Oui, madame. Installez-vous confortablement. Je reviens très vite, rassura le porteur en leur cédant le passage.

Il retourna ensuite l'affichette « Occupée » sur la porte.

Hadley retint sa langue et suivit Magnusson à l'intérieur de la cabine exiguë. Une petite porte menait à une salle de bain privée à droite, et le coin salon se trouvait à gauche : deux sièges surmontés par deux couchettes escamotables étaient placés face à face, devant une fenêtre panoramique.

Mr Magnusson retira sa sacoche, de même que son manteau, puis il les suspendit à un crochet. Il se pencha ensuite sous la couchette pour se laisser tomber sur l'un des sièges. Son grand corps prenait trop de place. Ses tibias touchaient le siège placé devant lui.

— Première classe, soupira-t-il. Je crois que les couchettes publiques du 127 étaient rembourrées avec du foin.

Que quiconque ayant pour frère un riche contrebandier voyageât en classe économique dépassait son entendement, mais Hadley n'avait alors aucune envie d'en comprendre la raison. Tandis qu'elle libérait son poignet de la chaîne de son sac à main, elle aborda le sujet de son plus grand souci.

— D'abord, vous siégez au comité de la Santé, et maintenant, vous êtes le frère héroïque d'une garce enceinte…

— Pas une garce. J'ai dit que vous étiez mariée.

— C'est ce que vous faites ? Mentir pour vous sortir de toutes les situations dans lesquelles vous vous embourbez ?

— Je préfère considérer la chose comme la création d'un personnage. Jouer un rôle.

— Jouer un rôle, répéta-t-elle, accrochant son sac à main à côté de la sacoche de son compagnon de voyage.

Elle commença à retirer son manteau, mais elle se rappela la déchirure dans sa robe. Elle n'était pas la seule à s'en souvenir ; un sourire se dessina lentement sur le visage de Lowe. Elle resserra son manteau sur sa poitrine et se percha sur le siège en face de lui.

— Pourquoi la vérité ne faisait-elle pas l'affaire ?

— Vous voulez dire que j'aurais dû lui dire que je suis un archéologue qui a trouvé le morceau d'un artefact censé ouvrir une porte donnant sur la terre des morts… et que deux malfrats ont tiré des projectiles sur nous pour l'obtenir, et que nous avons donc sauté à l'arrière du train comme deux vagabonds ?

— Vous, monsieur, n'êtes pas un archéologue. Vous êtes un entrepreneur.

— J'ai un diplôme.

— Et moi, j'en ai deux.

Il leva nonchalamment ses jambes pour les poser à côté d'elle sur le siège, croisant les chevilles.

— Mais pas de travail de terrain.

— Ce n'est pas l'envie qui manque, mais félicitations de me faire sentir minuscule.

Le visage de Lowe le pinça comme si elle l'avait giflé ! Mais seulement pendant un court moment, avant que le vide ne couvrît ses traits. Il s'étira le cou pour délier ses muscles.

— Vous avez dit que vous préfériez l'honnêteté.

Sa tête reposant mollement sur le dossier du siège, il posa les mains sur sa poitrine et ferma les yeux.

— Si vous voulez que je mette des gants blancs pour préserver vos sentiments féminins, je serai heureux de le faire.

— Je veux être traitée comme un homme.

Il la considéra sous ses paupières à demi ouvertes, un sourcil arqué.

— Je veux dire, je souhaite qu'on me traite avec le même franc-parler que vous offririez à un collègue de confiance. Je suis votre égale. Parlez-moi avec franchise, ou ne me parlez pas du tout.

Une colère s'alluma brièvement dans sa poitrine.

Elle tourna la tête vers la fenêtre et posa les yeux au-delà de son propre reflet.

Un, deux, trois...

— Très bien, alors, dit-il après quelques instants. Si vous étiez un homme, et que nous étions collègues, la première chose que je ferais, ce serait de laisser tomber les formalités.

Elle hésita.

— Merci... Lowe.

— Pas de quoi, Hadley.

Il sourit avant de refermer les yeux.

Ils restèrent assis en silence. Peut-être l'avait-elle jugé trop rapidement. Maintenant qu'elle avait eu le temps de réfléchir aux événements de la soirée, elle supposait que certaines de ses actions avaient été effectuées avec une bonne intention. Il l'avait poussée hors de la trajectoire du premier tireur et les avait défendus, elle et lui, en se servant de son couteau. Il l'avait aussi protégée des éclats de verre sans savoir qu'elle en était la cause. Et maintenant qu'ils avaient trouvé refuge, elle devait bien admettre qu'elle préférait être dans cette cabine plutôt que de courir un risque à la gare de Salt Lake City.

— Tu sais, maintenant que j'y pense, dit-il, les yeux toujours fermés, si nous étions des collègues masculins de confiance qui s'appelaient par leurs prénoms, je me vanterais probablement d'avoir eu droit à un coup d'œil sur l'une des plus belles paires de fesses et de jambes qui existent, et je dirais « quel dommage que l'étrange femme qui conserve des corps momifiés dans l'aile des antiquités du musée Young s'habille comme une vieille fille ».

Le culot.

— Et je te répondrais qu'elle s'habille ainsi pour que les hommes avec qui elle travaille la traitent avec respect, et non comme la fille privilégiée d'Archibald Bacall.

La voix de Lowe s'adoucit.

— Alors, je lui dirais qu'elle ne devrait pas s'adapter pour plaire à qui que ce soit, et que ses collègues sont probablement des diplômés de Stanford suréduqués qui n'ont aucune expérience de terrain, et donc qu'est-ce qu'elle en a à faire de ce qu'ils pensent d'elle ?

— *Je suis* diplômée de Stanford.

Un *toc, toc* sur la porte interrompit toute riposte brillante qu'il s'apprêtait à déclamer. Le porteur entra avec un plateau de nourriture. Magnusson eut la décence de retirer ses pieds du coussin du siège de Hadley pour qu'une table pliante puisse être installée entre eux. Après avoir recouvert la table de carafes en argent remplies de thé et de café, d'une assiette de sandwichs et de deux couverts, le porteur offrit un regard de pitié à Miss Hadley et les quitta.

— Tu manges pour deux, lança Lowe en plaisantant, retirant une paire de gants marron en cuir mince.

Lorsqu'il les déposa, Hadley remarqua une légère différence sur le gant gauche.

— Alors, je te laisse tous ceux avec… qu'est-ce que c'est ? dit-il en regardant sous une tranche de pain. De la tapenade d'olives ? Je crois qu'il y a peut-être des noix à l'intérieur. *Nooon,* merci.

Gant gauche, main gauche. Nom d'un chien, il n'avait plus de petit doigt. Complètement disparu, jusqu'à la jointure. Sa peau était décolorée à cet endroit. Des points de suture avaient laissé des cicatrices à l'endroit où la blessure avait été recousue.

— Tu veux regarder de plus près ?

Elle leva les yeux, légèrement embarrassée de l'avoir examiné ainsi.

— On dirait que c'est assez récent. Comment c'est arrivé ?

— Je l'ai perdu à Alexandrie.

Il décrivit un geste de tranchage.

— Ne jamais voler la femme d'un musulman.

Une femme ? Sa surprise se transforma en incrédulité. La prenait-il pour une idiote ?

— Selon la loi musulmane, l'amputation est la sanction des voleurs. Je crois que ce que tu décris serait considéré comme étant l'adultère, punissable par la lapidation à mort.

Lowe souleva la tranche de pain d'un autre sandwich.

— Peut-être n'aimait-il pas sa femme plus qu'il ne fallait et qu'il s'est contenté de me donner un avertissement.

— Tu sais quoi ? Je me fiche de la raison pour laquelle tu l'as perdu, se ravisa-t-elle, faisant de son mieux pour maîtriser le désir de faire venir ses spectres une nouvelle fois.

Ils feraient peut-être tomber cette couchette au-dessus de lui et lui casseraient à nouveau ce nez crochu.

— Oublions les histoires ridicules. Montre-moi l'amulette.

Il arrêta d'inspecter les sandwichs.

— Montre-moi un chèque.

— L'argent. Bien sûr. Mon père m'a dit que ce serait la première chose qui t'intéresserait.

— C'est la première chose qui intéresse tout le monde.

— Tu as tort. Et c'est ce qui nous distingue l'un de l'autre.

— Ah ! je t'en prie, éclaire-moi.

— Tu es un fouilleur. Je suis une savante.

— S'il n'y avait pas de gens comme moi pour fouiller, qu'est-ce que tu étudierais ? Les rats momifiés derrière les murs de ton précieux musée ?

Ils se fixèrent mutuellement du regard à travers les volutes de vapeur s'élevant de la cafetière. Elle finit par céder et alla chercher le chèque de son père qui était enfoui dans son sac à main, puis elle le plaça sur son côté de la table.

Il essuya les miettes de pain de ses mains avant de se lever pour prendre sa sacoche. Ah-ah ! Elle savait bien qu'il était impossible qu'il ait empaqueté l'objet dans une caisse d'expédition après tout le tintamarre qu'il avait récolté dans les journaux.

Par ailleurs, elle avait vraiment remarqué une sensation bourdonnante inexplicable lorsqu'elle était entrée dans la gare. Ce n'était pas la première fois qu'elle sentait un pouvoir émanant d'un objet. Le musée contenait une porte provenant de la prison de Newgate qui lui faisait tourner la tête lorsqu'elle se trouvait à quelques mètres d'elle, et son père avait acquis au fil des années des choses qui lui faisaient dresser les cheveux sur la tête. Le pouvoir d'un objet était comme un parfum dont on notait l'odeur la première fois qu'on le sentait, mais qui s'estompait en arrière-plan lorsque le nez s'y habituait.

Lowe sortit de son sac une petite forme emballée de suède, puis ouvrit le paquet sur la table. À l'intérieur se tenait une statuette en or de forme allongée, mesurant environ quinze centimètres de hauteur et cinq centimètres de largeur. Osiris, le dieu funéraire de l'au-delà, avec sa couronne Atef posée sur le dessus de sa tête, son sceptre et son flabellum croisés sur sa poitrine. La statuette faisait partie de l'amulette mythique *djed* de Thot. Le corps d'Osiris constituait la base d'un pilier. Ce qui manquait était les quatre barres transversales empilées les unes sur les autres pour créer le dessus : un trou noir sur la couronne de la statuette laissait deviner où s'enfonçaient les pièces manquantes.

Hadley sortit une loupe au manche rabattable de son sac à main et examina l'objet de plus près. Le style était authentique. Les marques caractéristiques des techniques de métallurgie de l'époque étaient visibles sur la soudure latérale, et l'or portait une teinte rougeâtre distincte que possédait souvent ce métal précieux de l'Égypte antique. Selon l'article du *National Geographic,* Lowe affirmait avoir découvert l'objet dans une pièce secrète inondée du principal temple de Philæ.

Sa gorge s'assécha.

— Puis-je voir l'autre côté ? demanda-t-elle d'un chuchotement rauque.

Il retourna l'objet. L'arrière était plat, estampé d'une série de hiéroglyphes et de symboles non reconnaissables qui se terminaient abruptement là où les barres transversales de l'amulette seraient fixées. Était-elle vraiment en train de regarder des symboles magiques tirés du mythique Livre de Thot ? Seigneur, c'était excitant de se permettre d'y croire, même pendant un tout petit moment.

Si elle était obligée de valider l'authenticité de la pièce et d'en fournir une évaluation à vue de nez, ses connaissances et son expérience lui diraient que l'objet pourrait très bien dater de trois mille ans ; un artefact d'une valeur inestimable, et un exemple magnifique des objets en or de la période d'Amarna. Aujourd'hui, qu'il ouvrît véritablement la porte d'un enfer mythique demeurait un mystère, mais quelque chose de puissant crépitait sous la surface.

— Si c'est authentique, mon père le veut, déclara-t-elle enfin.

— Je ne peux pas te le remettre maintenant, dit-il, réclamant l'amulette. J'aurai besoin de signatures, de témoins, ce genre de choses. Et ton père et toi allez avoir besoin de la documentation égyptienne.

— Tu l'as ?

— Mon oncle l'a.

Rien n'avait d'importance, sauf l'acquisition de cet artefact. Toutes les insultes qu'il lui avait lancées étaient oubliées. Chaque sentiment étrange qu'il avait fait naître en elle. Tout ce qu'elle avait enduré avait valu la peine, pour autant qu'elle s'assurât d'obtenir ce morceau ésotérique de l'Histoire. Que l'objet lui assurât en échange la promotion qu'elle désirait désespérément signifiait qu'elle allait faire d'une pierre deux coups.

Elle fit glisser le chèque de l'autre côté de la table.

— Considère ceci comme un acompte. Je veux que tu me donnes ta parole que tu ne le vendras pas à quelqu'un d'autre. Mon père te donnera le reste du montant lorsque vous vous rencontrerez.

— Parole de gentleman.

Il lui présenta sa main (celle comportant encore tous ses doigts), mais secoua la tête lorsqu'elle lui offrit la sienne en retour.

— Pas de gants. Comme un homme le ferait.

Peau à peau ? Pas même la promesse de l'amulette pourrait la convaincre de lui donner sa main nue. Elle évitait de toucher les gens en général, et le contact de la peau, à tout prix. Hormis les quelques baisers reçus lors de séances de pelotage à l'école secondaire et la perte de sa virginité à l'université, elle ne se souvenait pas d'avoir touché quelqu'un de ses mains nues de plein gré.

En l'espace d'un après-midi, cet homme, un véritable spectacle de vaudeville ambulant, l'avait déjà touchée plusieurs fois : la paume de sa main avait effleuré son dos lorsqu'ils marchaient côte à côte dans le hall de la gare ; ils avaient couru main dans la main pour attraper le train ; il s'était pressé de manière intime contre sa jupe déchirée. Tant de contacts physiques !

Elle supposa que ce n'était rien pour lui ; certaines personnes n'avaient pas de limites, après tout, mais c'était quelque chose pour *elle*.

— Un gentleman garderait ses gants, insista-t-elle, tendant résolument la main vers lui.

— Parfait. Si tu ne veux pas un engagement... Il existe des règles d'hommes, tu sais. Comme le crachat dans la poignée de main secrète.

Souriant en coin, il lui prit la main.

Sa prise était ferme et stable. Chaude, malgré le cuir mince. Les pensées rationnelles l'abandonnèrent jusqu'à ce qu'elle se rende compte qu'ils ne se secouaient pas la main. Pourquoi ne se secouaient-ils pas la main ? Un petit son vibra du fond de la gorge de Lowe. Hadley leva les yeux pour trouver les siens.

D'une manière toute simple, il avait capturé ses yeux par le haut, et sa main par le bas. Son pouce caressait doucement la peau tendre de son poignet, frôlant son pouls battant. Le chuchotement d'un toucher, à peine perceptible. C'était à peine un toucher, à vrai dire, c'était peut-être accidentel. Mais les chatouillements qui parcoururent son bras se fichaient bien des distinctions.

Elle arracha sa main de la sienne, la ramenant à bon port.

— Mr Magnusson, dit-elle, espérant paraître moins faible qu'elle ne l'était, je crois que nous avons une entente.

CHAPITRE 3

Lowe n'accordait pas beaucoup de valeur à une entente entre gentlemen. Ni à tout autre type d'entente, à vrai dire. Comme le reste de sa famille, il percevait les mots tels que « loi » et « obligatoire » comme des limites à repousser ; des suggestions souples, pour ainsi dire. Il n'y avait aucune différence à ses yeux, qu'il s'agisse d'une poignée de main, d'un contrat sur papier ou d'un document archivé dans un bureau administratif.

Son entente avec Hadley n'était pas différente des centaines d'autres qu'il avait acceptées sans avoir l'intention de tenir sa promesse. Il ne savait donc trop pourquoi celle-ci le rendait… mal à l'aise. C'était peut-être sa personnalité intense et trop sérieuse qui le perturbait. Ou la manière dont elle le regardait avec ces yeux de faucon sagaces.

Ou peut-être était-ce parce qu'il se sentait sincèrement coupable qu'elle fasse confiance à sa poignée de main hypocrite malgré son bon jugement.

De son côté, il ne lui faisait certainement pas confiance. Cette femme était trop brillante. Trop rationnelle. Trop critique. Il devinait très bien les stratégies malignes qu'élaborait son cerveau instruit par Stanford.

C'est pour quoi, tandis qu'elle utilisait la salle de bain de la cabine, il enfouit l'amulette sous l'oreiller de sa couchette, comme il le faisait chaque nuit depuis qu'il avait découvert l'objet damné. Et comme les nuits précédentes qu'il avait passées dans un train, il ne s'attendait pas à dormir beaucoup. Or, lorsqu'il ouvrit les yeux, le lendemain matin, il fut étonné de s'apercevoir qu'il avait dormi toute la nuit. Hadley aussi.

Il lui était curieusement plaisant de la voir étirée sur la couchette opposée, toujours couverte de son manteau. Ses longs traits anguleux s'adoucissaient lorsqu'elle dormait. Elle était plutôt jolie. Remarquablement jolie, à vrai dire.

Néanmoins, il n'allait certainement pas vendre la fichue amulette *djed* à son père. Si Bacall la voulait coûte que coûte, Lowe pouvait sûrement trouver quelqu'un d'autre qui doublerait la mise. C'était pourtant inutile d'y songer, parce que le montant ne serait même pas suffisant pour couvrir sa dette.

Les gros problèmes exigeaient des solutions créatives, et Lowe savait exactement ce qu'il devait faire pour les résoudre. Une fois qu'il aurait pris un bain et un repas chauds.

Parler travail avec Hadley l'aida à passer le temps pendant la dernière portion de leur voyage. Il était seize heures lorsqu'il descendit finalement du train pour poser le pied sur le quai de la gare de Twin

Peaks, aspirant l'air de San Francisco. Enfin à la maison. Dieu merci !

— Lowe !

Sa petite sœur accourut vers lui, ses cheveux blonds et courts oscillant dans sa course. Elle bondit sur lui comme elle le faisait lorsqu'elle était enfant.

— Oh ! là, Astrid ! avertit-il.

Pourtant, lorsque ses bras se jetèrent autour de son cou, il fut incapable de se retenir de la soulever du sol pour l'étreindre avec le même enthousiasme.

— D'accord, d'accord, dit-il, la reposant par terre. Lâche-moi, petite démone.

Elle sourit en levant la tête vers lui, lui lissant la moustache de ses doigts gantés.

— Tu as l'air d'un vagabond, *älskade broder*.

— C'est exactement comment je me sens. Et regarde-toi ! Tu as grandi depuis l'été. As-tu toujours seulement dix-sept ans ?

— La dernière fois que j'ai vérifié.

— Tu portes du rouge à lèvres, maintenant ?

— Peut-être, oui.

— Maman et papa se retourneraient dans leur tombe s'ils le savaient.

— Je ne suis pas une enfant, Lowe.

Il rit.

— Je n'ai pas dit que c'était inapproprié.

Son nez se plissa lorsqu'elle sourit. Il passa un bras autour de ses épaules et posa un baiser sur sa joue, tandis qu'un autre visage familier apparaissait.

— Bo Yeung, salua-t-il, se décrochant d'Astrid pour lui serrer la main.

Le jeune Chinois n'était plus vraiment un garçon ; il avait maintenant vingt et un ans, les muscles longs et une grâce superbe. Autrefois voleur à la tire orphelin, Bo était depuis plusieurs années l'assistant fidèle du frère de Lowe : Winter. Lorsque Bo n'aidait pas Winter dans ses activités de contrebande, il conduisait la famille ici et là et jouait au garde du corps pour Astrid. Un garde du corps bien payé, d'ailleurs : il portait ce jour-là un chapeau plat à carreaux et un complet vert cèdre dans les mêmes teintes qui semblaient avoir coûté plus cher que tout le contenu adapté pour le désert du coffre de voyage de Lowe.

— Elle a raison, appuya Bo, lui serrant généreusement la main en retour. Tu as l'air miséreux.

— Je suis passé par l'enfer dans les dernières semaines. Vous n'avez pas idée à quel point il est bon de voir des visages réconfortants.

— J'aimerais te dire que la maison a été tranquille en ton absence, mais ce serait mentir.

Bo avait vécu chez les Magnusson, occupant l'une des chambres des domestiques, quand leurs parents avaient péri dans un accident de voiture plus de deux ans plus tôt. Il faisait partie de la famille, vraiment. Mais à la manière presque *trop* protectrice dont Bo se tenait près d'Astrid, et à la manière dont elle s'appuyait sur une jambe, presque *trop* près de lui, Lowe se douta que quelque chose avait changé entre eux pendant son voyage en Égypte.

Intéressant. Lowe adorait les bons scandales.

Astrid produisit un son bouleversé.

— Que t'est-il arrivé ?

— Oh, ça ? Je ne t'ai pas écrit ce qui est arrivé ? demanda-t-il alors qu'elle levait sa main gauche. J'ai perdu au jeu du couteau.

— Quoi ? firent en chœur Astrid et Bo.

Puis, la jeune sœur de Lowe enchaîna :

— De quoi parles-tu ?

— Le jeu du couteau, répéta Lowe, ouvrant la main, la paume vers le sol. Tu mets ta main sur la table, les doigts écartés, et tu plantes la pointe de ton couteau entre tes doigts... tac, tac, tac !

— Menteur ! grinça Astrid, horrifiée, riant malgré tout. Tu as vraiment perdu le petit doigt ? C'est une illusion d'optique ?

— Tu aimerais le savoir, hein ?

Il remua le reste de ses doigts avant de bondir vers elle pour la chatouiller jusqu'à ce qu'elle pousse de petits cris, le suppliant d'arrêter.

— D'accord, dit-il. C'est assez. Vous représentez à vous deux mon comité d'accueil ? Où sont mon frère et son épouse fictive ?

Une voix enjouée flotta par-dessus son épaule.

— Fictive ? Je croyais que vous étiez celui qui avait mille et une histoires dans son sac.

Lowe se retourna pour trouver une petite femme couverte de taches de rousseur, habillée d'une robe de soie rouge à l'encolure orientale. Elle lui offrit un joli sourire et croisa les bras sous une superbe paire de seins.

— Vous devez être la médium.

— Je suis également l'épouse fictive de votre frère.

— Bonjour, Aida.

Il commença à lui serrer la main, puis se pencha pour l'étreindre.

— Pour l'amour de Dieu, vous faites partie de la famille, maintenant.

Il la tint à bout de bras pour la contempler.

— Attendez-vous vraiment l'enfant de Winter ?

— Le médecin l'a confirmé.

Aida rit tandis que Lowe la prenait à nouveau dans ses bras.

— Que Dieu vous aide si c'est un garçon.

— Bordel, Lowe, ne la serre pas à mort, prononça une voix grave et mélodieuse à ses côtés.

Son frère aîné, Winter Magnusson, le grand contrebandier. À vingt-neuf ans, Winter avait quatre ans de plus que Lowe et il était deux fois plus costaud. Lowe accepta son étreinte, lui tapant affectueusement l'épaule.

— Tu as l'air d'un mort-vivant, commenta Winter. N'ont-ils pas un barbier, en première classe ?

Oui, mais il était trop paranoïaque pour laisser qui que ce soit s'approcher de lui avec une lame de rasoir. Sans parler de ses problèmes de fonds décroissants.

— Je songe à porter la barbe.

— Pas si tu veux vivre sous mon toit, répliqua Winter.

Marié ou non, Winter avait toujours sa personnalité de dictateur.

Lowe était trop fatigué pour se battre. Il décida donc de centrer à nouveau son attention sur Aida. Comment, diable, son frère avait-il réussi à attirer une chose aussi jolie que cette fille, avec son attitude bourrue et son œil blessé ? Cela dépassait son entendement.

— Astrid vous a parfaitement bien décrite dans ses lettres.

En ce qui concernait ses seins, Winter les avait mentionnés dans le plus long message qu'il ait envoyé à son frère. La note disait : *Je suis amoureux. J'ai épousé une fille minuscule aux taches de rousseur avec de jolis seins et une tête sur les épaules. Tu vas bien l'aimer.* Puis, un autre télégramme était arrivé un mois plus tard : *Tu vas devenir oncle.*

Elle lui rendit son sourire.

— Et tout le monde me dit que vous êtes l'homme le plus veinard du monde.

Du coin de l'œil, il repéra le porteur qui aidait Hadley à descendre sur le quai, comme si elle était invalide, ou… Ah ! c'était bien vrai. Officiellement, elle fuyait toujours son mari fictif. Il valait mieux mettre le holà à cette histoire avant qu'elle n'atteigne les oreilles de sa famille.

— Excusez-moi, dit-il à Aida avant d'accourir vers le porteur.

— Merci pour tout. Je m'occupe d'elle, maintenant, annonça-t-il au jeune homme, s'appropriant rapidement le bras de Hadley.

Elle se dégagea tout aussi hâtivement.

— Je suis capable de marcher, marmonna-t-elle.

Après avoir donné au porteur un autre billet de cinq dollars (son dernier), Lowe se retourna pour trouver sa famille qui le regardait d'un air fixe, dans l'expectative d'une explication.

Il se racla la gorge.

— Hadley Bacall, je te présente le clan Magnusson.

Il débita précipitamment le nom de chaque membre du clan.

— Miss Bacall et moi avons fait connaissance dans le train.

— C'est une façon de voir les choses, commenta Hadley, trop faiblement pour se faire comprendre.

— Son père travaille pour le musée Young.

— Tout comme moi, ajouta-t-elle.

— Oui, bien sûr, dit-il, légèrement nerveux.

Pourquoi n'avait-il pas simplement dit cela pour commencer ? Ce n'était pas comme si quelque chose de scandaleux s'était produit entre eux. Bien, hormis la robe déchirée ; ses yeux se baissèrent instantanément vers son manteau tandis que son cerveau se remémorait pour la énième fois les plumes de paon cousues au-dessus de son derrière voluptueux.

Pour l'amour de Dieu, réveille-toi !

— Elle est conservatrice de musée, parvint-il à cracher. Le musée est intéressé par ce que j'ai découvert dans le désert.

Voilà qui semblait être logique pour tout le monde. Il enfouit ses mains dans ses poches et exhala une bouffée d'air pendant que Hadley approfondissait poliment le sujet de son amour indéfectible pour les momies et ce qu'elles révélaient sur l'alimentation et le mode de vie des Égyptiens… bla, bla, bla. Et sa famille paraissait impressionnée par le discours de Hadley… Oui, oui. Parfait. Tout était normal et ordinaire.

Jusqu'à ce que Bo ouvrît la bouche.

— Attendez-vous qu'on vienne vous chercher, ou aimeriez-vous que nous vous amenions chez vous ?

— Je vais prendre un taxi, merci, répondit Hadley.

Puis Winter s'introduisit dans la conversation.

— Bo transportera vos bagages jusqu'à la station de taxis.

Les bagages. Oui. Il aurait le temps d'inventer une autre histoire. Mais Hadley fut plus rapide que lui.

— En fait, votre frère a fait tomber ma valise de mes mains, à Salt Lake City, lors d'un combat au couteau. Alors Dieu seul sait si l'Union Pacific la retrouvera.

Lowe grimaça.

— Ce n'était pas exactement un combat au couteau.

— Corrige-moi si j'ai tort, insista-t-elle, le ton plus acerbe qu'une cerise du Michigan, mais pendant le dîner, dans le train hier soir, lorsque nous discutions de la manière dont tu avais poignardé l'un des voyous, je crois que tu as lancé la boutade suivante : « C'est ce qu'ils méritent pour avoir apporté des revolvers dans un combat au couteau. »

Ah ! bordel.

— Une journée dans la vie d'un Magnusson, murmura Aida, tandis que le visage de Winter s'assombrissait.

Lowe voulait prendre Hadley à part. Où était passée sa complice ? Elle avait si bien joué son rôle devant le porteur, ce matin, et ils avaient passé toute la journée à bavarder. Il avait cru qu'ils s'entendaient bien. Voilà que ses paroles étaient si glaciales que son ressentiment aurait pu le geler sur place. Qu'est-ce qui avait changé ?

Il fit un sourire forcé dans l'espoir de la charmer à nouveau et de retomber dans ses bonnes grâces. Ou du moins, de tomber le plus près possible de ses bonnes grâces.

— Mais, allons, je nous ai ramenés à bon port en un seul morceau. Presque. Désolé pour tes bagages. Et ta robe.

Elle le fixa du regard pendant un long moment, puis ajouta :

— Tu as le chèque de mon père. Il communiquera avec toi pour te rencontrer.

Elle adressa un au revoir poli à sa famille, hocha la tête en le regardant, puis s'éloigna comme s'il était la dernière personne au monde qu'elle souhaitait revoir.

Même à ce moment, Lowe fut incapable de détourner le regard du balancement hypnotisant de ses hanches alors qu'elle se frayait un chemin entre les voyageurs agités qui envahissaient le quai.

— Bordel, marmonna Winter. Mais qu'as-tu bien pu lui faire ?

— Rien, protesta Lowe.

C'est-à-dire rien qu'il n'ait voulu faire.

Un groupe de religieuses aux pas lents se divisa, bloquant Hadley de son champ de vision. Lorsqu'elles passèrent devant eux, leurs pas traînants sur le pavé, Winter chuchota à l'oreille de son frère :

— Le moine Morales renifle autour de l'appontement depuis quelque temps. Il te cherche. La rumeur veut que tu lui aies vendu une œuvre contrefaite. Une statue miniature en or ou quelque chose du genre. Un animal.

Lowe se gratta la nuque.

— Un crocodile.

— Tu as recommencé à travailler avec Adam Goldberg ?

Lowe poussa un grognement en guise de réponse.

— Merde, Lowe.

— Ce n'était pas la faute d'Adam. Sa reproduction était impeccable. C'était le foutu document. Morales n'avait même pas remarqué l'erreur. Mais la personne à qui il a vendu l'objet, oui.

Winter ferma brièvement les yeux.

— C'est qui, cette personne ?

— Aucune idée. C'était une vente silencieuse.

— Alors, qu'est-ce que le moine Morales te veut, maintenant ?

— Je crois qu'il veut son argent, mais il veut peut-être aussi ma tête.

— Pourquoi ne pas faire un compromis et lui donner la vraie statuette ?

C'était impossible de donner ce qu'il ne possédait pas. Le but même de la contrefaçon était d'effectuer deux ventes. Lowe offrit un salut courtois à la religieuse la plus indiscrète tandis que le groupe de bonnes sœurs passait devant lui et son frère. *Oui, ma Sœur,* songea-t-il, *vous avez raison de suspecter les Magnusson de se livrer au vice et au mensonge. Nous sommes la raison pour laquelle les gens ont besoin de se purger dans vos parloirs de confession. Rien à voir ici. Passez.*

Winter ferma le poing, comme s'il considérait se ranger du côté du moine.

— Combien lui dois-tu ?

— J'ai un plan, t'inquiète.

— Un plan qui n'exige pas de mendier mon argent ?

— Je n'ai jamais mendié, je ne compte pas commencer aujourd'hui.

— Bien, parce que mes liquidités sont liées à un nouvel entrepôt du comté de Marin, ce mois-ci, et j'ai récemment payé des primes de Noël à mes employés et…

— *Ja, ja !* J'ai dit que je ne demandais rien.

Non qu'il n'ait pas considéré le faire, mais pas cette fois.

Lorsque la dernière sœur s'éloigna de ses pas traînants, Winter saisit la nuque de Lowe et lui chuchota farouchement à l'oreille :

— Recolle les pots cassés avec Morales. J'ai un bébé qui arrive. N'amène pas cette merde chez nous.

Après avoir quitté Lowe, Hadley passa plusieurs minutes à calmer ses sentiments incohérents. Pourquoi s'était-elle énervée à ce point devant la famille Magnusson, elle ne le savait trop. Mais après leur départ, elle s'était efforcée de ne plus penser à Lowe et avait attendu près de deux heures dans le hall de la gare de Twin Peaks, espérant que sa valise perdue soit sur le 127. Malheureusement, elle n'y était pas. Elle remplit donc une demande de réclamation pour bagage perdu à l'aide du superviseur de la gare, et elle écouta son récit reçu de bouche à oreille des événements de Salt Lake City. Personne ne savait pourquoi l'incident était survenu et la police n'avait pas été capable d'appréhender le tireur. Peut-être les malfrats avaient-ils suivi Lowe pour finir leur boulot.

Il faisait nuit lorsque le taxi la conduisit à travers les quartiers Castro et Mission. Elle emprunta enfin le virage marqué de la rue California, qui les mena vers son immeuble résidentiel de Nob Hill, sur la rue Mason. La tour élégante et élitiste de neuf étages avait été construite seulement un an plus tôt. « Ce qu'il y avait de mieux », comme l'avait encouragé son père lorsqu'elle avait décidé de quitter le nid familial.

La brume nocturne s'accrochait aux colonnes françaises qui flanquaient la voie d'accès des voitures. Elle paya le chauffeur de taxi et se faufila dans le petit vestibule, saluant de la main un gardien qui leva à peine la tête (connaissait-il même son nom ?) avant d'entrer dans l'ascenseur.

— Miss Bacall.

Enfin, un visage amical. Le liftier grisonnant l'accueillit de son large sourire habituel.

— Comment était votre voyage ?

— Mouvementé, Mr Walter. Très mouvementé. Je suis heureuse de rentrer à la maison.

— Pas de bagages ?

Elle s'affaissa contre le mur de l'ascenseur.

— Pas de bagages. Une longue histoire, malheureusement. J'espère qu'ils seront livrés demain.

Le liftier ferma la grille et mit l'ascenseur en marche.

— Je crois que vous cherchez délibérément à m'intriguer. Mais je n'insisterai pas. Et votre cours à l'université ? Ont-ils aimé ce que vous racontiez sur les chats égyptiens ?

— Ils étaient attentifs.

Ceux et celles qui n'étaient pas partis ou qui ne s'étaient pas endormis. Elle savait qu'elle n'était pas l'oratrice la plus animée. L'un de ses collègues, George, avait dit que l'écouter parler s'apparentait à endurer l'éloge funèbre d'un comptable. Elle savait qu'il n'avait pas tort ; donner un séminaire la rendait mal à l'aise. Mais si elle voulait s'élever au-dessus de son salaire de conservatrice (et de George), c'était un mal nécessaire, et un mal auquel elle était heureuse de se soumettre. Elle voulait le poste de son père, c'est-à-dire la direction du service, plus que tout, pour ainsi dire.

Cependant, répondre à des questions apprises par cœur devant les étudiants las d'une université insignifiante était comme d'avoir une conversation à sens unique. Rien à voir avec la discussion entraînante qu'elle avait eue avec Lowe dans le train, au cours de l'après-midi. À son grand étonnement, il n'était pas qu'un chasseur de trésors qui était tombé par hasard sur la *djed*. Il connaissait des choses. Il savait lire l'écriture hiéroglyphique et avait même appris un peu de la langue nubienne parlée par les travailleurs de la ville d'Assouan sur son site de fouilles. Il lui avait relaté des histoires au sujet du marché du livre historique d'Alexandrie, et l'avait interrogée sur son séminaire.

Il écoutait. Il posait des questions.

Il argumentait.

Il n'était peut-être pas d'accord avec toutes ses théories sur les outils funéraires, et il ne connaissait pas précisément les dates relatives aux dynasties, mais il n'était certainement pas stupide. Et il avait cette manière de s'exprimer, avec aisance et sans prétention, qu'elle ne rencontrait pas souvent dans son domaine d'activités.

Il mentait également au sujet de tout et de rien. Et au-delà de la légèreté apparente de son comportement, il était, s'apercevait-elle maintenant, un maître de la déviation. Malgré tout leur bavardage, tout le temps qu'ils avaient passé ensemble, il n'avait pratiquement pas révélé de détails importants sur lui-même.

Les numéros d'étages défilaient tandis que Hadley et le liftier montaient vers le neuvième étage. Mr Walter parla de la pluie hivernale qui ne cessait de s'abattre sur la ville, précisant qu'elle n'avait pas ralenti une fête infernale menée par les ivrognes du Pacific Union Club, l'établissement pour gentlemen situé de l'autre côté de la rue. Au dernier étage, il lui souhaita une bonne nuit.

Dans l'entrée de son appartement, elle secoua les épaules pour se libérer de son manteau, puis posa le pied sur une enveloppe. Elle tenta d'en évaluer le poids en la tenant dans sa main. Une mauvaise nouvelle, craignit-elle.

— Mrs Durer ? appela-t-elle.

Sa bonne ne répondit pas.

Une fin de circonstance à sa journée ennuyeuse.

Le claquement de ses talons sur le marbre poli fit écho sur les grands murs de son salon spacieux, dont les fenêtres offraient une vue sur les lumières scintillantes du Fairmont Hotel. C'était un magnifique édifice, toujours animé des gens qui allaient et venaient. Et le ronronnement constant des voitures de même que le battement occasionnel des tramways qui bravaient sa rue escarpée lui tenaient compagnie jour et nuit.

Comme pour le reste de son appartement, la chambre principale contenait une quantité minimale de meubles. Tout était boulonné au plancher : le lit, la table de chevet, la chaise longue. Elle vivait dans cet appartement depuis six mois, et ses spectres avaient déjà fait éclater deux fenêtres et trois luminaires, en plus de renverser une grande armoire. Il valait mieux ne pas jeter de l'huile sur le feu, se disait Hadley.

Son père les appelait *Mori.* Les spectres de la mort. Sa mère avait été condamnée à vivre avec eux à la suite d'un voyage en Égypte, et lorsqu'elle était décédée, Hadley en avait hérité. Les émotions fortes et négatives les faisaient venir, les alimentant. « Des farceurs obscurs », lui avait expliqué son père lorsqu'elle était enfant.

« Farceurs » semblait pourtant être un mot trop gentil pour désigner des esprits possédant le pouvoir de tuer.

Le seul compagnon assez résistant pour survivre à ses humeurs colériques était un chat au pelage noir et lisse. Se prélassant sur son couvre-lit en soie, il étira ses longs membres pour l'accueillir lorsqu'elle laissa tomber son sac à main sur sa table de chevet.

— Bonjour, Numéro Quatre, salua-t-elle en flattant son ventre doux.

Son compagnon répondit d'un ronronnement enthousiaste.

En raison de son sort inhabituel, elle n'avait jamais eu droit à un animal de compagnie de toute son enfance. C'était une précaution nécessaire, même aujourd'hui. Dieu savait qu'elle ne voudrait pas soumettre une vie innocente à ses humeurs meurtrières. Mais elle n'avait pas cherché à adopter Numéro Quatre. Elle l'avait trouvé caché dans le garde-manger après avoir déménagé. Et même si elle avait essayé de le chasser, il revenait chaque fois, encore et encore, alors elle avait finalement permis à l'entêtée créature de rester.

Quelques mois plus tôt, il était dénommé Numéro Trois, jusqu'au jour où il avait été pris au centre des tirs croisés d'une dispute entre Hadley et son père : le chat s'était caché sous un fauteuil que les spectres avaient réduit en allumettes. Or, exactement comme il l'avait fait les deux premières fois qu'il s'était retrouvé sous la colère des spectres, l'animal avait réussi à se relever et avait simplement continué sa vie de chat.

Neuf vies, comme le veut la superstition. Puisqu'il en était déjà à sa quatrième, à ce que Hadley sache, il lui en restait encore cinq, se disait-elle. Ce chat était une espèce de miracle curieux.

Comme elle, à vrai dire.

Elle essaya de ne pas penser à Lowe en retirant ses vêtements et en jetant la robe déchirée dans une corbeille à ordures. C'était incroyable qu'elle ait passé la nuit précédente et la plus grande partie de la journée avec lui. Toute l'histoire lui paraissait irréelle, à présent, comme un rêve. Ou un cauchemar tapageur.

S'étirant sur le lit avec Numéro Quatre, elle leva l'enveloppe trouvée sous la lumière de sa lampe de lecture située au-dessus de sa tête de lit. Les silhouettes d'une clé et d'une lettre apparurent dans la lueur dorée. Hadley déchira le côté de l'enveloppe, puis l'inclina pour laisser tomber la clé dans la paume de sa main. Elle sentit le métal froid à l'intérieur de son poing tandis qu'elle parcourait rapidement le message écrit de la main de sa dernière bonne : *Miss Bacall… reconnaissante d'avoir travaillé pour vous… toutefois, je dois démissionner… Je suis à bout de nerfs… j'ai l'impression que le diable vous habite… malchance… Je vais prier pour vous et ce chat démoniaque.*

— Une autre domestique mord la poussière, annonça-t-elle à Numéro Quatre. Bon débarras, tu dis ? Numéro Quatre, ce n'est pas très gentil. D'un autre côté, Mrs Durer n'était pas très gentille, et elle t'a traité de démoniaque. Nous téléphonerons à l'agence demain pour trouver quelqu'un de moins évangélique.

L'animal émit un ronronnement pour exprimer son accord.

Hadley n'était pas exactement triste de savoir la femme partie. Mais en regardant au loin par la fenêtre, au-delà des lumières de la ville, elle ne put s'empêcher de penser à Lowe et à sa famille pleine d'enthousiasme. De la fenêtre du train, elle avait observé l'accueil chaleureux qu'il avait reçu, couvert d'étreintes, de sourires et de rires.

Personne ne s'était donné la peine de venir l'accueillir. Son père ne se souvenait probablement pas qu'elle avait quitté la ville. Dommage que la seule personne au courant de ses allées et venues soit le liftier.

Non, elle n'était pas triste qu'une autre bonne ait démissionné. Mais elle était triste que le départ précipité de la vieille femme l'ait laissée *seule* au milieu d'une ville animée. Et elle était triste que ce départ lui rappelle son manque d'affection. Ce n'était pas la première fois, mais elle aurait voulu pouvoir rentrer chez elle et savoir que quelqu'un l'attendait. Un corps chaud. Une autre voix.

Une autre âme.

Elle se remémora sa nuit précédente, et la longue partie de cette nuit qu'elle avait passée à écouter le rythme régulier du souffle de Lowe, alors qu'il dormait paisiblement sur la couchette voisine. Comme il avait été réconfortant de s'endormir au son de sa respiration.

Elle s'accrocha à ce souvenir tout en se recroquevillant dans la pièce vide de son appartement vide, avec rien d'autre qu'elle-même et un chat pour lui tenir compagnie.

CHAPITRE 4

Après avoir dormi dans des tentes et des hôtels crasseux pendant la majeure partie de l'année, Lowe retrouva son lit de plumes adoré au premier étage de la vaste demeure de style Queen Anne des Magnusson. Il était exactement comme dans ses souvenirs : somptueux, confortable et sûr. De plus, sa salle de bain privée était merveilleusement propre, les planchers polis de sa chambre sentaient l'huile d'oranger et toutes ses affaires se trouvaient exactement à leur place, là où il les avait laissées. Toutefois, après avoir raconté ses péripéties à sa famille et aux domestiques, et après que leur servante, Greta, déplorant la perte de son petit doigt, l'eut gavé d'un festin de bienvenue composé de gravlax suédois et de pommes de terre à l'aneth, il se réveilla le lendemain avec l'esprit agité.

C'était peut-être les avertissements de Winter au sujet du moine Morales qui en étaient la cause. Ou peut-être était-ce la sacrée amulette *djed* qui brûlait un trou dans son âme. Il devait trouver un endroit sûr où cacher cette chose, et vite. Mais avant de le faire, il supposait qu'il devrait bien laisser Archibald Bacall y jeter un coup d'œil. L'homme aimerait peut-être l'objet maudit au point de tripler son offre. Ou de la quadrupler.

Et peut-être qu'en rendant visite à Mr Bacall, Lowe verrait Hadley à nouveau. À la manière dont elle l'avait quitté, à la gare, il était peut-être dans son propre intérêt d'éviter cette femme. Pourquoi pensait-il toujours à elle, il ne le comprenait pas.

La société ferroviaire livra ses bagages tôt dans la matinée. Il les ouvrit pour trouver les cadeaux qu'il avait rapportés d'Égypte, avant de revêtir un complet fraîchement repassé assorti d'une cravate ; possiblement les vêtements les plus propres qu'il ait portés depuis des mois. Mais les vieilles habitudes ont la vie dure. Il inséra donc ses jambes de pantalon dans ses bottes de cuir à hauteur du genou et ne se donna pas la peine de mettre ses bretelles, choisissant plutôt une ceinture. C'était plus confortable et elle lui servirait à ancrer son poignard à la lame recourbée. Il ne l'admettrait jamais à Winter, mais après l'épisode des malfrats armés de revolvers à Salt Lake City, il ne trépignait pas exactement d'impatience à l'idée de se promener dans la ville sans protection. Il vérifia que son manteau couvrait son arme et sortit de la maison.

— Ah ! Lulu, mon bébé, roucoula-t-il à la motocyclette indienne rouge coquelicot brillant sous la lumière du soleil de la fin de la matinée.

Dieu qu'elle lui avait manqué. Elle était voyante, oui, mais elle était également petite et agile, et pouvait s'insérer dans des endroits trop étroits pour les grosses voitures.

Il ajusta le robinet de purge et l'étrangleur, et avec un bon coup sur la pédale de démarrage, le moteur prit vie en grondant. Magnifique. Après avoir abaissé la visière de sa casquette à chevrons marron préférée, il manœuvra sa moto pour contourner la limousine de Winter, puis accéléra. Douce liberté ! Tout disparut, hormis le poids de Lulu sous lui et la route devant.

La promenade lui permit de se refamiliariser avec les pentes raides de la ville et les vues imprenables de la baie scintillante, une oasis après la peine d'emprisonnement qu'il avait passée à creuser sous le soleil de plomb de l'Égypte. Il était chez lui, et il n'allait pas repartir. Plus jamais. Il répéta cette promesse en sillonnant les quartiers jusqu'au centre-ville.

Personne ne semblait le suivre sur son chemin. Il s'arrêta donc chez son coiffeur préféré pour se débarrasser de ses moustaches qui le démangeaient et faire tailler son enchevêtrement de boucles blondes décolorées par le soleil, que le coiffeur enduit ensuite de pommade, coiffant ses nouvelles mèches ondulées. Astrid arrêterait enfin de se plaindre.

Se sentant plus léger, il zigzagua à travers le sud-ouest de Pacific Heights, passa les terrains du vieux cimetière Laurel Hill, puis arriva au Golden Gate Park. Le musée Young se trouvait sur une pelouse verte, derrière un grand hall bordé de palmiers. Des hordes de gens profitaient du soleil devant la façade de style plateresque espagnol. Il fila sur l'allée latérale jusqu'aux bureaux administratifs.

Des lambris austères et une jolie réceptionniste aux cheveux blond vénitien l'accueillirent.

— Bonjour, dit-elle, lui offrant un sourire éblouissant tout en mâchant un morceau de gomme. Comment puis-je vous aider, monsieur ?

— Mr Magnusson. Je viens voir Mr Bacall.

Il lui remit une carte professionnelle, puis attendit. Quelques minutes plus tard, elle revint pour le guider le long d'un couloir étroit parsemé de plusieurs portes fermées vers l'un des plus grands bureaux du fond.

Des étagères alourdies par les livres et des boîtes numérotées bordaient les murs de la pièce à l'odeur de renfermé, et des documents étaient rassemblés sur le coin d'une table de conférence. Les particules de poussière restaient suspendues en l'air dans un rayon de soleil qui inondait un homme âgé et mince affalé derrière un bureau. Plus qu'âgé, à vrai dire : à la porte de la mort. On aurait dit qu'il allait sécher dans quelques minutes, puis s'envoler par la fenêtre.

— Mr Bacall, interpella la rousse.

— Lowe Magnusson ? répondit l'homme.

Sa tête se tourna dans la direction de Lowe, mais ses yeux ne le voyaient pas. Ils étaient étrangement vides. D'un blanc d'albinos ; pas d'iris, et la trace à peine perceptible d'une pupille.

Il était aveugle.

Seigneur. Mais qu'avait-il bien pu arriver à Archibald Bacall ?

Lowe se racla la gorge.

— Ah, oui, monsieur. C'est un plaisir de faire votre connaissance.

— Entrez, entrez. J'ai du mal à me déplacer ces jours-ci, vous me le pardonnerez.

Il leva la tête et s'adressa à la réceptionniste.

— Miss Tilly, pouvez-vous lui indiquer où s'asseoir, puis fermer la porte, s'il vous plaît ? Notre réunion est privée. Pas d'interruption.

Lorsque le clic de la porte qui se refermait se fit entendre, Lowe retira sa casquette et étudia le vieil homme. La peau bigarrée et pendante. Les os fragiles. Le crâne à demi chauve saupoudré de taches brunes. Il avait vu de récentes photographies de l'homme dans les revues d'archéologie, sur lesquelles il avait la tête couverte de cheveux et paraissait avoir cinquante ans au plus.

— Je suis heureux de vous rencontrer en personne, après toute notre correspondance, dit Mr Bacall.

Il avait un accent mi-britannique, mi-américain. Le même accent que Lowe avait remarqué chez Hadley. Si sa mémoire était bonne, Bacall était issu d'une famille anglaise portant un titre de noblesse, puis il s'était marié avec une héritière de la ruée vers l'or après avoir traversé l'océan pour s'installer aux États-Unis.

— Et moi de même.

L'homme pouvait-il seulement le voir ? Le distinguer faiblement ? Lowe agita la main en l'air. Bacall garda les yeux fixés vers le fond de la pièce, le regard absent.

— Un nid impressionnant que vous avez trouvé par hasard à l'extérieur du temple de Philæ, commenta le vieil homme. Difficile de croire que le site ait attiré tant de savants et de touristes au cours des décennies passées sans que personne n'ait remarqué l'entrée engloutie.

Lowe tira sur les poignets de ses gants de conduite pour les retirer, puis les enfonça dans les poches de son manteau.

— J'ai simplement déchiffré un code sur les murs du temple qui m'a mené à la pièce secrète. Un coup de chance, vraiment.

— Je ne crois pas en la chance. Je crois que vous êtes fichtrement bon dans la résolution de casse-têtes et pour découvrir des choses. Les bons savants sont légion dans ces locaux en cet après-midi même. Ils peuvent débattre d'une théorie et découvrir des choses cachées derrière leurs bureaux, mais ils ne vont pas se salir les mains. Un chasseur de trésors instruit comme vous, avec des compétences de terrain aiguisées et un cerveau assez affûté pour décoder des énigmes ? Vous faites partie d'une espèce rare. Une espèce sous-estimée.

— Je vous remercie.

Les snobs de la haute société comme Bacall n'avaient pas de respect pour les hommes comme Lowe. Le vieil homme essayait peut-être de lui lécher les bottes pour obtenir un meilleur prix ; c'était difficile à dire. Sa fille avait été beaucoup plus facile à lire.

Le téléphone sonna.

— Je croyais lui avoir dit pas d'interruption, murmura Bacall. Excusez-moi un moment.

Lowe s'adossa à son fauteuil et attendit que l'homme termine sa conversation. Après quelques secondes, un petit coup retentit derrière une porte interne située dans le coin de la pièce, puis elle s'ouvrit toute grande. Une silhouette élancée familière avança d'un pied ferme, une pile de dossiers empilés jusqu'à son nez.

Habillée d'une jupe fourreau noire et d'un pull gris orné d'une frange de perles noires à multiples facettes qui se balançaient sous sa taille, Hadley ressemblait aujourd'hui à une représentante de cercueils plutôt qu'à une invitée prospère à des funérailles.

En poussant un grognement, elle s'abaissa pour poser les dossiers sur la table de conférence de son père, puis tenta de redresser la pile chancelante. Elle se figea soudainement et leva le menton comme si elle humait l'air. Puis sa tête et la frange de perles se tournèrent toutes les deux vers Lowe.

Il lui sourit. Difficile de dire si elle était surprise ou dégoûtée par sa présence, mais, peu importe sa réaction, sa main bougea sur la pile de dossiers, et la moitié d'entre eux glissèrent de côté pour basculer sur le plancher, les feuilles de papier s'éparpillant comme des feuilles automnales.

Lowe bondit sur ses pieds pour l'aider.

— C'est amusant de vous voir ici, dit-il à voix basse, tandis qu'il replaçait les derniers dossiers menaçant de tomber. Avez-vous sauté sur un train aujourd'hui ?

— Je vous prie de ne pas mentionner ce genre de choses devant mon père, chuchota-t-elle, jetant un regard par-dessus son épaule pour s'assurer que l'homme parlait toujours au téléphone.

— La partie du saut, ou la partie de la robe déchirée… ou la partie de la nuit que nous avons passée ensemble ?

— La partie où nous avons fait quoi que ce soit d'autre que de faire brièvement connaissance dans la voiture-restaurant de première classe.

— Ah ! Ha-ha ! Quelqu'un a menti au bon vieux papa, n'est-ce pas ?

Elle le fusilla du regard comme si elle s'apprêtait à lui arracher les yeux.

— Je te donne ma parole, promit-il, esquissant un « X » invisible sur son cœur.

— Ce qui vaut encore moins qu'une trappe sur un canot de sauvetage.

— Ouf !

Il se pencha pour ramasser les documents avec elle.

— J'ai la distincte impression que tu n'es pas ravie de me revoir, Hadley.

— Tu n'as pas tort, Lowe.

Malgré l'attitude renfrognée de Hadley, s'il n'était pas mieux avisé, il croirait qu'elle flirtait avec lui. Une étrange petite étincelle lui réchauffa la poitrine.

— Et dire qu'hier matin, je me réveillais à la vue de tes cheveux ébouriffés par les draps.

— Baisse le ton ! ordonna-t-elle, jetant un autre coup d'œil vers son père.

— Si tu as menti à ton père, qu'as-tu raconté à ton petit ami ?

Pas de bague, et elle n'avait mentionné personne, la veille, mais elle n'était pas exactement transparente en ce qui concernait quoi que ce soit d'autre que la poussière de momies. Peut-être passait-elle son temps avec un titulaire de doctorat sophistiqué de la haute société.

Une teinte à peine rosée colora ses joues, mais elle se garda de lever les yeux.

— Es-tu ici pour me rendre la vie misérable ?

— Je suis ici pour vider le compte bancaire de ton père. Te rendre la vie misérable serait une prime.

— Je crois réellement que c'est la première chose honnête que tu m'aies dite.

— Ne t'en bouffis pas d'orgueil.

— La seule chose que j'ai en tête, en ce moment, c'est le bidule, dit-elle, baissant les yeux vers la braguette de Lowe.

Il marqua une pause.

— Je te demande pardon ?

Tournant maintenant la tête vers le pendule, l'air embarrassée, elle ajouta :

— Je suis pressée.

Une autre pause. Il regarda dans la même direction qu'elle.

— Tu veux dire… le *pendule* ?

— C'est ce que j'ai dit.

Mais ce n'était pas ce qu'elle avait dit, et son regard glissa furtivement vers la braguette de Lowe à nouveau, si rapidement qu'il n'était pas absolument certain de l'avoir vu. Toutefois, une teinte framboise inonda les joues et le cou de Hadley.

— C-c'est… c'est ce que j'ai voulu dire, frémit-elle.

Puis, murmurant pour elle-même :

— Oh ! mon Dieu.

Tiens, tiens, tiens. À quand remontait la dernière fois qu'il avait entendu *ça* sortir de la bouche d'une femme ? Était-ce déjà arrivé ? Hadley Bacall, débordant de désir pour… le pendule.

Il ne croyait pas qu'il soit possible de rougir davantage, ce qui fit naître en lui un faible sentiment de pitié à son égard. Il valait mieux oublier l'incident, même s'il détestait l'idée. Il rassembla donc les documents pendant qu'elle rassemblait ses esprits.

— Regarde, celui-ci est intact.

Les doigts de sa main estropiée effleurèrent les siens lorsqu'il lui remit un dossier. Elle retira sèchement sa main comme s'il était porteur de la peste noire.

Le pincement du rejet le prit par surprise. Il s'était habitué au regard fixe des gens sur sa main, mais sa blessure la dégoûtait-elle en plus ?

Elle s'éclaircit la voix et fit un geste vers sa main.

— Tu peux me croire, ce n'est pas ça, pas du tout, affirma-t-elle à voix basse en le regardant dans les yeux avec une sincérité déstabilisante.

Puis, elle renchérit :

— Je t'en prie…

Le fait qu'elle reconnût sa blessure lui donna l'impression d'être mis à nu, et pour une obscure raison, cette sensation le fascina. Mais pourquoi ? C'était comme si le moment étiré entre eux bâtissait un pont. Un pont branlant, dangereux à traverser, certes, mais il prit le risque de s'y aventurer, une excitation irrationnelle le poussant à se pencher vers elle.

— Je t'en prie quoi ? chuchota-t-il, son souffle faisant voleter une mèche brillante de cheveux ébène près de son oreille. Que veux-tu, Hadley ?

— Ce que je veux, répondit-elle d'une voix maîtrisée, c'est que tu te la fermes et que tu t'assieds, je t'en prie.

Bon.

Impossible de traverser un pont lorsqu'on vous pousse de côté. Il la laissa sur le plancher avec ses dossiers et alla se rasseoir dans son fauteuil, incertain de la raison pour laquelle il se souciait de ce qui venait de se produire. Bacall était toujours au téléphone.

Pendant qu'il tapait du talon à un rythme anxieux, Lowe tenta de dévier son attention vers autre chose. Beaucoup de livres sur les étagères, mais les titres étaient plus arides que le Sahara. Par la fenêtre, il observa un oiseau se poser sur une branche… remarqua une section effilochée sur le cordon téléphonique. Mais un chuchotement très faible — *un, deux, trois* — attira de nouveau son attention vers la table, où Hadley comptait tout bas, se penchant pour ramasser d'autres dossiers.

Il aspira brusquement une bouffée d'air.

Voilà, elles étaient là, à quelques mètres de lui. Comment avait-il pu les oublier ? Lorsque Hadley se penchait, elles s'inclinaient pour lui dire bonjour. Lorsqu'elle se redressait, elles faisaient remonter l'ourlet de sa jupe fourreau de quelques centimètres.

Si un portrait grivois de Hadley était peint sur la bannière d'un petit spectacle de carnaval, l'inscription annoncerait « Venez voir la femme aux fesses les plus rondes et voluptueuses du monde ! ». Les organisateurs seraient en mesure d'exiger un prix exorbitant à quiconque désirerait voir la chose dans l'abri d'une tente obscure, et Lowe sacrifierait chaque centime qu'il n'ait jamais gagné pour jouir de cinq minutes seul à seule avec elle.

Pencher. Lever le dossier. Relever. Déposer le dossier.

Que pour son divertissement, juste là, devant lui ! Comme lorsqu'on regarde un serveur flamber des cerises confites à sa table. Seulement, à la place de lui donner l'eau à la bouche, le spectacle rendait son pantalon inconfortable. Il se replaça sur son siège et lança un bref regard vers le père. Pitié, mon Dieu, faite que l'homme soit complètement et absolument aveugle.

Pencher. Relever.

Oh ! ce qu'il donnerait pour la pencher sur cette table de conférence, relever cette jupe et découvrir si elle portait d'autres sous-vêtements délicats aujourd'hui. Au lieu des plumes de paon, il imagina des cerises flambées. Et il imagina se pencher derrière elle et enfoncer les dents dans ces cerises… Oh ! si rondes.

La sueur perlait maintenant à la naissance de ses cheveux. C'était mal ; encourager une érection alors qu'il se trouvait en face du père de l'objet de ses rêveries. Mal, mal, mal. Il déplaça sa casquette plus haut sur ses cuisses pour se couvrir l'entrejambe, et il se concentra sur les titres des livres des étagères. Des titres académiques arides et ennuyants sur le vernissage des poteries anciennes et la rotation des cultures au XIVe siècle. Oh, la conversation téléphonique du père était maintenant terminée.

Dieu, merci.

— Toutes mes excuses pour l'interruption, dit Mr Bacall en tripotant la base du téléphone, cherchant à tâtons le socle du récepteur. C'est toi, Hadley ?

— Oui, père.

— Tout va bien ?

— J'ai fait tomber quelques dossiers de l'exposition, je suis désolée.

— Aucune raison de se fâcher.

Son père avait prononcé la phrase sur un ton vieux jeu, comme s'il la grondait.

— Non, ce n'était pas… c'était… peu importe. Tout va bien.

— Bien, bien. Voilà qui est mieux, ma fille, dit-il, lui parlant comme si elle était un cheval effrayé.

Lowe regarda les deux Bacall tour à tour, ayant le sentiment d'avoir raté quelque chose.

— J'ai du travail, dit-elle soudainement, puis elle s'empressa de sortir par où elle était entrée.

— Ravi de vous avoir revue, Miss Bacall, lança Lowe. C'est un plaisir de vous regarder travailler. J'espère que vous ne passerez pas le reste de la journée à regarder le pendule.

Parce que, vraiment, il méritait une médaille pour sa retenue précédente.

Une expression d'horreur momentanée traversa le visage de Hadley, mais elle ne rougit pas ni n'émit aucun commentaire. À la place, elle s'adressa à son père :

— Il a la base de l'amulette *djed* avec lui.

— Merci, chérie, je sais. Et plus d'interruption, je t'en prie.

Lowe voulut capter son regard, mais elle se défila derrière un claquement de porte théâtral.

— Vous savez déjà qu'elle peut sentir le pouvoir émanant de l'amulette ? demanda Bacall lorsque le cliquetis des talons de sa fille s'estompa dans le couloir. Vous en a-t-elle parlé lorsque vous avez fait connaissance à Salt Lake City ?

— Oui, répondit prudemment Lowe. Aimeriez-vous… *voir* l'amulette ?

C'était une chose bête à dire, si l'on considérait l'état de l'homme.

— Non, non, non. Si elle a attesté son authenticité, je lui fais confiance.

— Et vous voulez toujours l'acheter ?

— Absolument. Avez-vous les documents ?

— On me les enverra d'Égypte, mentit Lowe aisément. Ils devraient être prêts dans un mois. Je n'ai pas encore encaissé votre chèque, mais…

— Encaissez-le. J'ai fait rédiger une entente que vous pouvez signer. Et si entre-temps vous entreposez l'amulette dans un endroit sûr, c'est encore mieux pour moi. Mais assurez-vous de la garder dans un endroit bien gardé. Il y a des gens qui tueraient pour mettre la main dessus. Je vous recommande donc de ne pas la conserver dans votre propre foyer. Vous ne feriez qu'inviter au cambriolage. Un coffre-fort n'est pas une meilleure idée. L'objet doit être bien caché.

— Ne vous inquiétez pas.

— Oui, je suppose que votre famille connaît une chose ou deux sur la manière de cacher des biens, compte tenu du domaine d'activité de votre frère.

— Je suppose que oui.

— Vous êtes satisfait du montant de l'acompte ?

— J'ai déjà reçu de meilleures offres.

Il *recevrait* plutôt de meilleures offres, s'il arrivait à bien tirer son épingle du jeu.

— C'est ce que je croyais. L'argent n'est pas un problème. Je paierai ce que vous demanderez. Mais si cela vous intéresse, j'ai une proposition à vous faire en ce qui concerne l'amulette, pour laquelle je suis prêt à offrir une somme beaucoup plus importante. C'est exactement dans votre rayon, je dirais.

— Je vous écoute.

— Vous savez, je fouillais le sol de l'Égypte chaque année, jadis.

Il s'adossa contre le dossier de son fauteuil avant de continuer.

— La moitié de la collection égyptienne du musée, je l'ai trouvée moi-même.

— Je suis au courant, dit Lowe.

— Et si je vous disais que j'ai aussi trouvé les quatre barres manquantes de la *djed* il y a plusieurs années ?

Lowe s'immobilisa. L'homme était-il sérieux ? Un morceau de l'amulette était une chose, mais l'artefact entier, assemblé ? Cela vaudrait... bien... beaucoup plus.

— Si c'est vrai..., commença Lowe.

— Pourquoi ne les ai-je pas vendues ? La première raison est que l'amulette a à mes yeux une valeur personnelle. La deuxième raison, la plus urgente, est celle pour laquelle je désire vous engager. Les quatre barres se trouvent ici, dans cette ville. Du moins, je crois qu'elles le sont. Je ne sais simplement pas où, exactement.

— Je ne comprends pas.

L'homme tâtonna son bureau pour trouver un étui à cigarettes en or. Il parvint à en extraire une cigarette en y mettant un peu d'effort. Le regarder était pénible, aussi Lowe lui offrit-il d'allumer sa cigarette au moyen d'une allumette.

— Merci, marmonna Bacall en tirant une première bouffée. Lorsque j'étais jeune, mon partenaire de fouilles et moi avons été témoins de ce que vous pourriez appeler un phénomène occulte, au Caire. Je ne vous ennuierai pas avec les détails…

— Je ne m'ennuie pas facilement.

— Il suffit de dire qu'après cette expérience, nous sommes devenus ennemis. Pas le genre d'ennemis qui se querellent au sujet de choses futiles au bureau, mais le genre d'ennemis qui passent une grande partie de leur temps libre à comploter de se tuer l'un et l'autre.

Tiens, tiens.

— Si vous devez faire quelque chose, aussi bien aller jusqu'au bout.

— Il ne s'agit pas d'une plaisanterie, Mr Magnusson.

C'était un vieux grincheux, n'est-ce pas ?

— Toutes mes excuses, lâcha Lowe. Je vous en prie, continuez.

Bacall inhala une longue bouffée de sa cigarette.

— Avant de devenir ennemis, nous avons passé beaucoup de temps à chercher des objets mythiques. La fameuse colonne d'Osiris faisait partie de nos objectifs. L'obsession exerce un pouvoir sur l'esprit, vous savez, et je suis devenu obsédé par l'idée de surpasser mon partenaire.

— Alors, vous vous êtes mis à la recherche de l'amulette.

— Je l'ai cherchée pendant des années. Quelle déception de découvrir qu'elle avait été divisée pendant la période Amarna. Imaginez essayer de trouver quelque chose dont les morceaux ont été éparpillés aux quatre coins d'un pays près de trois mille ans plus tôt.

— Mais vous avez persisté ?

— J'ai dépensé une fortune à fouiller les sites archéologiques, mais j'ai fini par les trouver tous au même endroit. Pas dans un tombeau ou un temple ni aucun type de site d'excavation, mais dans les mains d'un riche comte britannique qui les avait achetés de pilleurs de tombes en 1879.

— Ah.

— Oui, ce n'est pas exactement la victoire dont rêve un jeune archéologue, mais je m'en fichais. J'ai donc donné au comte la plus grande partie de la fortune d'or de ma femme pour les acquérir. C'est à ce moment que j'ai rencontré un problème.

— Vous n'aviez pas la base de l'amulette.

— C'était bien le problème, oui. Mais à ce moment, je croyais que je finirais par la trouver. Le problème, c'était que mon partenaire avait entendu la rumeur voulant que j'aie trouvé les barres. Et je ne pouvais courir le risque qu'il me les vole avant que je ne trouve le dernier morceau. Comme il m'était trop dangereux de les garder, je les ai envoyées à ma femme.

Lowe croisa les jambes.

— Votre femme décédée.

— Elle ne l'était pas à cette époque, corrigea Bacall. C'était en 1906. Je détenais un indice me laissant croire où se trouvait le dernier morceau, un mauvais indice, comme vous l'avez prouvé, mais je ne le savais pas à ce moment. J'ai donc suivi l'indice jusqu'au Caire et j'ai demandé à ma femme de cacher les morceaux dans notre maison. Elle les a bien cachés, en effet. Elle les a cachés un peu partout dans la ville de San Francisco. J'ai reçu une série de télégrammes de sa part dans lesquels elle expliquait qu'elle mettait fin à mon obsession de l'amulette dans la tentative peu judicieuse de combler le fossé entre mon partenaire et moi. Elle a tenté de détruire les morceaux ; pourtant, aucun feu n'est parvenu à faire fondre l'or.

Fascinant.

— Elle les a donc cachés d'un bout à l'autre de la ville.

— En effet. Elle les a cachés, a dessiné une carte codée illustrant les cachettes, puis elle a ensuite caché la carte. Dans son dernier télégramme, elle a dit que personne ne trouverait la carte ni les morceaux avant que je fasse la paix avec mon partenaire. Et avant d'avoir la chance de rentrer à la maison pour lui parler et la raisonner, le séisme a frappé. Vera n'y a pas survécu.

— Je suis vraiment désolé.

— Plus de vingt et une années ont passé, et elle me manque toujours.

Les coins de sa bouche esquissèrent un doux sourire.

— Qu'elle ait caché les morceaux de l'amulette ne m'a pas étonné, maintenant que j'y pense. Elle a toujours adoré les casse-têtes, voyez-vous. Et elle était très douée pour déchiffrer les codes. Un peu comme vous, en fait.

Lowe soupira lourdement.

— Vous voulez que je déchiffre le code de votre femme ?

— J'aimerais que vous déchiffriez son code et que vous trouviez où elle a caché les morceaux, oui. Un genre de chasse au trésor urbaine, pour ainsi dire. Si vous les trouvez tous, et si vous me les remettez avec la base de l'amulette, que vous avez déjà trouvée, je vous signerai un chèque de cent mille dollars.

Cent mille dollars ! C'était assez pour couvrir sa dette envers le moine, et il lui resterait suffisamment d'argent à brûler goulûment. Un sentiment d'excitation familier, celui venant avec une nouvelle possibilité et la chance qui promet de vous sourire enfin, fit battre son pouls rapidement.

— Où est l'embrouille ? demanda Lowe.

Il y avait toujours une embrouille. Toujours, toujours, *toujours.*

Le vieil homme s'appuya au dossier de son fauteuil.

— L'embrouille, c'est que vous devrez parler à ma défunte femme pour savoir où elle a caché la carte.

CHAPITRE 5

Lowe fixa l'homme aveugle, incrédule.

— Vous voulez que je…

— Votre belle-sœur est une médium, à ce qu'on m'a dit. Une vraie professionnelle.

Selon Winter et Astrid, oui. Aida canalisait les esprits sur scène à l'un des bars clandestins de North Beach, le cabaret Gris-Gris, lorsque Winter l'avait rencontrée. Elle avait maintenant pignon sur rue dans le quartier chinois et tenait des séances privées, effectuait des exorcismes, ce genre de chose.

Lowe croyait-il en son habileté ? Il n'avait aucune raison de ne *pas* y croire. S'il la voyait faire de ses propres yeux, il supposait qu'il pencherait vers un oui définitif. Il avait connu d'étranges expériences au cours de sa vie, le pouvoir inexplicable de l'amulette *djed* étant l'une d'elles.

— Votre belle-sœur peut faire venir l'esprit de ma femme, proposa Bacall. Vous pourrez lui parler, lui poser des questions sur la carte. Commencez par là.

— Pourquoi ne pas lui parler vous-même ?

— Elle ne voulait rien me révéler lorsqu'elle était vivante. Je doute fort qu'elle ait changé d'avis.

— Et votre fille ?

— Je ne veux pas que Hadley soit mêlée à cette histoire. Pas du tout. Si vous acceptez ma proposition, je lui dirai que vous pourchassez de vieux amis pour moi. Elle n'a pas besoin d'être au courant de la trahison de sa mère.

— Vous parlez du fait qu'elle ait caché les morceaux ?

Un silence resta suspendu dans l'air quelques instants.

— Oui. Tout ce qu'elle a besoin de savoir, c'est que je vous achète la base de l'amulette. Fin de l'histoire. Ce n'est pas négociable.

Eh bien, ces déclarations en disaient certainement long sur la confiance de cet homme envers sa propre famille. Enfin, qui était Lowe pour juger les secrets d'un autre homme ? Surtout lorsque cet homme était prêt à le payer.

— Le paiement que j'offre est généreux, rappela Bacall. Deux fois plus généreux que pour la stèle d'Alexandrie vendue aux enchères l'an dernier. Je parie que vous ne trouverez aucun musée qui sera prêt à vous offrir ce prix, ni aucun collectionneur particulier. Et je suis prêt à proposer autre chose pour améliorer l'offre.

— C'est-à-dire ?

— En raison de ma santé qui se détériore, je donnerai bientôt ma démission. Le conseil d'administration votera pour mon successeur dans un mois. Si vous trouvez les morceaux cachés de l'amulette pour moi, je serai ravi de m'assurer que votre nom sera le seul à être considéré pour le poste. Vous serez bien payé, et vous serez en position de recevoir des parrainages si vous désirez continuer la fouille archéologique. Et si vous n'en avez plus envie ? Eh bien, c'est un travail de bureau confortable qui offre un certain statut.

Un grand statut. Un statut assez important pour qu'il n'ait plus jamais à creuser ce désert infernal, ce qui était tentant. Par contre, il n'était pas particulièrement emballé à l'idée d'être cloîtré dans un bureau, jour après jour.

— Réfléchissez à mon offre, insista Bacall. Notre directeur organise notre soirée annuelle pour les amis du musée. La veuve de James Flood nous recevra tous dans sa résidence sur Broadway. C'est à quelques rues de votre demeure familiale, si je ne m'abuse.

— Oui, je connais l'endroit.

Le palais de marbre des Flood. Il passait devant en voiture presque tous les jours.

— Dîner, redingotes, orchestre, décrivit Bacall. Une belle occasion de faire la connaissance de donateurs et de gens qui pourraient faire avancer votre carrière. Je vous obtiendrai une invitation.

Lowe jeta un regard vers la porte qu'avait claquée Hadley, se demandant si elle allait assister à cette soirée. Il valait peut-être mieux cesser de fantasmer sur des spectacles érotiques de carnaval et son intérêt pour les pendules, et se concentrer plutôt sur la raison véritable pour laquelle son père lui offrait une petite fortune sur un plateau d'argent.

Après tout, il y avait toujours une embrouille.

Hadley regardait par la fenêtre du bureau de son père, observant Lowe bavarder avec l'un des ouvriers jardiniers. De manière plutôt animée, à vrai dire. Tout rire et tout sourire. Entamait-il une conversation amicale avec chaque étranger qu'il trouvait sur son chemin au cours de sa journée ?

— Tout va bien, ma chérie ? demanda le père en allumant un petit appareil radio sur son bureau.

Hormis l'humiliation complète et absolue qu'elle avait subie ? Pas vraiment. Mais pour l'amour de Dieu, pourquoi avait-elle dit… *cela* ?

— Je regarde seulement le temps.

— Il va pleuvoir. Je le sens dans mes genoux.

— Mr Magnusson est reparti avec l'amulette ?

Elle ne la sentait plus, il devait donc l'avoir conservée.

— Il va l'entreposer jusqu'à ce que le ministère égyptien envoie les documents.

Son père joua avec le bouton de l'appareil, réglant le signal radio jusqu'à ce qu'il soit satisfait de la clarté du son musical ; un vieux morceau de *ragtime*.

— Comment a-t-il pu sortir l'objet du pays sans les documents ?

— Hmm ? Ah, je ne sais pas. Son oncle est un beau parleur. La famille est composée de criminels et d'escrocs.

— Alors, pourquoi lui faites-vous confiance ?

— Parce que je lui ai fait une offre qu'il ne peut refuser, et parce que les gens comme lui vendent leur loyauté au plus offrant.

Hadley poussa le rideau pour mieux voir Lowe. L'archéologue souleva la visière de sa casquette pour saluer Mrs Beckett, la vieille grincheuse, qui avait levé les yeux vers son visage en marchant vers le bâtiment, lui souriant comme s'il était saint Pierre en personne et qu'elle essayait d'obtenir ses bonnes grâces pour entrer au paradis.

— Que ferez-vous avec l'amulette lorsqu'elle sera en votre possession ? demanda Hadley à son père. Vous la donnerez au musée ?

— Je n'en suis pas certain.

C'était un mensonge, elle n'était pas bête. Lorsque son père avait d'abord insisté pour qu'elle rencontre Lowe à la gare, il lui avait dit qu'il avait tenté de trouver l'artefact lui-même lorsqu'il était plus jeune, et que c'était le rêve de sa vie de le posséder. Il ne se donnerait pas tant de mal s'il n'avait pas un plan précis en tête.

— À propos, j'ai invité Mr Magnusson à la soirée, cette fin de semaine. Je songe à demander à Miss Tilly de l'accompagner.

L'estomac de Hadley se serra.

— Il est intéressé par Miss Tilly ?

— C'est une femme charmante. Qui ne le serait pas ?

Qui, en effet. Pourquoi l'idée la dérangeait-elle à ce point en ce moment, Hadley l'ignorait. Lowe lui avait fait deux ou trois commentaires déplacés et lui avait touché la main, et voilà que son cerveau envoyait des signaux possessifs à son cœur ? Ridicule.

— J'ai du mal à croire que vous voudriez offrir votre secrétaire préférée en cadeau comme s'il s'agissait d'une prostituée.

— Ne sois pas vulgaire, Hadley. La jalousie n'est pas flatteuse.

— Je ne suis pas jalouse.

Mais elle l'était, bêtement. Et avant qu'elle ne puisse maîtriser ses émotions, les spectres Mori épièrent ses pensées et s'élevèrent des lames du parquet pour pousser l'appareil radio comme le ferait un enfant gâté. Une fois l'objet tombé sur le plancher, les parasites crépitèrent dans les haut-parleurs.

Le père de Hadley sursauta.

— Qu'est-ce que c'est ?

— Je l'ai cogné sans l'avoir voulu, expliqua-t-elle, saisissant vivement l'appareil.

Elle compta silencieusement et tourna le bouton pour retrouver le poste musical.

— Ce n'est rien.

Les épaules de Mr Bacall se détendirent.

— Je désire simplement le garder près de moi jusqu'à ce que la vente de l'amulette soit effectuée, et Miss Tilly pourra le présenter à tous les conservateurs. Je crois qu'elle n'y verra pas d'inconvénient. Elle a mentionné qu'il était plutôt grand et étonnamment attrayant.

Oh ! vraiment ? Était-ce le mot qu'avait trouvé Miss Tilly pour éluder poliment le nez cassé de l'archéologue dans son évaluation ? Pour être honnête, Hadley devait admettre qu'elle avait été surprise de le voir fraîchement rasé et vêtu d'un complet décent, bien que les voyantes bottes marron lacées jusqu'au genou constituaient un élément de trop. Il avait l'air d'être habillé pour une mission de cavalerie ou une partie de chasse aux cailles à dos de cheval.

Et pourquoi son père avait-il demandé l'opinion de sa secrétaire au sujet de l'apparence du candidat au lieu de la sienne ? En fait, elle supposa que c'était prévisible. La plupart du temps, elle jurait qu'il la prenait encore pour une fillette de dix ans. Si elle lui révélait que Lowe s'était pressé contre ses sous-vêtements, il expirerait probablement à la suite d'un choc émotif.

Que veux-tu, Hadley ?

Elle jeta un dernier coup d'œil par la fenêtre. Lowe avait terminé son bavardage et enfourchait maintenant une motocyclette rouge vif. Pourquoi n'en était-elle pas étonnée ? Les bottes d'équitation servaient à conduire un cheval, après tout — un cheval mécanique. Le moteur était si bruyant que le son fit vibrer la fenêtre fermée.

Le chevalier enfonça sa casquette sur sa tête, puis poussa la béquille vers l'arrière de sa botte. Ma foi, l'homme était agréablement construit. Sa vue lui coupait le souffle. Juste un petit peu.

D'accord, peut-être beaucoup.

Parce qu'au moment où il accéléra dans le parc de stationnement, elle eut l'impression d'être un animal qu'on venait de libérer.

Et elle se trouva à souhaiter se retrouver sur la place arrière de cette motocyclette, s'éloignant avec lui.

Lowe emprunta des routes secondaires pour voyager du musée Young au quartier Fillmore, puis il gara Lulu dans un endroit discret. Depuis le Grand incendie, le quartier était devenu le foyer d'un mélange éclectique d'immigrants et de familles de la classe ouvrière. Il avait passé les dix premières années de sa vie dans une maison mitoyenne de cette partie de la ville avant que l'entreprise de pêche de son père ne les ait rapprochés de l'Embarcadero.

Le pâté de maisons qu'il longeait constituait le centre de la communauté juive de la ville ; des juifs russes et d'Europe orientale possédaient la majorité des entreprises du coin. Il passa devant une école hébraïque, deux bouchers kascher et plusieurs tabagies avant de mettre le pied sous l'alcôve d'un cinéma, où il se tint dans l'ombre d'une billetterie pendant une minute. Juste pour être sûr.

Personne ne le suivait.

L'odeur euphorisante du pain de seigle fraîchement sorti du four flottait devant la boulangerie Waxman lorsqu'il avança à grands pas vers le trottoir. Il rejoignit l'intersection, puis attendit de pouvoir traverser la rue. *Si* les hommes du moine le suivaient, Lowe espérait qu'ils l'auraient vu entrer dans le musée et qu'ils tiendraient pour acquis qu'il y avait laissé l'amulette. Il s'efforça donc de se détendre, mais son esprit dériva vers l'image de Hadley, le distrayant de ce qu'il devait surveiller : sa destination actuelle.

Du coin de l'œil, il aperçut un éclat jaune fuser du coin opposé où il se tenait. Il tourna la tête à temps pour apercevoir Stella Goldberg sautiller sur le trottoir dans une robe couleur bouton d'or.

Pendant un moment, il sourit à la vue du visage joufflu de la fillette de quatre ans qui courait silencieusement vers lui. Puis, il leva les yeux et vit l'obstacle qui lui bloquerait le chemin.

Deux ouvriers hissaient un genre de ventilateur industriel le long d'un immeuble à l'aide de cordes et de poulies. Le ventilateur de forme carrée avait la taille d'un capot de voiture, et à la manière dont les hommes suaient et soufflaient, l'objet était lourd. Un contremaître se tenait près d'eux, dirigeant leurs efforts tout en hurlant des ordres à un autre homme sur le toit.

Le contremaître vit Stella approcher, et lui cria de s'arrêter.

Elle ne pouvait l'entendre. Stella était sourde.

Inconsciente de leur présence et du danger, elle arpenta le trottoir, avançant sous le ventilateur qui flottait à un étage au-dessus d'elle. Dans sa hâte, elle trébucha sur le pied de l'un des ouvriers, puis tomba face contre terre.

L'homme perdit l'équilibre. La corde glissa entre ses gants. Le ventilateur chuta de quelques mètres, son ombre grandissant au-dessus du minuscule corps de Stella.

Lowe s'élança dans la rue, filant tout droit vers l'autre côté, sa propre ouïe assourdie par le sang cognant dans ses oreilles. Ses longues jambes le portèrent hors de la trajectoire d'un tacot qui roulait près du bord de la rue. Il l'évita de justesse, atteignant le trottoir dans un bond, tandis que le contremaître saisissait la corde libre.

Les poulies grincèrent.

Quelqu'un cria.

Lowe ne leva pas la tête. Il s'abaissa et attrapa Stella au moment où le ventilateur tombait…

Il fut arrêté dans sa chute quelques centimètres au-dessus du trottoir. Les hommes avaient réussi à le retenir. Une fraction de seconde de plus et le mastodonte écrasait la fillette.

Les poumons brûlants, Lowe la serra contre son torse, une boule de volants jaunes aux boucles foncées et aux membres fragiles. Ses petits bras s'accrochèrent au cou de son sauveur, son cœur battant comme celui d'un colibri.

— Je suis là, je suis là, la rassura-t-il, parlant contre sa tête pour qu'elle puisse le sentir.

Comme si on avait appuyé sur un interrupteur à l'intérieur d'elle, elle arrêta de sangloter.

Un essaim de femmes se déversa d'une boutique à proximité, criant de désarroi. Stella décolla son visage mouillé de larmes de l'épaule de Lowe et fut bouleversée en voyant le chaos se rassembler autour d'eux.

Il leva une main en l'air et annonça aux spectatrices :

— Elle va bien. Ne l'effrayez pas.

Il pencha la tête pour capter son regard et lui sourit.

— Tu l'as échappé belle, ma grande. Tu as presque franchi le dernier obstacle.

Elle lui fit un sourire édenté.

— Et voilà. En pleine forme !

Les ouvriers abaissèrent le ventilateur sur le trottoir, lequel produisit un boum ! qui fit trembler les semelles des bottes de Lowe. Il positionna Stella sur sa hanche droite et contourna le ventilateur au sol.

— Tu reconnais ton *farbror* Lowe, même s'il a disparu pendant six mois. Comme tu es brillante. Allons trouver ton papa, maintenant, avant que ces hommes laissent tomber cette fichue chose à nouveau.

— Cette enfant aurait pu blesser mon homme ! cria le contremaître, tandis que ses ouvriers observaient la scène en silence. Vous avez de la chance que cette chose ne soit pas tombée ou vous auriez payé pour les réparations.

Lowe garda une expression calme pour ne pas affoler Stella et répondit à travers un sourire serré :

— Vous avez de la chance que je ne réduise pas votre tête en bouillie et que je ne vous casse pas les deux jambes avant de dire à mon avocat de vous poursuivre en justice pour négligence.

— Bon, vous voyez, ici…

Stella émit un son vague et tourna la tête vers l'épicerie Diller, d'où son père surgit, pris de panique.

— Stella !

— Voilà papa, dit Lowe, lançant un dernier regard malveillant vers le contremaître, avant de s'éloigner de l'idiot insensible.

— Lowe, pour l'amour de Dieu !

Adam Goldberg les retrouva à mi-chemin.

— J'ai tourné le dos pendant une seconde. Qu'est-il arrivé ?

Il étudia la scène sur le trottoir et fronça les sourcils.

— Rien qu'un peu d'eau chaude et de baume ne guériront pas.

Lowe ouvrit l'une des paumes égratignées de la fillette.

— Ça brûle, *ja* ? demanda-t-il, lui tapant les doigts pour démontrer ce qu'il disait.

Elle plia les doigts et fit oui de la tête.

Adam prit Stella des bras de Lowe, murmurant une prière dans sa barbe. Après avoir inspecté les genoux de sa fillette, ses épaules s'affaissèrent. Il ricana de la sorte de rire terrifié qui trahissait le soulagement mêlé à l'effroi. Un rire que Lowe avait entendu de la bouche de son ami des centaines de fois.

— On dirait bien que le désert a bronzé ton petit cul, railla Adam. Et je vois que tu as perdu un doigt. Devrais-je te demander comment ?

— Probablement pas.

— D'accord. Tu as faim ?

— Je suis affamé.

— Tant pis pour notre réunion discrète. Allez, viens.

L'odeur du bœuf salé, de la soupe au poulet et de l'aneth leur caressa les narines lorsqu'ils entrèrent dans le restaurant. Des aliments en conserve et du pain étaient vendus d'un côté de la salle, les aliments froids étaient présentés dans un comptoir vitré et réfrigéré de l'autre côté, tandis que les repas chauds étaient préparés dans une petite cuisine à l'arrière. Un menu modeste était griffonné à la craie sur un tableau près du comptoir.

Adam posa Stella sur l'une des quatre tables situées près des fenêtres. Il balaya sa robe de la main pour la débarrasser de la saleté pendant que Lowe fouillait son sac à bandoulière pour en retirer un jouet muni d'un remontoir qu'il avait marchandé au Caire. Il présenta le chat noir à Stella d'un grand geste théâtral.

— Qu'en dis-tu ? Attends, tu le remontes comme ceci.

Lowe montra à la fillette comment utiliser le jouet, puis le posa sur la table. Le chat avança sur ses roulettes et agita la queue de bas en haut.

Stella poussa de petits grognements de joie, se tortillant pour attraper le chat dans sa course. Un gagnant. Lowe ne s'y attendait pas. Elle avait rejeté tous ses autres présents.

— Elle a grandi d'une tête depuis la dernière fois que je l'ai vue, remarqua Lowe.

Adam lissa la frange de la petite.

— Elle est d'ailleurs deux fois plus insolente.

Une vieille femme longea le comptoir pour s'approcher d'eux en souriant.

En la voyant, Adam hocha la tête, puis dit à Stella :

— Va voir Mrs Berkovich. Tu pourras jouer après avoir été nettoyée.

Il décrivit le signe « laver » de la main et pointa le doigt vers la vieille femme. Stella saisit le jouet, et Mrs Berkovich l'accompagna à la salle de bain.

— C'est dans des moments comme celui-ci que je me dis que Miriam se serait mieux débrouillée, déclara Adam avec nostalgie, regardant sa fille disparaître au fond de la boutique.

La femme d'Adam était décédée des suites de la grippe un an après la naissance de Stella, il y avait de cela près de trois ans. Le couple et Lowe étaient amis depuis l'enfance. La mort de Miriam avait dévasté Adam. Elle était décédée quelques mois après l'accident de voiture qui avait tué les parents de Lowe, aussi les deux amis avaient traversé leur deuil ensemble. Toutefois, si Lowe était parvenu à accepter la perte de ses parents — dans la mesure du possible —, Adam ne s'était jamais vraiment remis de la mort de sa femme. Et Lowe craignait qu'il n'y arrive jamais.

— Je te l'ai dit mille fois, ce n'est pas un échec d'engager une nounou.

— Et je t'ai dit mille fois de plus que je n'accepterai pas d'aumône de la famille Magnusson. Je suis horloger, pas contrebandier. Je fais mon possible.

— Tu es un sacré génie dans le travail du métal, c'est ce que tu es. Et si nous réussissons cette affaire, nous allons faire tellement d'argent que tu seras peut-être *celui* qui offrira l'aumône.

— J'ai aussi entendu ça de ta bouche mille et une fois, rétorqua son ami, le coin de ses lèvres se retroussant.

— Nous avons fait un joli paquet avec la version contrefaite de la statue de crocodile.

Inutile de mentionner que l'oncle de Lowe avait échoué à produire un document authentique, ou que le moine voulait sa tête pour cette erreur. Rien de cela n'était le problème d'Adam.

— Et je l'ai dépensé en remboursant les dettes de la famille de Stella.

— Tu es un meilleur homme que moi, Goldberg.

Adam frappa malicieusement son ami sur le bras.

— Apprends-moi donc quelque chose que j'ignore.

Après que Mrs Berkovich eut apporté des bols de soupe fumants, du pain frais et des cornichons aigres-doux, conservés dans de gros barils ventrus placés au bout du comptoir, Lowe sortit la base de l'amulette de sa sacoche. L'étrange vibration déconcertante qu'elle émettait s'intensifia pendant qu'il la déballait.

— Regarde-la.

Adam siffla d'admiration.

— C'est quelque chose, hein ?

— Qu'en penses-tu ? Tu peux la reproduire ?

Lowe jeta un coup d'œil vers la petite qui jouait avec le chat à remonter. Elle ne semblait pas « entendre » le bruit produit par l'amulette, ce qui était probablement une bonne chose. De son côté, Adam n'émit aucun commentaire à ce sujet.

— Puis-je ? demanda Adam, sortant une paire de lunettes de bijoutier dotée de loupes extensibles.

— Ne te gêne surtout pas. Je ne supporte pas de la toucher. Elle me fout les jetons.

Adam la retourna dans sa main, se penchant plus près pour mieux l'inspecter.

— La même ternissure rouge curieuse que l'or de la statue de crocodile, mais une méthode complètement différente de coulage.

— Elle a mille ans de plus et elle provient d'un endroit différent. Regarde bien le trou sur le dessus.

Lowe retira un carnet de poche noir de son complet et esquissa la forme finale de l'amulette, avec les quatre barres empilées sur le dessus, de la manière dont il l'imaginait, en se fiant sur les descriptions connues et les autres colonnes *djed* représentées par les objets de pierre et les bijoux de la même époque.

— Une conservatrice du musée Young l'a examinée ; la fille du chef du service des antiquités.

— Celle qui t'a offert de l'acheter ?

— Celle-là même. Je viens juste de la voir.

Lowe fit pianoter ses doigts sur la table et sentit les yeux d'Adam le sonder.

— Je viens de voir son père, c'est ce que je veux dire. Elle et son père.

Adam émit un son guttural exprimant à la fois le jugement et l'amusement.

— Jolie ?

— Le père ?

— Va te faire foutre.

— Hadley, alors ?

— Oh, *Hadley*, énonça Adam d'une voix traînante. Ouf ! Tu es rentré il y à peine une journée et tu l'appelles déjà par son prénom ? Putain… Toi, ta taille de Viking et ton sourire de beau parleur. À quoi ressemble-t-elle ?

— Elle est intéressante.

En effet, elle l'était. Et il ne savait trop comment la décrire. Une partie de lui voulait raconter l'anecdote du pendule à Adam et lui parler de la forme exceptionnelle de ses fesses, mais une autre partie de son cerveau, rationnelle, voulait égoïstement tout garder pour lui-même.

— Parfait, ne me le dis pas. Son père compte-t-il toujours t'acheter cet objet ?

— Encore mieux. Il prétend qu'il a trouvé les barres qui s'insèrent dans la partie supérieure. Sa défunte femme les a cachées un peu partout dans la ville, il y a des années. Il veut que je les retrouve et que je lui vende cet artefact pour qu'il possède l'objet intégral.

Adam le regarda par-dessus ses loupes.

— Combien ?

Lowe lui révéla le montant.

— *Non.*

— Hé ! oui, confirma Lowe. Et si Dieu le veut, je trouverai les morceaux et je te demanderai de créer une copie de chacun.

— Il me faudra bien deux semaines pour forger celui-ci.

— Pas de problème. Les barres seront plus petites. Moins de détails.

Lowe remit subrepticement à son ami une enveloppe contenant une liasse de billets plutôt épaisse qu'il avait dérobée de l'argent de poche de Winter le matin même. Il rembourserait le « prêt » lorsque la banque aurait accepté le chèque.

— Voici l'argent pour acheter de l'or. Et garde ce truc dans la chambre forte, Adam. Juste au cas où quelqu'un viendrait fouiner autour.

— Pour quelle raison quelqu'un viendrait-il fouiner autour ?

— Bien d'abord, le moine est furieux en raison des documents de la statue.

Adam leva les yeux au plafond.

— Ton oncle et ses manigances. Sommes-nous dans la merde ?

— Peut-être, je ne sais pas. Je me suis assuré de ne pas être suivi, mais prends garde.

— Attends une minute. Dois-je faire la copie de l'amulette pour le moine ? Pour le rembourser pour la statue ? Pourquoi te ferait-il encore confiance après que tu l'eus dupé ?

— Il ne me ferait pas confiance. Tu créeras la copie pour Mr Bacall. Je donnerai l'amulette authentique au moine.

— Sapristi. Tu es assez confiant pour passer un objet contrefait à un expert ?

Lowe s'adossa contre sa chaise et sourit.

— Mr Bacall est aveugle.

— Ah ! sourit Adam. Ça aide, je suppose.

— Si ces barres existent réellement et que tu peux forger l'amulette entière, nous serons riches. Et, dans le pire des cas, si je ne trouve pas les barres, le moine obtient la pièce authentique gratuitement, et nous obtenons cinquante mille de Bacall pour la colonne contrefaite.

— Cinquante mille. Même *ça*, c'est une fortune.

— Ta part, c'est la moitié.

— Lowe…

— La moitié, insista l'archéologue, hochant la tête vers Stella. Pour elle, pas pour toi. Tout ce que j'ai fait, c'est de trouver la chose en creusant. Par ailleurs, Miriam descendrait de l'au-delà te fouetter le cul si tu ne l'acceptais pas.

Adam fit le signe de la croix et retira ses lunettes.

— C'est tellement plus que ce que nous avons obtenu pour la statue. Tu devrais peut-être seulement régler ta dette envers le moine, vendre la base forgée à Bacall, et ne plus y penser.

— Mais si je trouve les morceaux, nous obtenons tous les deux cinquante, Adam. *Cinquante.*

— Si tu trouves les morceaux. *Si.*

— J'ai trouvé une partie d'un objet mythique enfoui dans une pièce inondée de l'autre côté de la planète. Fouiller la ville pour trouver quelques morceaux de plus sera facile comme bonjour.

CHAPITRE 6

Lowe était un excellent lèche-bottes, comme l'aurait dit Adam. Mais quelques jours plus tard, lorsqu'il grimpa les marches en marbre blanc de la maison des Flood et qu'il remit ses affaires au portier : invitation, gants blancs et pardessus, un vieux sentiment de dégoût refit surface. Les redingotes et les robes de soirée affluaient dans la grande salle de réception et dans les pièces adjacentes. Le vieil argent. Le prestige. La haute société de San Francisco.

Tout ce que Lowe n'était pas.

Bien sûr, la demeure de sa famille se trouvait dans le même quartier prestigieux, et son numéro de téléphone commençait par le même nom de central, mais les Magnusson n'étaient pas exactement comme le reste du quartier. Pour commencer, il doutait qu'aucun d'entre eux n'ait passé la semaine à éviter les appels téléphoniques du moine Morales parce qu'il croyait, complètement paranoïaque, que ses hommes de main l'épiaient. Lowe n'avait encore noté aucun signe de leur présence, mais ils allaient apparaître, tôt ou tard.

Et même si personne chez les Flood ne le suspectait de devoir une fortune pour avoir vendu un objet contrefait à un truand-receleur, tout le monde *savait* que l'argent de sa famille provenait de la contrebande. Bon sang, le service de police au complet le savait : son frère les payait scrupuleusement tous les mois.

Alors, oui. Le champagne que ces invités buvaient goulûment pouvait très bien provenir des réserves de Winter, mais Lowe ne leur ressemblait pas. Les invités le savaient. Lui-même le savait. Il se colla donc un sourire sur le visage au moment où Mr Bacall, marchant à l'aide d'une canne au pommeau d'or, fut guidé dans sa direction par un homme beaucoup plus jeune.

— Mr Magnusson ?

Le jeune homme était robuste et trapu. Il semblait jouer le rôle de chien de garde de Mr Bacall pour la soirée.

— Où est-il ?

Les yeux blancs du vieil homme fixèrent le vide lorsque sa tête se tourna.

— Ici, Mr Bacall, répondit Lowe, guidant le poignet de l'homme, le jeune homme tenant toujours le bras de son protégé. Merci de m'avoir invité.

— Ce n'est rien, mon garçon. Ils versent à boire dans la salle de réception, et on m'a dit que le dîner serait bientôt servi. Miss Tilly ne pouvait se joindre à nous ce soir, j'en suis désolé. Elle avait un autre engagement.

Lowe feignit la déception.

— Peut-être une autre fois.

— Il y a beaucoup de gens que j'aimerais vous présenter. Stan m'aide à me déplacer, mais il ne connaît pas encore tous les visages. Alors, pourquoi n'essayez-vous pas de trouver Hadley ?

Hadley. Lui dirait-elle encore de la fermer ? Il avait surtout pensé à elle au cours des derniers jours. Dieu seul savait pourquoi. Peut-être était-il friand des châtiments.

Mr Bacall se pencha vers Lowe, se collant presque le nez contre son épaule.

— Avez-vous considéré mon offre ?

Immensément. Lowe avait également passé un peu de temps avec l'épouse de Winter, la médium. Cependant, si Aida *pouvait* réellement faire venir la défunte épouse de Mr Bacall, elle serait au courant des activités de Lowe. Et elle était, malheureusement, mariée à son frère.

— Je souhaite certainement essayer, annonça Lowe au vieil homme. Mais si j'accepte, j'aurai besoin de quelque chose de plus tangible qu'une entente de gentlemen avant de faire participer ma belle-sœur à cette activité. Je n'aime pas vraiment mêler famille et affaires, et garder quelque chose du genre sous le manteau exige de jongler prudemment avec les deux.

Le conservateur hocha la tête.

— Je comprends exactement ce que vous voulez dire, mon cher.

Très bien, parce que Lowe désirait recevoir le plus d'argent possible à l'avance, juste au cas où l'impatience du moine devrait être apaisée par un paiement partiel.

— Mr Bacall, voudriez-vous venir par ici ? demanda quelqu'un.

Lowe assura au vieil homme qu'il chercherait Hadley.

— Je vous retrouve un peu plus tard.

Laissant Mr Bacall et son assistant derrière, Lowe serpenta à travers la salle de réception, attrapant une coupe de champagne au passage (la réserve de Winter, sans aucun doute), et se présenta à une critique d'art devenue veuve qu'il reconnut après l'avoir vue dans un journal. Après son deuxième verre de champagne, il tomba sur un magnat des chemins de fer qui le reconnut, *lui,* après l'avoir vu dans le journal, mais il ne trouvait toujours pas Hadley.

Jusqu'à ce qu'il tourne les yeux vers le fond de la grande salle.

À l'écart de la foule condensée, à l'extrémité de deux tables incommensurablement longues, Hadley bavardait avec un homme. Derrière elle, trois fenêtres en saillie arrondie dominaient la baie noircie par la nuit. Un luminaire suspendu poursuivait les ombres qui se déplaçaient lentement sur son visage tandis qu'elle parlait.

Son cou et ses bras pâles étaient dénudés par une robe sans manches à panneaux superposés, et un lingot d'argent brillait sous une broderie de perles noires. Le filet de perles était tissé de plus en plus serré, de manière à créer des vagues d'obsidiennes scintillantes qui tourbillonnaient autour de ses hanches et de ses cuisses, comme un cyclone obscur.

Elle portait des chaussures à talons hauts argentées, des gants blancs montant au coude et des bracelets de diamants. Puis, lorsqu'elle tourna la tête, quelque chose capta l'attention de Lowe. Quelque chose qui adoucissait chaque trait dur de son visage, chaque note tranchante de sa personnalité.

Chaque mur endurci du cœur menteur de Lowe.

Épinglé derrière son oreille gauche, emmailloté dans un nid de cheveux noir corbeau, un lis de Sibérie illuminait son visage.

Une chose si ordinaire. Pourtant, elle déverrouilla une porte jusqu'alors inconnue dans la tête de Lowe. Et lorsque cette porte s'entrouvrit, grinçant d'hésitation, la musique, le tintement des coupes de champagne et les conversations prétentieuses s'estompèrent en un bourdonnement assourdi.

Elle n'était pas maigre ; elle était élégante.

Ses jambes et ses bras n'étaient pas longs ; ils étaient interminables.

Elle n'était pas jolie ; elle était belle à faire fondre. Éblouissante.

Lowe cligna plusieurs fois des yeux et la regarda de nouveau. Ce n'était pas un rêve. Elle était toujours magnifique. Elle hocha la tête en répondant à la question de son compagnon tout en glissant furtivement un regard vers la foule, puis ses yeux croisèrent ceux de Lowe.

Ils se fixèrent un moment. Ou plutôt, elle le regarda tandis qu'il restait cloué au plancher de marbre comme un enfant à qui le professeur a posé une question, et qui est trop embarrassé pour admettre qu'il ne connaît pas la réponse. Il s'était perdu en la contemplant. Depuis quand la regardait-il ainsi, il ne le savait trop. Mais il se noya dans ses yeux un petit moment, puis l'instant d'après, il sentit le pied de sa coupe de champagne glisser entre ses doigts.

Secoué par la panique, il agita les doigts et attrapa la coupe, puis la saisit à deux mains.

Chouette. Charmant. Comme c'était débonnaire. Il avait probablement l'air plus ivre que le diable en vacances. Les yeux plissés de Hadley ne firent que confirmer ses craintes. Il posa la coupe vide sur une table à proximité, puis fit de son mieux pour retrouver la bravade qu'il avait perdue, car elle se dirigeait maintenant vers lui.

Son compagnon avait l'âge de Lowe, grand et dégingandé, les cheveux foncés. Sa redingote était légèrement trop longue, les pointes du col de sa chemise étaient un peu trop empesées et son visage était franchement trop attrayant. Il était également seul avec Hadley, alors Lowe le détestait sans le connaître.

— Bonsoir, Hadley.

— Bonsoir, Mr Magnusson.

De retour aux formalités, hein ? Il aurait dû s'y attendre.

— J'espère ne pas interrompre une conversation personnelle.

— Mr Oliver Ginn, je vous présente Mr Lowe Magnusson.

Son nom tomba de la langue de Hadley comme un fardeau enveloppé de cet accent distingué ridicule.

— Le chasseur de trésors, répliqua Mr Ginn, l'évaluant d'un regard froid.

— Je préfère *trouveur* de trésors.

— Mr Ginn est un mécène des arts, décrivit Hadley, comme si elle défendait ses bonnes valeurs auprès d'un juré. Il a financé plusieurs projets de fouilles au Mexique par ses contributions aux subventions à la recherche universitaire.

— Le programme aztèque à Berkeley ? demande Lowe, tâchant de se remémorer l'homme.

Mr Ginn secoua la tête.

— Je me suis installé ici récemment. Ma famille vit en Oregon.

Lowe s'en fichait éperdument.

— Mr Ginn est celui qui m'a encouragée à faire plus de présentations orales. Indirectement, c'est grâce à lui que j'ai accepté de donner le séminaire à Salt Lake City.

Ah ! « grâce à lui », vraiment ?

— Comme c'est gentil, commenta Lowe. Je suppose que je devrais vous remercier, Mr Ginn, car si vous ne l'aviez pas encouragée, Hadley et moi ne nous serions pas rencontrés, et nous n'aurions pas vécu notre petite aventure sur les rails dans cette charmante petite…

— Puis-je vous parler seule à seul, Mr Magnusson ? s'empressa d'interrompre Hadley.

— Mais bien sûr, vous le pouvez certainement.

Hadley s'excusa auprès de Mr Fortune, puis se dirigea d'un pied ferme vers les portes de la salle sans tourner la tête. Lowe supposa qu'il était censé la suivre comme un chien, ce qu'il fit, sans *aucune* hésitation. La toile d'araignée de perles noires qui moulait ses superbes rondeurs vibrait avec chacun de ses pas furieux. Hypnotique. Si hypnotique que la grande porte de bronze qu'elle ouvrit manqua de rebondir sur son nez en se refermant avec élan.

L'air frais de la nuit rafraîchit son visage tandis qu'il suivait Hadley dans un jardin italien parsemé de palmiers, où quelques invités errants socialisaient les uns avec les autres. Les domestiques fumaient des cigares dans la pénombre. Hadley avança jusqu'à une piscine de marbre miroitante située au centre de la cour, puis elle s'arrêta au bord. Lowe l'entendit compter en s'approchant d'elle.

Hadley se concentra sur son reflet aqueux dans la piscine éclairée par la lune. Ses spectres se rassemblaient au loin, affamés, impatients d'être déchaînés. Mais quelque part entre les numéros dix-huit et dix-neuf, un autre reflet apparut à la surface de l'eau, derrière elle. Il fut suffisamment distrayant pour chasser ses spectres, qui s'enfuirent aussi vite qu'ils étaient apparus.

— Je t'ai entendu compter tout bas de cette manière, dans le bureau de ton père.

La voix grave de Lowe, comme une couronne au-dessus de la tête de Hadley, fit apparaître des frissons sur sa nuque.

— Essaies-tu de gérer ta colère ?

— Cela ne te regarde pas.

Elle croisa les bras contre ses seins pour repousser l'air frisquet.

— Es-tu ivre ?

— Je me suis posé la même question, à vrai dire. Parce que je semble incapable de te quitter des yeux, ce qui n'a aucun sens.

Ces deux énoncés luttèrent l'un contre l'autre dans l'esprit de la conservatrice. Elle avait bien remarqué qu'il la fixait des yeux dans la salle de réception. Comment aurait-elle pu l'ignorer ? Il la regardait si intensément qu'elle l'avait *senti*. Et pendant un court moment, elle avait presque cru, bêtement, qu'il la voyait pour la première fois. Qu'ils étaient tous deux des explorateurs sur le mont Sinaï, coincés sur des falaises opposées, qu'il lui avait lancé une corde, et qu'elle n'allait pas s'évanouir de faim et rester là, étendue, jusqu'à ce que les vautours viennent lui percer les yeux.

Et ensuite, il s'était comporté comme un imbécile devant Mr Ginn et sa corde imaginaire avait cédé.

— Je regarde ton derrière, il va sans dire, enchaîna-t-il. Je suis un homme, après tout. Si j'étais croyant, je croirais possiblement que le diable en personne l'a sculpté pour m'attirer vers le péché. Mais ton devant...

— Mon devant ?

Elle se retourna vivement pour lui faire face.

— Mon devant est quoi, exactement ? Plat ? Étrange ? Trop maigre ? Est-ce que j'étudie les momies depuis assez longtemps pour commencer à leur ressembler ? Parce que j'ai déjà entendu toutes ces critiques, alors vas-y, fais de ton mieux pour les surpasser.

Il la regarda, silencieux pendant un moment, puis referma la bouche. L'avait-elle choqué ? Était-il fâché ou embarrassé ? Peu importe. Tant mieux.

— Tu veux savoir ce que j'allais dire ?

— Vas-y, défia-t-elle.

L'agitation le transforma en quelque chose d'étranger. Ses yeux se rétrécirent pour ne ressembler qu'à des traits noirs sous ses sourcils froncés, et sa mâchoire était tendue. Il n'y avait alors plus rien de jovial, décontracté ou charmant à son sujet, toutes ces qualités avaient disparu, remplacées par une intensité et une noirceur brutes.

Il avança brusquement vers elle, se penchant beaucoup trop près de son visage. Leurs nez se touchaient presque.

— J'allais dire que tu étais extrêmement envoûtante dans cette robe, que je n'avais pas réalisé combien tu étais extraordinairement belle parce que tout ce que j'ai vu sur toi, ce sont ces ridicules tenues funéraires.

Il recula, rétablissant une distance entre eux.

— Voilà. Contente, maintenant ?

Contente ? *Contente* ? Le cœur de Hadley avait failli s'arrêter de battre.

Les contours crispés du corps de Lowe se détendirent. Et dans une voix calme, il ajouta :

— J'allais aussi dire que ton lis me rappelle la scène d'un tombeau que j'ai vue au British Museum le printemps dernier ; celle où Nebamon chasse dans les marais avec une belle fille qui porte un lotus dans les cheveux. Et c'est très joli sur toi. Extraordinairement joli.

Hadley sentit une gamme d'émotions lui pincer la poitrine. Personne ne lui avait jamais dit une chose pareille. Pourquoi était-ce *lui* qui la lui disait, entre tous les hommes ? Il ne se moquait pas d'elle. Non, c'était impossible.

S'il vous plaît, faites qu'il soit sincère.

Elle cligna des yeux, repoussant les émotions non désirées, souhaitant recevoir la chute de l'intrigue, qui ne vint jamais. Il était si douloureusement attrayant, la dominant de son grand corps couvert de sa veste de smoking noir sur son gilet blanc. Sa pose décontractée irradiait la confiance. Le corps de Hadley voulait s'en approcher en sourdine, comme s'il pouvait s'abreuver de tout ce sang-froid, de toute cette lueur dorée qu'il paraissait émettre.

Puis, elle se souvint de ce qu'il était.

Un menteur. Et un adulateur, en plus. Il était doué — très doué. Et elle était idiote.

Elle émit un son étouffé, réprimant un rire amer.

— Après qu'un homme a dit à une femme son premier mensonge, les autres suivent et s'empilent rapidement, cita-t-elle librement.

— C'est de bonne guerre. Je ne t'ai pas donné beaucoup de raisons de me donner ta confiance. Dis-moi ce que je peux faire pour la gagner. Jurer sur la Bible ? M'agenouiller ? N'importe quoi, Hadley, dis-le.

Elle remua la tête, embrouillée par les sentiments qui tiraillaient son bon jugement dans tous les sens. À la recherche d'une ancre, ses yeux s'accrochèrent au nœud de la cravate de Lowe, puis suivirent le bord large de son épaule, dépeinte par la lumière fauve s'échappant de la somptueuse demeure. Et lorsque son regard s'échoua sur le blanc net de la manchette qui sortait sous le bras de son smoking, au-dessus de sa main nue blessée, elle décida d'accepter son offre.

— Ceci, dit-elle, hochant le menton vers la main de l'archéologue. Dis-moi ce qui est vraiment arrivé à ton petit doigt.

Donne-moi quelque chose de vrai, que je croirai.

Lowe souleva sa main mutilée et la nicha dans son autre main, frottant la chair cicatrisée de la pulpe de son pouce.

— Je ne l'ai dit à personne depuis que j'ai quitté l'Égypte.

— Pas même à ta famille ?

— Pas même à mon meilleur ami.

Était-ce aussi un mensonge ? Hadley ne pouvait le déceler.

— Vas-y, raconte.

— Ce n'est pas aussi excitant que tu le croies, commença-t-il, s'attardant.

Espérait-il qu'elle retirât sa requête ? Parce qu'il serait déçu. Or, après un long moment, il soupira, et lui raconta l'histoire.

— C'était au début de septembre. Mon oncle venait de nous déplacer d'Alexandrie à Philæ. C'est une île, tu sais. Deux îles. Il n'y a rien d'autre que des ruines à demi inondées et des temples anciens… une poignée d'archéologues, les habitants qui gagnent leur vie en transportant les touristes en barque. Nous travaillions près d'une section d'une colonnade, et un jour, alors que mon oncle devait se rendre à Assouan, j'ai raté le dernier bateau et je suis resté coincé sur l'île pour la nuit avec quelques travailleurs locaux.

Lowe se tourna vers la piscine chatoyante et tapa le bord en ciment de quelques coups de pieds lâches.

— J'étais censé construire un échafaudage pour l'excavation. Mais les travailleurs nubiens et moi avons décidé de boire quelques verres cul sec. Au moment où j'ai entrepris l'échafaudage, j'étais moins alerte que j'aurais dû l'être.

— Ivre, tu veux dire.

— Assez.

Il renifla et se frotta le nez, l'air beaucoup plus sobre que ce qu'elle avait cru plus tôt, lorsqu'il jonglait avec sa coupe de champagne.

— Qu'est-il arrivé ?

— Je sciais une planche avec ma main droite, dit-il en mimant la scène, et je tenais le bois avec ma main gauche. Et je n'arrivais pas à avoir une prise ferme, alors j'ai changé d'angle et j'ai tranché mon propre petit doigt.

Le visage de Hadley se vida de son sang.

— À vrai dire, je me suis seulement scié le bout du petit doigt, à la première jointure. J'imagine que l'alcool a engourdi ma réaction et mes nerfs. Mais nous étions pris sur une île où il n'y avait aucun médecin. Rien. Tout ce que je pouvais faire, c'était de bander la plaie et de boire jusqu'à ce que je tombe dans les pommes. Au moment où mon oncle est revenu, le lendemain, on m'a trouvé quelqu'un pouvant coudre la plaie, mais j'avais de la fièvre. L'infection s'était développée. Quelques jours plus tard, j'ai dû me faire amputer le doigt au complet ou je risquais de perdre toute ma main.

— Seigneur Dieu, murmura Hadley.

— Il a fallu environ deux mois pour que la plaie guérisse bien. J'étais presque inutile pour mon oncle. Difficile de travailler dans le sable et la saleté avec une seule main. Difficile de faire quoi que ce soit lorsque vous avez constamment mal. En fait, c'est à ce moment que j'ai commencé à déchiffrer des parties des murs du temple. Un ennui pur m'a mené à la *djed*. Ce n'est pas une histoire palpitante, j'en ai bien peur.

Hadley n'avait pas l'intention de lui prendre la main, mais lorsque son bras se tendit vers celui de Lowe, elle ne se restreignit pas comme elle l'aurait normalement fait, elle qui évitait le plus possible de toucher les gens. La chaleur de la peau pénétra son gant de soie lorsqu'elle souleva la main blessée pour inspecter les cicatrices dans la lumière se déversant dans la cour.

— On ne remarque pas immédiatement qu'il manque un doigt, commenta-t-elle. C'est moins visible que le majeur.

— C'est une façon de voir les choses, répondit Lowe, un doux sourire cambrant ses lèvres.

Bien. Elle ne pouvait tout de même pas lui tenir la main pour toujours. Mais lorsqu'elle voulut la relâcher, il retint la sienne, exactement comme il l'avait fait lors de la journée qu'ils avaient passée ensemble dans le train. Cette fois, elle ne résista pas.

— Je me suis souvent inquiété de ne plus jamais pouvoir toucher une femme sans qu'elle ait à avaler d'abord son dégoût pour me tolérer.

— Je crois que cela dépend de chaque femme.

Une observation pratique, c'était bien son intention, mais à la manière dont Lowe pencha la tête de côté, très légèrement, dans un mouvement à peine perceptible, elle sut qu'il interprétait ses paroles autrement. Peut-être n'y voyait-elle aucun inconvénient. Chose certaine, la sensation robuste de sa main tenant la sienne lui plaisait. Une étrangère qui habitait son esprit imagina cette même main parcourir son gant jusqu'à la peau nue de son bras.

C'était juste un test, pour voir si elle était capable de le « tolérer », comme il avait dit. Cette seule pensée lui donna des papillons dans l'estomac.

— Tu ne crois pas que c'est grotesque ? s'enquit-il.

— Tu n'as pas entendu la rumeur ? Je suis passionnée de tout ce qui est grotesque et sinistre.

Lowe plissa un œil.

— Es-tu en train de flirter avec moi, Hadley Bacall ?

— Je ne saurais vraiment pas comment m'y prendre, répondit-elle sincèrement.

Un couple passa près d'eux d'un pas traînant, se dirigeant de l'autre côté de la piscine. Lowe attira Hadley hors des limites d'audibilité, sous l'ombrage d'un vélum. Sa tête s'abaissa, son visage se retrouvant à nouveau à deux centimètres du sien. Mais cette fois, elle ne savait trop ce qui l'intimidait le plus : un Lowe furieux, ou un Lowe qui avait l'air d'être sur le point de la ravir à cet endroit précis, dans la noirceur du jardin.

— Alors, quel est le verdict ? Tu me fais confiance, maintenant ?

— Peut-être.

— Seulement peut-être ?

— Temporairement. Jusqu'au prochain mensonge.

— Peut-être que je ne dirai pas un autre mensonge de toute la soirée. Je serai peut-être si vertueux que tu me sélectionneras dans la catégorie de la sainteté.

— S'abstenir de supercherie pour une seule soirée est difficilement une vertu.

— Mm-hmm. Experte en matière de vertu, n'est-ce pas ?

— Experte en bien des matières, mais la vertu n'en fait pas partie.

— Heureux de l'entendre, dit-il avec un sourire conspirateur. Tu sais, j'ai toujours cru que les méchants méritaient leur propre sorte de canonisation. C'est difficile, d'être immoral. Cela demande des compétences et de la persévérance.

— Et une certaine dose de talent naturel, j'imagine.

— Absolument. J'aime croire que je suis né mauvais. Je passe ainsi le fardeau de la culpabilité à ma lignée.

Hadley ricana doucement.

— *Fan*, murmura-t-il en suédois. Tu devrais le faire plus souvent.

L'odeur de l'empois vint chatouiller les narines de Hadley lorsqu'il leva sa main intacte vers elle, lentement. Le bout de ses doigts traça le contour des pétales du lis qu'elle portait à l'oreille, injectant une cascade de frissons à travers ses cheveux et son cuir chevelu, vers la base de sa nuque. Cette cascade alluma ses nerfs et ses cellules et se répandit en elle comme un incendie de forêt.

Le plaisir.

Elle reconnaissait à peine la sensation. Tous ses muscles se crispèrent pour la retenir de frémir. Bon sang, ce n'était même pas un véritable toucher et la voilà qui s'y noyait. C'était possiblement à moitié réel, après tout, car elle réalisa qu'il lui tenait encore la main. L'un d'eux avait resserré sa prise. C'était peut-être elle.

Il pencha la tête plus près de la sienne et inhala la fleur, chuchotant :

— Envoûtant.

Il était si près d'elle. Assez près pour qu'elle saisisse une note de vanille dans sa pommade. Assez près pour protéger ses bras nus de l'air frais de la nuit. Assez près pour effleurer ses mamelons avec le revers de sa veste.

Le souffle lui manqua lorsqu'une autre vague de plaisir frémissant chuta sur sa peau, et elle s'y noya à nouveau. Si près d'elle. Elle voulait presser sa joue contre la sienne. Elle voulait sa bouche contre...

Une voix tonnant à quelques mètres d'eux l'arracha à ses pensées.

— Le dîner sera servi dans dix minutes, mesdames et messieurs.

CHAPITRE 7

Dans un sursaut, Hadley laissa échapper la main de Lowe et regarda autour d'elle. De l'autre côté de la cour, un serviteur tenait une porte ouverte et faisait signe aux retardataires d'entrer.

Elle ressentit vivement la perte de la chaleur de Lowe, une perte que son corps confus éprouva presque comme une douleur cruelle. Son esprit dut pédaler rapidement pour rattraper la réalité.

— Nous devrions... le dîner, suggéra-t-elle bêtement.

Lowe se râcla la gorge.

— Oui, bien sûr.

— J'étais censée aider mon père avec...

L'aider avec quoi ? Pourquoi son cerveau ne fonctionnait-il pas correctement ?

— Les présentations, offrit-il gentiment.

— Voilà.

Les présentations. Oui. Quelque chose qui l'occuperait. Tant mieux.

Ils empruntèrent le couloir menant vers la salle de réception, une courte distance qui sembla prendre des années à traverser. Abasourdie, Hadley réussit à présenter son compagnon à quelques membres du conseil d'administration et à l'un des autres conservateurs de musée, avant qu'ils fussent forcés de rechercher leurs cartons de table et de s'asseoir pour le dîner. Oliver avait été placé à la droite de Hadley et Lowe se trouvait en face d'elle, à côté de son père. Un sentiment de culpabilité l'incita à garder les yeux sur la porcelaine et l'argenterie, comme si les convives de la longue table pouvaient deviner qu'elle venait de transpirer dans le jardin.

— Dites, tout va bien ? murmura Oliver, pas une, mais deux fois.

Oui, oui. Très bien. Le demandait-il encore ? Le ton de sa voix lui faisait penser aux remarques acariâtres de son père.

La soupe fut enfin servie, mais Hadley se sentait toujours en transe. Et lorsqu'elle osa enfin poser les yeux Lowe, le regard lourd qui l'attendait patiemment poussa son cœur dans une course folle.

Lorsque le poisson fut débarrassé, son père fit tinter son verre d'eau avec sa cuillère jusqu'à ce que les conversations s'étouffent une à une.

— Un grand merci à la veuve Flood de nous avoir accueillis ce soir dans sa magnifique demeure, annonça-t-il.

Les acclamations et les hourras fusèrent autour des deux tables.

— Chaque année, cette soirée est toujours un moment très spécial pour nous, et pas seulement parce que plusieurs d'entre vous ouvrent élégamment vos portefeuilles pour offrir votre exonération d'impôt — je veux dire, votre *don* à notre superbe musée.

Les rires se répercutèrent contre les murs de marbre.

— Mais c'est également une occasion de revoir de vieux amis. De réfléchir à ce que nous avons accompli pendant l'année qui se termine, et de partager nos espoirs pour celle qui commence. Et comme vous le savez tous, ma santé n'est pas ce qu'elle était autrefois. Allons, allons. Ne me prenez pas en pitié. Je ne suis pas encore au seuil de la mort. Mais je suis vieux et fatigué, et j'ai donné au service des antiquités vingt-cinq bonnes années. Il est temps de passer le flambeau à quelqu'un de plus jeune et de plus brillant.

Le cœur de Hadley se mit à battre deux fois plus vite. Le brouillard de son esprit se dissipa rapidement. Son père était-il en train d'annoncer son successeur, ici même, devant le conseil d'administration et le directeur ? Elle s'attendait à ce qu'il le fasse à la réunion du conseil, le mois suivant, mais il le faisait en ce moment même.

Oh ! mon Dieu. Un discours serait de mise. Rien de long, mais elle ne s'était pas préparée à dire quelque chose en face de ces gens. C'était une surprise à la fois douce et amère, mais une surprise emballante. Tout ce qu'elle devait faire, c'était de prononcer quelques mots et de se montrer gracieuse, et peut-être ne pas exulter devant George, qui chuchotait quelque chose à l'oreille de la femme d'un mécène à quelques places de la sienne.

Hadley jeta un regard furtif vers Lowe et sentit ses joues s'échauffer. Pourquoi voulait-elle son respect, elle ne pouvait l'expliquer. C'était ridicule, vraiment, mais elle était ravie qu'il soit présent pour assister à cette annonce. Tout son bon travail serait enfin reconnu.

Son père toussa avant de poursuivre.

— Comme vous le savez tous maintenant, Mr Lowe Magnusson revient tout juste d'un projet très médiatisé de fouilles à Philæ.

Attendez. Pourquoi parlait-il de Lowe ?

— Il a gracieusement offert au musée une occasion unique de faire une offre pour les trouvailles de Philæ.

Le pouls de Hadley se mit à siffler dans ses tempes. Elle ne pouvait se concentrer sur les paroles de son père. Diplôme. Université de Californie, à Berkeley. Avec distinction. Étoile montante dans son domaine. Elle riva les yeux sur Lowe. Il semblait aussi confus qu'elle. De son côté, sa respiration était maintenant trop saccadée.

— … Et c'est avec beaucoup d'enthousiasme que je nomme Mr Magnusson comme candidat principal pour accepter le legs de mon rôle au musée.

Un grondement d'applaudissements polis emplit les oreilles de Hadley. Lowe disait quelque chose en retour ; « quelle nouvelle inattendue » et « quel honneur c'était d'être considéré », suivi de quelque chose qu'elle ne put saisir.

Considéré pour son poste. *Elle* était le legs de son père. L'héritière apparente. Elle avait étudié pour obtenir ce poste. Elle avait travaillé pour y accéder. Et elle le méritait fichtrement. Plus que n'importe quel homme assis à cette table. Mille fois plus que Lowe Magnusson.

Il secoua brièvement la tête à son intention, clamant l'innocence. Bravo. Quel beau jeu. Charmez doucement la fille dans le jardin (une tâche facile, car elle désirait si désespérément un peu de compagnie que n'importe quel reste d'affection tendu sous son nez ferait l'affaire), puis rasseyez-vous et réclamez votre couronne.

Quelle idiote, elle était.

La rage et la douleur appelèrent les Mori, qui s'élevèrent du plancher. Des membres noirs, des yeux clignant des paupières, des traits grotesques. Des monstres, alimentés par sa blessure. Des choses mortes soutirées du Monde des Esprits. Des choses qu'elle ne comprenait pas et qu'elle pouvait à peine contrôler, mais qui s'amalgamaient en une masse d'ombres obscures et menaçantes tournoyant, grimpant le long des murs et des colonnes de marbre. Reniflant les occasions de sévir en tirant sur des images apparaissant dans l'esprit de Hadley.

« *Commande-nous* », chuchotaient-ils à l'intérieur de sa tête. Des vengeurs noirs, prêts et disposés à exécuter ses ordres. À la venger au moyen d'actes odieux. En effrayant. En blessant.

En tuant.

Ses émotions négatives étaient comme de la charogne. Attirés par la chair morte, les spectres fouillaient son esprit, toujours affamés. Et ils étaient ses sujets, prêts à recevoir ses commandes.

Lui, pensa-t-elle, tandis que des larmes de colère lui embrouillaient les yeux. *Non, tous les deux.* Son père, pour sa trahison, et Lowe, pour avoir porté cette trahison en lui mentant. Tous les deux.

Le directeur du musée était debout, portant un toast, pendant que les spectres de Hadley ondulaient sous le plafond comme un nuage de pollution vers leur but : un lustre de cristal massif suspendu très haut au-dessus de la table.

Un grondement secoua le plafond.

Les invités s'immobilisèrent, figés dans leur pose, verre en main.

Jusqu'à ce qu'il devienne aveugle, son père voyait les spectres. Mais le grand directeur des antiquités était maintenant aussi inconscient que le reste des invités, qui avaient trouvé une excuse logique à l'acte anormal…

— Séisme ?

Une fois le mot libéré de la bouche de l'un d'entre eux, l'effroi se répandit comme un jeu de dominos sur la table.

À côté de Hadley, Oliver bondit de son siège, la tête inclinée vers le haut. Pouvait-il les voir ? Comment était-ce possible ? Peu importe. Il était alors trop tard pour les repousser.

Des centaines de cristaux tintèrent à l'unisson. Le plafond craqua. L'électricité diffusa des étincelles. Puis, la lumière faiblit sous le lustre, l'un des câbles qui le soutenaient céda, produisant un *bing !* métallique horrifiant. Le lustre se balança de côté comme un grand pendule en verre.

Des exclamations de surprise étouffées jaillirent dans la grande salle. Les chaises dérapèrent sur le marbre. Les invités se dispersèrent.

Tout le monde, hormis Mr Bacall, qui ne pouvait voir où aller. Et Lowe, qui s'efforçait tant bien que mal de tirer un homme aveugle de son siège, alors qu'Oliver tirait Hadley dans la direction opposée.

— Hadley ! rugit son père.

Le son de sa voix pénétra le brouillard de sa colère. Le bon sens l'inonda ensuite.

Son père savait que c'était l'acte de ses spectres. Il savait, il savait, il savait !

Oh ! Dieu. Qu'avait-elle fait ?

Dans un effort monumental, elle repoussa les Mori. Ils disparurent dans le plafond au moment où elle hurla, désespérée :

— Partez !

Trop tard.

Le deuxième câble céda. Et comme une voiture tombant à la renverse du haut d'une falaise, le verre scintillant chuta. Les cris percèrent l'air de la pièce.

Le fauteuil de Lowe dérapa vers l'arrière. Il jeta un bras autour du vieux directeur et l'abaissa vers le plancher, tandis que le lustre s'effondra sur la table dans une explosion de verre et de bois fragmenté.

Lowe rampa sous la table, traînant le vieil homme hors de danger. Hadley se débattit pour se dégager des bras d'Oliver, le repoussant pour s'éloigner, manquant de tomber face la première au sol.

— Père !

— Je vais bien, aboya-t-il, s'appuyant contre le mur pour se redresser.

Lowe balaya l'épaule du vieil homme pour la débarrasser des éclats de verre, puis jeta un œil sur ses propres habits.

— Es-tu… entama-t-elle.

— En un seul morceau ? Je crois bien.

Légèrement abasourdi, il remua les épaules pour retirer son veston et regarda la scène de destruction autour de lui, marmonnant :

— Nom d'un chien, que s'est-il passé, ici ?

— Toi, prononça le père de Hadley, le visage rougi par l'émotion. Toi et ta colère enfantine. Ta mère aurait honte.

Alors que les cris et les conversations animées éclatèrent dans la salle de réception, Lowe rétrécit le regard en posant tour à tour des yeux suspicieux vers Hadley et son père.

Dieu seul savait si la déclaration de honte visait dans le mille ; Hadley ne se souvenait pas très bien de sa mère. Mais il avait raison d'être furieux. Sa fille l'avait presque tué. De même que Lowe. Et d'autres invités. La coupable balaya la vaste pièce du regard, constatant le chaos. Personne ne semblait blessé, mais les pauvres domestiques étaient en panique.

Des larmes menacèrent de lui monter aux yeux. Avant que son père ne pût cracher un autre mot, avant que Lowe pût interpréter l'accusation qu'il avait proférée, Hadley tourna les talons et quitta la demeure.

CHAPITRE 8

Un lourd brouillard s'accrochait aux toits qui surplombaient Broadway. Le chauffeur de Mr Bacall avait conduit Hadley à la fête, un petit détail dont elle se souvint, après qu'elle soit sortie de la demeure. La nuit était fraîche, et non seulement avait-elle oublié de prendre ses gants, qu'elle avait retirés pour le dîner (ils étaient probablement tombés de ses genoux pendant le fiasco), mais elle avait également négligé de récupérer son manteau. Et quoi, maintenant ? Retourner à l'intérieur, la queue entre les jambes ?

— Hadley.

Elle se retourna pour trouver Oliver qui marchait vers elle sur le trottoir.

— Est-ce que tout va bien ? demanda-t-il d'une voix calme d'homme d'affaires.

Il enfila son pardessus, qui semblait chaud et réconfortant pour le corps refroidi de Hadley.

Peut-être serait-il un gentleman et lui offrirait-il de retourner à la maison pour récupérer le sien.

— Je crois que nous devrions parler de ce qui vient de se passer.

— Je ne vois pas ce que vous voulez dire.

— Rien ne me choque en ce qui a trait aux choses n'appartenant pas à ce monde.

Il avait donc *vu* les Mori. Elle avait rarement rencontré quelqu'un qui pouvait les voir. Très rarement.

— Il se trouve que je connais beaucoup de choses au sujet du monde des ténèbres, déclara-t-il.

Une drôle façon de décrire la chose, mais oui, Hadley supposa qu'il s'agissait d'une étiquette aussi bonne qu'une autre, bien qu'elle ne sache pas vraiment d'où provenaient les Mori. Elle avait effectué des recherches à leur sujet au fil des années, mais elle avait seulement trouvé de petits bouts d'information ici et là ; rien de pratique ou de certain. C'était comme de tirer sur la laine d'un pull : le vêtement entier se décompose rapidement devant vous, puis il ne vous reste qu'une pile de fils inutiles.

— Un homme aussi prospère et réputé que vous ? s'étonna-t-elle. Je croyais que votre obsession était les ruines mexicaines. Quand trouvez-vous le temps de faire des recherches sur le monde des ténèbres ?

— Vous seriez étonnée d'apprendre ce que j'ai eu le temps de faire au fil des ans, répondit-il. Pourquoi ne pas en parler, vous voulez bien ? Je pourrais vous aider. Rentrez dans la maison et laissez-moi…

— J'apprécie vraiment votre attention.

Il avait toujours été gentil, depuis le moment où ils avaient fait connaissance. Gentil, beau, intéressé par le travail de Hadley ; il la soutenait dans sa carrière. Et bien qu'elle soit assez certaine, à la manière dont il la regardait, qu'il désirât plus de leur relation qu'une tasse de thé ou un déjeuner occasionnels, *elle* n'était pas certaine de vouloir la même chose que lui.

C'était ridicule, parce que ce serait bien pour elle. Ce n'était pas comme si les hommes se jetaient sur elle tous les jours. Elle n'avait même pas embrassé qui que ce soit depuis l'université. Et, si elle mettait de côté sa réticence à toucher les gens, Oliver était probablement le bon type d'homme pour elle, sur le plan pratique. Malgré tout, l'étincelle insaisissable qui alimentait une nouvelle romance semblait manquer.

C'était peut-être sa faute, se disait parfois Hadley. Elle était peut-être brisée et endommagée. Mal connectée. Parce qu'au lieu de s'intéresser au bon type homme, elle pensait toujours à l'homme qui venait juste de duper son père pour lui dérober le poste qui lui revenait. Le pire choix qu'elle pouvait faire.

Le même homme qu'elle avait presque tué dans un moment tout à fait impulsif.

— Laissez-moi vous aider, Miss Bacall, offrit Oliver. Faites-moi confiance. Vous ne le regretterez pas.

Elle soupira longuement et rassembla ses idées.

— Je ne sais pas ce que vous croyez avoir vu, mais en ce moment, je préfère être seule.

— Allons, insista-t-il sur un ton ferme qui la décontenança. Vous êtes hystérique. Vous êtes agitée depuis le début de la soirée. Allons quelque part pour en parler.

Hystérique. Non, c'était bien une chose qu'elle *n'était jamais.* Furieuse, oui. Déprimée. Froide. Distante. Maudite. Mais pas hystérique. Et ce seul mot suffit à aigrir son humeur déjà amère.

— Vous pourrez me rendre visite au musée la semaine prochaine. Bonne soirée.

Elle commença à s'éloigner, mais Oliver lui bloqua le passage.

— Ça suffit, maintenant, Hadley. Je…

Il cessa de parler au milieu de sa phrase, lorsqu'une ombre assombrit son visage.

— Je crois l'avoir entendu dire « bonne soirée ».

Lowe était apparu derrière Hadley. Sa silhouette, à la fois imposante et menaçante, se plaça ensuite devant Oliver.

— Et je vous dis maintenant la même chose. Retournez à la fête ou rentrez chez vous, mais partez.

— Je ne ferai rien de tel.

— Avez-vous accompagné cette dame à la soirée ?

— Et bien, non, mais…

— Alors, vous ne repartez pas avec elle.

Oh ! mon Dieu.

Oliver pointa le doigt vers Lowe, mais sembla douter de ce qu'il avait l'intention d'affirmer. Son sourire forcé parut masquer ce qu'il ressentait.

— Ce fut édifiant de faire votre connaissance, Mr Magnusson. Ce sera un plaisir de vous revoir. Bonne soirée, Miss Bacall.

Elle regarda Oliver s'éloigner d'un pied ferme sur le trottoir, puis disparaître dans une voiture garée dans la rue. Elle ne savait trop si elle était soulagée ou fâchée. Elle tira donc mentalement à pile ou face, puis opta pour la colère.

— Tu n'avais pas besoin de le chasser. Il se souciait seulement de mon bien-être.

— À entendre son ton, je n'en avais pas l'impression. Tiens. Il fait un froid de canard, bordel.

Lowe lui tendit son manteau de vison. Pourquoi devait-il être l'homme prévenant, et non Oliver ? Peu importe, ce serait ridicule de repousser son offre. Elle inséra rapidement les bras dans les manches à la doublure de soie de son manteau.

— Est-ce ton chapeau ?

Il lui tendit une chose couverte d'un arrangement élaboré de plumes. Rouge criard.

— Bon Dieu, non.

— Je ne le croyais pas, mais je n'allais pas perdre de temps à tenir tête au portier.

Il accrocha le chapeau à la pointe d'un pieu de la clôture bordant le jardin d'un voisin, puis il revêtit son manteau en roulant des épaules.

— Tu seras peut-être heureuse d'apprendre qu'ils ont également perdu mon chapeau.

— Non, ce qui me rendrait heureuse, ce serait de savoir que tu ne m'as pas menti en plein visage avec tes jeux séducteurs dans le jardin, avant de t'entendre avec mon père pour me voler mon putain de poste !

Ses paroles hurlées rebondirent de part et d'autre de la rue silencieuse. Lowe devrait être reconnaissant que ses spectres soient déjà épuisés, pour le moment du moins, ou elle aurait peut-être eu envie de leur donner une seconde chance.

L'archéologue leva l'index en l'air.

— Premièrement, je t'ai dit que je ne te mentirais pas ce soir, et je tiens ma promesse. Deuxièmement (un deuxième doigt se joignit au premier), je ne me suis pas « entendu » avec ton père. Il a mentionné quelque chose au sujet du poste de direction du service lorsque je l'ai rencontré dans son bureau, mais c'est la seule fois que j'en ai entendu parler.

— Une histoire vraisemblable.

— Écoute, j'étais aussi stupéfait que toi. Il ne m'a même pas demandé si j'avais envie d'un travail de bureau.

— Tu ne t'es pas levé pour protester.

— Je n'en ai pas eu la chance !

Lowe secoua la tête, comme pour s'éclaircir les idées, puis il leva un troisième doigt.

— Troisièmement, c'est toi qui m'as séduit.

Hadley ouvrit toute grande la mâchoire.

— C'est la chose la plus ridicule que je n'aie jamais…

— *Tu* m'as touché en premier. *Tu* m'as fait tous ces regards enjôleurs.

— Je n'ai rien fait de ce genre ! Tu m'as attirée dans un coin ombragé. Et une demi-heure plus tard, tu m'as trahie comme un Judas devant mes pairs ! Tu m'as humiliée.

— Ton *père* t'a humiliée.

— Vous l'avez fait ensemble.

Il pencha la tête de côté.

— Et tu… as essayé de nous tuer avec ce lustre ?

Oh, Seigneur. Elle pivota sur les talons et s'éloigna sur le trottoir. Il la suivit.

— *Helvete*, c'est vrai !

— C'est absurde.

— Vraiment ? Parce que j'ai entendu ce que ton père a dit. Et j'ai attrapé des bouts de la conversation de Mr Fortune, il y a un instant. Je sais reconnaître un séisme lorsqu'il se produit, et ce qui s'est produit, Miss Bacall, n'était certainement pas un séisme. Bordel, maintenant que j'y pense, je n'ai jamais compris ce qui s'est produit lorsque les fenêtres se sont brisées sur le train dans lequel ce voyou nous pourchassait. Et ce qui s'est produit, dans le wagon à bagages.

— Tu es fou.

— Mais pas stupide.

— Je te supplie de me laisser tranquille.

— Je n'abandonnerai pas une femme dans une rue sombre au milieu de la nuit.

— Il est vingt heures et nous nous trouvons dans un quartier parfaitement sûr. Je te l'ai dit lorsque nous avons fait connaissance : je souhaite être traitée comme un homme. Égale. Pas comme une poupée fragile qui a un pois à la place du cerveau. Pas comme une hystérique.

— Hé ! Ho ! c'est le mot de Mr Fortune, pas le mien. Mais pas de problème. Je veux bien jouer le jeu. Tu es un homme. Parfait. C'est un peu étrange pour moi si je considère toutes les idées choquantes qui rôdent dans mon esprit au sujet de toi et moi, mais peu importe. Je suis un homme moderne. Je suppose que je suis ouvert aux nouvelles expériences.

Des idées choquantes. À son sujet ? Un sentiment d'excitation renouvelé se tissa au travers de ses pensées incohérentes. Dieu, mais pourquoi s'en souciait-elle ? Tout ce qui devait lui importer, c'était que son père l'ait trahie, après avoir loué son travail pendant des mois devant le conseil d'administration. Après lui avoir dit pendant des années à quel point elle était brillante et compétente.

Bien. Pas assez compétente pour aller creuser en Égypte. Il avait clairement exprimé son opinion à ce sujet. Les femmes n'avaient pas leur place dans le désert. Et lorsqu'elle lui avait rappelé que sa mère l'y avait déjà accompagné, il lui avait répondu que de lui accorder cette liberté avait été la pire erreur de sa vie. Aucune discussion ne l'avait fait changer d'avis. Elle avait donc fini par abandonner ce rêve.

Et voilà que son autre rêve s'était aussi fracassé ?

Pourtant, Lowe jurait qu'il n'était pas au courant. Le croyait-elle ? Et vraiment, lorsqu'elle s'arrêta pour y penser calmement, la question la plus importante n'était-elle pas « pourquoi » ? Son père allait obtenir ce qu'il désirait de la part de Lowe : la *djed*. Et ce n'était pas comme s'il suivait la carrière du jeune archéologue avant la découverte de l'amulette. Elle avait entendu le nom Magnusson au passage seulement.

Père s'était montré si mystérieux par rapport à la *djed*, refusant de lui dire pourquoi il la voulait tant et ce qu'il comptait faire une fois qu'il l'aurait entre les mains. Croyait-il vraiment que l'amulette possédait des propriétés magiques ? Elle dégageait certainement une énergie étrange, il n'y avait aucun doute à ce sujet.

La colonne d'Osiris déverrouillait prétendument une porte du monde des ténèbres. Le monde égyptien des morts : *Douât*. Toutefois, même si les pouvoirs de la *djed* étaient réels, Lowe n'avait trouvé qu'un fragment de l'amulette. Pourquoi son père accueillait-il soudainement Lowe au musée à bras ouverts ?

— Où vas-tu ?

Hadley s'arrêta net et se retourna pour voir Lowe de l'autre côté de la rue. Elle avait parcouru tout le pâté de maisons, puis elle avait traversé la rue à l'intersection sans s'en rendre compte.

— Je cherche un taxi.

Lowe inspecta la rue résidentielle noire. Ils avaient dépassé la file de limousines attendant patiemment les invités des Flood. Une voiture fila sur la rue. C'était si paisible que Hadley entendit presque le brouillard tourbillonner dans le sillage du véhicule.

— Les stations de taxis se font peut-être rares dans le coin. Si tu veux, notre chauffeur peut te reconduire chez toi. Nous sommes à deux rues de chez nous. J'ai marché pour venir ici.

Elle poussa un petit grognement.

Il enfouit les mains dans les poches de son manteau et traversa la rue.

— Ma famille est probablement en train de terminer de dîner, donc ce n'est pas comme si j'essayais de te duper pour t'attirer dans une maison isolée et faire ce que je voulais avec toi.

Il s'arrêta devant elle, laissant errer son regard le long du manteau de vison.

— Par ailleurs, tu viens peut-être d'essayer d'écraser mon corps à l'aide de deux tonnes de verre. Comment, je l'ignore. Mais je me doute qu'il est préférable de me méfier de toi, et non l'inverse.

Il avait raison.

— Trêve ?

— D'accord, acquiesça-t-elle. À une condition.

Il laissa sa tête tomber de côté, puis fixa le ciel brumeux pendant un moment, marmonnant quelque chose en suédois avant de lui répondre.

— Et pourquoi pas, merde. Vas-y. Nomme ta condition.

— Tu me dis exactement pourquoi mon père fait des pieds et des mains pour te laisser faire ce que tu veux avec *lui.*

CHAPITRE 9

Lowe rit de surprise. Une gaieté fugace adoucit l'angle furieux de sa compagne, ce qui lui donna l'envie de la pousser derrière les buissons et de rouler dans la pelouse avec elle.

Bordel. C'était vraiment une mauvaise idée de pourchasser cette femme. Il avait promis à son père qu'il la conduirait chez elle après la soirée, mais franchement, il se fichait éperdument de Mr Bacall en ce moment. Cependant, il se souciait toujours de l'argent du vieil homme. Il devait donc procéder avec soin. Réfléchir avec son cerveau et non avec sa queue.

Mais, *merde,* elle était deux fois plus intrigante, maintenant qu'elle avait essayé de le tuer.

Il la soupçonnait de cacher un genre de passion bouillonnante à l'intérieur. Mais qu'est-ce qui poussait cette passion à décrocher un luminaire du plafond au moyen de son esprit ? Dieu seul savait comment elle l'avait fait, mais Lowe avait vu le phénomène de ses propres yeux. C'était comme si des mains invisibles venues du ciel avaient arraché le lustre du plafond.

Peut-être était-il fou.

Mais à ce qu'il sache, le monde était rempli de deux types de choses : les choses ennuyeuses et les choses intéressantes. Et Hadley Bacall n'était pas ennuyeuse.

Son pas se synchronisa au sien tandis qu'ils avançaient sur le trottoir.

— Je n'irais pas jusqu'à dire que ton père fait des pieds et des mains pour moi. Il m'a offert de me payer pour la marchandise que je lui livrerai, sans plus.

— Je croyais que tu prenais une pause des mensonges.

— Ce n'est pas un mensonge.

— Ce n'est pas toute la vérité, non plus.

— Es-tu une voyante ? Fais-tu de la télépathie ?

— Si c'était le cas, je me serais tenue loin de toi à Salt Lake City.

— Touché.

Leurs pas tombèrent à l'unisson, le *clic !* des chaussures de Lowe accompagnant le *clac !* des talons de Hadley. La noirceur obscurcissait son visage et la fourrure difforme de son manteau camouflait les courbes et les plans de son corps, mais sa présence retenait l'attention de Lowe comme le ferait une danseuse de cabaret à demi nue.

— Apparemment, ton père croit que je suis Howard Carter, déclara Lowe. Il est impressionné par ma trouvaille. Il veut m'engager pour que je découvre d'autres artefacts.

Le parfum du lis de Sibérie vint chatouiller les narines de Lowe lorsque Hadley tourna la tête vers lui.

— Il veut financer une fouille ? En Égypte ?

— Pas exactement.

— Dis-le simplement, s'il te plaît.

— Écoute, il m'a fait promettre de ne pas t'en parler, d'accord ? Il m'offre un tas d'argent pour trouver quelque chose pour lui, et il m'a bien averti de ne pas en souffler un mot à quiconque en général, et à toi en particulier.

— Moi ? Pourquoi ?

— Aucune idée. Et tu ne comprendras probablement pas ce que je vais te dire maintenant, mais j'ai besoin de l'argent que ton père m'offre. J'en ai *vraiment* besoin. J'ai des dettes dont tu ne pourrais t'imaginer l'ampleur. Et, ne le dis pas — je peux déjà le lire sur tes lèvres — je ne peux pas demander à ma famille de m'aider. Et je préférerais me scier l'autre petit doigt plutôt que de travailler pour Winter. C'est une question de fierté. Je me dois d'être mon propre homme.

Hadley garda le silence un moment, se contentant d'écouter le son de leurs pas synchronisés.

— Nous ne sommes pas si différents, Lowe. C'est tout ce que j'ai toujours voulu ; être jugée de manière juste. Ce poste est si important pour moi. J'ai travaillé si fort pour le mériter.

— Je n'ai vraiment pas demandé à ton père de me le donner.

Après quelques secondes, elle répondit :

— Je te crois.

Un petit miracle. L'ironie, lorsque vous étiez un menteur professionnel, c'était qu'il était beaucoup plus difficile de convaincre les gens de vous croire lorsque vous disiez la stricte vérité.

— Qu'est-ce que Père veut que tu trouves ?

— Hadley, plaida-t-il.

Il songea à Adam et à Stella. Il songea à sa dette envers le moine.

Un vent froid ébouriffa les cheveux de Hadley tandis qu'elle se tourna pour lui faire face, serrant son manteau devant elle.

— Dis-le-moi et je te fais serment de ne pas aller voir mon père pour le lui rapporter. Je suis capable de garder un secret.

— Donne-moi ta parole, et je veux aussi savoir comment tu as décroché le lustre.

— Je ne peux pas faire ça.

Il répondit presque « alors, moi non plus », mais elle ajouta :

— Je te connais à peine.

Pas « je ne te le dirai jamais » ni « va te faire foutre ». Non, rien de tel. Peut-être qu'en interprétant les paroles de Hadley, il prenait simplement ses désirs pour des réalités, mais dans sa vision à moitié pleine plutôt qu'à moitié vide, elle lui disait « il est possible que je te le dise lorsque je te connaîtrai mieux ».

Ce n'était qu'une possibilité, oui, mais une possibilité qu'il voulait. Pas plus que l'argent de son père, bien sûr. Mais après la manigance dont avait usé le vieil homme au dîner, Lowe était à peu près certain de l'obtenir. Parce qu'il n'y avait aucune espèce de raison pour laquelle Archibald Bacall souhaiterait que Lowe obtienne son poste. Il avait annoncé la nouvelle après que Lowe ait exigé quelque chose de « tangible », et Bacall n'était pas borné. Il savait trop bien que Lowe voulait de l'argent. Mais l'offre d'emploi représentait une meilleure stratégie. Pour Mr Bacall, bien sûr. Sans dépenser un sou, l'offre gardait Lowe rattaché à Bacall sous l'œil du public. Le vieil homme aurait aussi bien fait de pisser sur la jambe de l'archéologue.

Bacall voulait les barres transversales de l'amulette plus que tout au monde, et il était prêt à donner tout ce qu'il avait à Lowe dans le but de les obtenir. Ce qui mettait Lowe dans une excellente position : celle d'être un atout nécessaire.

Donc, oui, Lowe croyait maintenant avec confiance que Mr Bacall le paierait. Il ne s'inquiétait pas trop que de confier à Hadley l'objectif de son père lui coûterait sa récompense. Mais il y avait autre chose qui poussait Lowe à le lui dire.

Il se souvenait de l'époque où la loi Volstead avait été adoptée. Son propre père avait tout misé sur la contrebande, laissant même de côté ses activités de pêche. Dès le départ, Lowe ne souhaitait pas aider son père, alors que Winter y prenait plaisir. Il était doué pour ce genre de choses. Et leur père avait préparé Winter à prendre la relève pour le jour où il ne ferait plus partie de ce monde. S'il était toujours en vie et qu'il avait pris sa retraite, et s'il avait passé le flambeau à quelqu'un d'autre que Winter… bien, ce ne serait jamais arrivé. Parce que le père de Lowe n'aurait jamais fait une chose pareille à l'un de ses enfants.

Jamais.

Ces réflexions rendirent Lowe légèrement furieux pour Hadley. Son père l'avait vraiment escroquée.

Alors, comme Lowe avait le cœur tendre, et peut-être parce qu'il voulait augmenter ses chances de se tailler une place sous la jupe de Hadley, il céda.

— D'accord, dit-il. Je vais te le dire, mais seulement si tu me promets de ne pas le répéter à ton père.

— Je le promets, répondit-elle, tandis qu'ils marchèrent ensemble dans le vent. Je t'écoute.

— La version courte de l'histoire, c'est que ton père connaît l'emplacement approximatif des morceaux manquants de l'amulette *djed,* et il désire que je les trouve et que je lui vende la base.

Hadley émit un petit son de surprise, sans que le rythme de ses pas faiblisse.

— Et la version longue ?

— La version longue, c'est...

Alors que son regard fixait le trottoir qui défilait devant eux, Hadley écouta attentivement le récit de Lowe, jusqu'à ce qu'il arrive à la partie où on ferait venir l'esprit de sa mère.

— Pardon ?

— La nouvelle femme de mon frère est médium ; je te l'ai présentée à la gare. Apparemment, elle peut faire venir les esprits de l'Au-delà et les retenir assez longtemps pour permettre à leurs proches d'apprendre où leurs trésors de famille ont été cachés. Ou, dans notre cas, une carte aux trésors. Et tout ce dont nous avons besoin pour établir un contact avec le défunt est un objet lui ayant appartenu.

Hadley souleva la manche de son manteau pour révéler un bracelet de diamants.

— Comme ceci ?

— Je suppose que oui. Étais-tu proche de ta mère ? Te serait-il difficile de lui parler de nouveau ?

— J'avais huit ans lorsqu'elle est décédée et je n'ai jamais passé beaucoup de temps avec elle.

Hadley haussa les épaules avant d'ajouter :

— J'étais plus proche de ma nounou, si tu veux savoir la vérité.

C'était un peu triste. Lowe gardait de beaux souvenirs de sa mère. Elle lui manquait toujours.

Il s'arrêta devant chez lui. La limousine rouge et noir de Winter ne se trouvait pas dans l'allée d'accès au garage. Il avait mentionné qu'il sortirait pour superviser une importante livraison dans un hôtel. Ce qui voulait dire qu'il n'était pas à la maison, mais, avec un peu de chance, Aida y serait.

— Qu'en penses-tu ? Es-tu curieuse ?

Hadley pencha la tête pour évaluer la demeure des Magnusson. Ce n'était pas le château de marbre des Flood, ce n'était pas aussi honorable et ce n'était pas digne de la haute société, mais c'était assurément la propriété la plus chère du pâté de maisons. Et elle devait être suffisamment impressionnante pour satisfaire les exigences de Hadley, parce que celle-ci se retourna vers Lowe, un petit sourire malin sur les lèvres, puis elle lui dit :

— Après vous.

— Winter m'arracherait la tête s'il savait que je canalisais des esprits. Il craint que le bébé naisse avec plusieurs âmes, badina Aida en fermant la porte. Alors, nous ferions mieux de nous dépêcher. Il reviendra dans une heure. Le travail d'un pêcheur n'est jamais terminé.

Elle ponctua sa phrase d'un clin d'œil, puis s'assit dans un fauteuil arabe antique en face de Lowe et de Hadley. Un énorme mastiff bringé, le chien d'Aida, Sam, aussi gros qu'un poney et aveugle d'un œil, vint se recroqueviller sur ses pieds.

Le salon du rez-de-chaussée avait été nommé Le Cheik par la nounou de Lowe. C'était la pièce préférée de sa mère, et elle avait fait venir la plupart des meubles de l'étranger. Lowe observa le regard de Hadley bondir d'un coin à l'autre du décor arabe. Elle se percha sur le bord du canapé, le dos si raide qu'on aurait cru qu'elle tenait un livre invisible en équilibre sur sa tête.

— Tu es certaine de vouloir le faire ? vérifia Lowe.

Hadley hocha la tête.

— J'en suis certaine.

— J'ai seulement besoin de l'objet que votre mère possédait, expliqua Aida.

L'invitée eut du mal à ouvrir le fermoir de son bracelet d'une seule main.

— Attends, offrit Lowe, heureux d'avoir une excuse pour la toucher.

Il se pencha par-dessus son poignet et utilisa son ongle comme levier pour détacher le bijou. Lorsque l'objet tomba sur les cuisses de Hadley, il effleura l'intérieur de son poignet, cherchant à sentir le pouls battant sous sa peau douce. Il pouvait jurer qu'elle frémit, mais elle retira sèchement sa main et refusa de le regarder dans les yeux, se contentant plutôt de remettre le bracelet à la femme de Winter.

— C'est très beau, remarqua Aida en faisant tourner le bijou entre ses doigts tachetés. Quel est le nom de votre mère ?

— Vera Murray Bacall.

Aida remua légèrement la tête.

— D'accord. Laissez-moi une minute pour me plonger dans une transe légère. Je vais appeler l'esprit de votre mère, puis je tenterai de lui faire traverser le Voile. Selon la force de son esprit, elle occupera mon corps pendant quelques secondes ou quelques minutes. Cela dépend de chaque esprit. Je recommande habituellement à mes clients d'interroger l'esprit au sujet de quelque chose dont eux seuls sont au courant, simplement pour valider son identité.

— Je n'ai aucune question de ce genre à lui poser.

— Ce n'est pas un problème. C'est plutôt pour vous rassurer. Mais si le renseignement dont vous avez besoin est aussi important que le prétend Lowe, alors vous devriez poser votre question sans attendre. Si vous voulez bavarder ensuite, n'hésitez pas. J'essaierai de la retenir aussi longtemps que possible. Des questions ?

— Entendrez-vous la conversation ? demanda Hadley.

— Oui. Mais j'entends beaucoup de conversations ; j'en ai entendu des centaines, seulement cette année. On peut dire que j'entends beaucoup de secrets. Ce qui se passe pendant une session de canalisation reste entre vous et l'esprit. Je ne jacasse pas sur ce qui s'est dit avec Winter avant d'aller au lit.

Ses lèvres se retroussèrent, puis elle conclut :

— Nous avons des choses plus intéressantes à faire.

Lowe éclata de rire. Aida lui plaisait de plus en plus. À côté de lui, Hadley était loin de trouver la plaisanterie aussi drôle.

— Allez. Essayez de rester silencieux, maintenant, avisa Aida. Commençons.

Le médium ferma les yeux en serrant le bracelet d'une main. Pendant un moment, Lowe écouta les voix distantes résonnant dans une pièce éloignée de la maison, la vaisselle cliquetant dans la cuisine et les lames de parquet craquer au-dessus de leurs têtes. Puis, il s'affaissa pour pouvoir observer Hadley à son insu.

Son lis commençait à faner, et l'épingle scintillante qui le gardait ancré dans ses vagues noires avait glissé. Comme ce serait agréable de la replacer pour elle. Ou de la retirer, plutôt. Enlever délicatement l'épingle, puis enfoncer les doigts dans ses cheveux lui tombant à la mâchoire en se penchant vers elle pour poser la bouche contre sa gorge. Sa peau serait aussi douce qu'elle l'était sur son poignet pâle. Aimerait-elle se faire embrasser là, juste sous l'oreille ? Il l'imagina produire de petits gémissements de plaisir en guise de réponse.

Au milieu de son fantasme errant, l'esprit de Lowe se fixa à quelque chose que Hadley avait dit lorsqu'ils étaient à l'extérieur. Elle avait huit ans lorsque sa mère était décédée, en 1906, ce qui voulait dire qu'elle avait aujourd'hui vingt-neuf ans. Quatre ans de plus que lui. Une femme plus âgée. Une femme instruite de la haute société. Et assez forte pour arracher un lustre au plafond avec… et bien, il ne savait pas comment elle l'avait fait. Mais la muse dans sa tête fit apparaître une image d'elle utilisant cette force pour le clouer à un lit et grimper par-dessus lui, ne portant rien d'autre que ce caraco et cette culotte flottante ornée de plumes de paon…

Hadley émit un petit bruit et saisit le bras de Lowe.

Merde.

Lisait-elle dans ses pensées ?

— Vera Murray Bacall.

Lowe se redressa abruptement. Le souffle d'Aida sortait de sa bouche tel un nuage blanc, comme si elle était dehors en plein hiver et qu'elle exhalait l'air froid. *Helvete.* C'était exactement comme Astrid l'avait décrit. Et Hadley ne lisait pas ses pensées salaces après tout. Elle ne faisait que réagir à la vue d'Aida, complètement fascinée.

Et pour une bonne raison.

Le souffle d'Aida s'était transformé. Ses yeux s'ouvrirent subitement.

Des frissons parcoururent la nuque de Lowe, puis lui couvrirent les bras.

— Qui êtes-vous ?

La voix appartenait à Aida, mais le ton n'était certainement pas le sien.

— Ça y est ? murmura Hadley à Lowe.

Elle pressait fermement le genou contre sa jambe. S'était-elle rapprochée ? À quel moment s'était-elle déplacée ?

— Vois-tu son souffle ? chuchota-t-il à Hadley.

— Oui, chuchota aussi Hadley. Bon sang.

Lowe se racla la gorge.

— Parlons-nous à, euh, Mrs Bacall ?

— Archie est-il ici ? Ou Noël ?

Archie devait être son mari, Archibald Bacall, mais qui était Noël ?

Hadley relâcha le bras de son compagnon, puis redressa ses épaules.

— Non, mais je suis votre fille.

— C'est impossible… Hadley ?

— Oui.

— Tu étais toute petite. J'ai du mal à le croire.

Si cette réunion rendait Hadley émotive, rien n'y paraissait. Elle livra ses paroles avec la passion que manifesterait quelqu'un qui commande un repas au restaurant.

— Je n'ai pas beaucoup de temps, mais j'ai une question importante à vous poser. Vous avez caché quatre morceaux d'une amulette mythique, la colonne d'Osiris. Je dois savoir où ils se trouvent.

— L'amulette est dangereuse.

— Je comprends sa raison d'être, acquiesça Hadley. Vous n'avez qu'à me dire où vous avez caché les morceaux.

— Je ne les ai pas cachés. Je les ai donnés pour qu'ils demeurent séparés.

Fabriquait-elle une énigme ou se montrait-elle difficile ? Néanmoins, ils s'y prenaient peut-être de la mauvaise façon. Il valait peut-être mieux suivre les instructions originales de Mr Bacall.

— Avez-vous créé une carte indiquant leur emplacement ? demanda Lowe.

— Une carte ?

La défunte Mrs Bacall rit par la bouche d'Aida.

— Oui, j'ai dessiné une carte, si vous choisissez de la nommer ainsi. Une archive de ma grande entreprise ayant pour but d'empêcher Archie et Noël de se tuer, je suppose.

Ah ! Noël était donc le partenaire.

— Écoutez attentivement, et je vous dirai où vous pouvez chercher ma carte. Vous pourrez la trouver dans les quais froids de la Seine, dans les champs d'épis aux aguets, sur les rivages de la Nuit plutonienne et sur un dessin de navire.

Encore une énigme.

— Vous feriez bien de les laisser là où ils sont, suggéra l'esprit avant de marquer une courte pause.

Puis elle enchaîna :

— Ma chérie. Tes cheveux sont plus noirs que le goudron et incroyablement épais. Comme les miens.

— Veuillez parler simplement et me dire où vous avez caché la carte, répondit Hadley, une pointe de frustration dans la voix.

— Mais j'ai pourtant parlé simplement. Penses-y un peu, et tu comprendras. Tu as toujours été si brillante. Ce n'est pas étonnant que tu suives ma piste de miettes de pain. Un peu comme Isis qui parcourt la Terre à la recherche des membres éparpillés d'Osiris.

— Est-ce un jeu, pour vous ?

— Tout est un jeu, dans la vie. Écoute, ma chérie, je sens une présence sombre rattachée à ton être. J'espère ne pas t'avoir transmis la malédiction. Si je pouvais retourner en arrière et prendre des décisions différentes, je le ferais.

Hadley parut embarrassée.

L'esprit de sa mère lui demanda alors :

— La base de l'amulette a-t-elle été découverte ?

Personne ne répondit.

— L'utilité de l'objet n'est pas un mythe. Cette sorte de magie est dangereuse. Les anciennes prêtresses ont conservé les morceaux dans différents temples pour une bonne raison, et c'est pourquoi j'ai suivi leur exemple. Ton père ne doit en aucun cas s'en approcher. Si tu réussis à trouver les barres transversales et à les fixer à la base, sous aucune circonstance tu ne dois permettre à ton père de posséder l'objet.

À moins qu'il agitât en l'air un chèque de cent mille dollars. Sans vouloir manquer de respect aux morts, Lowe était toujours en vie, et il avait besoin de cet argent.

— Noël non plus, ajouta l'esprit de Mrs Bacall. J'ai fait de mon mieux pour protéger ton père de cet homme, mais je crains ce qu'il pourrait arriver s'ils se faisaient de nouveau concurrence. Garde les morceaux loin d'eux. Je t'en prie, promets-le-moi.

— Pourquoi ? demanda Hadley, mais un son étranglé fut la seule réponse donnée.

Aida tressaillit et avala lourdement une bouffée d'air. Lorsqu'elle se remit à respirer normalement, le souffle blanc surnaturel avait disparu.

La défunte Mrs Bacall avait quitté la pièce.

— Ouf, celle-là m'a un peu étourdie, déclara-t-elle, comme si ce qu'elle venait de faire n'était pas plus miraculeux que de se lever trop rapidement après une longue sieste.

Quant au mastiff, il n'avait pas levé sa grosse tête une seule fois.

— A-t-elle dit quelque chose d'utile ?

— Pas vraiment, opina Lowe.

Au même moment, Hadley répondit :

— Extrêmement.

Lowe plissa les yeux.

— Ah, oui ?

— Je dirais que oui.

Hadley se leva, puis recueillit son manteau, drapé sur un coussin en soie pomponné.

— Je crois que je sais exactement où ma mère a caché cette carte.

CHAPITRE 10

— Je vais prendre un taxi, annonça Hadley à Lowe lorsqu'ils atteignirent le vestibule. Elle regarda autour d'elle pour trouver ses repères et remarqua la médium et sa bête entrer dans un ascenseur, qui ressemblait à une énorme cage d'oiseau, à côté du grand escalier.

Le foyer des Magnusson était spacieux et bien entretenu. Impressionnant, même. Beaucoup plus accueillant que son appartement ou la maison de son père. Et plus vivant. Elle s'était déjà demandé comment ce serait de vivre dans une maison comme celle-ci, où la radio jouait dans les chambres des domestiques et les rires filtraient au travers du plafond, depuis une pièce de l'étage du haut.

— Tu veux un taxi, répéta Lowe.

— Puis-je seulement utiliser ton téléphone ?

— Il n'en est pas question. Où est la carte ?

— Pourquoi devrais-je te le dire ?

— Pourquoi ?

Lowe inclina la tête pour capturer son regard.

— Je vais te dire pourquoi. Parce que nous avons conclu une entente.

— Oui, notre entente est que je n'en parle pas à mon père. Et je la respecterai.

— Non, non, non… c'est ma chasse au trésor, pas la tienne.

— D'accord. Va trouver la carte toi-même, alors.

— C'est ce que je ferai. Dès que tu me diras où chercher.

— J'ai l'impression que nous tournons en rond.

La voix d'une fille interpella quelqu'un du premier étage. Le beau jeune Chinois que Hadley avait vu à la gare, Bo, traversa le couloir, passa derrière Lowe, puis lui jeta un regard curieux avant de grimper l'escalier.

Lowe s'approcha de Hadley. Son esprit imagina une scène dans laquelle il caressait la fleur dans ses cheveux, ce qui déstabilisa temporairement les parties les plus civilisées de son cerveau. Il lui parla à voix basse.

— Permets-moi de proposer un compromis. D'une part, tu sais où la carte se trouve et ta mère semble croire que tu es assez maligne pour résoudre son casse-tête. D'autre part, tu n'es même pas censée être au courant de la carte ou des morceaux. C'est moi qui suis payé pour faire le boulot, et je me débrouille assez bien avec les énigmes, moi aussi. C'est *moi* qui ai trouvé la base de l'amulette.

Pourquoi devait-il sentir si bon ?

— Continue.

— Deux têtes valent mieux qu'une. Alors, si tu m'aides à trouver les morceaux de l'amulette, je parlerai à ton père et m'assurerai que tu obtiennes le poste de chef du service au musée.

Elle étouffa un rire.

— Comme si tu avais ce genre d'influence.

— Je peux être persuasif lorsque je le veux.

— Père est trop intelligent pour croire tes histoires ridicules.

— Et trop intelligent pour ignorer ma demande si je conserve l'amulette, à moins que tu obtiennes le poste ?

Hmm. Il détenait en fait quelque chose d'intéressant. Évidemment, après sa trahison publique de la soirée (et la réaction impétueuse de sa fille), Père n'était pas intéressé à marchander avec elle. Ce n'était pas la première fois qu'elle s'en prenait à lui avec les Mori, agissant sous l'effet de la rage, mais depuis qu'il avait perdu la vue, il lui faisait moins confiance. L'événement de la soirée était peut-être la goutte d'eau qui avait fait déborder le vase.

Elle pourrait demander au conseil de considérer sa candidature, mais ses membres ne s'opposeraient jamais à la volonté de son père.

— Nous travaillons ensemble, en tant que partenaires, dit-elle après un long moment. Je t'aide, et tu m'aides. Nous restons honnêtes l'un envers l'autre. Pas de mensonges à propos de la chasse au trésor. Pas de manigances dans le dos de l'autre. Tu obtiens l'argent ; j'obtiens le poste. Et tout cela dépend de ma capacité à trouver les cachettes de la carte.

— Entendu.

— Veux-tu commencer maintenant ? demanda-t-elle.

— Justement, un lustre tombé du plafond vient de libérer mon emploi du temps.

Elle leva les yeux vers le plafond. Un plafonnier artisanal y était suspendu.

— La nuit ne fait que commencer, nota-t-elle, offrant à Lowe un petit sourire.

Il se pencha pour lui murmurer quelque chose à l'oreille.

— J'aime beaucoup la manière dont vous flirtez, Miss Bacall.

Avant qu'elle ne puisse protester, il parla d'une voix forte pour se faire entendre jusque dans la cuisine, informant le personnel qu'il rentrerait plus tard. Ensuite, il retira sa veste de smoking et l'échangea contre une veste en cuir accrochée à un portemanteau mural.

— Par ici.

Il la guida vers un couloir menant à un porche latéral couvert. De l'autre côté de la balustrade s'étendait une allée remplie de voitures. Mais Lowe se dirigea vers une motocyclette rouge.

— Où allons-nous ? Que fais-tu ?

— Je balaie la poussière du siège passager, répondit-il, passant la main sur une petite planche en bois flottant au-dessus du pneu arrière. La chose bancale semblait tenir en place au moyen de quelques morceaux de métal fixés par des écrous et des boulons.

— Je ne me promènerai pas sur ça. Es-tu fou ?

— Ne l'appelle pas « ça ». Je te présente Lulu, et elle est une motocyclette indienne fabriquée sur mesure. Elle peut atteindre cent cinquante kilomètres par heure sur l'autoroute. Mais ne t'inquiète pas ; je ne la pousse pas à ce point dans la ville. Astrid roule souvent avec moi sur le siège arrière.

Lulu ? Comme c'était ridicule.

— Ma robe…

— Sera protégée par ta fourrure d'un million de dollars. Tu n'as qu'à la serrer autour de tes cuisses pour éviter qu'elle se coince dans la roue.

— Il y a plusieurs voitures respectables ici. Je suis certaine que nous pouvons en utiliser une.

— Je croyais que tu voulais être traitée comme un homme, et non une princesse.

Elle le fixa des yeux pendant un long moment. Ses émotions planèrent entre la frustration et la peur.

— Allons. C'est parfaitement sécuritaire.

Elle en doutait grandement.

Un sourire dangereux tira sur la commissure des lèvres de l'archéologue, puis il insista :

— Je vais rouler doucement.

Il lui tendit une main et agita la tête en direction de la motocyclette.

Elle accepta à contrecœur. Après qu'il ait soulevé la moto pour la tenir en équilibre, elle suivit ses instructions, montant sur un petit appui-pied dépassant de la roue avant de jeter l'autre jambe par-dessus le siège pour le chevaucher. Une poignée en métal en forme d'arceau s'arquait entre le siège du conducteur et le sien. Elle s'y accrocha.

— Ça ne fonctionnera pas. Ma robe est trop étroite.

— Remonte-la sous ton manteau. Personne ne verra quoi que ce soit, affirma-t-il en montant sur le siège du conducteur, avant de tripoter quelques boutons mécaniques. Pas même moi, malheureusement.

À l'aide du talon, il abaissa énergiquement le levier du démarreur près de la jambe droite de Hadley. La motocyclette prit vie en grondant furieusement, comme un ours qui se fait réveiller au milieu d'une longue sieste hivernale, faisant vibrer chaque os dans le corps de sa passagère. Il n'y avait maintenant plus le temps d'y penser. Hadley ajusta rapidement sa robe et resserra fermement son manteau, l'insérant sous ses cuisses.

— Tout est hors de danger ? demanda-t-il, jetant un coup d'œil par-dessus son épaule.

— Ça ne fonctionnera pas, répéta-t-elle en s'agrippant plus fermement à la poignée. Tu vas me tuer.

— Alors, nous serons quittes. Où allons-nous ?

Elle poussa un long soupir.

— Au musée.

Il hocha la tête, ne manifestant aucune surprise par rapport à leur destination. Il se contenta de pousser la béquille vers l'arrière, puis il laissa glisser la moto vers le bas de l'allée. Ce n'était pas si mal. Jusqu'à ce qu'il s'engage dans la rue. On aurait cru que l'engin écalait la chaussée lorsqu'il accéléra dans la noirceur. L'air frais faisait onduler les poils du vison du manteau de Hadley tandis qu'ils roulaient devant les grandes demeures de Broadway.

Lorsqu'il tourna sur une route en pente vers la baie, elle perdit foi en la poignée et jeta ses bras autour du torse de Lowe, s'y cramponnant d'effroi. Son estomac ne fit qu'un tour. Son cœur cognait contre sa cage thoracique. Elle pressa sa joue contre la veste de cuir du conducteur et s'y agrippa encore plus vigoureusement, voulant hurler à l'aide, ou peut-être de joie... de *joie* ? Comment était-ce possible ?

Mais c'était bien le cas. Une sorte de joie exaltante qui frôlait la folie. Et malgré le rugissement revêche du moteur, elle entendait le rire gronder à l'intérieur de la poitrine de Lowe. Il était délicieusement chaud et solide sous ses bras, au point où elle ne se souciait même pas de l'arceau branlant qui s'enfonçait inconfortablement dans son abdomen, ni de l'odeur marquée de l'essence et de l'huile à moteur qui s'élevait jusqu'à ses narines. Ni même de sa règle de ne pas toucher les gens. Rien n'avait d'importance, hormis la forme de Lowe — une ancre qui respire. Une ancre bien vivante. Et même si le brouillard des routes qu'ils parcouraient embuait les lumières de la ville, elle s'efforça d'enregistrer dans sa mémoire la sensation que lui procurait cette ancre humaine, si solide et rassurante.

La sensation ne dura pas assez longtemps, car elle reconnut bientôt les pelouses familières du Golden Gate Park. Et lorsqu'il gara la motocyclette près des bureaux administratifs, elle faillit tomber au bas de l'engin en libérant maladroitement ses membres agglutinés sur lui pour replacer rapidement sa robe.

— Attention au moteur, prévint-il, l'aidant à trouver l'équilibre alors qu'elle tentait de se redresser sur ses jambes instables. Ça brûle comme l'enfer si on y touche. Crois-moi, je le sais d'expérience.

— Ça va.

— Tu es certaine ?

S'il prononçait un seul mot sur la manière dont elle s'était accrochée à lui, elle se flétrirait d'humiliation. Mais lorsqu'il ne dit rien, elle finit par répondre :

— Ce n'était pas si mal.

— C'est mieux qu'horrible, je suppose. Je le prends comme un compliment.

Légèrement gênée, elle balaya des yeux le parc de stationnement. Il était vide, sans compter les trois voitures appartenant aux gardes de sécurité.

— Si les gardes nous questionnent, laisse-moi parler, cette fois, avisa-t-elle. Plus d'histoires ridicules de violence conjugale et de grossesse.

— Si tu insistes. Mais quel est le plan ? Où crois-tu que la carte est cachée ?

Elle retira un trousseau de clés de la poche de son manteau.

— En plein sous le nez de mon père. Allons voir si j'ai raison.

Des ombres les accueillirent dans l'entrée des bureaux. Les gardes concentraient leur patrouille sur le musée à proprement parler, jetant seulement un coup d'œil occasionnel dans les bureaux administratifs. Hadley préférait les éviter complètement. Il valait donc mieux travailler rapidement. Elle emmena Lowe directement dans le bureau de son père, puis referma la porte derrière eux.

— Tu n'as rien deviné de ce que ma mère disait par rapport à l'emplacement de la carte ? demanda-t-elle, allumant la lampe de bureau.

— Ça ressemblait plutôt à un mauvais poème.

— Je suppose que ça dépend des goûts. Père avait l'habitude de donner un livre à ma mère à toutes les occasions : anniversaires de naissance, de mariage, Noël. Des livres chers. Les premières éditions. Et ces livres se trouvent ici.

Elle se dirigea vers l'une des étagères se trouvant de l'autre côté du bureau.

— Il disait que ces livres représentaient un investissement, qu'il lui donnait le plaisir des mots en plus de quelque chose qui accumulerait de la valeur avec le temps. Mais je me souviens d'avoir entendu ma mère dire à ma nounou que même si Père les lui avait offerts, ils étaient plus pour lui que pour elle. Il ne faut pas croire pour autant qu'il soit un amateur de poésie. Il est simplement un collectionneur.

— Ce sont ceux-ci ?

Le regard de Lowe balaya les étagères.

— Il doit y en avoir cent ou plus. Ils ont survécu au grand incendie ?

— La résidence de ma famille se trouvait à l'ouest de la frontière de l'incendie. Nous avons eu de la chance.

— Nous habitions le quartier Fillmore, à cette époque. Nous avons aussi eu de la chance.

Lowe fronça les sourcils.

— Tu es certaine que ta mère faisait référence à des vers de poèmes publiés ?

— Mes parents ne collectionnaient peut-être que les livres, mais j'ai probablement lu chaque volume que contient cette pièce, au moins une fois.

— J'ai beaucoup lu en Égypte, dit Lowe. Surtout *The Argosy* et *Weird Tales*[1].

---

1. Magazines bon marché de récits fictifs publiés de 1896 aux années 1950.

— Les feuilles de chou ne comptent pas pour de la lecture.

— Comme tu es prétentieuse, opina-t-il, tournant des yeux sournois vers elle.

Son sourire lui révéla qu'il ne faisait que la railler, mais peut-être avait-il raison, au fond.

— Néanmoins, poursuivit-elle, si tu avais lu quelque chose qui a une quelconque substance, tu aurais peut-être résolu l'énigme. Parce que ma mère a dit que nous pouvions trouver les morceaux dans les quais froids de la Seine, dans les champs d'épis aux aguets, sur les rivages de la Nuit plutonienne et sur un dessin de navire. Je reconnais au moins deux de ces vers. La Nuit plutonienne vient du poème *Le Corbeau*[1].

— Edgar Allan Poe.

— Très bien. Je suppose que Berkeley t'a servi à quelque chose, murmura-t-elle, inspectant les étagères devant eux.

— Là, déclara Lowe, pointant le doigt vers l'étagère du haut. Aide-moi à déplacer ce truc.

Ensemble, ils traînèrent le fauteuil à oreilles, dans lequel son père fumait des cigares, vers l'autre côté de la pièce. Lorsque l'espace fut dégagé, la taille impressionnante de Lowe lui permit d'accéder à l'étagère supérieure. Il en retira un volume du bout des doigts. C'était bel et bien un recueil de Poe. Il l'effeuilla. Une fois. Deux fois. Il le tint ensuite par le dos, puis l'ouvrit et le referma en le tournant en tous les sens pour voir si quelque chose en tomberait. Rien.

1. Traduction française de *The Raven*.

— Passe-le-moi, proposa-t-elle. Il y a peut-être un indice à la page contenant ce vers.

Elle examina la table des matières et trouva le poème.

— Je ne vois rien de spécial.

Il se pencha par-dessus son épaule pour passer en revue le contenu des pages avec elle, et elle capta l'odeur de sa veste de cuir — l'odeur qu'elle avait inhalée en posant la joue contre son dos sur la motocyclette. Son rythme cardiaque augmenta.

— Il n'y a pas de commentaire, nota-t-elle. Pas de coin replié.

Elle sentit le regard de son partenaire se poser sur son visage, un moment avant que ses doigts suivent la même direction.

— Tu es fanée.

— Je te demande pardon ?

— Ton lis.

Une chaleur s'épancha dans son cou tandis qu'il tirait doucement sur la fleur pour la libérer de son épingle.

— Débraillée par la promenade, j'ai bien peur. Dommage. Elle sent toujours bon.

— Rien ne dure pour toujours.

La main de Hadley tapota l'endroit où elle avait placé sa fleur.

— À moins de le préserver adéquatement, bien sûr.

— Une plaisanterie de momie ?

Elle sourit en elle-même.

— Je te prie de rester concentré sur la tâche à accomplir. Je préférerais éviter les gardes.

— Bien, la carte n'est pas ici. Nous regardons peut-être dans le mauvais volume ? Ta mère possédait-elle deux livres de Poe ?

La conservatrice secoua la tête, luttant contre la déception qui se déployait dans sa poitrine.

— Juste celui-ci.

— Essayons un autre vers, alors. Quel est le deuxième que tu reconnais ?

— Un dessin de navire sur un océan dessiné.

— Ça me dit quelque chose, marmonna Lowe.

— *La complainte du vieux marin*[1] de Samuel Taylor Coleridge.

— Ah-ha ! J'ai vu Coleridge quelque part… Voilà. Laisse-moi replacer Poe.

Il s'étira pour glisser le livre en place sur l'étagère, puis il s'immobilisa.

— Attends.

— Quoi ?

— Je sens quelque chose de curieux.

---

1. Traduction française de *The Rime of the Ancient Mariner.*

CHAPITRE 11

Lowe retourna le livre de Poe entre ses mains pour étudier la couverture en cuir.

— Je ne suis pas certain de ce que c'est. À quel point es-tu attachée au livre de ta mère ?

— Attachée ? Si tu veux dire sentimentalement, pas du tout. Comme je l'ai dit…

Avant qu'elle ne termine sa phrase, Lowe inséra la main sous sa veste. Une pièce de métal étincela. Il devina, au murmure de Hadley, qu'elle était étonnée qu'il ait porté son poignard sous son smoking. D'un mouvement agile du poignet, il fit une entaille d'un bout à l'autre de la couverture en cuir avec abandon, puis il inséra un doigt à l'intérieur de l'ouverture. Un bout de papier jaune s'en échappa.

— Qu'est-ce que c'est ?

Hadley s'approcha de lui et saisit un coin du papier tandis qu'il tenait l'autre coin.

C'était un morceau de papier à dessin texturé, mesurant environ la taille de la main de Lowe.

Il y avait une délicate peinture à l'eau représentant quelque chose qu'il reconnut aussitôt, tout comme Hadley.

— Des vases canopes, murmurèrent-ils à l'unisson.

Des vases d'argile avec leurs couvercles en forme de têtes de dieux, utilisés dans l'Antiquité par les Égyptiens pour conserver leurs organes internes en vue de la vie après la mort. Chaque tombeau contenait généralement quatre vases renfermant quatre organes différents. Sur la peinture que Lowe et Hadley tenaient, le couvercle de ce vase représentait Douamoutef, le fils de Horus à la tête de chacal, gardien de l'estomac.

— Quatre poèmes, dit Lowe. Quatre vases canopes. Il y a une date dans le coin. 5 février 1906. Et ici, qu'est-ce que c'est ?

Au milieu du vase, soigneusement décrites à l'encre marron, par-dessus la peinture à l'eau, se trouvaient deux colonnes d'étranges symboles picturaux. Hadley plissa les yeux.

— C'est à cet endroit que se trouve normalement l'inscription hiéroglyphique, ou le nom du dieu qui protège l'organe. Mais ces symboles ne sont pas des hiéroglyphes.

— Ce ne sont pas des hiéroglyphes égyptiens, corrigea-t-il. Je crois qu'il s'agit d'un alphabet de pictogrammes. Regarde ici : il y a une fleur et un couteau.

— Non, je crois que c'est un fer de lance.

Lowe jeta furtivement un regard sur le visage de sa compagne, charmé par ses connaissances savantes.

— Ton père a dit que ta mère adorait les casse-têtes. Crois-tu qu'elle a inventé son propre alphabet pour imiter les hiéroglyphes ?

— C'est possible, répondit Hadley. Mais ceci n'est pas une carte. Alors, qu'est-ce que ça veut dire ?

— Je ne sais pas. Mais je parierais dix dollars que les peintures des trois autres vases se trouvent à l'intérieur d'autres livres.

Il abandonna son coin du papier pour le laisser aux mains de Hadley, puis il tendit le bras pour atteindre le volume de Coleridge, et l'éventra comme il avait fait avec le premier livre.

— Jackpot ! Celui-ci est Hâpi.

Une tête de babouin était superbement rendue sur le couvercle du vase.

— Les poumons. 21 janvier 1906. Et il y a aussi les pictogrammes.

— Aucun d'eux ne correspond à ceux de la première peinture.

— Laisse-moi voir.

Les yeux de Hadley sautèrent sur les deux morceaux de papier, tour à tour.

— Tu as raison, aucun d'eux n'est pareil. Quel joli petit alphabet, par contre, tu ne trouves pas ?

— Je réserve mon jugement jusqu'à ce que nous comprenions à quoi cette histoire rime. Quel est le suivant ? Les « épis aux aguets » me font penser au Nebraska. Existe-t-il des poètes du Nebraska qui raffolent des épis de blé ?

— Je crois que le Nebraska est plutôt connu pour ses épis de maïs. Les épis aux aguets, les épis aux aguets…

Hadley laissa errer son index le long des colonnes des livres occupant l'étagère la plus proche.

— Ce sont des poèmes sur le thème de la mort. Ceux de Poe et de Coleridge, en tout cas. Les « épis aux aguets » doivent appartenir à un autre poème traitant de la mort... Ah !

— Quoi ?

— *Comme je ne pouvais m'arrêter pour la mort*[1] !

— *Aimablement, elle s'arrêta pour moi*, termina Lowe. Oui, je connais celui-là. Emily Dickinson. Pourtant, je n'ai jamais réussi à mémoriser autre chose que la première strophe. Tu as une mémoire d'éléphant, Bacall.

Hadley gloussa un petit rire tandis qu'une jolie teinte rosée couvrit ses joues. Lowe ressentait la même chose qu'elle : l'excitation de la découverte. Quel plaisir inattendu de la partager avec elle. Ils trouvèrent ensemble le livre et, comme prévu, le troisième morceau de papier avait été caché sous la couverture de cuir. Un troisième vase canope présentant un troisième ensemble de pictogrammes et la date du 25 mars 1906.

— Et le dernier poème ? demanda-t-elle.

— Bien, la Seine se trouve en France, alors je parie qu'il s'agit d'un poète français, résolut Lowe. Quelqu'un qui est obsédé par la mort, comme Miss Dickinson, peut-être ?

— Rimbaud, Hugo, Baudelaire...

Lowe attrapa les trois volumes, puis fit glisser ses doigts sur le dos des couvertures, s'arrêtant

---

1. Traduction de Pierre Messiaen (Aubier, 1956) du poème d'Emily Dickinson, *Because I could not stop for Death.*

lorsqu'il sentit la saillie révélatrice sur celle de Baudelaire. Et les voilà qui s'y trouvaient : un quatrième vase peint, avec un quatrième ensemble de pictogrammes, et quelque chose de nouveau. Plusieurs choses, en fait.

— Les dimensions, dit-il. Trente-huit centimètres de hauteur, quinze centimètres de largeur à la base.

Ce n'était pas tout. En regard de la peinture du vase, une coupe transversale avait été dessinée à l'encre. Ce dessin montrait que le vase comportait des murs doubles et une section vide au fond, identifiée par la mention « sous-compartiment ».

Lowe tapa le coin du papier du bout du doigt.

— Des notes sur l'argile et le vernis… des prix. Il semble que ces peintures soient toutes des esquisses commandées par une société du nom de Cypress Pottery. « Approuvé par le client, VM. 7 janvier 1906. » C'est la date la plus ancienne des quatre.

— V, M, murmura Hadley. Vera Murray. Le nom de jeune fille de ma mère. Elle a dû faire peindre ces vases. Regarde le sous-compartiment. C'est assez grand pour accueillir l'une des barres transversales de l'amulette. Si elles sont proportionnelles à la base que tu as découverte.

L'archéologue étudia le dessin.

— Ma foi, tu as raison. C'est une cachette. Les vases ont été conçus de manière à être scellés après qu'on y ait inséré les barres. Quatre vases pour conserver quatre barres.

Il fit glisser son doigt sous un mot brouillé près du dessin de la coupe transversale.

— Ceindé ? Cendres ?

Son regard capta celui de la conservatrice.

— Hadley, ces objets ont été fabriqués pour être des urnes.

— Bon Dieu, oui, ils seraient de la bonne taille.

— Regarde les dates.

Il lui prit les peintures des mains et les étala sur la table de conférence de son père.

— Janvier, février, mars ; les quatre dates se situent dans les mois ayant précédé le grand incendie.

— Au cours de la séance, ma mère a mentionné avoir fait don des barres transversales de l'amulette. Elle les a cachées dans des urnes, puis elle a caché les urnes aux quatre coins de la ville. Ces urnes sont faites pour contenir de vraies cendres. De vraies personnes.

— Purée.

Ils se fixèrent des yeux pendant un long moment, un grand sourire aux lèvres.

Hadley poussa un vif soupir et se tourna de nouveau vers les peintures.

— Cela signifie que ces quatre morceaux de papier sont *réellement* une carte. Car je te parie dix dollars, Mr Magnusson, que les pictogrammes représentent les noms des personnes décédées dont les cendres sont dans ces urnes. Si nous voulons trouver les morceaux, nous devons retrouver les familles qui possèdent ces urnes.

Elle avait raison, évidemment. Mais les trouver pourrait s'avérer difficile.

— Nous pourrions nous y prendre de quelques manières, suggéra Lowe. Nous pourrions rechercher cet atelier du nom de Cypress Pottery, mais les chances qu'il existe encore après vingt et un ans, avec le séisme et la moitié de la ville qui a brûlé jusqu'au sol… nous ferions mieux de chercher dans les actes de décès. Combien de personnes ont pu mourir dans la ville pendant ces trois mois ? Quelques centaines ?

— Tant d'enregistrements ont été détruits par le grand incendie, rappela-t-elle. Nous pourrions essayer le columbarium au nord du Golden Gate Park.

— Le quoi ?

— L'immeuble avec un dôme, près des cimetières. Il héberge des urnes funéraires. Un endroit qui permet aux familles de venir se recueillir auprès des cendres de leurs proches. Un cimetière intérieur, en quelque sorte.

— Je ne savais pas que ce genre d'endroit était toujours opérationnel.

— Le crématorium des lieux n'a pas été utilisé depuis que l'incinération a été déclarée illégale à l'intérieur des frontières de la ville, mais le columbarium est toujours ouvert pour les visites. Il a survécu au séisme, nous avons donc peut-être une chance d'y trouver un vase canope.

Vous pouviez vous fier à Hadley pour connaître ce genre de faits. Un trait qui la rendait presque attachante, d'une manière macabre.

Elle entreprit de rassembler les peintures.

— C'est samedi, demain, donc je ne travaille pas. Nous pouvons nous y retrouver au matin et faire le tour de l'immeuble. Entre-temps, j'emporte ces peintures chez moi et…

Il posa une main ferme sur la sienne.

— Oh, là ! Qu'est-ce qui te fait croire que tu peux les garder ?

— Ils appartiennent à ma mère.

— Et il s'agit de mon travail. Tu m'aides, tu ne diriges pas l'opération.

Un éclair de colère fusa dans regard de Hadley.

— Elle a dit que je serais capable de résoudre son énigme. C'est ce qu'elle voulait dire. Je les examinerai, puis tu pourras les avoir après.

Quelle petite chose sournoise était-elle, n'est-ce pas ? Elle méritait toute l'admiration de Lowe pour essayer de tirer son épingle du jeu, mais il n'était pas question qu'il parte sans les peintures. Par ailleurs, la chaleur des jointures de Hadley sous sa main lui fit désirer autre chose.

— J'ai appris qu'il y a deux manières de mettre fin à un débat avec une femme entêtée.

Elle souffla un petit rire suspect.

— Allez, éclaire-moi.

— La première manière est de la laisser gagner.

Il permit à ses doigts de s'échapper des siens.

— Très sage. Et quelle est la deuxième ?

Le pouls de Lowe cogna contre ses tempes.

— La deuxième… c'est… de faire ceci.

Soulevant le menton de sa partenaire d'une main, il abaissa sa bouche vers la sienne, posant fermement ses lèvres sur les siennes. Elle se figea sous lui, sans respirer. Probablement stupéfaite par son geste. Et peut-être s'était-il laissé gagner par l'enthousiasme. Il se détendit légèrement, inhala, puis tenta de petits baisers. Délicats et doux comme des plumes. Des baisers que même la vierge la plus pure ne trouverait pas offensants.

Rien.

Elle restait immobile comme la glace et deux fois plus froide. Avait-il mal évalué la situation ? Elle ne le repoussait pas, mais elle n'était pas exactement vaincue par la passion. Un corps mort aurait démontré plus de zèle.

Ce n'était certainement pas ce qu'il avait imaginé dans ses fantasmes.

Merde. Il n'avait jamais embrassé une femme qui ne voulait pas être embrassée, mais en se fiant à l'indifférence de marbre des lèvres de Hadley, il était assez certain que c'est la sensation qui devait être éprouvée. Si différente de l'attrait érotique qu'il avait ressenti devant la piscine miroitante, un peu plus tôt, à la fête. À ce moment, il aurait pu jurer qu'il se passait quelque chose entre eux. Était-ce purement le fruit de son imagination ?

Il n'y avait rien d'autre à faire que de terminer le baiser et laisser le feu de l'humiliation chauffer l'air arctique entre eux. Comment avait-il pu se tromper à ce point ?

Il relâcha son menton et recula. Une expression qui s'approchait de l'horreur avait durci les traits de Hadley. Ses poings étaient serrés de chaque côté de son corps.

— J'imagine que ça ne fonctionne pas à chaque fois, badina-t-il, tentant de sauver sa fierté blessée.

Un coup vif retentit de l'autre côté de la pièce. La porte du bureau s'entrouvrit pour révéler la présence d'un homme d'âge mûr dans un uniforme de garde.

— Mr Bacall ?

— Ah ! bonsoir, Mr Hill.

— Miss Bacall. Désolé de vous déranger. Je venais de pointer la fin de mon quart pour rentrer chez moi. J'ai aperçu la lumière sous la porte et j'ai cru que c'était votre père qui travaillait tard.

— Non, ce n'est que moi. Oh, et Lo... hmm, c'est-à-dire. Je veux dire, je vous présente...

— Mr Magnuson, termina Lowe.

— Oui, dit-elle, riant nerveusement. Il revient tout juste d'Égypte. Et nous revenons tous les deux de la fête du musée.

Les yeux du garde se plissèrent.

— Je vois...

Qu'avait-elle dit ? *La laisser* parler, cette fois ? Elle mentait terriblement mal. Si elle continuait, elle finirait par se rendre pour un crime qu'elle n'avait pas commis.

Pire : elle avouerait peut-être au garde qu'ils déchiraient des livres pour trouver une carte.

Oh, Seigneur.

Les livres déchirés étaient ouverts sur la table de conférence avec les peintures. Lowe fit rapidement un pas de côté pour les camoufler, espérant bloquer la vue du garde.

— Nous préparons une surprise pour la retraite de Mr Bacall, dit-il naturellement. Nous rassemblons de vieilles photographies de lui lorsqu'il était jeune, pour demander à un artiste de créer un montage présentant ses accomplissements.

La posture du garde se détendit.

— Je suis certain qu'il sera ravi.

C'était vraiment trop facile.

— Vous n'en soufflerez pas un mot, bien sûr, conclut Lowe. Nous souhaitons faire une surprise à tout le personnel. C'est pour cette raison que nous nous sommes empressés de venir ici après la fête.

Nous ne voulions pas que le secret soit découvert avant d'envoyer le matériel à l'imprimeur.

— Mes lèvres sont scellées, assura le garde. Bien, alors, je pars. Vous avez besoin d'être reconduite à la maison, ou d'autre chose, Miss Bacall ?

— Oui, s'il vous plaît, accepta Hadley. Ce serait si gentil de votre part, Mr Hill. Cela m'évitera d'avoir à prendre un taxi.

Une colère mélangée à la frustration naquit en Lowe. Ne venait-il pas tout juste d'inventer une excuse pour rassurer le garde ? Était-elle à ce point horrifiée de son baiser qu'elle sauterait sur n'importe quelle occasion pour éviter sa compagnie ?

Elle sourit au gardien.

— Si vous pouviez seulement m'attendre dans l'entrée, je vous y retrouverais dans une minute.

— Oui, M'dame. J'y serai.

Le garde souleva le bord de son chapeau pour saluer Lowe. Dès qu'il se fut éloigné assez loin dans le couloir, Hadley inspecta la pièce avec des yeux nerveux.

— J'aurais pu te ramener chez toi, dit Lowe.

Elle ignora son commentaire.

— Remets les livres exactement à l'endroit où tu les as trouvés. Assure-toi que ton travail de boucherie ne soit pas visible. Et je n'aurai qu'à...

Ah, non. Lowe bondit vers la table et parvint à mettre la main sur deux des peintures. Elle avait déjà saisi les deux autres.

— Un compromis juste, dit-elle. Je garderai celles-ci en sécurité, tu garderas celles-là de ton côté. Et je te rencontrerai au columbarium demain matin à, disons, dix heures ?

Alors, elle voulait prétendre que le baiser ne s'était jamais produit ? Parfait. Il ne savait pas pourquoi il la pourchassait en premier lieu.

Pendant le trajet du retour, il se rappela tous ses défauts irritants. Contrôlante. Étrange. Chaleureuse une minute, froide la minute d'après. Réservée. Amère. Suréduquée. Entêtée. Trop âgée. Aucun style vestimentaire. Quelqu'un avait sûrement choisi sa robe de soirée à sa place, décida-t-il.

Et… Ah ! c'est bien vrai. Elle avait essayé de *le tuer.*

Lorsqu'il se déshabilla pour aller au lit, il trouva son lis fané dans la poche de son smoking. « Rien ne dure pour toujours », avait-elle dit. C'était bien vrai. Il jeta la fleur dans une corbeille à ordures, puis éteignit sa lampe de chevet, avant de rester allongé dans la noirceur, toujours en colère.

Dieu du ciel, il pouvait toujours sentir la putain de chose.

Il ralluma sa lampe et repêcha le lis dans la corbeille. Après une brève réflexion, il l'aplatit entre les pages d'un ancien numéro de *Weird Tales,* puis il l'inséra sous le matelas de plumes de son lit.

CHAPITRE 12

Un brouillard gris saupoudré de bruine accueillit Hadley lorsqu'elle sortit du taxi le lendemain matin, près de l'entrée du cimetière Odd Fellows. Les colonnes gréco-romaines majestueuses et le dôme en cuivre vert patine du columbarium faisaient le guet au-dessus des collines ondulantes couvertes de pierres tombales. Elle balaya les alentours du regard. L'endroit était désert. Pas de voitures. Pas de familles en visite.

Pas de motocyclette rouge en vue.

Son rythme cardiaque anxieux ralentit la cadence.

En s'approchant de l'entrée de l'édifice, elle redressa son chapeau cloche et retira quelques poils noirs de Numéro quatre de la manche de son manteau gris charbon. Le fichu chat traversait une autre période de mue, et il lui avait offert peu de sympathie à son retour la veille, alors qu'elle se tracassait au sujet de Lowe.

Et du pire baiser de sa vie.

Mais qu'est-ce qui ne tournait pas rond chez elle ? Hormis ce qui était évident. Non, mais *vraiment*. Un homme viril au charme ravageur l'avait embrassée et elle s'était gelée comme un lac en hiver. Il l'avait prise par surprise, certes, et elle n'avait pas l'habitude qu'on la touche, encore moins qu'on l'embrasse. Mais elle aurait tout de même pu tenter de se laisser aller pour profiter un peu du moment. Surtout après qu'il ait continué d'essayer.

Et d'essayer, et d'essayer…

Détends-toi. C'est ce que George lui avait dit lorsqu'ils fréquentaient l'université. Elle voulait pouvoir le faire — bon sang, qu'elle le voulait. Les lèvres de Lowe étaient chaudes, plus douces qu'elle ne s'y serait attendue. Elle pouvait très bien s'imaginer ce que ce serait que de s'y abandonner. Elle se remémora la manière dont elle s'était sentie en sa compagnie, près de la piscine. Et s'il l'avait embrassée là, à ce moment précis ? Et bien, les choses se seraient peut-être passées différemment. Mais au musée, son cerveau ne cessait de lui crier dessus, l'avertissant de ne pas baisser les armes. De ne pas faire confiance à un homme comme Lowe, parce qu'il l'avait seulement embrassée pour mettre la main sur les peintures des vases canopes.

Alors, pourquoi était-elle si embarrassée par sa réaction ? Si c'était la seule raison pour laquelle il l'avait embrassée, elle devrait garder la tête haute et être fière de ne pas avoir cédé. À la place, elle portait maintenant une robe à l'encolure échancrée — bon Dieu. Elle déboutonnait son manteau pour s'assurer qu'il la voie ? Elle le reboutonna rapidement en tournant les yeux dans tous les sens, l'air coupable, tendant l'oreille pour entendre le moteur de sa motocyclette ridicule.

Elle manquait de sommeil. C'était ça, son problème.

Elle avait eu l'intention de commencer à traduire les pictogrammes de sa mère, et elle avait réussi à les copier sur une feuille de papier. La moitié d'entre eux, du moins. Elle avait passé le reste de la soirée à faire les cent pas dans son appartement, vêtue de ses bas et sous-vêtements, passant en revue chaque détail de sa soirée avec Lowe. Et réarrangeant ces détails pour y intégrer les choses qu'elle aurait dû dire ou faire.

Elle aurait dû simplement lui rendre son baiser. Elle *voulait* lui rendre son baiser.

Pourquoi s'était-elle abstenue ?

Et pourquoi n'était-il pas ici pour la retrouver ? S'il était un autre homme, il aurait pu jeter l'éponge et décider qu'il avait autre chose à faire. Mais il avait besoin de l'argent de son père. Il viendrait.

À moins qu'il ait déjà déchiffré l'alphabet de sa mère et qu'il ait retrouvé ses deux urnes quelque part.

Il était préférable de ne pas considérer cette possibilité. Relâchant un long soupir, elle poussa sur la lourde porte du columbarium, puis entra dans la rotonde. Des colonnes traversant les quatre étages de l'édifice s'élevaient jusqu'au plafond en vitrail couvrant le dessus du dôme, et sur les murs étaient creusées des centaines de niches qui servaient de havre de repos éternel pour de nombreux résidents de la ville. La plupart d'entre elles n'étaient pas plus grandes que les boîtes aux lettres du bureau de poste. Certaines étaient fermées par des portes en cuivre sur lesquelles on avait gravé le nom du défunt, et d'autres étaient dotées d'une fenêtre en verre qui permettait aux visiteurs de regarder l'urne ou même un tableau des objets préférés du défunt : balles de baseball, livres, curiosités, photographies.

Les pas de Hadley firent écho dans la rotonde. Elle s'arrêta devant une section de niches. Elle pourrait passer la journée à naviguer dans cet endroit. Peut-être qu'un jour, une archéologue comme elle découvrirait les ruines du columbarium et essaierait de deviner les détails concernant la haute société de San Francisco.

— Tu as trouvé quelque chose ?

Elle sursauta, puis tournoya sur ses talons. Le bord incliné d'un Fedora rouille jetait une ombre sur les yeux de Lowe, et son long manteau marron couvrait le haut de ses bottes à hauteur des genoux.

— Je n'ai pas entendu ta motocyclette.

— Je ne l'ai pas conduite, dit-il platement, enfouissant les mains dans les poches de son pantalon. J'ai pris un taxi. Comment va ton père, aujourd'hui ?

Son père ?

— Je ne sais pas. Nous ne nous parlons habituellement pas en dehors du travail. Lorsqu'il est fâché contre moi, nous nous parlons encore moins.

Lowe émit un faible grognement en guise de réponse.

— Alors, comment ces niches sont-elles disposées ?

Sa bonne humeur habituelle était absente. Il n'était pas en colère, seulement il n'était… rien du tout. Semblait-il qu'ils n'allaient pas discuter du baiser. Non qu'elle ait envie d'en reparler.

— Il aurait été utile de les avoir arrangées par dates, mais pas de chance, commenta-t-elle, étirant le cou pour regarder dans le dôme.

— Nous pourrions chercher un vase canope dans les niches munies d'une fenêtre, mais nous pourrions y passer des heures, même en travaillant chacun de notre côté.

— Sans compter que le vase pourrait être caché derrière une porte en cuivre sans fenêtre.

— C'est vrai, acquiesça-t-elle. As-tu été capable de traduire une partie des pictogrammes ?

— Certains caractères sont comme le reflet d'un miroir. Symétriques.

— Ah oui ?

Elle ne l'avait pas remarqué sur les deux peintures qu'elle avait apportées à la maison.

— Il doit y avoir un bureau qui contient les dossiers des niches, murmura Lowe à lui-même.

Hadley secoua la tête.

— Ce ne serait pas plus utile. Pourquoi classeraient-ils les fichiers par date ? Ils les classeraient probablement par nom de famille.

Une gorge se racla derrière eux.

— Pardon, madame, mais le crématorium et les bureaux ont été fermés lorsque la crémation a été déclarée illégale, il y a près de vingt ans.

Debout dans un prisme de lumière se déversant par l'un des vitraux angéliques, un vieil homme noir tenait une boîte de décapant et un chiffon.

Lowe souleva son chapeau du bout du doigt.

— Bonjour. Vous travaillez ici ?

— Concierge, expliqua-t-il, un sourire bienveillant sur les lèvres.

— Ma cousine et moi avons voyagé depuis Salt Lake City pour passer une fin de semaine en ville, entama Lowe.

Doux Jésus, ça recommence, pensa Hadley.

— Nous cherchons la niche de notre tante Tessa, enchaîna-t-il. Elle est décédée avant le grand incendie. Nous sommes presque certains que ses cendres se trouvent ici, mais nous ignorons quel nom a été utilisé. Elle a divorcé quelques fois, voyez-vous. En tout cas, nous avons de beaux souvenirs d'enfance avec elle. Nous avons cru qu'il serait bien de venir lui présenter notre respect.

Au moins, cette fable improvisée ne dénigrait pas sa personne, se disait Hadley. Malgré tout, Lowe démontrait plus d'enthousiasme envers le vieil homme qu'envers elle. Lui en voulait-il de ne pas l'avoir embrassé ? Ou s'acharnait-elle à interpréter son humeur ? Peut-être avait-il déjà oublié l'incident. *Elle* aurait bien voulu pouvoir en faire autant.

— C'est un problème, informa le concierge en hochant la tête. Même si vous connaissiez le nom de famille, vous ne la trouveriez pas plus facilement. Les vieux fichiers ont été déménagés il y a dix ans, dans un entrepôt du centre-ville. Il faudrait communiquer avec les propriétaires. Si vous êtes seulement ici pour la fin de semaine, vous n'arriverez peut-être pas à les attraper à temps.

Lowe produisit un son de déception, puis regarda autour de lui dans la rotonde, où se trouvaient une dizaine de fauteuils dépareillés, peut-être plus, vides.

— Vous vous occupez de l'entretien de l'endroit depuis longtemps ?

— Depuis treize ans maintenant.

— Vous avez déjà vu une urne égyptienne, ici ? Elle aurait un couvercle sculpté de cette taille environ.

Lowe lui montra la hauteur approximative avec ses mains.

— La forme d'une tête. Une tête de babouin ou d'un chien chacal ou…

— Avec de longues oreilles ?

— Oui, confirma Hadley. Et un long museau. Deux rangées de symboles sur le devant du vase.

— Ça ressemble à l'urne de Mrs Rosewood.

Un moment de silence resta suspendu dans la rotonde tandis que Lowe lança un regard entendu à Hadley. Mais celle-ci ne voulait pas se faire de faux espoirs. Pas au sujet de l'urne. Et certainement pas au sujet de Lowe.

— Pourriez-vous nous la montrer ? demanda-t-elle.

Le concierge remua la tête de gauche à droite.

— Je suis désolé, elle n'est pas ici. Dans mes jeunes années, je travaillais au crématorium Dolores, entre Telegraph Hill et North Beach. Je me souviens d'avoir vu une urne comme celle que vous décrivez pour la crémation de Mrs Rosewood.

— Qui est cette Mrs Rosewood ? s'enquit Lowe.

— Sa mort a fait tout un scandale. Les gens ont dit que ses fils l'ont tuée pour mettre la main sur son manoir situé en haut de Telegraph Hill, au bord du parc. La rumeur voulait qu'ils planifient d'en faire une maison de jeux clandestine. C'était juste avant le séisme de 1906. Le manoir a survécu, mais lorsque les fils en ont pris possession, ils ont déclaré que le fantôme de leur mère hantait les lieux.

Hadley se fichait bien des fantômes ; elle avait assez de se soucier de ses propres démons.

— Savez-vous où son urne a été conservée ? demanda-t-elle.

Quelques églises de la ville contenaient des niches pour héberger les cendres funéraires, mais elle se demandait si ces églises accueilleraient une urne païenne en forme de chacal divin.

— La famille l'a conservée, à ce que je sache. Un si bel objet décoratif ? Il est probablement sur le manteau de la cheminée d'un membre de sa famille.

Lowe transmit les indications routières du concierge au taxi qui attendait à l'extérieur du columbarium, puis Hadley et lui demeurèrent silencieux durant le trajet, la voiture filant le long des rues assombries par la pluie. Il avait fait de son mieux pour garder ses sentiments en laisse et prétendre que rien ne s'était produit entre eux, la veille. En fait, rien ne s'était *produit* du côté de Hadley ; cette comédie était plutôt jouée par son instinct de survie. Pour réclamer sa fierté mâle blessée.

Pourtant, la revoir aurait été tellement plus facile si le sort de Cendrillon qui la subjuguait, avait-il prié à profusion, s'était fané pendant la nuit. Après tout, elle ne portait plus la robe magnifique que reflétait la piscine miroitante. Plus de fleur dans les cheveux. En fait, elle avait retrouvé son allure de conservatrice sérieuse vêtue de couleurs funéraires.

Et elle était encore plus belle que la veille.

Que Dieu lui vienne en aide.

Elle ne sentait pas les lis, aujourd'hui, une chose qui rendait son attrait un peu moins cruel. Par contre, lorsqu'il avait tenu la portière de la voiture de taxi pour la laisser monter à bord, il avait remarqué que l'arrière de ses bas était décoré d'une ligne de boucles noires. C'était différent. Une forme subtile d'audace, surtout pour Hadley. Mais en ce moment, les bas n'étaient pas la principale source de distraction de Lowe. Non. L'honneur revenait à la chose qui avait capté son attention au moment où il l'avait aperçue dans le columbarium.

Son manteau était boutonné de travers. C'était inhabituel pour elle d'être si négligée. Le bouton du haut était retenu par la deuxième boutonnière, ce qui créait une ouverture en forme de tunnel sous le bord de la laine ; un petit judas ombragé. Il imaginait de petites créatures des bois qui iraient s'y cacher, se blottissant contre le sein de Hadley, et il avait du mal à se retenir de la railler à ce sujet. Cependant, lorsque la voiture prit un virage serré pour emprunter North Beach, il aperçut quelque chose de plus intéressant qu'une petite souris sous ses boutons mal attachés.

Une étendue de peau. Elle portait une robe à décolleté sous ce manteau gris et morne ? Les pensées de Lowe errèrent vers ses sous-vêtements colorés et il lui fallut le courage d'un moine pour se retenir de détacher mentalement le bouton de son manteau.

Rappelle-toi l'horrible baiser, se dit-il. Ce souvenir aurait dû l'asperger de suffisamment d'eau froide pour ramener sa concentration vers leur mission.

Mais il raviva plutôt quelque chose qui agaçait ses pensées depuis qu'il avait quitté sa compagne, la veille.

Elle le surprit en train de la fixer des yeux, puis lui offrit un sourire pincé.

— Quelle triste journée.

— Hmm.

— J'aurais dû apporter un parapluie.

— Ce mec et toi, vous vous fréquentez ?

Des yeux aiguisés s'écarquillèrent.

— Qui ?

— Ce grand mec, Oliver Ginn.

— Ah.

Ses épaules venaient-elles de s'affaisser ? Elle semblait tout à coup beaucoup plus détendue, n'est-ce pas ?

— Mr Ginn me rend maintenant visite depuis deux ou trois mois, je suppose.

— Je vois.

Il n'y voyait rien d'intéressant, pourtant.

— C'est sérieux ? Y a-t-il un mariage qui brille à l'horizon ?

Hadley haussa un sourcil.

— Aucun dont je me doute. J'imagine qu'on m'en informerait d'abord.

Lowe fit pianoter ses doigts dans un rythme inconnu sur l'un de ses genoux. Elle se moquait gentiment de lui. C'était sûrement bon signe ? Parce que sa réponse ne donnait pas l'impression d'une fille qui était follement amoureuse d'un autre homme. Il avait pensé que la raison pour laquelle elle s'était montrée si froide lorsqu'il l'avait embrassée, c'était qu'elle était éprise de quelqu'un d'autre.

— Oliver n'était pas la raison, osa-t-elle d'une petite voix, les yeux rivés sur le chauffeur de taxi.

La main de Lowe se figea.

— Pardon ?

— Premièrement, j'ai cru que tu le faisais peut-être seulement pour me duper.

Sa voix était presque trop basse pour qu'il l'entende. Il se pencha donc vers elle.

— Je ne te suis pas.

— Me duper pour que je te laisse les peintures de vases canopes.

Juste une minute : elle parlait du baiser.

— Non, ce n'était pas une tromperie, répondit-il rapidement. Enfin, oui, je voulais les peintures. Mais je t'ai embrassée parce que je n'en avais envie.

Elle cligna plusieurs fois des paupières.

— Bien, néanmoins, mes doutes quant à tes intentions n'étaient pas le seul problème. C'est juste que j'ai du mal à toucher les gens.

Elle regarda la ville défiler de l'autre côté de la fenêtre, ses poings gantés serrés sur ses cuisses.

— C'est indirectement en raison de mes... et bien, de ce qui s'est produit avec le lustre.

— La mort par une attaque de cristal, badina-t-il.

Elle fit oui de la tête, un sourire nerveux soulevant brièvement le coin de ses lèvres.

— Un incident est survenu lorsque j'étais enfant, poursuivit-elle.

— Quel genre d'incident ?

— Je n'aime pas en parler.

Il marqua une pause.

— T'a-t-on fait tu mal ?

— Non, rien de tel, assura-t-elle. Les détails ne sont pas importants. C'est du passé, maintenant, mais je ne suis jamais tout à fait parvenue à surmonter les sentiments négatifs qui y sont associés. Ce n'est habituellement pas un problème, puisque les gens ont inconsciemment tendance à garder leurs distances, ce qui me convient tout à fait. Les choses sont plus faciles au travail, surtout lorsqu'on me laisse tranquille. Cependant, en raison de toute cette histoire, je me suis habituée à avoir mon propre espace.

— Je vois.

Partiellement, en tout cas, mais elle ne semblait pas vouloir céder en ce qui concernait l'« incident ».

— Je suis certaine que ce que je raconte te semble pathétique. Peut-être que ça l'est, je ne sais trop. Je ne suis simplement pas habituée à être…

Elle luttait péniblement pour trouver le mot juste, gesticulant avec ses mains d'une manière qui ne l'aidait pas à exprimer sa pensée.

— Pas habituée à être embrassée ? demanda enfin Lowe, tout à fait intrigué.

Les joues de Hadley virèrent au rouge.

— Ne te méprends pas. Je ne suis pas une fille chaste sans aucune expérience.

Oh, vraiment ? Lowe était maintenant encore plus intrigué. Car il adorait les femmes impures avec beaucoup d'expérience.

— Je ne suis simplement pas habituée à me faire toucher si librement. Je préfère qu'il y ait une certaine barrière.

— Une barrière ?

— Des gants, ou une certaine distance, je ne sais trop comment dire.

Elle se repositionna sur la banquette.

— Pas de peau.

Elle hocha la tête.

— Je suppose que, sans le vouloir, j'ai alimenté une phobie.

— Je vois.

— Vraiment ?

Il toucha la manche de son manteau d'une jointure gantée.

— Comme ceci, ça va ?

— Oui.

— Mais…

— Mais, imita-t-elle de manière théâtrale, comme si ce simple mot résumait tout ce qu'elle venait d'expliquer. Ne crois pas que je sois heureuse d'avoir ce défaut. C'est quelque chose qui est simplement arrivé, je dirais.

Elle haussa les épaules et soupira lourdement.

Lowe se remémora cette première nuit dans le train, et la réticence de Hadley à lui serrer la main sans ses gants, lors de leur soi-disant entente de gentlemen. Puis, une nouvelle fois, le lendemain, lorsqu'elle s'était nerveusement écartée de lui en rassemblant les dossiers éparpillés, et la manière dont elle avait insisté pour dire que sa main mutilée n'en était pas la cause. Et ensuite, à la piscine. Elle lui avait fermement tenu la main, mais elle portait alors de longs gants de soirée. Par ailleurs, il n'avait jamais touché son visage jusqu'au moment de l'embrasser. Seulement la fleur dans ses cheveux. Et lorsqu'elle s'était accrochée si fort à son torse pendant la promenade sur le dos de Lulu, leurs vêtements les séparaient.

Bien sûr, il avait effleuré son poignet nu du pouce quelques fois, mais la première fois qu'il avait vraiment touché sa peau, c'était lorsqu'il avait refermé une main nue sur la sienne ; alors qu'elle tentait de prendre les peintures sur la table. Quelques secondes plus tard, il s'était abattu sur elle pour l'embrasser, croyant qu'il la réclamerait dans un geste magnifique et qu'elle fondrait dans ses bras. Tant pis pour lui.

Elle lissa le devant de son manteau.

— Peu importe, je suppose que nous sommes quittes, à présent.

— Que veux-tu dire ?

— Tu n'as jamais révélé la véritable histoire de ton doigt manquant, et je n'ai jamais parlé à personne de mon aversion.

— Pas même à Mr Fortune ?

Les coins de la bouche de Hadley frémirent. Elle secoua rapidement la tête.

Bien, imaginez ça. Elle ne s'était pas flétrie jusqu'à mourir à la sensation de ses lèvres sur les siennes — ou plutôt, c'est peut-être ce qui ce serait produit, mais Lowe n'en était pas la cause. Et au lieu de simplement lui dire de ne jamais essayer de le refaire, elle lui avait avoué son secret. En partie, en tout cas.

Lowe reçut presque l'aveu comme un défi. Du moins, c'était la manière dont son cerveau éternellement optimiste interprétait le message, comme si Hadley avait dit : « C'est ce que tu veux ? Bonne chance. Tu vas devoir travailler pour mériter ta récompense. »

Faire face à un obstacle de cette taille lui donnait l'impression d'avoir à traverser les Rocheuses à motocyclette pendant une tempête de neige. Mais Lowe avait toujours raffolé des tâches impossibles, vouées à l'échec. Il passa donc le reste du trajet à se remémorer ce que lui avait dit son oncle au sujet des ouvriers nubiens qui avaient toujours été mortellement effrayés par les serpents. Son oncle lui avait dit que la seule manière de libérer un homme de ses peurs, c'était de le nourrir de gâteau pendant qu'il était forcé de regarder des serpents en cage de loin, puis d'approcher les serpents peu à peu, jusqu'à ce que l'association positive entre les serpents et le gâteau noie la peur qui l'habitait. C'est ce qu'il appelait le « contreconditionnement ».

Aussi simple que du gâteau. Ou était-ce plutôt de la tarte ? Il se demanda lequel des deux préférait Hadley, car il eut soudainement une envie irrésistible de mettre cette thérapie comportementale à l'essai.

CHAPITRE 13

Hadley fut grandement soulagée lorsque leur taxi ralentit à l'approche de Pioneer Park. Mais qu'est-ce qui lui avait bien pris de raconter à Lowe ses problèmes de rapports interpersonnels ? Et maintenant, il ne restait entre eux qu'un lourd silence. Dieu seul savait ce qu'il pensait. Elle ne pouvait sortir de la voiture assez vite. Il valait mieux se concentrer sur la tâche à accomplir et prétendre que cette conversation n'avait jamais eu lieu.

Le manoir Rosewood faisait partie d'une poignée de résidences qui s'accrochaient au sommet de Telegraph Hill, et c'était fort possiblement la demeure la plus cossue d'un quartier qui appartenait autrement à la classe ouvrière. Cependant, elle était loin d'impressionner : la peinture grise et fade qui couvrait la construction cubique d'inspiration italienne pelait ; au deuxième étage, certaines fenêtres jumelles arquées au verre taillé en biseaux avaient été barricadées et l'une des corniches en saillie s'envolerait probablement à la prochaine tempête.

— C'est inoccupé, nota Hadley en refermant la portière du taxi. C'est honteux de laisser une maison si grandiose se délabrer à ce point. Regarde cette tour magnifique et ces corniches à consoles.

— Honteux ?

Le nez de Lowe se plissa.

— « Le Manoir lugubre » est probablement le nom que lui ont donné les voisins.

— Je trouve qu'il est très beau et que c'est un endroit plutôt agréable. C'est joli et tranquille, loin du trafic, et les vues sur la baie sont saisissantes. Quel palmier magnifique là, dans la cour latérale.

— À chacun ses goûts. Mais le fait qu'il soit inoccupé ne nous aide pas aujourd'hui. Nous pourrions peut-être rechercher…

Un homme à lunettes et aux cheveux de blé émergea de la maison.

— Bonjour ! Êtes-vous les Davidson ? Je me présente, Mr Farnsworth, l'agent immobilier.

Le regard de Hadley bondit jusqu'à l'affiche « À VENDRE » suspendue en regard de la porte d'entrée. Elle devina immédiatement ce que pensait Lowe : inutile de remettre en question la valeur d'un cadeau.

— Oui, nous sommes les Davidson, affirma Lowe, le sourire aux lèvres. Sommes-nous en retard ?

— Non, vous arrivez d'avance, en fait. Je voulais ouvrir les portes et les fenêtres pour aérer avant la visite. Vous voulez voir l'intérieur, n'est-ce pas ?

— Absolument.

— Certaines personnes ne s'intéressent qu'au terrain, mais la charpente est en excellent état. Elle a survécu au tremblement de terre, donc elle est résistante. La maison a seulement besoin d'être réparée et repeinte. Le câblage électrique et le système de chauffage devront peut-être être remplacés, et il n'y a pas de téléphone. Mais elle a beaucoup de cachet, n'est-ce pas ?

— Je trouve que oui, acquiesça Hadley, prenant soudainement part au jeu. C'est une belle vieillerie.

— Je vous en prie, Mrs Davidson, entrons et faisons le tour des pièces. Nous parlerons ensuite du prix.

Dès le moment où Hadley traversa l'embrasure voûtée de l'entrée, elle la reconnut — à peine. La même vibration qu'elle avait sentie en s'approchant de la base de l'amulette *djed.* L'une des barres transversales était cachée ici !

Elle jeta un coup d'œil vers Lowe par-dessus son épaule, et vit qu'il étirait le cou pour examiner le vestibule. Inconscient de la présence de l'objet. Pourtant, il avait senti l'énergie de la base de l'amulette ; il le lui avait admis pendant leur voyage en train. Se trompait-elle ? Parce que plusieurs autres facteurs donnaient à la vieille maison une ambiance décidément lugubre, comme l'avait décrit Lowe. L'épaisseur impressionnante de poussière sur les surfaces. Les meubles drapés de toile. L'odeur âcre de moisi. Les dessins grossiers étalés sur les vieux murs et planchers en bois : des symboles occultes, des représentations à l'allure de dessins animés de fantômes couverts de draps dans diverses positions sexuelles et l'inscription « Sortez d'ici » peinte en rouge sur le mur du jour d'escalier.

— Toutes mes excuses pour les graffitis vulgaires, Mrs Davidson, offrit l'agent immobilier.

— Je n'avais aucune idée que les fantômes étaient si créatifs.

Lowe pencha la tête de côté pour examiner les dessins.

— Difficile de dire si ce mec est plus attiré par son copain fantôme que par la fille fantôme.

Mr Farnsworth rit nerveusement.

— Il semble que la maison ait connu plusieurs effractions avant que la banque en ait pris possession, il y a de cela quelques années. C'est probablement l'acte d'un groupe de jeunes vagabonds.

— Ah, ces jeunes vagabonds, dit Lowe en remuant lentement la tête.

— Je vous assure que lorsque la maison sera occupée, ce ne sera pas un problème, rassura Mr Farnsworth. Maintenant, vous voyez toute la lumière naturelle qui entre par la salle de séjour à l'arrière du vestibule…

Hadley suivit les deux hommes d'une pièce à l'autre, manquant de trébucher sur une bouteille de gin vide dans l'embrasure de la porte de la cuisine.

— Pas notre stock, chuchota Lowe en la rattrapant par le bras d'une main ferme.

Ils fixèrent tous deux l'endroit où s'était posée sa main. Il se racla alors la gorge, puis la relâcha, et enfouit la main sous sa veste pour en sortir un rouleau de menthes.

— Aimerais-tu une menthe ? offrit-il en déchirant une bande du papier d'aluminium.

Elle accepta, puis savoura la friandise blanche tandis qu'il en lança une dans sa bouche. Lorsqu'il empocha de nouveau le rouleau d'une main, il posa sa main libre sur le haut du dos de Hadley. Elle le regarda suspicieusement (ne venait-elle pas d'ouvrir son cœur en lui révélant sa phobie ?), puis elle frémit lorsqu'elle sentit la main errer le long de sa colonne. Vers le bas, lentement, puis vers le haut. Une caresse. Sans contredit, une caresse. Se moquait-il d'elle ? Une légère colère s'infiltra en elle, emmêlée de panique, mais avant qu'elle ne puisse s'écarter de lui, il retira sa main, questionnant d'une voix forte Mr Farnsworth au sujet du nombre total de fenêtres brisées dans la maison.

Sept fut la réponse de l'agent immobilier. Sept fut aussi le nombre de secondes qu'il fallut à Hadley pour fragmenter la menthe entre ses molaires — une réaction qui n'échappa pas à l'attention de Lowe. Elle inséra un espace entre eux et garda l'œil alerte pour le cas où il y aurait un quelconque signe de la présence de l'urne. Entre-temps, Lowe joua impeccablement son rôle de mari prospère à la recherche d'une vieille maison tranquille à rénover pour sa « belle-mère ».

L'escalier était presque impraticable, et au premier étage, un palier spacieux entouré de quatre chambres à coucher les accueillit.

— Il y a deux grandes salles de bain sur cet étage, fit remarquer l'agent immobilier. Ce ne sont pas les plus jolies, mais la plomberie semble fonctionner. Et il y en a une troisième dans le couloir des domestiques, derrière la cuisine.

Le sixième sens de Hadley lui révéla qu'ils s'approchaient du morceau de l'amulette.

— Qu'est-ce que cette porte, là ? demanda Lowe.

— Vous savez, je croyais que c'était un placard, mais il y a une serrure, n'est-ce pas ? répondit l'homme.

Puis il se mit à examiner un trousseau de clés, murmurant quelque chose d'inaudible en avançant d'un pas traînant vers la porte verrouillée.

— Juste un moment.

— Je le sens, chuchota Hadley à Lowe tandis qu'ils attendaient en retrait.

— Moi aussi.

Lowe fouilla dans sa poche.

— C'est même plus fort sur cet étage. Il y a peut-être un espace de rangement dans le grenier ? Parce que — elle accepta la deuxième menthe qu'il lui offrit — le seul autre endroit logique serait le manteau d'une cheminée ou dans une armoire vitrée, je suppose. Je pense peut-être seulement aux urnes présentées au columbarium.

Elle baissa soudainement les yeux vers les doigts de Lowe, qui se dirigeaient curieusement vers sa poitrine. Des doigts nus. Quand avait-il retiré ses gants ?

— Tu es mal boutonnée, murmura-t-il beaucoup plus près de son visage qu'elle ne s'y attendait.

Si près qu'elle put sentir son haleine mentholée, ce qui suffit à la distraire de ce qu'étaient en train d'accomplir ses doigts, c'est-à-dire déboutonner son manteau.

Elle voulut protester, mais il avait raison. Pendant combien de temps s'était-elle promenée avec des boutons mal alignés ? Et pourquoi n'avait-il rien dit plus tôt ?

— Une seconde, laisse-moi juste…

Un courant d'air lui rafraîchit la peau par-dessus le sternum, avant que des bouts de doigts chauds frôlent le même endroit. Oh, mon Dieu. La robe à l'encolure échancrée. Une terrible erreur. Il émit un murmure grave. Des frissons dansèrent sur les bras de Hadley. Elle n'osa pas lever les yeux vers le visage de Lowe pendant que ses doigts inséraient le bon bouton dans la bonne boutonnière.

— Et voilà.

— Ah, ha ! Succès ! s'exclama Mr Farnsworth au même moment, de l'autre côté du palier.

Hadley mordit dans la menthe, puis la broya rapidement en poussières pendant qu'ils rejoignaient l'agent immobilier.

— On dirait une petite pièce de rangement, commenta l'homme. L'électricité ne fonctionne pas et il est difficile de voir dans le noir, mais la pièce doit mesurer un mètre et demi par trois, je dirais.

Un toc distant leur fit tourner la tête vers l'escalier, duquel flotta un timide « bonjour ? ».

— Mais *qui* est-ce que cela peut être ? s'étonna Mr Farnsworth.

C'était évidemment les vrais Davidson, mais Hadley n'allait pas offrir la réponse.

— Je reviens dans un petit moment, dit-il en se dirigeant à la hâte vers l'escalier. Attendez de découvrir la vue du haut de la tour. On voit très bien Angel Island et Alcatraz.

— Il n'y a rien comme l'élégance bucolique d'une cour de prison et d'un centre d'immigration mal dirigé, marmonna Lowe. Aide-moi. Dépêchons-nous avant de nous faire prendre.

Hadley fit un pas derrière Lowe, le bousculant presque.

— Quoi ?

— Tu ne le sens pas ? Le fichu morceau me crie pratiquement dans les oreilles. Je parierais qu'il est quelque part ici.

L'archéologue fit apparaître une petite lampe de poche en cuivre de son manteau, puis l'alluma, éclairant de bas en haut le devant du manteau de sa partenaire.

— Être toujours prêt à explorer de petits endroits sombres.

Ma foi. Flirtait-il avec elle ? Maintenant ?

Puisqu'il entendit le claquement des souliers vernis de Mr Farnsworth contre le plancher du vestibule, Lowe dirigea le rayon de lumière de la lampe de poche vers le placard, puis disparut de l'autre côté de la porte.

— Bordel, cette pièce est remplie à craquer, se plaignit-il.

Il disait vrai. De vieilles caisses en bois, des boîtes à chapeau et des chaises empilées avaient été alignées le long du mur.

Ils n'avaient pas le temps de passer au peigne fin tout ce bazar. Mais peut-être que ce n'était pas nécessaire.

— Tu le sens ? demanda Lowe.

La sensation était plus forte que toutes les fois où Hadley avait ressenti la présence de la base de l'amulette.

— C'est juste ici.

L'énergie émanait de l'une des trois caisses posées devant elle.

— Elles sont fermées avec des clous.

Lowe lui tendit la lampe de poche.

— Tiens ça. Laisse-moi juste…

Une charmante syncope de jurons suédois et anglais s'éleva dans le placard tandis qu'il remuait le coin de la caisse du milieu. La seconde d'après, le grincement perçant du bois s'arrachant aux clous fit grimacer Hadley.

— Allez, allez…

Lowe chercha à tâtons parmi les copeaux d'emballage jusqu'à ce qu'il découvre deux choses : un vieux Victrola[1] et le vernis mat couleur sable de Douamoutef, le fils de Horus à la tête de chacal.

Le vase canope de la mère de Hadley ! Il était superbe. Façonné par de longues lignes nettes et coloré d'éléments peints à la perfection. À la fois moderne et ancien.

La porte d'entrée se referma en couinant à l'étage d'en dessous.

— Dépêche-toi ! dit Hadley.

— Je me dépêche, assura Lowe, hissant l'urne hors de la caisse.

Hadley éteignit la lampe de poche, puis l'empocha.

— Les vrais Davidson semblent perplexes. Comment allons-nous sortir d'ici ? La porte arrière ?

— Règle numéro un : ne jamais sortir par la porte arrière, professa-t-il, logeant l'urne sous son

1. Marque de commerce d'une gamme de phonographes à cornet fabriqués entre 1906 et 1929.

bras. Vaut mieux plaider pour votre cause pour vous sortir d'une situation difficile que de prendre la poudre d'escampette. Allez, viens.

Ils bondirent alors jusqu'au bas de l'escalier, où Mr Farnsworth les avait rejoints, un air réprobateur sur le visage.

— Monsieur, dit-il sèchement.

Un couple d'âge mûr disparut comme des fantômes dans le vestibule, derrière lui.

— Cousin ! annonça Lowe, un sourire outrageusement joyeux lui étirant les joues.

Le cousin en question eut l'air aussi étonné que perplexe.

— Je vois que ta femme et toi avez fait la connaissance de l'agent immobilier. Je n'étais pas certain que vous pouviez venir aujourd'hui et je ne voulais pas rater la chance de faire une offre.

— Richard, marmonna la femme de l'homme. Que se passe-t-il ?

Lowe donna une tape sur l'épaule de Mr Davidson, puis il le guida vers la porte d'entrée.

— Maintenant que tu es ici, mon vieux, je te laisse t'occuper de tout. Je ne ferais pas visiter le rez-de-chaussée à la patronne, par contre. Notre cher agent a fait subir à ma femme tout un choc avec tous les dessins obscènes gribouillés sur les murs.

— Allons, voyez-vous, Monsieur… commença l'agent immobilier.

Lowe se pencha tout près de Mr Davidson.

— J'ai l'impression qu'on mène également certaines activités occultes, ici. Probablement pour vénérer le démon, ou quelque chose du genre.

— Bonté divine, souffla Mrs Davidson en se pressant vers les hommes pour ne pas manquer un mot.

— C'est vrai, insista Lowe, arborant un air conspirateur.

Le visage de l'agent immobilier vira au rouge.

— C'est absolument *faux*.

Lowe s'arrêta près de la porte ouverte.

— Des occultistes, des pervers, des ivrognes... Dieu seul sait quel genre de débauche crapuleuse s'est déroulée dans cette maison. Sans parler du fantôme. Dites-moi que je suis fou, mais j'ai senti quelque chose de froid, là-haut, dans ce placard.

Il donna un petit coup de coude à Hadley, puis lui tendit une main révélant un autre bonbon à la menthe.

— Qu'en penses-tu, chérie ?

Hadley enfourna la menthe offerte dans sa bouche. Une curieuse panique retenue lui donna l'impression d'avoir la tête légère et vide.

— Je crois que c'est pour cette raison que les voisins surnomment cette maison « le Manoir lugubre ».

Un poids chaud lui couvrit les épaules. Elle tourna les yeux vers Lowe, qui l'attira contre sa hanche.

— Exactement, loua-t-il, une brève étincelle traversant son regard d'arnaqueur. Le Manoir lugubre, en effet. Bon, nous ne prendrons pas plus de votre temps. Mais c'était un plaisir de vous voir. Appelle donc ton oncle, cousin. C'est un vieil homme esseulé.

Lowe s'empressa de guider Hadley autour du couple qui murmurait maintenant leur stupéfaction.

Lorsqu'ils passèrent le pas de la porte, Mr Farnsworth lança :

— Attendez ! Que croyez-vous que vous faites avec cet objet ?

Lowe jeta un bref regard vers l'urne sous son bras.

— Ceci ?

— Vous ne pouvez pas simplement prendre ce que vous avez envie de prendre dans cette maison. Tout appartient à la banque.

Dans une démonstration d'agilité étonnante, l'agent immobilier s'élança vers Lowe, puis saisit le couvercle sculpté du vase canope. Le petit homme maigre serait surclassé par son adversaire de toutes les manières possibles, entre autres par sa taille, son âge et sa force. Malheureusement, il avait l'élément de surprise de son côté.

Le couvercle se sépara du vase en produisant un grincement atroce. Les hommes s'écartèrent brusquement l'un de l'autre tandis qu'un nuage de cendres noires tourbillonna entre eux. Hadley recula en titubant. La poterie se fracassa par terre.

— Richard ! cria Mrs Davidson, lorsque Mr Farnsworth percuta lourdement son mari.

— Ça va, ça va, rassura l'homme.

Lowe avait également réussi à garder l'équilibre, et il avait de plus évité la poussière d'os. L'agent immobilier, qui faisait face au vent, était plié en deux dans un accès de toux. Oh ! et le pauvre vase canope ! Brisé en mille morceaux sur les marches du perron, méconnaissable.

— Je voudrais bien savoir ce qui se passe ! dit Mr Davidson en s'adressant à personne en particulier. Était-ce une urne ?

— Pauvre Mrs Rosewood, murmura Lowe.

Hadley repéra quelque chose qui gisait entre les cendres s'accumulant sur le petit chemin au bas des marches. Elle s'empressa de le saisir de ses doigts gantés : un autre nid de copeaux de bois. Or, enfoui sous les matières d'emballage, se trouvait un mince morceau rectangulaire en or rouge vif.

La barre transversale !

Je l'ai, prononça-t-elle silencieusement en regardant Lowe.

Au même moment, un éclair vert printemps fendit l'air tout près de son visage.

— Qu'est-ce que c'était ?

— Un perroquet sauvage, informa Mrs Davidson. Il y a une volée en liberté sur Telegraph Hill. Personne ne sait d'où ils viennent… Oh, bonté !

D'autres bêtes vertes. Une dizaine de perroquets à la tête rouge volèrent devant eux, battant furieusement des ailes en criant.

— Comme c'est étrange. On dirait presque qu'ils fuient quelque chose, mâchonna Mr Davidson.

Et c'était bien le cas.

Ils fuyaient quelque chose de beaucoup plus gros et plus étrange.

CHAPITRE 14

Les jambes de Lowe faiblirent tandis qu'il écarquillait les yeux devant la créature impossible qui avait atterri sur la corniche à consoles, au-dessus de la porte d'entrée de la maison.

Comme le Sphinx, l'animal avait un corps félin, bien qu'il ait plutôt la taille et la forme d'un chat de gouttière et non celles d'une lionne majestueuse. Toutefois, il avait la tête d'un faucon : le bec courbé, les yeux dorés et perçants et d'énormes ailes aux plumes marron et aux pointes dorées.

Un chat géant doté d'ailes. Ou un oiseau géant doté de pattes.

Lowe se dit qu'il devait avoir inhalé des cendres d'os.

Cependant, le hurlement rauque qui éclata du bec de la bête n'était pas une illusion. Ni les cris terrifiés qui s'échappaient autour de lui. Une partie de Lowe voulait se joindre à eux. Une seule voix demeura calme. Ferme. Posée. Cette voix prononça :

— Un griffon.

Il lança un regard furtif vers Hadley.

— Une chimère, précisa-t-elle. Une bête mystique.

— Égyptienne ? s'étouffa-t-il.

— Le vase canope était peut-être gardé par une sorte de magie.

— Magie, répéta-t-il.

Les Davidson entrèrent à la course dans le Manoir lugubre avec Mr Farnsworth. Hadley et lui auraient peut-être mieux fait de les imiter.

Mais Hadley ne leur portait pas attention. Son calme et son regard d'érudite réfléchie restaient rivés sur la créature fantastique qui faisait battre ses ailes sur le toit.

— Ou peut-être que les barres transversales sont maudites, et que c'est la raison pour laquelle ma mère…

Le griffon s'envola, plongeant vers eux comme un ange tombé du ciel. Ses ailes n'étaient pas seulement dorées sur les pointes ; elles étaient couvertes de symboles dorés. Des dizaines, non, des centaines de symboles. Dieu, oublions les symboles, la bête était aussi rapide que l'éclair. Le bec et les griffes, la fourrure et le plumage, tout cela traversait l'air derrière un craillement désarmant.

Au dernier moment, Lowe poussa Hadley derrière lui. Il n'avait pas réalisé qu'il avait tiré son poignard jusqu'à ce que la bête fonde sur lui. Il le brandit aveuglément en se protégeant le visage lorsque la bête fila à ses côtés. Un éclat de métal coupa la chair ;

de la chair véritable de laquelle le sang suinta. De la fourrure réelle. Une puanteur *horriblement* réelle de quelque chose d'infect et de putride. Quelque chose de mort et de pourri et de rance.

Quelque chose tout droit sorti d'un tombeau.

Lowe porta un coup de côté pour suivre l'animal. Le griffon effectua un virage arqué et massif dans l'air avant de foncer à nouveau sur eux.

Doux Jésus ! Nulle part où aller. Et essayer de poignarder l'oiseau alors qu'il était en plein vol était comme d'essayer de pêcher le poisson dans l'air sans aucune ligne.

— Cache-toi derrière moi ! hurla-t-il à Hadley, mais pas assez tôt.

La chose les visait de nouveau, et cette fois, Lowe aperçut des griffes dorées sortant de ses pattes.

Il se jeta devant Hadley pour lui protéger la tête et porta un coup vers l'attaquant. Pas de contact avec le poignard, cette fois, mais sa main heurta une cage thoracique velue. Les ailes battirent. La bête tenta de retrouver son élan. Et pendant un moment, il n'y avait rien d'autre que la puanteur de la mort et un braillement perçant qui semblait sortir d'une fichue harpie. Le cri était si assourdissant que Lowe entendit à peine les paroles de Hadley. Lorsque l'oiseau reprit son élan dans la direction opposée, elle lança :

— Il a pris la barre transversale !

Elle se débattit contre lui, puis ils tombèrent à genoux. Le gant de la main gauche de Hadley était déchiré.

Pris de panique, Lowe pivota sur les talons pour trouver le griffon battant furieusement des ailes contre le palmier. Soit le coup de Lowe lui avait fait perdre ses repères, soit la magie noire qui mouvait la créature avait maintenant du mal à absorber le poids de la barre transversale. Mais une chose était sûre : dans son bec, une tige d'or scintillait.

De l'or qui valait sa vie, car sans ce morceau, il ne lui restait rien.

Lowe courut donc vers le griffon, ne sachant trop s'il était hors de sa portée ni ce qu'il ferait dans le cas contraire. Mais il observa quelque chose de curieux alors qu'il se trouvait toujours à plusieurs enjambées de l'oiseau. Ce dernier était en train de perdre sa bataille contre la gravité. Il produisait des sons horrifiants, battant des ailes et se jetant sur l'écorce annelée du palmier, comme s'il luttait contre un ennemi invisible ou qu'il était attaqué par un essaim d'abeilles furieuses.

La barre transversale tomba de son bec.

Lowe la recueillit en balayant le sol d'une main, puis il recula rapidement. La bête perdait toujours de la force, s'approchant de plus en plus du sol. Elle allait peut-être exploser comme une bombe magique. Il valait mieux ne pas flâner pour voir ce qui arriverait.

— Cours ! ordonna-t-il à Hadley, lui attrapant la main en se précipitant vers la rue.

Où était le putain de taxi ? N'avait-il pas payé l'homme pour les attendre, pour l'amour de Dieu ?

Hadley pointa le doigt vers l'autre côté de la route.

— Là !

Il n'aurait pu la pousser sur la banquette assez vite. Il referma brusquement la porte derrière lui, puis il se tourna vers la fenêtre arrière, frottant la condensation du panneau vitré jusqu'à ce qu'il voie la forme sombre du griffon qui se tortillait à la base du palmier.

— Tu l'as ? demanda Hadley.

Il ouvrit la main pour lui montrer le morceau d'or avant de l'enfouir dans sa poche.

— Je croyais que tu avais dit que la règle numéro un était de ne jamais s'enfuir.

— J'ai dit de ne jamais s'enfuir par la porte arrière. Ça va ? T'a-t-il griffée ?

Elle tira sur les doigts de son gant pour le retirer.

— Non. Je crois que j'aurai seulement une ecchymose.

Il lui prit le bras pour examiner sa main. Au dernier moment, il se rappela qu'il ne fallait pas la toucher et se retira maladroitement, marmonnant des excuses. L'expression sur le visage de Hadley était indéterminable. Blessée, méfiante, paniquée ? Il n'en avait aucune idée.

— Allez-y, dit-il au chauffeur.

Des yeux noirs le fixèrent dans le rétroviseur. Alors *ça*, c'était un air paniqué. Impossible de savoir si le pauvre homme avait vu la scène en tout ou en partie.

— Où allez-vous ?

Où ? Bonne question. Le griffon allait-il se raviver et piloter son corps félin putrescent d'un bout à l'autre de la ville jusqu'à les retrouver ? Peu importe, il fallait ranger la barre transversale dans un endroit sûr.

Dans un soupir, Lowe s'effondra contre le dossier. Du sang noir couvrait la pointe de son poignard.

— Descendez de cette foutue colline au plus vite, pour le moment. Je déciderai où nous irons lorsque nous serons de retour dans la civilisation.

Le restaurant automatique LaZy SuZan était un café situé dans le quartier North Beach, où il s'annonçait comme étant la seule « cuisine électrique européenne en service libre ». Les affiches inscrites à la main déclaraient : PAS D'ATTENTE. PAS DE POURBOIRE. OUVERT TOUS LES JOURS, DE SIX HEURES À MINUIT.

Pendant que Lowe inspectait les lieux à la recherche d'un téléphone, Hadley leur trouva une table à café vide à côté de la vaste vitrine. Elle retira son manteau, puis étudia le mur du fond, où les foules de l'heure du déjeuner regardaient à travers les portes vitrées des centaines de compartiments en métal, chacun d'eux étant muni d'une fente à pièce de monnaie. Les affichettes au-dessus indiquaient ce qu'ils servaient : soupes, repas chauds, sandwichs, gâteaux et tartes. Les pièces disparaissaient dans les fentes, les portes s'ouvraient, la nourriture était emportée. Pas de serveurs, pas d'hôtesses ; deux employés en uniforme nettoyaient les tables tandis que d'autres transportaient des plateaux de vaisselle entre la cuisine camouflée et la salle à manger.

— La tentation de la nourriture illimitée à l'allure de machines à sous, nota Hadley lorsque Lowe revint avec un plateau rempli de parts de morceaux de tarte et deux tasses fumantes.

Il s'était souvenu de lui prendre du thé et non du café.

— Comme c'est charmant.

Il déplaça une chaise autour de la petite table ronde de manière à profiter au mieux de la vue. De l'avis de Hadley, il était un peu trop près d'elle, surtout lorsqu'il s'arrêta de distribuer les ustensiles et qu'elle nota ce regard intense s'attardant sur le devant de sa robe. Elle ne savait trop si elle était flattée qu'il remarque qu'elle avait enlevé son manteau, ou embarrassée. Mais c'était bien elle qui avait choisi la fichue robe, n'est-ce pas ?

Il se racla la gorge.

— Tu n'as jamais mangé ici avant aujourd'hui ?

— Je ne me trouve pas souvent à fréquenter les établissements de North Beach, dit-elle, regardant à la dérobée les immeubles aux entrées anonymes de l'autre côté de la rue. Des speakeasys. Des maisons de jeux. Des boîtes de jazz.

— Le cabaret Gris-Gris se trouve juste en face. Tu vois cette porte couverte dans la ruelle ? Mon frère y a rencontré sa femme. C'est un endroit chouette. Je t'y emmènerai, un de ces quatre.

Un sentiment d'excitation surgit dans la poitrine de Hadley. Il lui faisait sans doute seulement la conversation.

— Une boîte de nuit, plaisanta-t-elle, comme s'il s'agissait de la proposition la plus ridicule qu'elle n'ait jamais entendue. Ce sera peut-être difficile de danser si tu es attaqué par des chats volants.

— Près d'une heure s'est écoulée, répondit Lowe, refermant vivement sa montre de gousset. Nous sommes peut-être hors de danger. Essaie ceci.

Il fit glisser une part de tarte jaune clair vers elle.

— Citron Meyer. Ne me dis pas que tu détestes les desserts au citron, car nous ne pourrons plus être amis.

— J'adore toutes les sortes de tartes. J'ai la dent terriblement sucrée.

Après que Lowe ait plongé dans son morceau de tarte, elle prit une bouchée de la sienne. Acidulé, sucré et frais.

— C'est délicieux. C'est ce que tu manges habituellement pour le déjeuner ?

— Dernièrement, je mange ce dont j'ai envie, peu importe ce que c'est. J'ai mangé beaucoup de choses insupportables pendant les fouilles, mais depuis que je suis rentré, je mange tout ce qui m'a manqué, à toute heure du jour ou de la nuit.

Il hocha le menton en regardant l'assiette de sa compagne, puis l'encouragea :

— Allez, mange.

Il l'avait déjà remplie de menthes, et voilà qu'il lui enfonçait presque la tarte dans la gorge. Elle prit une autre bouchée, puis une autre, soudainement affamée, avant de remarquer Lowe qui l'observait.

— Quoi ?

Un sourire vorace lui souleva lentement les joues.

— Rien. J'aime bien te regarder manger.

— Bien, je mange, tu sais. Tout le monde me dit toujours que je dois manger plus, mais je ne suis pas quelqu'un aux goûts limités et à l'appétit d'oiseau. J'ai un métabolisme rapide, ou je suis simplement faite ainsi, je ne sais trop.

Le regard de Lowe glissa attentivement sur elle comme du sirop collant.

— J'aime comment tu es faite.

Une chaleur vulnérable s'étendit vers le bas de son corps. Et à son plus grand désarroi, ses mamelons se dressèrent, pointant malignement sous la mince étoffe de sa robe. Elle posa lentement sa fourchette sur la table, puis croisa les bras par-dessus ses seins. À quel moment avait-il jeté un bras sur le dossier de sa chaise ? Elle le regarda de travers, puis il le retira.

— Mon homme est en chemin. Avant qu'il n'arrive, nous devrions peut-être bien regarder notre récolte.

Il balaya les alentours des yeux, puis poussa sa chaise plus près d'elle pour cacher ce qu'il avait déposé sur la table entre eux.

— Trop près ? murmura-t-il près de son oreille. Je ne te toucherai plus, promis.

Il semblait être sincère. Tant mieux. Un soulagement. Et, d'autre part, curieusement décevant. Agitée, elle prit une gorgée de son thé, se brûlant presque les lèvres — mais pourquoi était-ce aussi fichument chaud ? —, puis elle tenta rapidement d'apaiser ses émotions qui bondissaient dans tous les sens.

— Es-tu encore en train de compter ? chuchota-t-il.

— Je vais bien.

Elle exhala une bouffée d'air et glissa un regard furtif vers lui.

— Vraiment.

Il haussa les sourcils, mais ne la poussa pas. Il avait plusieurs défauts, mais il savait intuitivement lorsqu'il était temps de démissionner. Sans dire un mot de plus, il ouvrit le mouchoir entre leurs assiettes. Hadley fixa l'objet des yeux, heureuse d'avoir une distraction à disposition.

La barre transversale en or brillait de manière saisissante dans la lumière grise qui filtrait par la fenêtre. Un motif conservateur bordait l'avant, et un petit mécanisme faisait saillie par en dessous. On pouvait présumer qu'il servait à fixer la barre à la base de l'amulette. D'anciens symboles avaient été estampés à l'arrière.

— J'ai bien l'impression qu'il s'agit du morceau manquant, dit Hadley.

— Je suis d'accord.

Il enveloppa l'objet avec le mouchoir.

Mais quelque chose la préoccupait :

— Si le griffon était une construction magique, où était le sort ?

— Tu parles du sort qui l'a libéré ou qui l'a fait naître ?

— Oui. La barre transversale n'était protégée par aucun type d'emballage lorsque je l'ai trouvée, alors l'hypothèse logique serait qu'il y avait un sort quelconque écrit à l'intérieur de l'urne.

— Aucune des peintures des vases ne montrait des symboles additionnels à l'intérieur des vases, mais peut-être qu'il y avait un sort noté sur un bout de papier qu'on aurait enfoui à l'intérieur avec la barre transversale. Il a pu tomber dans la pelouse sans que nous l'ayons vu.

— C'est vrai, mais même dans ce cas, pourquoi ma mère ne m'aurait pas prévenue ?

— Elle a pourtant mentionné que les barres transversales étaient dangereuses, argua Lowe. L'animal ne voulait pas nous attaquer, il voulait la barre.

— Comme pour la protéger. Un filet de sécurité final, peut-être.

Lowe appuya ses avant-bras sur le bord de la table et se pencha vers l'avant.

— C'est étrange qu'un griffon garde le vase à la tête de chacal. Pourquoi pas le vase à la tête de faucon, Kébehsénouf ?

— Je suis d'accord. Si ma mère a été si méticuleuse au sujet des autres détails, pourquoi aurait-elle négligé celui-là ?

— Surtout qu'elle aurait pu enfouir les barres transversales dans un champ et en finir avec cette histoire.

— Précisément. Les détails étaient importants à ses yeux. Le jeu était important. La magie ne semble pas correspondre.

— Et maintenant, nous ne savons pas à quoi nous attendre si nous trouvons un autre morceau. Un autre gardien magique ? Peut-être que je devrais écouter Winter et commencer à me promener avec un revolver.

Si un revolver pouvait le rassurer, tant mieux pour lui. Quant à elle, elle savait au moins que les spectres Mori pouvaient anéantir le griffon.

— Je me soucie plutôt de l'endroit où nous devrions chercher un autre morceau.

— J'ai appelé quelqu'un ce matin pour lui parler des actes de décès. Il va voir ce qu'il est capable de faire pour nous aider. Avec un peu de chance, il aura quelque chose dans les prochains jours.

— Ah.

— Je n'essayais pas de te le cacher, expliqua Lowe. Nous en avons parlé hier soir.

— Mais quand avais-tu l'intention de m'en parler ? Et tant que nous sommes sur le sujet, qui est cet homme que nous allons rencontrer ? Comment puis-je savoir que tu ne vas pas remettre la barre à quelqu'un qui va la faire fondre pour vendre l'or ?

Lowe termina son café d'une lampée.

— Parce que, premièrement, les morceaux de l'amulette ne peuvent pas être détruits.

Il déposa sa tasse et lui adressa un regard lourd d'une intensité paisible.

— Et parfois, il faut simplement lâcher prise et faire confiance aux gens.

— Plus facile à faire lorsque la personne à qui on fait confiance a des principes.

— J'ai plus de principes que tu pourrais te l'imaginer.

Il se pencha près d'elle et parla d'une voix basse.

— Par ailleurs, tu crois que de garder des secrets sombres n'est pas la même chose que de mentir ? Peut-être avons-nous plus de choses en commun que tu ne voudrais l'admettre.

Ils se regardèrent les yeux dans les yeux pendant un long moment. Trop longtemps. La chaleur qu'elle avait sentie quelques minutes plus tôt la submergea de nouveau.

— Je veux être tenue au courant de tes progrès en ce qui a trait aux actes de décès, exigea-t-elle, approchant l'assiette à tarte devant elle. Nous devrions peut-être échanger nos numéros de téléphone.

Et après qu'ils l'eurent fait, il convint — promit — de l'appeler dès la minute où il obtiendrait la liste. Et après s'être entendus sur ce détail important, ils terminèrent leur repas en silence, jusqu'à ce que Lowe saluât quelqu'un de la main à travers la fenêtre.

La porte d'entrée s'ouvrit et une auréole de boucles noires bondit à l'intérieur du restaurant automatique. Une toute petite fille. Très jolie, avec un visage charnu souriant au-dessus d'un manteau boutonné jusqu'à son menton. Elle se jeta dans les bras de Lowe, puis il la hissa sur ses genoux, affichant un sourire aussi large que le sien.

— Stella, dit-il. Ma fille préférée. Bien guérie de ta chute ?

La fillette ne répondit pas, mais lorsqu'il lui mordit le bout du nez, elle ouvrit la bouche pour sourire de plus belle.

Hadley leva les yeux vers l'homme qui s'approchait de la table. Il avait les mêmes cheveux noirs que la fillette et il était vêtu d'un complet et d'un manteau unis. Le visage agréable. Aimable.

— Tu es arrivé vite, commenta Lowe.

— Le tramway était presque vide, et nous étions déjà prêts pour aller au jardin de thé japonais.

— Pour voir le poisson Koï ? demanda Lowe à la fille, agitant la main comme la queue d'un poisson qui nage.

Elle fit oui de la tête.

— Si le temps le permet, précisa l'homme. Il va peut-être pleuvoir.

Lowe pencha la tête pour se dégager des boucles de Stella.

— Hadley Bacall, je te présente Adam Goldberg.

La conservatrice se leva. Adam mesurait quelques centimètres de moins qu'elle, comme beaucoup d'hommes. Elle s'apprêta à lui tendre la main pour serrer la sienne, mais elle se rappela que ses gants se trouvaient dans la poche de son manteau, ruinés par le bec du griffon. Elle décida plutôt d'incliner la tête.

— C'est un plaisir de faire votre connaissance Mr Goldberg.

— Appelez-moi Adam, je vous en prie, et tout le plaisir est pour moi.

Entre deux clignements de paupières, il balaya discrètement des yeux la silhouette de Hadley.

— Lowe m'a parlé de vous.

— Vraiment ?

— Vous êtes la conservatrice du musée.

— Oui.

Elle décrivit un arc en direction d'une chaise vide.

— Vous vous joignez à nous, n'est-ce pas ?

Il suspendit son chapeau, puis s'installa à côté de Lowe tandis que la petite fille dévisageait Hadley.

— Je vous présente Stella, ma fille.

— Bonjour, offrit-elle. Enchantée de faire ta connaissance.

La fillette ne répondit rien.

Hadley n'était pas très douée avec les enfants. Elle essaya de nouveau.

— Qu'est-ce tu as dans la main ? Un chat à remontoir ?

Pas de réponse.

Son père répondit à sa place.

— Lowe le lui a rapporté d'Égypte.

Il se tourna ensuite vers l'archéologue et dit :

— Toute la semaine, elle s'est amusée avec le chat ou Ann, la poupée de chiffon.

— *Farbror* Lowe a fait du bon travail, *ja* ?

Il remua le chat avant de s'adresser à Hadley.

— Adam et moi sommes de vieux amis. Nous avons grandi ensemble.

— Et vous travaillez maintenant tous les deux ?

— À l'occasion, confirma Adam.

— Que faites-vous exactement, si je peux demander ?

Les yeux d'Adam se tournèrent vivement vers ceux de Lowe.

— Toutes les choses insensées qu'il me demande de faire.

Lowe retourna Stella sur ses genoux pour la placer face à la table.

— Pour l'entreprise de ma famille, il est payant de connaître des gens de confiance qui font disparaître des choses pendant un petit moment. Pense à Adam comme étant le troll sous le pont[1].

— Un troll ?

— Un dragon ! s'exclama Lowe en riant gaiement. Je voulais dire un dragon qui garde les trésors.

— C'est mieux.

— Enfin, il garde les choses en sécurité. Il protège la base de l'amulette en ce moment. Il est d'accord pour tout camoufler.

Lowe fit glisser la barre transversale enveloppée du mouchoir de l'autre côté de la table et ajouta :

— Comme nous en avons discuté.

---

1. Référence à un conte de fées norvégien : *De tre bukkene Bruse*, traduit en anglais sous le titre *Three Billy Goat Gruffs*.

Un millier de doutes traversèrent l'esprit de Hadley. Où habitait cet homme ? Où « camouflait-il » les morceaux de l'amulette ? Qu'est-ce qui l'empêchait de les vendre à quelqu'un d'autre ?

La cuisse de Lowe cogna contre la sienne.

— Ton père m'a dit de les garder en sécurité. Adam est très, très prudent. Et dix fois plus digne de confiance que moi.

Elle posa sur Lowe un long regard en biais.

— D'accord, mille fois plus digne de confiance que moi.

— Voilà qui est mieux.

Adam éclata de rire.

— Elle connaît déjà ton genre arnaqueur.

— Ah ! je crois qu'il existe un autre mot pour décrire le genre d'homme qu'il est, précisa-t-elle, réprimant un sourire. Ça commence par « emmer » et ça finit par « deur ».

Les rires francs des hommes la surprirent. La réaction de Stella aussi, car elle souriait avec eux comme si elle comprenait bien la plaisanterie. Hadley jeta un regard sur le chat à remontoir sur la table.

— J'ai aussi un chat, dit-elle à la fillette. Il est noir, comme le tien.

La petite se gardait toujours de lui répondre.

— Elle n'entend pas, expliqua Lowe d'une voix basse.

Une gêne lui chauffant et lui picotant les joues s'épancha à l'intérieur de Hadley tandis qu'elle regardait tour à tour Lowe et le père de la petite.

— Je suis…

Quoi ? Désolée pour le père ? Pour la fillette ? D'avoir commis un faux pas ?

— Elle sait très bien lire sur les lèvres, par contre, précisa Lowe, baissant la tête vers Stella en souriant. Et elle apprend la langue des signes.

— Elle apprend surtout à cogner du pied et à faire non de la tête, dit Adam, offrant à Hadley un sourire chaleureux qu'elle n'avait pas l'impression de mériter tout à fait.

Stella frappa le chat contre la table en produisant un bruit rauque.

— Comme cela, fit remarquer Adam. Ma femme est décédée il y a quelques années, alors il n'y a que nous deux. Il lui ferait probablement du bien d'apprendre les bonnes manières féminines.

— Absolument pas, badina Lowe, remontant le chat noir. Les manières féminines sont surfaites. Cogne du pied tant que tu en as envie, *sötnos.*

Une marée d'émotions déferla en Hadley : une tendresse pour le père et pour sa fille. De la pitié, également. Et quelque chose d'autre : une envie contrariante pour l'amitié naturelle et le lien que partageait Lowe avec eux, et le désir ardent de connaître la même chose.

Regarder Lowe qui tenait la petite sur ses genoux libéra quelque chose à l'intérieur d'elle. C'était réel et c'était bon. Il se souciait vraiment de ces gens. Il avait confiance en eux ; et ils avaient confiance en lui.

Et sans raison logique, elle décida à ce moment qu'elle lui faisait aussi confiance.

CHAPITRE 15

Après avoir quitté Lowe et Adam, Hadley passa le reste de la fin de semaine à étudier les pictogrammes de sa mère. Elle n'entendit pas un mot de la part de son père au sujet de la chute du lustre à la fête du musée, ce qui lui convenait tout à fait. Par contre, il était la dernière personne qu'elle avait envie de voir lorsqu'elle entra dans son bureau le lundi matin. Ayant téléphoné chez lui la veille pour s'informer de son état, elle avait appris par son personnel qu'il était de bonne humeur. Le cuisinier de son père avait même précisé qu'il chantait tout haut. Apparemment, il avait reçu un appel d'un Mr Magnusson qui avait égayé sa journée.

Elle ne savait trop pourquoi cette nouvelle la dérangeait. Lowe l'avait pourtant prévenue qu'il devrait informer son père de ses trouvailles. Après tout, Père le payait pour retrouver les barres transversales. Et Hadley n'était pas censée être au courant, alors il n'y avait rien à faire, hormis de lui céder le passage, peu importe à quel point cela lui mettait les nerfs en boule.

Mais maintenant qu'elle devait rester assise devant le bureau de son père et l'écouter débiter toutes les raisons pour lesquelles Lowe représentait le meilleur successeur pour son rôle, elle se sentait plus insultée qu'irritée.

— Je dois dire que tu sembles bien prendre la nouvelle, dit-il après avoir terminé son long discours. Je suis heureux que ta colère de cette fin de semaine se soit calmée.

— Ce n'était que le choc du moment.

En vérité, ses ongles s'enfonçaient maintenant dans ses cuisses alors qu'elle maîtrisait fermement ses émotions, de crainte que les Mori tentent d'assassiner l'homme à nouveau.

Des yeux aveugles fixèrent le vide par-dessus son épaule.

— Bien, je dois reconnaître mon rôle dans cette histoire. J'aurais dû te le dire avant le dîner, mais j'avais l'esprit ailleurs. Et aucun père ne désire décevoir sa fille. J'ai été lâche, et j'en suis désolé. Vraiment.

Des excuses ? De la part du grand conservateur Mr Bacall ? Elle fut tentée de regarder la pièce autour d'elle pour voir s'il s'adressait à quelqu'un d'autre. À la place, elle prit une grande respiration et reconnut son erreur à son tour.

— Je suis désolée d'avoir perdu le contrôle. Je n'ai pas voulu pousser les choses si loin.

— J'en suis certain. Et j'espère que tu n'en voudras pas à Mr Magnusson. S'il est nommé à mon poste, je suis convaincu qu'il reconnaîtra ton immense talent. Et peut-être qu'une entente pourrait être établie pour que tu exerces sa fonction par intérim lorsqu'il travaille sur le terrain.

Intérim. Hadley leva les yeux au ciel. Peu importe les sentiments qui mijotaient au fond d'elle à l'égard de Lowe, elle lui ferait respecter sa promesse de refuser le poste, et que son père en fût heureux ou non, elle occuperait sa place derrière son bureau le mois de février venu.

— Je n'ai aucune rancune envers Mr Magnusson.

— Je suis ravi de l'entendre, chérie. Si vous collaborez étroitement dans un avenir proche, ce serait préférable pour vous deux d'agir de manière professionnelle. Je sais que c'est parfois difficile. Peut-être que de te concentrer sur tes prochains séminaires t'aiderait à garder l'emprise sur tes émotions.

— Oui, c'est probablement un bon conseil.

Elle s'assurerait de le transmettre à son cœur et à son cerveau, qui conspiraient constamment pour évoquer des pensées et des sentiments pas du tout professionnels envers Lowe.

Quinze minutes après que Hadley soit retournée à son bureau, le joli visage de Miss Tilly apparut à l'intérieur de l'embrasure de la porte.

— Oh ! vous avez terminé de discuter avec votre père. Je ne savais trop combien de temps vous y seriez. Il a dit « pas d'interruption », alors j'ai dit à votre visiteur que vous n'étiez pas disponible.

Le cœur de Hadley bondit dans sa poitrine.

— Quel visiteur ?

— Mr Ginn.

Ah. Oliver. Après qu'il l'ait quittée, au manoir des Flood, elle s'était dit qu'il ne lui rendait pas visite de si tôt. Et elle était maintenant nerveuse de savoir qu'il était venu, car des bribes de leur conversation sur ses spectres lui revinrent à l'esprit.

— A-t-il mentionné l'objet de sa visite ?

— Non, répondit Miss Tilly, lui tendant un petit colis. Mais il était terriblement déçu de ne pas vous voir. J'aimerais avoir quelqu'un qui persiste à me courtiser de la sorte. Il m'a demandé de vous remettre ceci.

Lorsque la secrétaire quitta son bureau, Hadley ouvrit impatiemment la note griffonnée et pliée en deux qui avait été insérée sous les cordelettes du colis. « *J'espère que vous trouverez le chapitre quatre édifiant. J'ai plus d'information, lorsque vous serez prête à discuter.* »

Elle trouva à l'intérieur de l'emballage marron un petit livre à la couverture en cuir. Le titre n'était pas imprimé, mais écrit à la main : *Croyances des peuples arabes et égyptiens.* Une date ; 1895, mais pas d'auteur. En feuilletant rapidement les pages de l'ouvrage, elle trouva le contenu du chapitre en question : *Esprits Ifrit du Djinn.*

Plusieurs passages avaient été soulignés avec la pointe épaisse d'un stylo. « *En Arabie, on croit qu'une classe rebelle d'esprits infernaux sont faits de fumée et de cendres… Certains croient qu'ils vivent dans les enfers, mais d'autres croient plutôt qu'ils viennent d'un monde des ténèbres.* »

Monde des ténèbres. Elle tourna la page.

« *Ils présentent une ressemblance saisissante avec celle d'un esprit redouté des Égyptiens, le* Sheut, *ou*

« l'ombre »... l'une des cinq parties de l'âme humaine. Le folklore de la magie explique les origines des créatures qui ont été créées par Set, *qui a séparé les* Sheut *de mille âmes mortes pendant qu'elles naviguaient les enfers de l'Égypte,* Duat, *le domaine d'Osiris, et qui les a plus tard libérés dans le désert égyptien. Aujourd'hui considérés comme étant une version égyptienne du mythe de la Faucheuse, ces esprits ont pour objectif de récolter des âmes vivantes intactes et de les traîner jusqu'aux enfers. »*

Des faucheuses. Où Oliver avait-il obtenu ce livre ? Qui l'avait écrit ? Hadley n'avait jamais entendu parler de l'ombre séparée des autres parties de l'âme dans la tradition égyptienne. Cependant, elle devait admettre que la description lui faisait penser aux spectres Mori. Mais comment Oliver avait-il associé les deux choses après avoir vu les spectres pendant quelques secondes seulement ? Une partie d'elle voulait lui poser la question, tandis qu'une autre partie, celle renforcée par les réprimandes formulées par son père pendant des années pour garder les Mori secrets, voulait lui rendre le livre et couper toute communication avec lui.

Des voix retentissant dans le couloir et une démarche bottée familière la tirèrent hors de ses pensées.

— Si vous le permettez, je vais juste dire un petit mot à Miss Bacall pendant que vous faites savoir à son père que je suis arrivé.

La tête blonde de Lowe apparut dans l'embrasure de la porte, bientôt suivie par son grand corps. Il portait de nouveau sa veste en cuir noir élégante et tenait un chapeau plat à chevrons dans sa main mutilée.

Dieu qu'il était fringant. Juste à le regarder, son cœur se mit à faire des roulades. Était-il si beau lors de leur dernière rencontre ? Sûrement pas.

— Miss Bacall, dit-il avec un sourire épanoui.

— Mr Magnusson. Quelle belle surprise.

Il jeta un coup d'œil par-dessus son épaule dans le couloir, puis marcha jusqu'à son bureau tandis qu'elle se levait.

— Vraiment ? demanda-t-il à voix basse, les yeux brillant d'une sorte de gaieté taquine contagieuse.

— Vraiment, quoi ?

— Est-ce vraiment une belle surprise de me voir ?

Elle se sentit sourire et dut faire un effort pour arrêter.

— Peut-être bien.

Le sourire de Lowe s'élargit pour devenir désarmant. Des papillons vinrent chatouiller si violemment l'estomac de Hadley qu'elle pressa la paume de sa main contre son abdomen, comme si elle pouvait les apaiser.

— Que fais-tu ici ? chuchota-t-elle.

— Ton père m'a laissé un message. J'ai des courses à faire, alors j'ai pensé que je passerais ici pour lui parler en personne et te…

Son regard s'égara sur son haut et sa jupe.

— Et bien, te rendre visite, conclut-il en haussant malicieusement un sourcil.

Le désir bondit à l'intérieur de Hadley, chaud et soudain. Elle se repositionna inconfortablement, ayant du mal à respirer de manière régulière.

Il jeta un autre coup d'œil par-dessus son épaule, puis se pencha vers elle.

— L'homme à qui j'ai fait appel devrait avoir la liste demain. Aimerais-tu que nous nous retrouvions quelque part pour le déjeuner et la comparer aux symboles sur nos peintures de vases canopes ?

— Oui, répondit-elle avec un peu trop d'empressement.

Elle se racla la gorge, puis essaya de nouveau, plus doucement.

— Oui, ce serait agréable. Bien. Parfait. Sûrement. Je suis probablement disponible.

Oh, mon Dieu. Elle parlait comme une idiote.

Un grand *clac !* résonna depuis la porte, gentiment offert par son collègue, George. Son salut matinal irritant consistait à frapper le chambranle de la porte avec sa mallette ; quelque chose qui ne manquait jamais de la faire sursauter dans son fauteuil et qui lui donnait envie d'envoyer les Mori dans le couloir pour lui balancer un coup avec sa fichue mallette.

— Mais qui c'est, cet abruti ? s'enquit Lowe.

— Ma plus grosse erreur, répondit Hadley, tandis que les talons de Miss Tilly cliquèrent sur le plancher en direction de son bureau.

Pendant sa brève visite dans le bureau de Mr Bacall, Lowe lui livra un récit rempli de mensonges au sujet de sa chasse aux barres transversales. Non seulement laissa-t-il Hadley hors de l'histoire, mais il façonna aussi une méthode de recherche complètement différente. Pas de recueils de poésie, pas de vases canopes, pas de columbarium et pas de manoir lugubre. Lowe n'avait qu'à déchiffrer un ensemble de symboles et suivre où ils le menaient.

Mr Bacall était simplement ravi d'avoir Lowe qui travaillait à son projet. Et Lowe serait ravi de prendre l'argent du vieil homme.

Mais, pour le moment, il était plus intéressé par le jeune homme qui était passé devant le bureau de Hadley. Une « erreur », l'avait-elle qualifié. Lowe avait l'intention de découvrir exactement ce qu'elle entendait par là. Après avoir assuré à Mr Bacall qu'on n'avait pas besoin de le raccompagner vers la sortie, il marcha négligemment à travers le labyrinthe de couloirs jusqu'à ce qu'il trouve, dans un coin tranquille, un corridor communiquant qui menait vers le musée à proprement parler. Un petit bureau y faisait face, et la plaque fixée au mur près de la porte ouverte affichait le nom de George Houston. Lowe entra à l'intérieur d'un pas flâneur.

L'homme en question était appuyé sur un meuble-classeur et se regardait dans un petit miroir, passant un peigne dans ses cheveux foncés. Une cigarette pendait à ses lèvres. Il était grand — pas aussi grand que Lowe, mais il mesurait probablement un peu plus d'un mètre quatre-vingts — et la forme de son corps suggérait qu'il restait assis à ne rien faire derrière un bureau toute la journée.

— Vous devez être George Houston, déclara Lowe.

— C'est bien moi.

L'homme déposa son peigne, puis leva les yeux.

— Ah, oui. L'enfant chéri de Mr Bacall, dit-il, donnant à « enfant » beaucoup trop d'emphase avant de souffler un cône de fumée. Je suppose que ce pourrait être pire. Au moins, je ne travaillerai pas pour une femme.

— Miss Bacall m'a parlé de vous.

George plissa les yeux.

— Vraiment ? Dans quel contexte ?

Lowe détendit sa posture, puis haussa nonchalamment les épaules, tentant d'inciter l'homme à baisser la garde.

— Elle a simplement mentionné que vous travailliez pour elle.

— *Pour* elle ?

— Avec elle, corrigea Lowe avec un second haussement d'épaules décontracté. Je ne m'en souviens plus. Elle n'a pas dit grand-chose, mais elle est difficile à décoder. Elle n'est pas exactement pétillante.

George ricana.

— Non, B-L-M n'est pas une charmeuse.

— Je vous demande pardon ?

— Bacall-La-Malchance. C'est le surnom que nous lui avons donné. Vous comprendrez pourquoi, si vous commencez à travailler ici. C'est une tornade de destruction mobile. Partout où elle va, les chaises se brisent, les livres tombent, les ampoules électriques éclatent et les gens se retrouvent à l'hôpital. Vous feriez bien de rester hors de son chemin, parce que s'il y a un risque qu'un événement malheureux se produise, vous pouvez parier qu'elle se trouve dans la même pièce.

Il ne s'attendait pas à entendre toutes ces bêtises, mais si cet idiot laissait sortir l'information comme un pneu crevé, Lowe pouvait aussi bien l'aider.

— C'est vrai ?

— Vous étiez à la soirée du musée ; vous avez vu ce lustre qui est tombé sans raison ?

— Ouais, c'était quelque chose à voir.

Il aurait aimé voir George assis en dessous, à sa place.

L'homme secoua la tête, puis tapa sa cigarette du bout du doigt pour en faire tomber les cendres sur le plancher, ignorant le cendrier posé sur le meuble.

— Je le jure au nom de Dieu, dès que la chose est tombée, j'ai pensé à elle. Nous avions l'une de ces affiches encourageant la sécurité sur laquelle on peut lire « Aucun accident n'est survenu dans ce service depuis un nombre x de jours ». Vous savez, ceux avec la case noire dans laquelle vous inscrivez à la craie le nombre de jours ? Nous avons peint l'acronyme BLM par-dessus le titre et l'utilisions chaque fois que quelque chose se brisait dans nos bureaux.

Lowe fit semblant de rire. Espèce de petit salaud arrogant. Évidemment que Hadley restait dans son coin. Si le bureau était rempli de salopards comme lui, aussi bien briser toutes les chaises de l'édifice.

— Je suis allé à l'université avec elle. Elle n'était pas aussi maligne, à cette époque, mais elle était tout de même un signal de catastrophes ambulant.

— Stanford ? s'informa Lowe.

— Ouaip.

Lowe joignit le commentaire de Hadley à l'histoire de George, puis il prit une chance.

— Elle a dit que quelqu'un, à l'université, était une « erreur ». Ce ne serait pas vous ?

— Une erreur ?

George ricana de nouveau, puis ouvrit le tiroir du haut du meuble-classeur.

— Elle aimait plutôt ça.

Il émit un soupir méprisant.

— Et si vous voulez connaître la vérité, c'est *elle* qui est venue vers moi. Elle m'a offert de me payer pour la baiser.

La fausse façade de Lowe tomba momentanément.

— Je ne rigole pas, assura George, comme si Lowe était son meilleur ami. Elle a dit que si un homme pouvait payer une prostituée, pourquoi une femme ne pouvait-elle pas payer un homme ? Vous voyez, c'est son obsession : elle doit toujours avoir le contrôle de la situation. Si elle perd ce contrôle ? Faites attention. Elle perd la boule. Elle a un caractère exécrable.

Lowe produisit un vague grognement alors que la colère déferlait en lui.

George parcourut les dossiers du bout du pouce en écrasant sa cigarette de l'autre main.

— En tout cas, si elle a dit que j'étais une erreur, c'est son problème puisque c'est elle qui a levé sa jupe. Je me suis bien fait plaisir. Je veux dire, enfin. Avez-vous ce cul ? Il fallait bien en pro…

La furie entacha le bon sens, et Lowe céda enfin. Il s'élança dans un grondement et referma sauvagement le tiroir du classeur sur la main de l'homme. Les os craquèrent. George cria de douleur. Lowe relâcha le tiroir, puis le conservateur recula abruptement, tenant sa main blessée de sa main intacte, horrifié.

— Mes doigts !

En effet. Au moins trois d'entre eux étaient cassés, à en juger par la manière grotesque qu'ils pliaient vers l'arrière au niveau des jointures. Le sang rouge vif s'épancha dans la paume de sa main. Des larmes de douleur ruisselèrent sur son visage grimaçant, puis il cria à nouveau.

— Je vais vous faire arrêter, espèce de salaud ! broya-t-il entre deux sanglots.

— Tu connais mon nom de famille ? demanda Lowe. Tu as entendu parler de mon frère ? Vas-y. Fais-moi arrêter. Je te mets au défi de ne pas dire à tout le musée que ce n'était pas une blessure que tu t'es fait tout seul.

La réalité submergea le visage de l'homme. Il ne répondit rien, se contenta de chanceler vers l'arrière, tremblant violemment en protégeant sa main.

Lowe enfonça son chapeau plat sur sa tête et se dirigea vers la porte, entendant au loin les gens se ruer vers le bureau de George. Il se dit qu'il devait s'esquiver vers le couloir menant au musée avant que quiconque ne l'aperçoive.

— Et si tu prononces un autre mot impoli au sujet de Hadley — un seul putain de mot —, je briserai autre chose que tes doigts.

CHAPITRE 16

Le jour suivant, Hadley monta à bord d'un tramway quelques minutes avant midi. Comme c'était habituellement plus rapide que de faire venir un taxi, elle prenait souvent les transports en commun à l'heure du déjeuner. Elle savait donc que son père ne suspecterait rien d'anormal. Lowe l'avait appelée pour suggérer un point de rencontre : il avait la liste de noms.

Après avoir pris un autre tramway qui grimpait et descendait les pentes couvertes d'une brume s'épaississant, elle descendit au port Fisherman's Wharf et aperçut immédiatement Lowe sur le trottoir, ressemblant à une tour dressée parmi les piétons pressés qui parcouraient les trottoirs de la rue Jefferson.

Ils marchèrent l'un vers l'autre et se retrouvèrent près d'un kiosque à journaux.

Elle respirait beaucoup trop fort pour avoir fait seulement dix pas. Était-ce possible de sembler encore plus impatiente de le voir ? Grand Dieu.

— Tu as réussi à sortir en douce, remarqua-t-il, l'air terriblement ravi, avec son allure si attrayante dans son long manteau bleu gris et son Fedora assorti.

— Je ne dirais pas que c'est exactement sortir en douce. J'ai dit à Miss Tilly que je serais absente pendant environ deux heures.

— Les meilleurs mensonges sont les demi-vérités, sourit-il. Tu as faim ?

— Je suis affamée.

— Moi aussi. Je t'emmène manger dans l'un des meilleurs restaurants de la ville.

Elle balaya les alentours des yeux, notant les entrepôts, les parcs à bois et les navires.

— Je suppose que je dois te croire sur parole. Y sert-on de la tarte au citron ?

Lowe rit de bon cœur.

— Non, mais c'est sur ma liste d'incontournables. Fais-moi confiance. Allez.

L'odeur marquée de l'eau salée remplit les narines de Hadley tandis qu'ils avançaient sur la promenade. Une rangée de Tin Lizzy[1] et de camions de livraison bordait le trottoir à leur gauche tandis que les chalutiers et les senneurs dodelinaient dans la baie à leur droite.

— As-tu apporté Lulu ?

Il fit non de la tête.

— Bo m'a déposé.

— Tu sais, je me suis réellement demandé ce qui arriverait si tu conduisais la motocyclette et qu'il se mettait à pleuvoir.

— Je me mouillerais.

1. Surnom donné au modèle T des voitures Ford.

Elle plissa un œil en tournant la tête vers lui, puis elle sourit.

— Comment vont les choses au bureau ? demanda-t-il.

— C'est plus calme, depuis hier.

— Ah bon ? fit-il, personnifiant l'innocence. Qu'est-il arrivé hier ?

Hadley remonta le col de son manteau de vison pour se protéger le cou de la brise fraîche.

— Mr Houston a été amené d'urgence à l'hôpital. La rumeur qui circule aujourd'hui veut qu'il se repose chez lui avec quatre doigts cassés.

— Ce n'est pas vrai.

— Tu ne saurais rien à ce sujet, par hasard ?

— Tu me l'apprends à l'instant, répondit-il joyeusement.

— Alors, ce n'était pas toi que j'ai vu courir vers la porte arrière du musée ?

— Tu sais que je ne m'enfuis jamais par la porte arrière, Hadley.

— Bien sûr.

Elle tourna la tête vers un chalutier soufflant qui se rapprochait de la berge.

— George n'a rien dit à mon sujet, n'est-ce pas ?

— Un abruti pareil ? Qui y prêterait attention ?

Il redressa le bord de son chapeau.

— Mais je peux te dire une chose : lorsque tu obtiendras le poste de ton père, la première chose que je ferais si j'étais à ta place serait de mettre à la porte le bon vieux George Houston.

Hadley ne répondit rien ; elle souleva simplement davantage son col pour masquer le sourire qu'elle ne put réprimer.

Au pied de la rue Taylor, ils se promenèrent devant les étals de poissons en gros. Là, sur le trottoir, au-dessus des poêles à bois, les marchands remuaient le contenu de leurs chaudrons bouillonnants ; des crabes fraîchement livrés par les navires, qu'ils vendaient aux passants pour vingt-cinq sous chacun. Mais Lowe se dirigeait vers l'étal numéro huit, où un couple italien servait de la soupe de palourdes. Des débardeurs et quelques hommes d'affaires de la classe moyenne étaient assis sur des bancs, derrière des tables en bois quelconques situées dans une aire couverte. Lowe salua amicalement de la main l'un des clients, puis il s'avança résolument vers le comptoir.

— Lowe ! lança la femme au joli visage et aux cheveux foncés.

Elle contourna le comptoir pour le prendre dans ses bras et l'embrasser sur les deux joues.

— Nous avons vu ta photographie dans le journal. Tu as fait fortune en Égypte, hein ?

— Pas encore, mais j'essaie toujours, répondit-il, serrant la main à l'homme de l'autre côté du comptoir.

— Un archéologue célèbre, annonça l'homme en souriant. Fais attention, tu pourrais donner un nom honorable à ta famille.

— À quoi bon ? Ce ne serait pas si amusant.

Le couple rit, puis Lowe présenta Hadley à Rose et Nunzio Alioto.

— Ils préparent la meilleure soupe de palourdes du quartier, loua-t-il. Et ils pêchent le *deuxième* meilleur crabe. Les Magnusson n'ont plus autant de crabiers qu'ils en avaient avant Volstead, mais ils attrapent toujours le crabe dormeur le plus délicieux qui soit, affirma Lowe, adressant un clin d'œil à Mrs Alioto.

— Heureuse de constater que la gloire ne t'a pas monté à la tête, plaisanta-t-elle. Mais tant que Winter nous tient mouillés, tu peux dire toutes les balivernes que tu veux. Qui veut manger ?

Lowe se frotta les mains.

— Soupe et bière. Du pain au levain additionnel en accompagnement.

Il glissa un regard vers Hadley.

— Ça te dit ?

— Ça me semble fantastique, répondit-elle.

Puis, en regardant Mrs Alioto, elle ajouta :

— Merci.

Sous le regard curieux des débardeurs profitant de leur déjeuner, Rose leur indiqua une table isolée au fond de l'aire couverte, puis elle les suivit bientôt avec deux bols fumants, deux gobelets remplis de bière (fournie par le frère de Lowe, devina Hadley) et une assiette surmontée de petits pains au levain.

— Les garçons du moine ont lancé le message comme quoi il cherche à te parler, annonça Mrs Alioto d'une voix basse. Quelqu'un est chargé de lui dire qu'il t'a vu ici aujourd'hui.

— Ce n'est qu'un petit malentendu, répondit Lowe en posant son Fedora sur la table, passant une main dans ses cheveux. Si on vous en parle, n'hésitez pas à mentionner que vous m'avez entendu dire que je prévoie de lui rendre visite cette semaine.

— Je m'en souviendrai.

Elle tapota le dos de Lowe.

— Buon appetito.

— De quoi parlait-elle ? demanda Hadley lorsque la femme s'éloigna.

Il lui fit un sourire penaud et répéta ses paroles de la veille :

— D'une erreur.

— Ne me dis pas qu'il planifie de te couper l'autre petit doigt pour lui avoir volé sa femme.

L'archéologue ricana.

— Pas de femme dans cette histoire, croix de bois, croix de fer. Allons, mange ta soupe, maintenant.

La soupe crémeuse était divine, le pain était frais et légèrement piquant. Lowe avait raison de mettre ce repas sur sa liste d'incontournables. C'était peut-être le plus réconfortant qu'elle ait dégusté depuis des années. Et pendant qu'ils mangeaient côte à côte sur le banc érodé par le temps, Lowe fit apparaître un paquet de feuilles pliées, dont la page du dessus était couverte de colonnes dactylographiées.

— Ce sont les noms et adresses qu'ils ont pu trouver. Il y en a plus de trois cents.

— Mon Dieu, comment arriverons-nous à réduire la liste ?

Il inséra la main à l'intérieur de son manteau pour en sortir un petit cahier noir. Ses deux peintures de vases canopes étaient insérées entre deux pages. Il plaça celle à la tête de chacal sur le dessus.

— Parce que j'ai déchiffré le code de ta mère.

— Tu es sérieux ?

— Ne t'excite pas trop. Comprendre comment elle a procédé ne constitue que la moitié de la solution. Regarde ici : chacun de ses pictogrammes représente une lettre. Comme ce vase est celui de Mrs Rosewood, j'ai travaillé avec ce que nous savons déjà : ce dièse est un rail de chemin de fer. Rail équivaut à « R ». Ce cercle qui ressemble à une balle de golf ? C'est une orange : « O ».

Il pointa le doigt vers les autres pictogrammes, nommant des mots dont les premières lettres épelaient « Rosewood ».

— Elle a utilisé trois pictogrammes pour la lettre « O », ce qui rend l'exercice plus difficile.

— Mais « Rosewood » n'a que huit lettres, et chaque vase compte vingt symboles.

— Ce sont des marques de remplacement. Ceux-ci sont les pictogrammes inverses, et ce sont les seuls qui sont répétés. Tu vois celui qui ressemble à un bâton avec une bosse sur le côté ? C'est la version reflet d'un pictogramme qui se trouve sur l'autre peinture que j'ai gardée. Je devine que certaines des autres marques de remplacement sont sur tes peintures.

Hadley retira sa part des aquarelles de son sac à main, puis elle les étendit à côté de celles de Lowe. Ils étudièrent ensemble les symboles et identifièrent toutes les marques inversées.

— Nous connaissons maintenant le nombre exact de lettres dans chacun des trois noms restants. C'est utile. Mais ce serait encore plus utile si nous dressions une liste des symboles avec tous les mots qui pourraient leur être associés. Parce que ce symbole-ci ressemble à une lune, mais représente-t-il « lune », « croissant » ou « boomerang » ?

Elle comprenait maintenant la difficulté de traduire les noms. Pendant qu'il redessinait tous les pictogrammes dans son cahier de notes, elle l'aida à réfléchir. Travailler avec lui était plaisant et naturel, et elle se surprit à rire de ses plaisanteries et à le regarder parfois en catimini. La faible impression qu'avait laissée son Fedora dans ses cheveux blonds, et la bosse sur son nez crochu. La manière dont ses yeux se plissaient lorsqu'il observait les longs triangles bleus, réfléchissant à leur signification. La grâce masculine de sa main robuste qui faisait tourner le stylo entre deux doigts pendant qu'il se concentrait, inconscient de son geste.

Ce ne fut qu'au moment où elle admira le confort d'acier de son épaule pressée sur la sienne qu'elle réalisa qu'ils étaient appuyés l'un contre l'autre, de l'épaule au genou.

Et, à sa grande surprise, elle n'en était pas dérangée. Pas du tout.

En fait, elle souhaitait secrètement que d'autres parties de leurs corps se touchent.

Lowe avait du mal à se concentrer sur les pictogrammes. Tous ses instincts lui criaient de soulever Hadley sur ses genoux et de l'embrasser comme un fou. Il gribouilla des spirales en marge de la page et analysa la gestion logistique de positions qu'exigerait de lui faire l'amour précisément là, sur le banc. Garder l'équilibre serait un défi, mais il avait déjà imaginé trois positions différentes et quelques variantes. Alors qu'il évaluait la possibilité d'utiliser aussi la table, Hadley émit un petit bruit.

— Trotter.

— Quoi ?

Elle fixait sa liste de personnes mortes.

— Henrietta Trotter. C'est l'une des sœurs de Hugo Trotter. Le directeur de salon funéraire qui a tué son frère et ses sœurs, si l'on se fie à la rumeur qui circulait à cette époque.

Lowe se souvenait vaguement de la légende de Hugo Trotter. La police n'avait jamais trouvé la preuve qu'il ait fait quelque chose de mal, mais l'homme avait plusieurs fois déclaré à la blague, au cours de soirées organisées, qu'il planifiait de tuer et incinérer deux sœurs et un frère. Or, ceux-ci étaient décédés suspicieusement, un par un, en un an.

— Les gens disaient qu'il parlait à leurs urnes comme si elles pouvaient l'entendre, dit Hadley. Cette femme doit être son autre sœur, car il a déménagé dans une nouvelle ville, après le séisme. Lequel des vases canopes compte sept pictogrammes uniques ? Ah… le babouin. Voyons si les symboles pourraient épeler « Trotter ».

— C'est…

« Fou », allait-il dire, mais après avoir épluché leur liste de mots, il repéra facilement les lettres.

— T-r-o-t-t-e-r. *Helvete*, Hadley, tu crois que c'est possible ?

— Il était connu pour son étrange sens de l'humour. Peut-être ne les a-t-il pas vraiment tués, mais je me souviens sans aucun doute d'avoir entendu des histoires, à l'université, comme quoi il parlait aux urnes. Pour être certains, nous devrions essayer d'associer les lettres à d'autres noms de sept lettres, au cas où il y en aurait un qui y correspondrait.

Et c'est ce qu'ils firent pendant près d'une heure. L'un des noms n'y correspondait pas en raison d'une seule lettre, mais rien d'autre n'y correspondait exactement. Ils abandonnèrent enfin et décidèrent d'enquêter sur le nom de Trotter.

— Je vais faire quelques appels et je déterminerai un plan stratégique, déclara Lowe en empilant les papiers dans une pile ordonnée.

— Est-ce que j'obtiens la moitié de la liste ? demanda-t-elle, plissant les yeux en direction de ses mains occupées.

Une partie de lui ne voulait pas la partager. La partie sensible. La partie qui était légèrement inquiète du fait que le moine ait demandé de ses nouvelles auprès des occupants du quai.

Mais une autre partie de son cerveau, la partie qui avait rempli Hadley de pain et de soupe juste pour pouvoir sentir sa cuisse contre la sienne, se rappela le putain de George Houston disant que Hadley avait besoin de tout contrôler. Et vraiment, qu'allait-elle faire ? S'enfuir et retrouver les barres de l'amulette sans lui, puis disparaître au Mexique ? Elle avait autant le droit que lui de mener cette quête infernale. C'était l'œuvre de sa mère, après tout. Et si elle avait raison au sujet de ce fameux Trotter, alors son instinct lui aurait servi deux fois sur deux. Elle connaissait certainement mieux la face cachée macabre de la ville que lui.

Il arracha sa légende de symboles griffonnée à sa pile de papiers, puis la fit glisser devant elle, suivie de la liste de noms et des peintures.

— Tout à toi, annonça-t-il, attrapant ses gants de cuir sur la table et insérant ses mains à l'intérieur. Assure-toi simplement de tout ranger dans un endroit sûr et verrouillé. Pas de tiroirs de bureaux, pas d'endroits évidents où ta bonne pourrait les trouver en nettoyant. Nous pouvons nous les échanger tous les trois ou quatre jours. Deux paires d'yeux valent mieux qu'une.

Elle resta silencieuse, se contentant de regarder le paquet de papiers comme s'ils allaient s'enflammer spontanément. Ses yeux bruns s'agrandirent lorsqu'ils se soulevèrent pour trouver les siens. Une légère sensation électrisante chauffa le torse de Lowe. Dieu qu'il était faible, car il n'y avait rien de mieux que les traits de Hadley qui s'adoucissaient. Il l'aimait désarmée. Il l'aimait aussi armée. Merde, elle lui plaisait, point.

Il était l'heure pour elle de retourner au travail. Ils dirent donc au revoir aux Alioto et quittèrent la rue Taylor, se dirigeant vers l'arrêt où le tramway l'avait déposée plus tôt. À mi-chemin, le ciel éclata soudainement.

— Ah, non ! Mon manteau de vison ! s'écria-t-elle lorsque la pluie se mit à s'abattre sur eux.

Lowe la guida rapidement vers le perron d'un entrepôt situé tout près, puis il s'inséra dans l'alcôve avec elle. L'odeur de la chaussée mouillée mêlée à celle de Hadley l'enveloppa. Un homme pourrait aisément s'y habituer. Il crut même saisir l'odeur herbeuse du lis ; son parfum, peut-être. Ou c'était possiblement le souvenir de la piscine.

Détends-toi et profite de ce moment près d'elle. Ne te laisse pas emporter en faisant quelque chose de bête. Respire profondément. Garde ton manteau boutonné et tes mains sur toi. Ne pense pas à la gymnastique sexuelle sur le banc.

— Dieu merci, tu as mis les papiers à l'intérieur de ton manteau, dit-il, secouant son chapeau pour le débarrasser de la pluie.

Elle ne répondit rien. Lowe sentit quelque chose lui serrer le bras. Il baissa les yeux pour y trouver la main gantée de sa partenaire. Lorsqu'il releva les yeux, Hadley était devenue une image floue mouvante ; une image qui effaçait le petit espace qui les séparait. Il vacilla vers l'arrière, arrêté par le mur de l'alcôve, puis fut surpris par la bouche de Hadley qui se cramponna à la sienne. Soudain, il n'y avait rien d'autre que ses lèvres humides sur les siennes et une douceur chaude se pressant contre son torse.

Dieu du ciel, elle l'embrassait.

Réveille-toi, idiot ! Embrasse-la !

Il serra les mains sur des poignées de fourrure et de laine, puis écrasa son corps contre le sien, lui rendant son baiser avec la même férocité. Ce n'était pas une répétition du baiser dans le bureau de son père ; elle avait vraiment envie de lui. La différence était stupéfiante. Un plaisir folâtre se précipita vers la base de sa colonne vertébrale tandis que de longs bras minces s'enroulaient autour de son cou. Plus près ? Avec joie, oui. Il la poussa contre le mur de l'alcôve. Elle gémit, et il put jurer qu'il sentit son propre cœur frémir. Puis, en la couvrant du poids de son corps, leur baiser, d'abord serré et frénétique, s'approfondit, s'ouvrant, devenant lent et ardent.

Rien n'existait, hormis leurs corps chauds et le son de la pluie à l'extérieur de leur alcôve ombragée.

La langue de Lowe s'introduisit entre ses lèvres, juste une fois. Un test. Puis, il embrassa le coin de sa bouche. Glissa la langue à l'intérieur une nouvelle fois. Embrassa l'autre coin. Lécha le sel de sa lèvre inférieure. Et, dieux du ciel, la langue de Hadley se joignit enfin à la fête, roulant avec la sienne. Dansant, explorant. Goûtant.

Et il en voulait plus.

Il posa des baisers sur son menton, sur sa mâchoire, traçant un chemin du bout du nez jusqu'à ses cheveux d'ébène sous le bord de son chapeau cloche, humant à la fois le parfum vif de son shampooing aux agrumes et l'odeur de sa peau. Un autre gémissement. Les doigts de Hadley lui serrèrent fermement la nuque. Une main se glissa discrètement sur le devant de son manteau, se plantant contre son torse. Elle le touchait ! Glorieux, c'était absolument glorieux. Il voulait cette main à l'intérieur de son manteau, sous son pull.

Et comme ils allaient bien ensemble. Il n'avait pas à se plier en deux pour l'embrasser.

— Hadley, murmura-t-il, lui embrassant une joue, une paupière, puis l'autre ; comme s'il était une espèce de prêtre érotique administrant une bénédiction avec sa bouche. Hadley, Hadley, Hadley.

Bon sang, il était sonné par l'excitation, la queue dure et lourde. Il remua ses hanches contre les siennes, l'immobilisant contre le mur, puis il commença à guider sa bénédiction érotique sous son cou lorsque le beuglement d'une sirène de brume la fit sursauter. Elle le repoussa immédiatement.

Ils se tinrent debout l'un en face de l'autre, respirant lourdement, la bouche ouverte.

Les genoux de Hadley cédèrent. Il tendit les bras pour l'aider lorsqu'elle glissa le long du mur.

Elle eut un mouvement de recul lorsque sa main se posa sur elle.

Il souleva les deux mains en signe d'abandon.

— Ça va, ça va, insista-t-elle d'une voix rauque, se redressant en appuyant ses mains contre le mur.

Elle refusait pourtant de le regarder dans les yeux.

— Hadley…

— Ah, voilà un taxi. Je dois vraiment…

— En es-tu certaine ?

— Je…

— Bon sang, Hadley. C'était…

Incroyable. Érotique. Beaucoup mieux qu'il se l'était imaginé.

— Je dois y aller. Appelle-moi lorsque tu es prêt à… Trotter, tu sais.

Puis elle fila sous la pluie pour disparaître dans un taxi garé sur le bord de la rue. La dernière chose que Lowe vit fut l'intérieur de ses doigts gantés touchant ses lèvres, lorsque la voiture s'engagea sur la chaussée.

Au lieu de retourner directement au travail, Hadley fit un détour par le centre-ville, puis elle courut le long du trottoir vers une boutique dont la fenêtre affichait en fines lettres :

Madame Dubois

lingerie fine

Le tintement d'une clochette annonça son arrivée. Elle avança entre une table de bois sur laquelle une sélection de culottes flottantes était disposée en éventail et un mannequin couvert de toile sur lequel une robe de nuit à demi achevée était épinglée. Lorsqu'elle s'approcha d'un cabinet d'étalage en vitre, une femme d'âge mûr dodue à la chevelure argentée coupée au carré et parfaitement coiffée leva la tête en souriant.

— Bonjour, Miss Bacall.

— Bonjour, Madame Dubois, répondit Hadley en la saluant d'un signe de tête.

L'arrière de la minuscule boutique était rempli d'un méli-mélo de soie, de dentelle et de bobines de fil de broderie brillantes et colorées. Les négligés soigneusement pliés et les bas comblaient les étagères derrière le comptoir. Et sur ce comptoir en vitre, des boîtes crème étaient empilées près d'un rouleau de papier de soie abricot. Les créations de madame Dubois étaient les plus raffinées de la ville. Elles étaient également la faiblesse la plus extravagante de Hadley.

Le parfum de poudre de rose flotta dans l'air lorsque la couturière parisienne expatriée se pencha par-dessus son comptoir, un long ruban à mesurer pendant à son cou.

— Et que puis-je faire pour vous ? Une commande spéciale ?

— Oui.

— Merveilleux ! Vos idées font partie de mes créations préférées. Qu'est-ce que ce sera aujourd'hui ?

Le cœur de Hadley se mit à battre plus rapidement que les ailes d'un colibri. Elle déplia une page colorée qu'elle avait récemment déchirée de la brochure d'un programme d'expositions du musée. Se demandant l'espace d'un instant si sa mère avait ressenti la même chose en demandant au céramiste d'art de créer les dessins sur les vases canopes, elle sourit à madame Dubois et dit :

— J'aimerais que vous reproduisiez ceci…

CHAPITRE 17

Lowe téléphona à Hadley à son bureau le lendemain pour l'informer joyeusement qu'il avait trouvé Hugo Trotter. Apparemment, le présumé meurtrier avait fait la même chose qu'un grand nombre de directeurs lorsque San Francisco avait décidé que les terrains étaient trop rares et trop coûteux pour les arts funéraires : il avait déménagé son commerce dans la nécropole de Lawndale, à proximité de la ville.

Hadley n'était pas tellement excitée à l'idée de rendre visite à un meurtrier. Mais Lowe la rassura en disant que tout irait bien : Mr Trotter était décédé dix ans plus tôt, ils rendraient donc visite à son fils. Hugo Junior avait apparemment suivi les traces de son père. Il ne restait qu'à espérer qu'il n'ait pas suivi ses traces meurtrières.

Lawndale, la « ville du silence »[1], était située à une demi-heure de San Francisco. C'était

1. La plupart des terrains de la ville étant dédiés aux cimetières, le nombre de morts excédait la population vivante, ce qui a valu à la ville le surnom « The City of the Silent ».

dans cette municipalité que le jeune Mr Trotter exploitait maintenant l'entreprise de son père : la maison funéraire et le crématorium « Au repos doré ». Lowe avait fixé un rendez-vous à la dernière case horaire du lendemain, afin que sa « sœur » et lui puissent planifier des arrangements funéraires.

Il lui fournit tous ces renseignements sans dire un mot à propos de ce qui occupait ses pensées depuis qu'elle l'avait quitté.

Le baiser.

Elle s'était écrasée contre lui comme si elle échappait à une tempête. Et c'était incroyablement merveilleux. Jusqu'à ce qu'elle panique. À présent, elle chancelait entre la crainte que ce baiser se reproduise et la crainte qu'il ne se reproduise pas.

— J'aimerais partir à seize heures pour avoir amplement le temps de nous y rendre, prononça la voix de Lowe au téléphone. Nous allons jouer les rôles d'un frère et d'une sœur qui sont à l'aise financièrement, alors tu dois avoir l'air de quelqu'un qui a de l'argent.

— *J'ai* de l'argent, lui rappela-t-elle.

— Et tu as des tas de tenues d'endeuillée, ce qui joue en ta faveur, finalement. Mais portes-en une qui est très chère. Pas quelque chose que tu mettrais pour le travail.

— Oui, oui, répondit-elle, légèrement irritée, même si elle percevait la moquerie dans sa voix. Ce sera suspicieux si j'arrive au travail tirée à quatre épingles, donc je suppose que je devrai inventer une excuse pour quitter le bureau tôt.

— Un mal de tête ou un rhume que tu sens venir, suggéra-t-il. Je suis certain que même toi, tu es capable d'imaginer un si petit mensonge.

— Je me débrouillerai.

— Alors, je passerai te prendre devant l'immeuble de ton appartement vers seize heures.

— Pas sur Lulu, insista-t-elle.

— Non. Une vraie voiture. Il faut jouer le jeu. Es-tu partante ?

L'était-elle ?

Le lendemain venu, elle passa tout l'après-midi à essayer des vêtements et à se ronger les sangs de manière incontrôlable. Qu'était-elle censée faire en le voyant ? Prétendre que le baiser ne s'était jamais produit ? Furieuse contre lui, mais aussi contre elle-même, elle choisit une robe qui couvrait le plus de peau possible. Elle se blinda davantage avec des gants, une fourrure et un chapeau à large bord qui lui ombrageait la moitié du visage. Elle prit ensuite l'ascenseur pour descendre au hall d'entrée de son immeuble.

Il l'attendait déjà.

À l'exception d'une chemise blanche, chaque maille de ses vêtements était noire, du ruban en soie de son Fedora aux lignes bien coupées de son complet fait sur mesure, en passant par le cirage impeccable de ses chaussures. La chaîne d'une montre de gousset en argent pendait sous un bouton de poche de son veston, et son pardessus ondulait à la hauteur de ses mollets.

Le chasseur de trésors issu d'une famille de criminels avait disparu, pour céder la place à un homme nanti appartenant à la haute société… du type insupportablement beau par-dessus le marché. Le cœur de Hadley se mit à marteler sa poitrine comme s'il se fichait complètement de ses craintes et incertitudes. Elle aurait cru qu'il disait : « Regarde ! Voilà le bel homme qui t'a embrassée comme si tu étais la femme la plus désirable du monde. Jette-toi à nouveau dans ses bras ! »

Elle ignora ses instincts et s'arrêta à plusieurs pas de la voiture. Il baissa la tête pour capter son regard sous le bord de son chapeau, puis il sourit lentement.

— Bonjour.

La réponse de Hadley lui fit penser au gargouillement d'un vieux drain. Mon Dieu. Il la rendait stupide. Avant la fin de la soirée, elle oublierait comment épeler et compter.

Le crépuscule avait commencé sa descente. Lowe guida sa partenaire vers une Packard argentée garée dans l'entrée de son immeuble.

— Très jolie, fit-elle remarquer, regagnant sa maîtrise de la langue.

— Elle appartenait à ma mère, expliqua-t-il, lui ouvrant la porte du passager. Aida la conduit depuis un certain temps. J'ai changé la plaque d'immatriculation, juste au cas où.

— Tu as fait quoi ?

— Mon frère en a une pile pour ses activités de contrebande, précisa-t-il, comme s'il s'agissait d'une explication rassurante.

La voiture était aussi belle à l'intérieur qu'elle l'était à l'extérieur : toute en cuir, en bois et en chrome poli. Le toit de la décapotable à deux places était fermé, aussi faisait-il chaud à l'intérieur. Et il se mit à faire un peu trop chaud lorsque les longues jambes de Lowe s'étirèrent sur le siège du conducteur. Il sentait bon. Une odeur de citron et de romarin.

— Quelle est l'histoire que tu nous as confectionnée ? demanda-t-elle au moment où il fit rugir le moteur.

— Notre sœur aînée est décédée. Nous voulons la faire incinérer.

— C'est tout ?

— Je n'aime pas trop planifier, dit-il. Autrement, on dirait une histoire répétée. Alors, tu n'as qu'à me suivre et tout ira bien.

Plus facile à dire qu'à faire. Pendant que le crépuscule s'assombrissait et que les lumières commençaient à scintiller, ils conduisirent à travers la ville, en direction du sud, jusqu'à ce que les immeubles commencent à se raccourcir et à se distancer, la route devenant inégale et marquée d'ornières. Et tout ce temps, un lourd silence s'installait entre eux. Puis Lowe le brisa enfin.

— Tu es très jolie, aujourd'hui.

La réponse de Hadley bondit de sa bouche avant qu'elle ne puisse l'arrêter.

— Hier a été une erreur.

— Je ne suis pas d'accord.

— Bien, cela n'arrivera plus jamais.

Lowe marqua une longue pause avant de répondre.

— Pas de problème.

Elle obligea ses doigts entremêlés à se détendre, puis elle regarda par la fenêtre. Allait-il ne rien dire d'autre à ce sujet ? Elle renchérit.

— Je ne sais pas ce qui m'a pris.

— Si tu n'es pas intéressée, tu n'es pas intéressée.

— Ce n'est pas…

— Nul besoin de t'expliquer. Considère l'événement comme clos.

Elle ne pouvait distinguer son expression dans la voiture ombragée. La conversation ne se déroulait pas comme elle le souhaitait. Elle s'efforça de trouver les mots pour exprimer sa pensée, mais il fut plus rapide qu'elle.

— Je suis content de ne pas avoir fait de folie en t'invitant à sortir cette fin de semaine, dit-il.

— Pardon ?

— J'ai des amis du service d'histoire de Berkeley qui se réunissent pour prendre un verre et danser à North Beach. Je savais que ce n'était pas ton truc, mais tout le monde ira accompagné.

— Ah.

— En tout cas, une ancienne petite amie de l'université a récemment annulé ses fiançailles et m'a laissé quelques messages, disant qu'elle souhaitait me revoir.

Hadley se figea.

— Ah, bon…

— La bonne vieille Ruby. Un peu déchaînée. Dieu sait qu'elle m'a trompé à plusieurs reprises. Mais elle sait bien faire la fête. Je vais voir si elle a envie d'y aller.

Ruby. Quel prénom pitoyable.

Hadley fit descendre la fenêtre pour prendre un peu d'air, tandis que des images de cabarets et de groupes de jazz entraient en collision dans sa tête. Du jazz, de la danse et une femme déchaînée qui souhaitait le revoir. Une femme qu'il avait emmenée dans son lit ? Le temps qu'ils avaient passé ensemble signifiait si peu pour lui, au point où il pouvait l'oublier d'un haussement d'épaules et recommencer avec une autre fille ?

Pourtant, si elle se souciait de lui à ce point, elle n'aurait pas dû lui dire que leur baiser était une erreur. Pourquoi avait-elle dit une chose pareille ? Elle n'était pas douée pour les relations. Une partie d'elle-même avait tout à fait abandonné l'idée d'être avec un homme, et elle était convaincue qu'elle ne tomberait jamais amoureuse et qu'elle ne fonderait jamais une famille. Mais une partie d'elle espérait toujours le contraire. Cette même partie qui restait allongée et éveillée la nuit, rêvant de Lowe. Fantasmant qu'il rêvait aussi d'elle.

Sa poitrine lui faisait mal. Des sentiments blessés, à vif lui serrèrent la gorge. Des larmes menacèrent de lui embrouiller les yeux.

— Hé, fit-il d'une voix douce. Ça va ?

— Il fait juste un peu chaud, dit-elle, apaisant ses émotions.

Ce n'était pas le moment de tomber en morceaux comme une petite fille qui n'avait pas obtenu ce qu'elle voulait. Ils avaient du travail devant eux.

— Menthe ? demanda-t-il, lui offrant le rouleau de bonbons ouvert qu'il avait dans la main.

Elle en prit trois.

Après avoir passé le panneau routier du comté de San Mateo, ils conduisirent à travers la ville rurale de Lawndale, anciennement connue sous le nom de Colma. La nécropole. Au loin, les collines ondulantes étaient couvertes de pierres tombales. Chaque cimetière cédait la place au suivant, et chacun d'eux était exploité par le secteur privé. Hormis les pierres tombales, il n'y avait pas grand-chose à voir dans cette ville ; seulement un centre de sports, une gare ferroviaire et un centre-ville rempli de funérariums.

Le commerce de Trotter était établi dans une maison à deux étages cossue. L'odeur du liquide nettoyant les accueillit à la porte, suivie d'une secrétaire âgée dépourvue d'enthousiasme qui les guida jusqu'au bureau vide du directeur.

— Je vais lui annoncer que vous êtes arrivés, avisa-t-elle, tandis qu'ils se perchèrent sur deux fauteuils pour visiteurs placés devant un vieux bureau.

Des permis d'exploitation et des certificats de conseiller funéraire dans des cadres poussiéreux étaient encadrés le long du mur. Pas d'urnes en vue, mais Hadley croyait détecter une énergie étrange ; une autre barre transversale se trouvait possiblement dans cette maison.

— Avez-vous besoin de quoi que ce soit ? s'enquit la secrétaire. Du café ? De l'eau ? Je suis sur le point de fermer à clé et de rentrer chez moi.

— Rien, merci, répondit Lowe d'une voix lasse et vide.

Jouait-il déjà son rôle ?

Hadley aurait maintenant voulu avoir passé plus de temps à le questionner sur son plan au lieu de se languir de lui comme une fille en mal d'amour pendant tout le trajet. Dès que la secrétaire referma la porte, Lowe se pencha près de sa partenaire et chuchota :

— Tu sens la même chose que moi ?

— Je ne veux pas en parler ici, chuchota-t-elle. Plus tard.

— Quoi ?

Elle lui jeta un regard furtif.

— Quoi, *quoi* ?

— Je parle de la barre de l'amulette. Sens-tu sa présence ?

Hadley sentit le sang lui monter aux joues.

— Oui, je crois bien. Mais c'est difficile à dire. Cet endroit me rend anxieuse.

Elle retira son chapeau et s'éventa avec.

La porte du bureau s'ouvrit, et un homme corpulent aux cheveux blonds et au complet mal ajusté entra. Il avait l'air d'avoir l'âge de Hadley. Peut-être un peu plus jeune.

— Bonsoir, Mr Smith, dit-il à Lowe en lui tendant la main. Je me présente, Bill Trotter.

Lowe lui serra la main et annonça :

— Je vous présente ma sœur, Ruby.

Ruby ? Sa poufiasse de boîte de nuit ? Mais à quoi jouait-il, pour l'amour de Dieu ?

— Miss Smith, salua le jeune directeur funéraire en inclinant la tête. Toutes mes condoléances.

Difficile de croire qu'il était sincère. Si elle était naïve, elle aurait pu croire qu'il l'avait regardée à la dérobée. Ce qui n'arrivait pas souvent. Peut-être reconnaissait-il quelqu'un issu de la même race que lui ? Quelqu'un dont la vie tournait aussi autour de la mort.

— Je vous prie de vous asseoir. Je vais faire de mon mieux pour vous faciliter les choses.

Le fauteuil de l'homme craqua lorsqu'il s'y enfonça.

— Mr Smith, je crois que vous avez dit à ma secrétaire que votre sœur est décédée il y a deux jours ?

— Pauvre Esmerelda, dit Lowe, nous sommes rentrés à la maison pour la trouver matraquée sur le plancher du salon.

— Cambriolage ?

— Rien n'a été volé, alors nous ne savons pas pourquoi c'est arrivé. Seulement qu'elle n'était pas une personne très appréciée, honnêtement. Elle disait toutes les bêtises qui lui passaient par la tête. Il n'y avait pas d'amour entre nous.

Lowe serra la main de Hadley sur l'accoudoir du fauteuil ; celle-ci dut lutter contre tous ses instincts pour s'empêcher de la retirer abruptement.

— Ruby et moi sommes proches. Nous nous sentions obligés de prendre soin d'Esmerelda, même si elle n'est que notre demi-sœur. Mais je vais être franc : ce sera plus agréable dans la maison, maintenant que nous pouvons la contenir, pour ainsi dire.

Bon Dieu. Lowe était en train de raconter à l'homme une version du mythe de son père ? Le frère et la sœur d'Hugo Trotter avaient été matraqués et poignardés.

— J'espère que vous ne trouvez pas mon honnêteté irritante, ajouta Lowe.

— Pas du tout, Mr Smith. Ce n'est pas tout le monde qui entre dans ce bureau, détruit par le chagrin.

Il posa sur Hadley un autre regard curieux. Ou sur ses jambes, du moins. Elle les croisa dans la direction opposée, puis replaça sa robe par-dessus ses genoux.

Lowe se racla la gorge.

— Puisque je ne veux pas vous faire perdre votre temps, je vais aller directement au but. Le corps d'Esmerelda n'est pas présentable, ce pour quoi nous aimerions la faire incinérer. Mais elle nous a laissé une bonne partie de la fortune de son père, alors nous aimerions…

Il marqua une pause pour offrir à Hadley un sourire secret.

— Devrais-je lui dire, ma chérie ?

— Je t'en prie.

Elle n'avait aucune idée d'où il voulait en venir avec cette ruse.

— Bien, nous aimerions quelque chose d'extravagant pour conserver les cendres d'Esmerelda. Une œuvre d'art ; pas ce qu'on voit tous les jours. Quelque chose qu'on peut mettre sur une étagère et vers quoi lever notre verre de temps à autre. L'argent n'est pas un problème, que son âme repose en paix.

Le visage de Trotter s'égaya.

— Je suis certain que nous pouvons trouver quelqu'un chose qui répondra à vos besoins. J'ai plusieurs pièces uniques sur place. Aimeriez-vous les voir ?

Il dirigea vers Hadley un sourire plein d'espoir. Et un autre coup d'œil sur ses jambes.

Ils le suivirent dans une salle d'exposition contenant une variété d'urnes alignées sur des étagères. De petites pancartes en papier en indiquaient le prix. Quelques-unes d'entre elles étaient tapageuses, mais aucune ne dégageait une énergie étrange, et aucune n'était un vase canope.

— Ces urnes sont très belles, commenta Lowe, passant une main sur le marbre de l'urne la plus chère. Mais ce que nous avons en tête est quelque chose d'exotique. Peut-être quelque chose de romain ou de grec. D'un style classique.

— Quelque chose de sculpté, précisa Hadley.

Les sourcils de Mr Trotter se haussèrent.

— Vous savez, l'urne de ma tante Hilda ressemble à ce que vous décrivez. Seulement, elle est sculptée à la manière égyptienne. Je…

— Aah… égyptienne, interrompit Lowe, comme s'il s'agissait de la chose la plus intrigante au monde. C'est très exotique. Qu'en penses-tu, Ruby ?

Ce qu'elle pensait, c'est qu'elle voulait l'assommer avec cette urne en marbre qu'il caressait de la main.

— Un style égyptien serait parfait.

Mr Trotter ricana.

— Bien, je ne peux pas exactement jeter ses cendres dans les ordures pour vous la vendre.

— Bien sûr que non, répondit Lowe, le sourire aux lèvres. Mais serait-ce trop demander que d'y jeter un œil ? Nous aurions peut-être une meilleure idée de ce que nous voulons en la voyant. Comme je l'ai dit, l'argent n'est pas un problème.

Trotter fit tinter des pièces de monnaie en les remuant dans sa poche, se balançant sur ses talons.

— Bien…

Lowe enfonça discrètement un coude dans le bras de Hadley. Elle leva la tête et le poussa du coude à son tour. Il lui fit une expression urgente, tournant plusieurs fois les yeux de manière exagérée vers le directeur funéraire lorsque l'homme regarda ailleurs. Elle devina ce qu'il attendait d'elle.

— Oh, je vous en prie, Mr Trotter, dit-elle, faisant de son mieux pour avoir l'air d'une jeune fille charmante à la tête de linotte. Ce serait très spécial pour nous. Particulièrement pour moi.

Deux cercles roses s'épanouirent sur les joues de l'homme.

— L'urne est en bas, dans le sous-sol, par contre. Ce serait peut-être bouleversant de voir mon espace de travail. Je ferais peut-être mieux de l'apporter ici.

— J'ai des nerfs d'acier, rassura-t-elle. Rien ne me choque.

Il lui sourit comme si elle venait de déverrouiller la serrure de son cœur de directeur de maison funéraire.

— Dans ce cas, c'est par ici.

CHAPITRE 18

Le sous-sol consistait en une large pièce, éclairée par deux rangées d'ampoules accrochées au plafond qui n'étaient pas assez fortes pour chasser les ombres dans les coins de la pièce. L'aire d'incinération occupait un côté de l'espace, où une grande porte en fer faisait saillie sur le mur de briques bordé de civières en acier, de tubes en caoutchouc et de pelles pour les cendres. De l'autre côté de la pièce, près d'un bureau, se trouvait une armoire vitrée contenant trois objets sur une même étagère. Et même si le temps et la fumée avaient décoloré et obscurci la vitre de l'armoire, Hadley sut que le vase de Hâpi y était ; elle avait senti son énergie surnaturelle dès le moment où Mr Trotter avait ouvert la porte grinçante du sous-sol.

— Voici l'urne, annonça le directeur de la maison funéraire, déverrouillant l'armoire. Mon père a conservé toutes les urnes familiales ici, et je ne me suis pas embêté à les déplacer ailleurs.

Il ouvrit les portes et se poussa de côté pour laisser ses visiteurs regarder.

Le vase canope couleur sable se trouvait juste au milieu, une tête de babouin couronnait le dessus.

— Elle est exquise, loua Lowe.

— Parfaite, acquiesça Hadley. Exactement ce que nous recherchons.

— Vous êtes certain de ne pas vouloir nous la vendre ? demanda Lowe. Je me sens complètement pourri de vous le demander, mais si vous n'y êtes pas attaché, ne pourriez-vous pas transférer les cendres dans un autre récipient ?

Mr Trotter se gratta l'oreille.

— Je déteste vraiment dire non à un client...

— J'ai trois cents dollars en argent dans ma poche, ajouta Lowe.

Mr Trotter toussa, son visage rougissant. Une forte tentation, à n'en pas douter. Le montant représentait certainement trois mois de salaire pour un homme de sa classe, et l'urne la plus coûteuse dans la salle d'exhibition affichait vingt-neuf dollars.

— C'est très généreux, mais je suis désolé, Mr Smith, dit-il finalement. Je ne peux vraiment pas, peu importe le prix. Si mon père était en vie, il ne me le pardonnerait jamais. Il l'a même mentionné dans son testament. Il a demandé à ce que j'agisse comme le gardien de ces urnes en échange de l'héritage de son entreprise.

Lowe soupira.

— On ne peut blâmer un homme d'avoir essayé.

Il se tourna ensuite vers l'armoire et accrocha un bras autour des épaules de Hadley.

— Peut-être pouvons-nous en faire sculpter une, proposa-t-il, l'attirant plus près. Tu ne pleures pas, ma chérie ?

Avant qu'elle puisse penser à une réponse, il posa un baiser sur sa joue et lui chuchota à l'oreille :

— Distrais-le. Flirte avec lui.

L'estomac de Hadley se noua. Premièrement, il planifiait manifestement de voler le vase. Elle n'imaginait pas que les choses se passeraient aussi bien qu'à la maison de Telegraph Hill — là où elles s'étaient terriblement mal passées. Deuxièmement, elle flirtait terriblement mal. George lui avait déjà dit qu'elle n'arriverait pas à convaincre un enfant de l'accompagner à un carnaval même si elle tenait une gigantesque sucette dans une main et de la barbe à papa dans l'autre.

Elle adressa un sourire forcé à Mr Trotter pardessus son épaule, puis se retourna nerveusement.

— Je suis certain de pouvoir en faire fabriquer une, assura l'homme rondelet, étudiant son visage comme s'il vérifiait s'il y avait des larmes.

— Si vous le pouviez, ce serait merveilleux, dit-elle.

Mais comment était-elle censée s'y prendre pour lui faire du charme ? Elle glissa un regard vers le four dans le coin de la pièce et se concentra sur le seul sujet de conversation qu'elle était à l'aise d'entamer.

— Ah, alors c'est là que les choses se passent, commença-t-elle, traversant le plancher en béton pour inspecter le four. C'est une bête de travail qui m'a l'air plutôt solide.

Il la suivit.

— Oui. Elle a trente ans, mais elle fonctionne merveilleusement bien.

— Ma foi. C'est exactement la devise que je me répète tous les jours.

La bouche de Mr Trotter s'ouvrit bêtement. Il aspira une bouffée d'air, puis ricana.

— C'est une excellente devise, approuva-t-il, la balayant du regard de la tête aux pieds. Et je suis sûr que c'est vrai.

Peut-être que la tâche était plus facile qu'elle l'avait imaginée. Elle lui glissa un sourire faussement timide et hocha la tête en direction du four.

— J'espère que vous ne croyez pas que je suis macabre, mais je suis très intéressée par son fonctionnement.

— Quelle femme fascinante êtes-vous ! Je serais heureux de vous le montrer.

Mr Trotter lui montra avec enthousiasme où les corps étaient placés, et lorsqu'elle le supplia de voir les mécanismes internes du four, il alluma avec joie la veilleuse et craqua une allumette. Le feu orangé rugit à l'intérieur du tunnel noir.

— Oh, mon Dieu, contempla-t-elle. Comme c'est...

Un fracas retentissant derrière eux la fit sursauter.

Ils se retournèrent tous les deux pour trouver Lowe accroupi à l'intérieur d'un nuage de poussière, devant l'armoire. Son manteau était remonté, masquant son visage.

— Mais qu'est-ce qui s'est passé ? cria Mr Trotter.

Le pouls de Hadley se mit à lui battre les tempes. Elle épia Lowe qui attrapa un objet parmi les tessons éparpillés sur le plancher, avant de l'enfouir à l'intérieur de son manteau. Il avait la barre transversale.

— Je ne sais pas ce qui est arrivé, dit Lowe, agitant les cendres dans l'air avec son bras en se redressant. Elle a glissé de l'étagère.

— Oh, Seigneur, Seigneur, Seigneur, psalmodia Mr Trotter, tendant la main vers un tesson. Mon père ne me le pardonnerait jamais. C'est terrible. Tout simplement terrible.

— Je suis affreusement désolé.

Lowe balaya la pièce du regard, puis ajouta :

— Je vais vous dédommager.

— Comment ?

Trotter se leva, un air de furie lui raidissant les traits du visage.

— Comment, pour l'amour de Dieu, planifiez-vous de me dédommager ? Ce n'est pas quelque chose qui peut être réparé. Et vous piétinez les restes de ma tante !

Lowe s'écarta précautionneusement de la pile de cendres, secouant sa jambe de pantalon et claquant le plancher de ses talons.

— Permettez-moi de vous donner les trois cents dollars que je vous ai d'abord offerts.

— Votre argent ne va pas arranger ce que vous avez brisé.

L'homme frôlait maintenant l'hystérie.

Lowe sortit son portefeuille de son manteau.

— Mais c'est mieux que rien, n'est-ce pas ?

Un panneau de plancher craqua au-dessus de la tête de Hadley. Y avait-il quelqu'un à l'étage ? Elle leva les yeux vers le plafond et aperçut quelque chose qui en dégoulinait. Quelque chose de foncé et visqueux. Une flaque se formait sur le ciment au milieu de la pièce alors qu'une odeur nauséabonde lui brûlait les narines. Puis, une chaleur étrange lui couvrit le dos. Elle pivota sur les talons à temps pour voir une boule de flammes projetée du fond du four et filer le long du mur de briques, avant de bondir vers la marre de liquide noir.

Oh-oh.

Elle regarda, horrifiée, les flammes rugir, grimpant presque jusqu'au plafond en un temps éclair. Mais il ne s'agissait pas d'un simple feu. Le brasier se fondit distinctement dans une forme *humaine* ; une forme qui fit un pas vers l'avant, se détachant du plancher. Une ombre enflammée prenant vie.

Comme quelque chose tout droit sorti de l'enfer, une silhouette monstrueuse se solidifia devant eux. Une femme. Une femme qui mesurait un bon demi-mètre de plus que Lowe, avec des jambes à trois troncs et des épaules aussi larges qu'une barge. La géante se tenait au centre de la pièce, une monstruosité de chair nue et noircie par le feu qui lui léchait les épaules, les mains, les pieds.

Et à la place d'une tête humaine se dressait une tête de lion.

L'esprit académique de Hadley fit le rapprochement et se remémora vaguement des photographies de statues anciennes portant des têtes de lion. Elles représentaient toutes la déesse égyptienne du feu, Sekhmet.

Le dos de la créature s'arqua lorsqu'elle avança vers Lowe, faisant trembler le chariot du crématorium de son pas lourd. Et c'est à ce moment que Hadley vit ce qui alimentait son feu.

Dans la peau de la créature, des fentes ultrafines brillaient d'une lumière orange, comme la lave coulant sous la terre sèche et ridée. Elles épelaient un genre de message par hiéroglyphes : un sort, reconnut-elle, exactement comme celui sur la chair du griffon.

Ce n'était pas une déesse, mais la réplique magique d'une déesse.

Mr Trotter hurla comme un enfant. Lowe poussa simplement un grognement en insérant la main à l'intérieur de son veston. Mais au lieu d'en sortir son poignard courbé, il en sortit un pistolet.

Le boum du pistolet fendit l'air. La balle traversa sans hésiter la géante de feu et fit exploser les briques du mur, à quelques centimètres du bras de Hadley. Elle cria et fit un faux pas contre le chariot du crématorium, sa vie défilant devant ses yeux.

— Merde ! s'exclama Lowe.

Mr Trotter s'abaissa abruptement derrière le chariot, l'utilisant comme bouclier. Quel homme lâche et inutile. Tant pis pour leur lien funéraire passionné.

— Tire dans le cœur ! Dans le cœur ! cria-t-elle à Lowe, ne manquant pas d'ajouter : Mais ne me tire pas dessus du même coup !

Lowe se repositionna, recula et ajusta son tir.

Boum ! Boum ! Boum !

Il déchargea trois balles dans le torse de la créature, et les trois balles s'enfoncèrent dans le mur derrière Hadley, éclaboussant Trotter de poussière de briques.

Peu importe ce qu'était cette créature, elle était différente du griffon. Non seulement ne faisait-elle aucun son, mais les blessures causées par les balles ne saignaient pas. À la place, une substance noire suintait le long de ses muscles.

La créature silencieuse se jeta sur Lowe, puis lui saisit l'épaule d'une main enflammée. Lowe laissa échapper un cri. Les flammes jaillirent sur son manteau tandis qu'il gronda et s'arracha à la prise du monstre. La géante chancela et perdit pied alors que Lowe trébuchait vers l'arrière et heurtait le bureau.

En feu ! Lowe était en feu !

Il souleva violemment son chapeau, avec lequel il battit les flammes qui ondulaient sur son bras.

Hadley s'élança vers l'évier de crémation et tourna la poignée du robinet rouillée. Les tuyaux grincèrent. Le liquide tourbillonna à l'intérieur du boyau en caoutchouc attaché au robinet. Elle en saisit le bout et le visa vers Lowe. Un jet d'eau décrivit un arc dans l'air et arrosa Lowe dans les yeux.

Il tressaillit, sa tête basculant vers l'arrière, puis il lança des obscénités en suédois. Ajustant rapidement le tir, Hadley trempa ses vêtements et arrosa les flammes.

— Pas moi ! hurla-t-il. Elle !

La créature tenta de l'attraper par-dessus le bureau, son geste mettant feu à une pile de dossiers. Hadley fit augmenter la pression du débit en couvrant la moitié de l'ouverture du boyau de son pouce, puis elle dirigea le jet vers la face de la géante. Les flammes crépitèrent, puis s'éteignirent tour à tour par *pop !* successifs. Et la vapeur s'éleva dans la pièce.

Sa stratégie fonctionnait !

— Génial ! lança Lowe. Continue !

La créature frémit, tournant le cou de manière surnaturelle tandis que l'eau éteignait les flammes sur un côté de sa tête. Une odeur nauséabonde balaya la pièce entière, comme l'odeur d'un chat mouillé mêlée à celle de la graisse brûlée. L'esprit de Hadley imagina l'image d'un corps animal en train de rôtir sur une broche, avec la fourrure et tout le reste. Elle sentit également une note de produit chimique, comme lorsqu'une voiture surchauffe.

Avec son manteau à demi brûlé et ses cheveux dégoulinant, Lowe contourna le bureau et inséra son pistolet dans la taille de son pantalon. Il esquiva la géante, puis s'élança vers Hadley.

— Donne-le-moi, ordonna-t-il, tendant la main vers le boyau.

Des yeux rouges de lave se tournèrent vers eux. La chair et la fourrure noircies chatoyaient sous les ampoules suspendues. Elles chatoyaient comme de l'huile. C'était donc la source de l'odeur chimique : de l'huile à moteur ! Était-ce aussi ce qui s'était égoutté du plafond avant la formation de la créature ?

L'huile à moteur n'était pas exactement quelque chose que Hadley associait à l'Égypte antique ou aux créatures magiques. Mais elle n'avait pas le temps de résoudre ce casse-tête. Les flammes s'élevant autour des épaules de la bête ronflèrent, s'étendant à travers sa couronne poilue de lionne. Le feu se rallumait !

Ils menaient un combat perdu d'avance. Le maigre débit d'eau émergeant du robinet ne suffirait jamais à tremper les flammes nourries par l'huile. Lowe lui arracha le boyau des mains et arrosa la face de la créature avec un jet d'eau plus puissant.

— Fais sortir Trotter d'ici !

Trotter pouvait bien pourrir dans sa cachette derrière le chariot, elle s'en fichait complètement. Il n'était qu'un lâche pleurnichard.

— Je ne te laisserai pas ici, rétorqua-t-elle.

— Crois-moi, je serai juste derrière toi. Vas-y !

À reculons, elle tira le bras du directeur funéraire, lui criant de se lever. Une fois sur ses pieds, il courut vers l'escalier du sous-sol sans tourner la tête une seule fois. Bon débarras. Hadley accourut aux côtés de Lowe et se prépara à l'aider à combattre la bête de la seule manière qu'elle connaissait.

Elle appela les Mori.

Ils apparurent en vrillant dans les coins sombres du sous-sol, comme en poussant sur les murs pour en sortir. Tandis qu'ils prenaient forme, des visages sombres se tournèrent vers la déesse en feu. *Oui*, pensa Hadley, *abattez cette foutue créature*. Elle s'attendait à ressentir leur excitation, une sorte d'énergie bourdonnante qu'ils dégageaient lorsqu'elle cédait et les déchaînait, mais elle ne sentit rien de tel. Pire, elle les sentit battre en retraite, tournant le dos à la créature comme si regarder le feu leur faisait mal physiquement. Puis, ils firent quelque chose qu'elle n'avait encore jamais vu. Ils rejetèrent ses commandes, puis disparurent derrière les murs.

Si la créature effrayait les Mori, que faisaient Lowe et Hadley à rester là, bordel ?

Lowe sembla se dire la même chose. En poussant un grognement, il arracha le boyau du robinet et lança le caoutchouc serpentant sur la géante.

— Allez, allez, allez !

Ils grimpèrent les marches quatre à quatre, Lowe pressant Hadley d'une main ferme sur son dos, puis ils émergèrent sur le plancher du rez-de-chaussée pour trouver Mr Trotter, couteau de cuisine dans une main et combiné du téléphone dans l'autre, en train de réciter son adresse dans l'embouchure de l'appareil fixé au mur.

— Désolé pour l'urne, Monsieur Trotter, offrit Lowe, lui lançant une volée de billets au passage. Nous n'aurons pas besoin de vos services, après tout.

Le bois explosa.

Hadley tourna la tête pour voir la déesse de feu apparaître au haut de l'escalier. La porte qui donnait sur les marches du sous-sol pendait à un gond ; les flammes bondissaient sur le bois fendu. La créature posa un pied sur le palier, puis tourna vivement sa tête de lionne, ciblant Trotter des yeux. Il laissa tomber le combiné du téléphone, puis s'échappa par le couloir avant de disparaître. La créature fixa immédiatement ses yeux sur Lowe et Hadley.

— Elle veut la barre transversale ! hurla Hadley à Lowe tout en reculant.

— Pas question qu'elle l'obtienne ! Allons !

CHAPITRE 19

Lowe attrapa la main de Hadley. Ils traversèrent le couloir en courant, passèrent devant le bureau de Mr Trotter avant de fracasser la porte et d'atterrir dans la fraîcheur de la nuit. La géante diabolique à la tête de lion les filait, à n'en pas douter si l'on se fiait au *boum* de ses pas qui faisaient vibrer les murs de la maison funéraire.

Tu veux le morceau de l'amulette, hein, vieille fille ? pensa Lowe. *Tu dois m'attraper d'abord, espèce de tas de merde enflammée.*

Il repêcha dans sa poche la clé de la Packard argentée tandis que Hadley et lui fonçaient vers la voiture. La géante défonça la porte avant de la maison. Putain. La ville endormie de Lawndale allait adorer cette scène d'action. Lowe déverrouilla la porte du conducteur et poussa Hadley à l'intérieur, s'asseyant presque sur ses genoux avant qu'elle n'ait le temps de se glisser du côté passager. L'instant d'après, le moteur démarra dans un puissant rugissement. Les pneus crissèrent au moment même où Lowe alluma les phares, la voiture démarrant à toute vitesse.

— Seigneur, s'exclama Hadley en se tortillant sur la banquette pour regarder par la lunette arrière. Elle nous pourchasse toujours !

Auréolée de flammes, la créature avançait par grands bonds vers la Packard, ses pieds nus dispersant des étincelles sur l'asphalte. Le moteur de la voiture protesta quelque peu lorsque Lowe passa à la vitesse supérieure, la poussant à rouler plus vite, sans toutefois le laisser tomber. Et tandis qu'il allongeait la distance entre eux et la créature, Lowe garda les yeux rivés sur le rétroviseur, observant ses pas effrénés ralentir peu à peu jusqu'à ce qu'elle ne fasse plus que de grandes enjambées. Puis, elle se mit à boiter et l'une de ses jambes sembla céder ; la créature s'effondra au milieu de la route, son corps se désintégrant dans un bûcher funéraire rugissant.

— Hourra ! cria Lowe avec agitation, frappant le volant de son poing, fou d'excitation.

Il tourna la tête vers Hadley, un large sourire sur les lèvres.

— La Packard a vaincu la magie.

Sa partenaire se retourna enfin et s'effondra sur la banquette.

— Quel désastre. Pauvre Mr Trotter.

— Je lui ai donné de l'argent. De l'argent que je ne pouvais pas vraiment jeter par les fenêtres, en plus. Tu es seulement bouleversée parce qu'il bavait en admirant tes jambes.

— Il ne faisait absolument rien de tel.

— Il était prêt à tomber à genoux pour te sucer les orteils.

— Ne sois pas grossier.

— Oh ! je te demande pardon. Je croyais que tu voulais être traitée comme un homme. Souhaites-tu maintenant que je désinfecte tout ce que je dis pour tes délicates oreilles féminines ?

Elle leva les yeux au ciel et croisa les bras par-dessus son manteau. Quelque chose la dérangeait, et cette fois-ci, ce n'était pas Lowe.

— Tout va bien ? demanda Lowe après quelques secondes de silence.

Ses yeux demeurèrent fixés sur la route qui les menait vers la ville.

— Tu sais que c'était la forme de Sekhmet.

— Le souffle qui a donné naissance dans le désert, acquiesça Lowe. Oui, je reconnais la ressemblance.

— Et as-tu remarqué l'huile qui coulait du plafond avant que la créature se forme ?

— De quoi parles-tu ?

— J'ai cru entendre quelqu'un marcher au-dessus, juste avant, puis un liquide noir a commencé à s'écouler des lattes. La créature s'est ensuite formée à l'endroit où les gouttes avaient créé une flaque sur le plancher. Je crois que c'était la même substance qu'il y avait sur sa peau. C'est comme si elle s'était moulée à partir de cette substance ou que cette dernière l'a créée.

Lowe réfléchit à ce que disait Hadley pendant quelques instants.

— Au Manoir lugubre, lorsque j'ai laissé tomber le vase, le griffon ne s'est pas formé à partir des cendres, pour ainsi dire. Tu te souviens des perroquets qui le fuyaient ? L'oiseau est arrivé de loin.

— Oui.

— Et si quelqu'un était au rez-de-chaussée, dans le bureau de Trotter, pour verser une huile diabolique dans le sous-sol, alors les vases ne sont pas chargés d'une magie protectrice. Quelqu'un nous suit et nous envoie des créatures magiques…

— Pour obtenir les barres transversales, conclut Hadley. Les deux fois, les créatures pourchassaient les barres. Puis-je la voir, s'il te plaît ?

Lowe pêcha le morceau au fond de sa poche, puis le tendit à Hadley. Elle l'inspecta, signalant qu'il ressemblait beaucoup au premier, notant qu'une autre série de symboles magiques était inscrite à l'arrière.

— Elle est réelle, confirma-t-elle, lui rendant ensuite la barre.

— Je l'apporterai à Adam dès que possible.

Les phares d'une voiture approchant à sens inverse diffusèrent un triangle lumineux qui se déplaça lentement d'un bout à l'autre de la banquette avant. Lowe se remémora tous les ennuis qu'il avait connus en Égypte lorsque la nouvelle de sa découverte s'était répandue. Pourtant, toutes ces attaques avaient été bêtes et brutales. Aucune finesse. Aucune magie.

Le moine était toujours à sa recherche. Et Lowe comptait sur le fait que celui-ci avait entendu parler de l'amulette — il fallait qu'il soit persuadé que Lowe lui offrirait la chose authentique et non un artefact contrefait pour payer sa dette. Mais le moine allait lui coller un revolver sur la tempe ou faire pression sur son frère Winter pour qu'il le traîne dans son bureau pour une réunion. Il ne perdrait pas de temps avec la discrétion et la magie. Surtout pas la magie égyptienne. Ce qui réduisait les possibilités de manière considérable.

Il supposa qu'il était possible qu'un riche Égyptien ait envoyé quelqu'un à ses trousses pour voler l'amulette. Mais comment quelqu'un serait-il au courant de leur recherche des barres transversales ? La seule personne qui était au courant était Mr Bacall, et il était illogique qu'il paie Lowe pour trouver les morceaux et qu'il se donne tout ce mal dans le but de les voler.

Quelque chose d'autre troublait Lowe. Mr Bacall ne lui avait jamais confié pourquoi il désirait avidement l'amulette complète. Il lui avait avoué qu'il s'agissait d'une obsession, certes, et que c'était l'enjeu d'une querelle de longue date entre son ancien partenaire et lui.

Mais il n'avait jamais précisé ce qui avait déclenché la querelle.

Puis, il y avait eu les avertissements donnés par l'esprit de la femme de Bacall pendant la session de canalisation d'Aida. Elle les avait avertis de tenir l'amulette loin de Mr Bacall et de « Noël ». Pourquoi ? C'était peut-être une question qu'il valait mieux poser directement à Bacall. Il nota mentalement de le faire avant que la douleur dans son bras gauche ne devînt insupportable.

— Que se passe-t-il ? s'enquit Hadley.

— Rien.

— Quoi ?

— Je crois que j'ai une petite brûlure.

— Où ?

Lowe déplaça sa main sur le volant et grimaça. Maintenant que la fièvre de la victoire se dissipait, son corps décidait de lui dire que quelque chose n'allait pas.

— Mon épaule.

Il tourna le menton vers sa blessure pour mieux la voir.

— La vache ! Elle a laissé quelques trous en brûlant mon manteau.

Hadley se pencha étonnamment près de lui et essaya d'inspecter les dommages, lui bloquant presque la vue de la route.

— Lorsqu'elle t'a pris par l'épaule ?

— Apparemment. Putain que ça fait mal. Plus que tout à l'heure, pour être tout à fait honnête.

— J'ai une trousse de premiers soins dans mon appartement. Je te ferai des bandages.

Il manqua de dévier de la route. Bien… s'il désirait une distraction pour oublier la douleur, il en avait certainement obtenu une. Son appartement. Elle. Le touchant. Lui. Oui, s'il vous plaît.

— Aucune raison de payer pour des frais médicaux si tu n'es pas grièvement blessé, insista-t-elle sur un ton défensif qui lui donna envie de sourire d'une joie délirante.

Ah ! oui, veuillez présenter tous vos arguments, Miss Ce-baiser-ne-se-reproduira-plus-jamais. Parce qu'un homme et une femme ne s'embrassaient pas comme s'ils allaient mourir le lendemain pour se quitter ensuite comme si de rien n'était. C'était le genre de baiser qui inspirait la poésie. Son seul souvenir suffisait à inspirer autre chose sous la braguette de son pantalon en ce moment même.

Mais une autre pensée refroidit sa bonne humeur.

— Si quelqu'un nous suit, je ne veux pas les guider jusqu'à ton appartement.

— Si quelqu'un nous suit, il sait déjà où j'habite, réfuta-t-elle d'une voix posée.

Cette hypothèse n'apaisait certainement pas les craintes de l'archéologue.

Une demi-heure plus tard, avec son épaule pulsant de douleur, Lowe vira dans l'allée de l'immeuble de Hadley, puis gara la Packard dans l'ombre d'un mur couvert de bougainvilliers grimpants. Il était près de vingt heures et le trafic montait et descendait toujours activement la rue California. Il la suivit dans un hall huppé, puis ils entrèrent dans l'ascenseur.

— Mr Walter doit être en pause, présuma-t-elle, considérant le mécanisme à manivelle comme s'il s'agissait d'un problème mathématique impossible à résoudre.

Lowe ferma la grille extensible.

— Je crois que nous pouvons nous débrouiller. Quel étage ?

— Neuvième.

Il appuya sur un interrupteur et déplaça lentement le levier jusqu'à ce que l'ascenseur commence à monter. Ni l'un ni l'autre ne prononça un mot, pas même lorsqu'ils atteignirent son étage et qu'elle déverrouilla la porte de son appartement.

— Mrs Wentworth ? interpela Hadley.

Aucune réponse ne se fit entendre.

— Ma bonne a dû aller dormir chez sa fille, ce soir. Elle a seulement commencé la semaine dernière, et nous n'avons pas encore établi d'horaire fixe.

Elle souleva un interrupteur et deux appliques murales en forme de chandeliers s'allumèrent sur les murs à proximité, jetant une lumière dans la pièce. L'appartement était spacieux et élégant, exactement comme il l'avait suspecté, tout de marbre poli et de lignes modernes et nettes. Quant au décor, il était très formel. Ce n'était pas exactement un endroit accueillant qui vous invitait à vous installer confortablement.

— Je vais aller chercher les pansements, annonça-t-elle, accrochant son manteau et son chapeau.

Il regarda par la fenêtre pendant qu'elle fouillait l'une des pièces du fond. Aucune nouvelle voiture dans l'entrée. Rien de suspicieux. En soulevant précautionneusement son manteau de son épaule blessée pour le retirer, il examina l'appartement. Très peu de meubles. Aucun décor, hormis un miroir et deux peintures, qui étaient fixés au mur par des équerres, comme si elle craignait de se les faire voler. Bizarre.

Un radiateur sous les fenêtres irradiait suffisamment de chaleur pour sécher ses vêtements. Il fit rouler ses épaules pour faire glisser son gilet et sa chemise à manches longues et les étendit sur les élégantes ailettes argentées. Son tricot de corps était pratiquement sec, mais ce n'était pas tous les jours qu'il avait une bonne excuse pour se débarrasser de ses vêtements dans l'appartement d'une femme. Il se dénuda donc jusqu'à la taille et s'admira dans le miroir un moment — pas mal du tout, dirait-il s'il devait commenter son propre physique —, avant de se tourner de côté et de grimacer à la vue de la brûlure sur son bras. Il se laissa ensuite tomber sur une chaise rembourrée en velours gris. Lorsque quelque chose lui frôla la jambe, il s'immobilisa.

Hadley entra d'un pas résolu dans le salon, les mains pleines de fournitures de premiers soins, puis faillit tout laisser tomber lorsque son regard se posa sur Lowe. Dieu du ciel. Il était à demi nu.

La lueur dorée de la lampe s'épanchait sur la peau de son torse. Son corps était fort et ciselé de muscles ; un corps qui connaissait le travail. Les yeux de Hadley se glissèrent discrètement sur ses bras brunis, grimpant vers une poitrine incroyablement bien construite et de larges épaules. Des muscles partout. Des muscles sur son abdomen — son *abdomen* ! Et au milieu s'étalait un sentier de poils dorés, devenant plus sombre et plus étroit sous la boucle de sa ceinture.

George ne ressemblait certainement pas à cela. En fait, elle était assez certaine que tous les torses mâles déshabillés qu'elle avait vus — et il n'y en avait pas beaucoup, le torse de son propre père et celui d'un occasionnel acteur célèbre de cinéma en faisant partie —, consistaient en morceaux de pâte et de peau lâche soutenus par quelques os.

Aucun d'eux ne ressemblait à ce qu'elle avait sous les yeux à ce moment.

Si son esprit était impressionné, son corps était aux anges. Une vibration prit naissance dans sa poitrine, puis parcourut le centre de son corps jusqu'à l'échauffer toute entière. Elle lécha ses lèvres sèches et avala une bouffée d'air. Elle tâcha de se rappeler ce qu'elle était en train de faire avant que ses genoux ne faiblissent.

Grande respiration.

Elle parvint à se calmer suffisamment pour remarquer Numéro quatre. Le fichu chat était sur le dos, étendu de tout son long entre les cuisses de Lowe, les quatre pattes en l'air. Lowe grattait le ventre de la bête.

— J'imagine que cela signifie que tu es bienvenu.

Elle marcha vers eux, comme si c'était la chose la plus naturelle du monde d'avoir un bel homme au corps de dieu assis dans son salon, ne portant rien d'autre qu'un pantalon et des chaussures.

— Mais je devrais t'avertir qu'il a la fâcheuse habitude de mordre. Le concierge de l'immeuble croit qu'il est un démon dans un corps d'animal.

— Les animaux m'adorent.

— Je n'ai pas de mal à le croire, marmonna Hadley.

Les animaux, les réceptionnistes, son père. Lowe avait tout le monde à ses pieds. Elle était aussi bien d'ajouter son nom à la liste, supposa-t-elle.

— Je n'aurais pas deviné que tu étais une amoureuse des chats. Quel est son nom ?

Elle déchargea sa brassée de fournitures sur une table à proximité.

— Numéro quatre.

Il plissa les yeux un moment avant de ricaner.

— Un chat curieux, n'est-ce pas ? Est-il passé par ses trois vies avant ou après que tu ne l'aies adopté ?

— Je ne l'ai pas choisi. C'est lui qui m'a choisie. Et maintenant, j'ai l'impression de ne pas pouvoir m'en défaire.

Elle se pencha pour le prendre dans ses bras, mais se ravisa en réalisant l'endroit vers lequel ses mains se dirigeaient.

— Comment va ton épaule ?

— Elle va bien.

— Menteur.

— Je croyais que nous avions établi de façon incontestable le fait que j'étais menteur.

Il grogna en cueillant Numéro quatre de ses jambes, puis posant le chat sur le plancher.

— D'accord, si tu veux savoir la vérité, la douleur est plutôt atroce.

Ce fut facile à croire lorsqu'elle inclina la tête pour jeter un coup d'œil sur la blessure. La plaie était vilaine. Son biceps gauche semblait éclaboussé d'une tache rouge parsemée d'ampoules.

— Mon Dieu, murmura-t-elle.

Impossible de savoir à quel point c'était douloureux.

— Aimerais-tu de l'aspirine ou du whiskey ?

— Les deux.

Elle dévissa le bouchon de la bouteille et lui servit deux doigts de scotch.

— Ce serait drôle si c'était la liqueur de ton frère, dit-elle, lui tendant plusieurs comprimés d'aspirine et le verre d'alcool.

Il avala le tout d'une seule gorgée.

— Je n'aurais pas cru que tu étais une grande buveuse.

Il lui remit le verre vide.

— Je ne le suis pas.

Cependant, le courage que procurait le liquide lui était peut-être nécessaire si elle devait rester si près de tant de peau à découvert. De la peau qu'elle allait devoir toucher s'il fallait qu'elle le soigne. Alors, elle se versa un verre et l'avala cul sec, puis secoua la tête pour absorber la brûlure coulant dans sa gorge. Une chaleur maltée se répandit ensuite dans son estomac.

— De temps à autre, je n'arrive pas à dormir, et le whiskey règle le problème. Par contre, j'essaie vraiment de résister à la tentation de boire lorsque je scie du bois.

Le rire de Lowe sembla douloureux.

— J'aurais aimé qu'on me donne ce conseil. Ne sois pas avare.

Elle lui versa un autre verre, puis ouvrit un contenant d'onguent tandis qu'il basculait la tête vers l'arrière pour avaler le deuxième verre.

— C'est mieux ?

— Beaucoup mieux. Mais j'ai l'impression que tu es sur le point d'aggraver les choses, dit-il, tournant les yeux vers la noix de pommade sur ses doigts. Allez-y doucement, infirmière Hadley, je ne voudrais pas m'évanouir dans vos bras.

— Vous n'êtes pas le seul.

Elle s'agenouilla à côté de la chaise. Ses yeux bondirent sur les mamelons de Lowe et la poussière de poils couleur miel qui les auréolait. Il valait mieux se débarrasser de cette tâche, et vite.

— Prends une grande respiration.

Lorsqu'il suivit son instruction, elle appliqua l'onguent sur sa brûlure. Il tressaillit d'abord, puis se figea et parla à travers des dents serrées.

— Tes meubles sont boulonnés au plancher.

Elle recula avec surprise, puis préleva plus d'onguent du contenant métallique.

— Oui.

— Le miroir est fixé au mur par des équerres.

— Oui.

— Pas de lustre.

— Hmm.

Elle enfonça le bout du doigt dans l'onguent pour en recueillir une autre noix. Elle éprouva aussi l'agréable chaleur du scotch dans son ventre. Puis, elle soupira et laissa les mots venir.

CHAPITRE 20

— Mon père les appelle les spectres Mori, commença-t-elle. Les ombres de la mort. Je suppose qu'ils ressemblent un peu à des fantômes faits de fumée et d'ombre. J'ignore si ce sont de vrais fantômes ou démons, ou quelque chose de complètement différent.

Elle sentit la fraîcheur de l'onguent sur ses doigts, puis l'étendit délicatement sur le reste de la brûlure de Lowe.

— J'en ai hérité de ma mère.

— C'est le sort dont elle a parlé lorsqu'Aida a fait venir son esprit ?

Hadley hocha la tête.

— Après sa mort, ils ont commencé à apparaître. Lorsque j'avais des accès de colère, ils sortaient des lattes du plancher, flottant vers le haut, puis ils attaquaient la cause de ma colère. Ils aiment utiliser les objets à leur portée pour infliger des dommages. Le verre, le bois, le métal ; tout ce qu'ils peuvent manipuler. Lorsque je les ai fait venir pour qu'ils attaquent le griffon, c'était la première fois que je les voyais attaquer quelque chose directement.

— Je le *savais*, chuchota Lowe.

Elle garda les yeux baissés et découpa un carré de gaze avec une paire de ciseaux.

— Mon père dit que ma mère n'a jamais su quoi que ce soit au sujet de leurs origines. Un jour, ils ont simplement commencé à lui apparaître, après un voyage en Égypte, apparemment. Il dit qu'un étrange sort de momie a dû les attirer vers ma mère. Je ne les ai jamais vus jusqu'à ce qu'ils commencent à m'apparaître. Les émotions négatives les alimentent. Lorsque je suis absolument furieuse, j'ai du mal à les maîtriser. C'est difficile à expliquer. Ils…

Elle s'assit sur ses talons, cherchant à trouver les bons mots.

— Ils ne parlent pas ni ne communiquent avec moi d'aucune façon, expliqua-t-elle enfin. Mais c'est comme s'ils pouvaient lire mes pensées et agir en fonction de cette information. Et je peux sentir leur énergie. Ils ont faim, pour ainsi dire. Pour le dire franchement, ils veulent faire du mal. Et si je relâchais leur laisse et que je les laissais faire comme bon leur semble, ils n'arrêteraient pas avant d'avoir tué.

Il ne lui demanda pas comment elle avait testé cette théorie, et elle lui en fut reconnaissante.

— Alors, tu exerces un certain contrôle sur eux ? Aïe !

Il tressaillit et siffla pendant qu'elle couvrait l'onguent de la gaze.

— Désolée, murmura-t-elle. Et oui, un peu. Je ne leur ai pas demandé d'arracher ce lustre, si c'est ce que tu penses. Ce sont… et bien, ils me font penser à des chasseurs de primes. Mon esprit leur donne le nom de la cible, et ils font tout ce qui est en leur pouvoir pour l'abattre.

— Sont-ils ici en ce moment ?

Elle secoua la tête pour dire non.

— Tu te souviens quand Aida a dit qu'elle devait faire venir ma mère depuis l'autre côté du Voile ? Je n'en suis pas certaine, mais je sens qu'ils vivent ailleurs, et qu'ils viennent ici seulement lorsqu'ils détectent l'odeur de mon état émotif.

— Et ces spectres sont la raison de ta phobie de toucher les gens.

La main de Hadley se figea momentanément.

— Lorsque j'avais treize ans, une famille du nom de Price habitait à côté de chez mon père. Le cousin de Mrs Price a emménagé chez eux. L'homme n'avait pas toute sa tête. Il avait été arrêté pour des crimes d'agression sexuelle sur des enfants, mais les accusations étaient tombées en raison d'un détail technique.

Lowe l'écoutait sans faire de commentaires, donc elle poursuivit.

— Mon père faisait polir les planchers du rez-de-chaussée. Les portes étaient ouvertes pour permettre l'aération. Le cousin est entré dans la maison sans que personne ne le remarque, juste comme je sortais de la baignoire au premier étage.

Elle prit une respiration profonde, puis plongea dans le reste de l'histoire avant de perdre son sang-froid.

— Il m'a clouée au plancher. J'étais terrifiée. Les Mori sont arrivés si vite. Il était affreux et fou, et j'avais peur. Avant que je comprenne ce qui se passait, les Mori l'ont fait glisser sur les carreaux mouillés de la salle de bain alors qu'il luttait pour me retenir. Sa tête s'est fracassée contre la baignoire de porcelaine. Il est décédé presque instantanément.

— Oh, Hadley, chuchota Lowe, ses traits se crispant de sympathie.

— Pour clarifier les choses, il n'a jamais réussi à faire plus que de me clouer au plancher. Si j'avais été une fille ordinaire, je suppose que les choses auraient tourné autrement. Mais cela n'a pas été le cas, et les autorités ont déclaré que la mort était accidentelle. Mon père n'était pas fâché, ni les Price.

— Mais bordel ! Il n'aurait pas fallu qu'ils le soient, cracha-t-il.

La force de sa colère saisit Hadley.

— Si un homme de cette espèce vivait à côté de chez nous alors qu'Astrid était dans la maison…

Il secoua la tête, puis enchaîna :

— Je te garantis qu'il n'y resterait pas longtemps. Et ni Winter ni moi n'éprouverions de remords. Et tu ne devrais pas en avoir non plus.

Elle tenta de s'expliquer.

— Je ne regrette pas ce que j'ai fait. C'est juste que mon cerveau a mélangé l'effroi que j'ai ressenti à ce moment avec la culpabilité qui est venue après. Et je comprends logiquement pourquoi, je suppose. Mais comprendre une chose et la changer sont deux concepts différents.

— Demander de l'aide ne signifie pas qu'on est faible.

— C'est plutôt une question de confiance. Pas seulement avoir confiance en quelqu'un d'autre, mais en moi-même aussi.

— Peut-être que de commencer par le premier cas réparera aussi le deuxième, suggéra-t-il avec un doux sourire.

— Peut-être.

Ni l'un ni l'autre ne dirent un mot pendant un long moment. Elle découpa une plus grande bande de gaze et l'enroula autour du bras de son compagnon pour tenir le pansement en place.

— Et tu es la seule personne qui les voit ? demanda-t-il.

— Pardon ?

— Les Mori.

— De temps à autre, je tombe sur quelqu'un qui les voit aussi. L'une de mes bonnes pouvait les voir. Elle a démissionné après les avoir aperçus. Elle était terrifiée à mort. Mon père pouvait les voir autrefois, avant de devenir aveugle. Ah ! et Oliver Ginn les a vus à la soirée du musée.

Lowe poussa un grognement.

— Mr Fortune ?

— Il semble croire qu'ils sont un genre d'esprit escroc créé par Seth.

— Le dieu égyptien ?

Elle fit oui de la tête.

— Apparemment, il existe un mythe selon lequel Seth a récolté un groupe d'âmes sombres pour semer le chaos dans les enfers.

— Les Sheut.

— Tu as entendu parler de ce mythe ?

— Je ne suis pas qu'un joli minois, tu sais, badina-t-il alors que les yeux de Hadley tombaient involontairement sur son torse musclé.

Elle détourna immédiatement le regard et s'affaira à fixer le pansement à l'aide d'un ruban adhésif pendant qu'il expliquait ce qu'il connaissait.

— Les travailleurs nubiens au site de fouille avaient l'habitude de raconter des histoires sur les esprits qui se transformaient en chiens noirs pour duper les étrangers errants et leur faire perdre leur chemin dans le désert. Certains disaient qu'ils étaient faits d'ombres. Ils les appelaient les *Sheut*.

— Alors, Oliver est peut-être sur une piste ?

— Oliver, répéta Lowe, comme s'il s'agissait d'un mot grossier. Tu lui parles de ce que tu vis ? Que représente-t-il pour toi, Hadley ?

— Et je pourrais te demander ce que représente *Ruby* pour toi.

Puisqu'elle avait terminé son pansement, elle se releva en poussant sur le plancher avec ses mains.

— Je te l'ai déjà dit.

Un sursaut de frustration la poussa à jeter le rouleau de ruban adhésif par terre.

— Tu m'as dit que tu allais l'emmener danser, puis tu as utilisé son nom pour mon personnage devant Mr Trotter. La moitié de ce que tu me dis est probablement un mensonge… Comment suis-je censée séparer les faits de la fiction lorsque je t'écoute ?

Les mains de Lowe saisirent les siennes. Elle tressaillit et tenta d'échapper à sa prise, mais celle-ci était aussi solide que l'acier.

— Laisse-moi ! Tu me fais mal.

Il ne lui faisait pas mal, en réalité, mais la panique avait le don d'embrouiller les choses dans sa tête.

— Bordel ! Arrête de te débattre et écoute-moi pendant une seconde.

L'exaspération dans sa voix la prit de court. Elle se cloua sur place, le souffle saccadé.

— Tu as raison, entama-t-il, relâchant tranquillement sa prise. Je suis un menteur, et nous le savons tous les deux. Mais même si ce n'était pas le cas, je ne serais jamais un homme droit. Je viens d'une famille d'immigrants. J'ai été élevé dans la pauvreté. Je ne fais pas partie de ton cercle d'amis et je n'en ferai jamais partie, peu importe l'argent et le pouvoir que nous avons.

— L'argent et le pouvoir ne rendent pas un homme digne de confiance.

— Et tout ce qui sort de ma bouche n'est pas un mensonge. Faisons une entente, toi et moi, *ja* ?

Sa voix s'adoucit, et il poursuivit.

— Tu te souviens lorsque nous nous tenions dans la cour, près de la piscine ? Je t'ai dit la vérité au sujet de ma blessure. Je ne l'ai dite à personne d'autre que toi ; seulement à toi. Et j'ai dit que je craignais que les femmes la trouvent repoussante, et tu m'as répondu que la bonne femme ne s'en soucierait pas. Tu t'en souviens ?

— Oui.

Il l'attira plus près de lui.

— Tu vois, j'ai cette curieuse idée dans la tête qui me dit que tu pourrais être cette femme. Celle qui ne me rejetterait pas lorsque je la toucherais.

Une émotion crue vint serrer la gorge de Hadley.

— Tu vois cette main ?

Il lui pressa gentiment les doigts, attirant son attention vers la peau cicatrisée couvrant l'endroit où il avait perdu son doigt.

— Exactement comme je t'ai dit la vérité ce soir-là au sujet de ma blessure, à compter de maintenant, lorsque je te tiens la main avec celle-ci, tu peux croire que ce que je te dis est la vérité. Je te le promets. Me crois-tu ?

Le cœur de Hadley tambourina à l'intérieur de sa poitrine. Elle souleva son regard vers le sien.

— Je peux essayer. Je veux te croire.

— C'est tout ce que je demande.

Il porta la main de Hadley à ses lèvres, puis posa un baiser sur ses jointures, lui insufflant des frissons dans le bras. Ses yeux bleus se rétrécirent en la regardant avec une intensité désarmante.

— Laisse-moi le prouver, maintenant. Je te tiens la main, alors demande-moi quelles vérités tu veux savoir de moi en ce moment. Tu as besoin de savoir que je ne raconterai tes secrets à personne ? Je n'en parlerai à aucune âme. Mais tu le savais déjà, sinon tu ne te serais pas confiée.

— Tu n'as pas peur de moi, maintenant que tu es au courant ?

— Peur de ce que tu fais venir sur Terre ? J'en suis *putain*croyablement terrifié ! Tous les hommes ont peur de l'inconnu. Mais je n'ai pas peur de *toi,* et c'est là, la différence. Quoi d'autre, Hadley ?

Il l'attira plus près, jusqu'à ce que ses jambes frôlent les siennes.

— Tu as mentionné Ruby. Tu veux en savoir plus à son sujet ? Parce qu'il n'y a rien à dire. Je n'ai aucun intérêt à renouer quoi que ce soit avec Ruby, ce qui est en partie la raison pour laquelle je n'ai pas répondu à ses appels. Mais surtout, je n'en ai pas eu le temps. Il semble que, dernièrement, je passe la plupart de mes journées avec toi, et je passe la plus grande partie de mes nuits à penser à mes journées.

— Lowe…

Elle essaya de dire autre chose, mais rien ne sortit de sa bouche.

La seconde d'après, il lui lâcha la main, seulement pour lui enlacer la taille de son bras, l'abaissant vers lui pour l'asseoir de côté sur ses cuisses. Son torse était comme un mur de briques chaud contre son épaule. Tellement de peau nue. Un léger tremblement de panique s'élança nerveusement d'un bout à l'autre de son corps tandis qu'une main se glissa sur son dos et vint se poser sur sa hanche. L'autre souleva son menton vers le visage qui la regardait.

La voix de Lowe était grave et ferme.

— Je comprends pourquoi tu es mal à l'aise avec les gens qui te touchent, mais tu ne peux pas te sentir de cette manière avec moi, et c'est tout ce qu'il y a à dire. Parce que quand je t'ai dit dans la voiture que c'était sans importance si tu ne t'intéressais pas à moi, j'ai menti. C'est important. *Très* important.

Il relâcha lentement son menton.

— M'as-tu menti lorsque tu as dit que tu ne voulais plus jamais m'embrasser ?

Le regard de Hadley s'échoua sur le torse de Lowe lorsqu'elle répondit :

— Oui. J'ai menti.

Le bruit assourdi du bâillement de la ville qui s'élevait à l'extérieur des fenêtres lui donna l'impression de retentir au loin tandis qu'elle écoutait le souffle de Lowe. Un mouvement vint lui toucher la cuisse. Pourtant, avec ses nerfs raides et crispés, il lui fallut un long moment avant de comprendre ce qui la touchait. Amplement de temps pour permettre à Lowe de s'écarter d'elle ou de changer de position. Il n'avait manifestement aucune intention de le faire.

Seigneur Dieu.

Le visage de Hadley chauffa d'embarras, mais ce sentiment se transforma rapidement lorsque ses mamelons se raidirent en deux pointes. Ses mains étaient posées sur ses genoux. Elle serra les poings, ses ongles s'enfonçant dans ses paumes, et serra les cuisses l'une contre l'autre, priant pour qu'il ne la touche pas.

Priant pour qu'il la touche.

Il effleura la courbe de son épaule d'une caresse et lui parla d'une voix grave et éraillée.

— Tu t'es construit une belle petite île en évitant de t'approcher des gens, n'est-ce pas ? Mais tu ne peux pas survivre ainsi pour toujours. Je crois que je vais devoir t'envoyer un bateau de sauvetage pour te ramener sur le continent.

— Lowe.

Il enfouit le nez dans ses cheveux et en inhala le parfum.

— Voici ce qui va se passer. Tu vas m'embrasser. Et je vais te toucher.

— Je...

— Na, na, na, avertit-il. C'est moi qui prends les décisions, maintenant, Miss Bacall. Attends. Tiens-moi la main pour être certaine que je ne mens pas…

Il la força à ouvrir le poing et enfila trois longs doigts entre les siens.

— Cette main seulement, c'est tout ce que j'utiliserai. Nous ne bougerons pas de cette chaise, et je promets de ne pas toucher de peau. Je te toucherai seulement par-dessus tes vêtements. C'est tout. Rien d'autre. Entendu ?

— Par-dessus mes vêtements ?

— Oui.

— Où ? chuchota-t-elle, et elle regretta immédiatement sa question.

Il chuchota, effleurant des lèvres son oreille.

— Où je décide. D'accord ?

Elle sentit son cœur galoper à l'intérieur de sa poitrine.

— Oui.

— Bien.

Ses lèvres caressèrent les siennes.

— Maintenant, embrasse-moi comme tu l'as fait sur le quai.

Elle hésita, mais seulement pendant un moment.

Un carnaval de courants lui bouleversa l'intérieur lorsque leurs bouches se retrouvèrent. Lèvres contre lèvres. Fermées. Fermes. Une tentative d'investigation qui s'ouvrit bientôt sur quelque chose de plus profond. Pas brusque et à bout de souffle comme leur dernier baiser. Un baiser qui s'ouvrait et roulait lentement et qui avait le goût du scotch — et qui ne manqua pas d'allumer dans son ventre une flamme encore plus chaude que celle que lui avait donné l'alcool qu'elle avait bu.

Elle devint bête et étourdie en quelques secondes, fondant contre lui.

Les doigts de Lowe se démêlèrent des siens. Elle brisa le baiser.

— Allons, allons, réprimanda-t-il. Si tu arrêtes de m'embrasser, ma promesse ne vaut plus rien.

Comme c'était absurde. Elle ne jouait pas à ce genre de jeu avec…

Il referma une main autour de son bras nu et la glissa vers le haut, à l'intérieur de sa manche.

— Tu vas m'embrasser ? ou devrai-je toucher ta peau nue comme je le fais maintenant ?

Non, non, non, non ! Elle pressa impatiemment ses lèvres mouillées sur les siennes pour l'arrêter.

— Bonne fille, murmura-t-il dans sa bouche avant de balayer sa langue de la sienne.

La main de Lowe abandonna la peau de son bras et retrouva la sûreté de sa taille. Mais elle ne s'y attarda pas longtemps. Hadley sentit sa chaleur tracer une longue ligne jusqu'à sa hanche, puis remonter vers sa taille. Puis, encore plus haut, tâtant son flanc du bout des doigts comme un aveugle lit le braille.

D'anciennes paroles critiques de George refirent surface, et pendant un moment, elle s'inquiéta qu'il sente ses côtes et qu'il la trouve trop mince. Mais il n'y avait aucune hésitation dans son geste. Aucun recul ni aucune pause dans son baiser. Il la touchait comme si ce qu'il trouvait lui plaisait, et lorsque ses doigts se recourbèrent sur un sein, toutes ses vieilles inquiétudes s'évaporèrent.

— Hmm, fit-il contre ses lèvres. Une bonne poignée. Juste assez pour remplir ma main.

Son pouce trouva la pointe dure de son mamelon. Le plaisir lui traversa l'échine. Elle aspira bruyamment. Il grogna doucement, poussant son érection contre sa hanche. Une sorte d'amusement à la fois charnel et joyeux pesait dans sa voix.

— C'est bon, n'est-ce pas ? Essayons l'autre. Mets ton bras autour de mon cou.

Lorsqu'elle le fit, il lui pinça un mamelon, affolant la pointe raide à travers l'étoffe de sa robe. Les jambes de Hadley s'écartèrent lascivement comme la mer Rouge devant Moïse. Elle faillit tomber des genoux de Lowe.

— Viens ici, chuchota-t-il, la faisant tourner sur ses cuisses pour lui faire face.

— Ta brûlure, protesta-t-elle.

— Chut, infirmière Bacall.

Il souleva l'une de ses jambes pour la passer pardessus ses propres jambes, de manière à ce qu'elle le chevauche comme si elle était sur sa motocyclette, sa robe froissée autour de ses cuisses. Seulement, à la place d'une barre de métal froid menaçant le V entre ses jambes, la bosse de son érection se dressait comme un chapiteau entre elles. Une bosse considérablement importante. La partie cartésienne du cerveau de Hadley voulait qu'elle insère les mains entre eux pour palper la bosse à des fins d'analyse.

Choquée à cette seule pensée, elle regarda ailleurs et enroula ses mains autour de son cou pour réfréner ses ardeurs.

Mon Dieu, son corps était tellement invitant.

— Lowe…

— Les règles sont toujours en vigueur. J'ai simplement besoin de sentir ceci.

Il posa les deux mains sur son derrière, pétrissant la chair avec abandon.

— C'est généreux.

Il remua ses fesses.

— Les plus belles fesses que j'ai vues de toute ma vie. Bordel, j'adore te toucher.

De son côté, elle adorait ses caresses. Tous ses muscles s'étaient ramollis pour devenir de la gelée.

— Qu'est-ce que tu as, là, derrière ? D'autres plumes de paon ?

Il étira le cou par-dessus son épaule, puis souleva sa robe avant qu'elle ne puisse protester.

— Violet. Serait-ce des grappes de raisin ?

Elle étira le bras derrière elle pour tirer sa robe vers le bas.

— Ne te moque pas.

— Crois-moi, je ne me moque pas. Je fantasme à propos de tes déshabillés depuis le premier soir où je t'ai rencontrée.

Ses mains parcoururent son dos de bas en haut tandis qu'il lui mordillait le cou, juste sous l'oreille. Elle gémit de surprise, et cette réaction suffit à la distraire de la main errante qui se retrouva bientôt sous le devant de sa robe, glissant par-dessus son bas.

— Oh, mon Dieu, murmura-t-elle.

— Pas de peau, rassura-t-il, la voix enjouée par la victoire lorsqu'il atteignit la jarretelle en caoutchouc qui retenait son bas. Il ralentit à cet endroit et pianota des doigts vers le haut de la jarretelle, ricanant dans sa barbe lorsqu'elle glapit de détresse. Puis, il trouva ce qu'il chassait. Par-dessus sa culotte flottante, il lui couvrit le bas du ventre de la main et glissa un doigt sur la soie entre ses jambes.

Elle se souleva de ses genoux et poussa un petit cri, arquant le dos en frémissant de plaisir. Il garda un bras ferme autour de sa taille, la maintenant en place.

— Complètement trempée, ma foi, chuchota-t-il, frottant lentement l'étoffe humide d'avant en arrière par-dessus son clitoris.

— Juste ici ?

La tête de Hadley tomba sur son épaule.

— Oui.

— Hmm. Je le sens à travers la soie. Je crois que tu es aussi dure que moi.

Bon sang. Personne ne lui avait jamais parlé aussi franchement. Une inhalation tremblante fut sa réponse.

— Tu veux que je te confie un secret ? murmura-t-il, changeant la direction de ses doigts, caressant d'un côté à l'autre. Je me touche toutes les nuits avant de m'endormir en pensant à toi.

Ses paroles provoquèrent une décharge électrique à travers le centre de son être. Elle posa son front contre le sien.

— Mon Dieu… *Lowe.*

— Tu es merveilleuse. Fichûment merveilleuse.

Ses doigts glissèrent vers l'arrière de la culotte, et même avec la barrière de la soie limitant ses explorations, il fit de son mieux pour les enfoncer dans la moiteur s'accumulant entre les lèvres qu'il caressait. C'était agréable, mais pas aussi agréable que ce qu'il faisait juste avant.

— S'il te plaît, n'arrête pas.

— Oui, m'dame, vraiment désolé, offrit-il, ne semblant pas désolé le moins du monde, mais retournant à ses bons soins précédents, frottant son bourgeon sensible. Je n'ai pu m'en empêcher. C'est mieux, maintenant ?

Il connaissait la réponse. Elle baissa la tête, joue contre joue, et gémit.

Il y avait si longtemps qu'on l'avait touchée de cette manière. Si longtemps.

Et la sensation était si spectaculaire et nouvelle qu'elle se demanda si elle n'avait jamais été touchée. Tout ce qui appartenait au passé était un rêve et ce moment était sa nouvelle réalité. La norme selon laquelle tout autre toucher devrait être évalué.

— Dis-moi que ça te fait plaisir, exigea-t-il.

— C'est bon, fut tout ce qu'elle parvint à prononcer, mais il lui répondit d'un grognement de plaisir provenant du fond de sa gorge, comme si c'était exactement ce qu'il voulait entendre.

Elle le répéta donc comme un mantra entre de fortes exhalations jusqu'à ce que…

Quel était ce bruit ?

La porte. *La porte !*

— Non, non, non !

Elle bondit des genoux de Lowe pour tirer sa robe vers le bas avant de se placer devant la chaise, comme si elle pouvait bloquer la vue d'un Scandinave sans chemise et affichant une énorme érection.

Des clés tintèrent au moment où une femme âgée aux cheveux blancs entra dans l'appartement. Elle leva les yeux et s'arrêta net, les yeux aussi grands que des assiettes.

Hadley redressa sa posture et se colla un sourire sur le visage.

— Bonsoir, Mrs Wentworth.

CHAPITRE 21

Lowe fit semblant de partir. Il gara la Packard de l'autre côté de la rue et resta assis à la place du conducteur la moitié de la nuit, surveillant l'immeuble résidentiel de Hadley pour s'assurer qu'on ne les avait pas suivis. Pas de déesse lionne enflammée, pas de voitures suspectes. Les lumières s'éteignirent aux fenêtres de Hadley. Peut-être était-elle maintenant au lit. Après s'être remémoré les gémissements qu'elle avait poussés, assise sur ses genoux, il déboutonna sa braguette et se donna du plaisir dans la voiture obscurcie jusqu'à ce qu'il vienne dans sa main, espérant qu'elle fasse la même chose, neuf étages au-dessus de lui. Au petit matin, lorsque les laitiers commencèrent à faire leur tournée, il rentra enfin à la maison pour dormir.

L'après-midi suivant, il se dirigea dans le quartier Fillmore et camoufla Lulu dans un nouvel endroit. Puis, il traça un chemin sinueux pour s'assurer qu'il n'y avait personne sur ses pas. En chemin, il huma quelque chose de douloureusement familier et s'arrêta devant la boutique d'un fleuriste. Des seaux en bois remplis de tulipes et de marguerites cultivées en serre bordaient le trottoir, mais il les ignora, apercevant les lis de Sibérie en forme d'étoile. Une femme blonde d'âge mûr se frotta les mains pour les débarrasser de la saleté. Norvégienne, devina-t-il, à en juger par le drapeau dans la fenêtre.

— Vous aimeriez un bouquet pour votre chérie ? proposa-t-elle.

— Pas un bouquet, mais j'ai autre chose en tête.

— Tout ce que vous voulez, nous pouvons le faire, dit-elle, agitant la main pour l'inviter à entrer.

Quinze minutes plus tard, il émergea du fleuriste et emprunta une petite rue pour se rendre chez Adam. Stella se détourna de sa fête de poupées et l'épia avant de courir pour l'accueillir.

— Bonjour, Miss Goldberg, salua-t-il, la hissant dans ses bras au moment où Adam apparut.

— Tu as trouvé un autre morceau de l'amulette, n'est-ce pas ? devina Adam, le sourire aux lèvres. Fais voir.

Après avoir rendu Stella à ses poupées, Lowe remit à son ami la deuxième barre transversale, puis inspecta l'exemplaire de la base qu'il avait achevé. Une copie parfaite. Même Hadley pourrait s'y méprendre, bien que cette pensée particulière lui donna un léger sentiment de culpabilité. Plus que léger, pour dire vrai.

— Qu'est-ce qui ne va pas ? s'enquit Adam après avoir rangé les morceaux dans le coffre-fort.

— La nuit a été longue, c'est tout.

— Tu es certain ? Parce qu'à la manière dont tu souris et fronces les sourcils en même temps, on dirait que tu es malade ou dopé. Ou peut-être les deux.

Lowe s'affaissa dans son fauteuil.

— Comment as-tu su que Miriam était la bonne ?

Adam le fixa des yeux pendant un long moment.

— Ah ! non.

— Écoute, je ne dis pas que j'ai des sentiments pour quelqu'un.

— Pour Hadley, corrigea Adam.

Lowe émit un grognement.

— Je dis simplement que je *crois* qu'il y a peut-être une chance que ce que j'ai déjà pris pour de la simple luxure puisse être quelque chose d'autre. Peut-être. Possiblement.

— Tu crois ? Écoute, soit tu as des sentiments, soit tu n'en as pas.

Il passa une main sur son visage et se frotta un sourcil du talon de la main.

— Je viens de donner cent dollars à une fleuriste comme acompte.

— Es-tu fou ? C'est complètement…

— Stupide.

— Absolument, incontestablement stupide.

Les épaules de Lowe s'abattirent.

— Vraiment stupide.

En revanche, il avait derrière lui un long passé d'erreurs stupides. Peut-être que celle-ci n'avait rien d'extraordinaire.

Hadley commettait rarement des erreurs stupides, donc elle devait croire que son incapacité à résoudre de simples additions et à utiliser le téléphone sans raccrocher accidentellement au nez de son interlocuteur était indirectement liée au temps qu'elle avait passé sur les genoux de Lowe. Et sa récente stupidité continua d'entraver sa journée de travail. Les autres conservateurs la regardaient en louchant, comme si elle avait des taches de saleté sur le visage. George lui demanda pourquoi elle souriait à tout le monde sans raison particulière. Son père — aveugle de surcroît — suspecta un virus et lui suggéra de rentrer chez elle pour se reposer.

Le repos était la dernière chose dont elle avait besoin. Elle était comme une montre à ressort bon marché qu'on avait remontée à outrance, sur le point d'éclater d'une sorte de joie folle et agitée.

Mais au fur et à mesure que les heures passaient, toute cette euphorie se transforma en une anticipation nerveuse qui enveloppa son cerveau d'un brouillard gris. Lorsque dix-sept heures sonnèrent enfin, elle se retrouva debout devant le bureau de la réception, pendant que Miss Tilly répétait lentement ce qu'elle avait déjà dit deux fois, dévisageant Hadley comme si elle avait perdu la tête. C'était peut-être le cas.

Elle fixait la main de la secrétaire, incrédule, ses organes internes sautant de joie.

— Pour moi ? dit-elle bêtement, saisissant enfin ce que la femme lui expliquait.

— Je sais. J'ai pensé la même chose, avoua Miss Tilly avant de lever les yeux vers Hadley, soudainement irritée. Ah ! non, je n'ai pas voulu dire que personne ne vous enverrait jamais de fleurs.

C'est juste que personne ne l'a fait jusqu'à maintenant.

— Oui, j'en suis tout à fait consciente, mais merci de me le rappeler, rétorqua sèchement Hadley. Qui l'a apportée dans l'immeuble ?

— Un jeune livreur. Il était plutôt bel homme, commenta la réceptionniste, remuant la tête pour faire bondir sa coiffure rouge fraise trop parfaite. En tout cas, il a dit que je pourrais m'attendre à le voir souvent, car le gentleman qui a commandé la fleur a payé pour des livraisons quotidiennes.

Quotidiennes ?

— Chaque type de lis sur lequel ils peuvent mettre la main ; un différent chaque jour.

Elle tendit vers Hadley l'unique lis oriental, d'un blanc de neige et à l'odeur à la fois douce et épicée. Sur sa longue tige, un ruban violet éclatant était attaché en boucle.

— Terriblement romantique, n'est-ce pas ?

Hadley n'avait aucune expérience sur laquelle se baser pour juger de ce genre de chose, mais son cœur battait à un rythme effréné, au point où elle craignait de fondre en larmes et de faire quelque chose d'embarrassant, comme de rire de manière inappropriée ou de tournoyer sur elle-même.

Tout ce qu'elle put souffler de sa bouche fut un « hmm » désintéressé.

— Est-ce de la part de Mr Ginn ? chuchota Miss Tilly, ses yeux écarquillés clignant d'intérêt.

— Probablement, mentit Hadley.

Elle savait exactement de qui la fleur venait, et pourquoi aucune carte ne l'accompagnait. Après tout, son père ne devait pas découvrir qu'ils travaillaient ensemble.

Elle souhaita une bonne soirée à la réceptionniste, puis sortit dans le parc de stationnement. Devait-elle appeler Lowe ? Ils n'avaient pas fait de plans pour se revoir après l'arrivée impromptue de Mrs Wentworth, qui était tombée sur leur tête-à-tête érotique. Et bien que Hadley s'attendît à trouver la lettre de démission de la bonne en rentrant chez elle, elle se préoccupait plutôt de ce qu'elle pouvait attendre de Lowe. Il avait dit beaucoup pour suggérer que quelqu'un chose de substantiel se passait entre eux, mais l'esprit de Hadley revenait toujours à son discours « Je vais simplement appeler Ruby », qu'il avait formulé sur le trajet vers Lawndale. Et même s'il lui avait carrément dit qu'il n'était pas intéressé par Ruby ni aucune autre fille, le doute persistait.

Car si elle se permettait de croire en la possibilité qu'il soit sincère par rapport à tout ce qu'il lui avait dit dans son appartement, une peur noire lui soufflait qu'elle s'exposait à une déception.

Les femmes normales n'avaient probablement pas ces réserves obsessives. Et si Hadley désirait avoir la chance d'être normale, elle avait conscience de devoir secouer la peur en elle et décider ce qu'elle voulait de la part de Lowe.

Elle renifla le lis et imagina sa poitrine et ses bras musclés.

« Je me touche avant de m'endormir toutes les nuits en pensant à toi. »

Elle regarda autour d'elle d'un air coupable, comme si les étrangers pouvaient entendre ses pensées.

Toute la joie qui tambourinait en elle mêlée à l'anticipation nerveuse et au brouillard épais tournoyaient dans sa tête comme une folle partie de chaises musicales. Si elle ne faisait pas attention, elle risquait de se faire elle-même un croc-en-jambe. Elle repoussa donc les paroles de Lowe de ses pensées et se concentra à marcher vers l'endroit où son taxi habituel l'attendait chaque jour à dix-sept heures. Mais debout sur le trottoir, devant le taxi jaune, Oliver Ginn l'attendait.

— Jolie fleur, nota-t-il, les mains fourrées dans ses poches.

— Bonjour, Oliver.

— Qui te l'a donnée ? Ce type, Magnusson ? Il a agi de manière affreusement territoriale lors de la soirée au manoir des Flood. J'aurais cru que tu préférais les cerveaux aux muscles.

Elle balaya mentalement l'insulte.

— Si tu veux m'envoyer des fleurs, rien ne t'en empêche. À la place, tu m'envoies des livres étranges.

Un air blessé traversa furtivement le visage d'Oliver.

— Je croyais que tu aimais les livres.

— Bien sûr, répondit-elle, regrettant qu'il arrive à la faire sentir coupable à ce point. Où l'as-tu trouvé ? Aucun auteur n'est mentionné.

— C'est quelque chose qui vient de la bibliothèque de ma famille. Le passage a-t-il touché une corde sensible ?

— Comment associes-tu ce que tu affirmes avoir vu à la fête des Flood avec ce mythe en particulier ?

Il soupira lourdement.

— Si tu veux savoir la vérité, je les avais déjà vus auparavant.

Les muscles du cou de Hadley se raidirent.

— Où ?

— Quelqu'un que je connaissais, dit-il, retirant son chapeau. Une personne qui était importante pour moi. Je ne comprenais pas ce qui se passait à cette époque, mais j'ai appris des choses depuis. Et je peux t'aider, je le promets. Si tu m'en donnes la chance, il y a tant de choses que je pourrais t'enseigner. Que je pourrais te montrer.

Il semblait sincère, et s'il s'agissait de tout autre sujet, elle lui accorderait le bénéfice du doute.

— Je n'ai même jamais entendu parler d'une autre personne tourmentée par ce genre de chose. Et pourtant, d'une façon ou d'une autre, tu en as rencontré deux ?

— Lorsque je me suis installé dans cette ville, j'ai entendu parler par d'autres conservateurs de choses étranges survenant au musée Young. Toutes ces rumeurs m'ont apparemment mené vers toi.

La colère s'épancha dans la poitrine de Hadley. Les bords de sa vision s'assombrirent.

— Tu m'as courtisée sous de fausses intentions ?

— Non ! J'étais curieux, bien sûr, mais lorsque je t'ai vue, tout a changé. Tout mon monde s'est ouvert. Regarde-toi : forte et brillante. Une intellectuelle qui n'a pas peur de se tailler une place dans un monde d'hommes. Exactement comme ta mère.

— Ma mère ?

— Je sais que tu dis que tu ne te souviens pas d'elle, mais tu as certainement lu sur ses réalisations. Cette photographie d'elle, debout devant le temple de Karnak aux côtés de ton père, a été publiée dans une dizaine de magazines. Tu es son portrait craché. C'est troublant.

Oui, son père avait souvent exprimé la même chose lorsqu'il devenait sentimental. Mais lorsque Hadley regardait l'image de sa mère, tout ce qu'elle voyait, c'était la femme qui avait payé sa nounou.

— Tout le monde disait que ton père s'appuyait sur son génie, et tu as cette même étincelle, insista Oliver, tendant la main vers son visage. Et beaucoup plus…

Elle recula raidement.

— Je suis désolée de te décevoir, mais je ne suis *pas* la fille de ma mère. Ni une espèce de curiosité à étudier.

Les sourcils sombres d'Oliver se froncèrent.

— Bien sûr que non. Et je ne peux te dire à quel point je suis désolé de ne pas t'avoir avoué plus tôt que j'étais au courant de ton don. Simplement, je voulais m'assurer d'abord que les rumeurs étaient vraies, et je voulais gagner ta confiance. Je ne m'intéresse pas à toi comme si tu n'étais qu'une curiosité ou une tocade. Je crois fermement que le destin t'a emmenée dans ma vie. Le destin nous a réunis, insista-t-il.

Il porta ensuite la main à sa mâchoire de manière inattendue, pour la tracer du bout de ses doigts gantés.

— Tu n'es pas prisonnière d'un sort, Hadley. Tu es bénie. Laisse-moi entrer dans ta vie, et je le prouverai.

Sa main se referma sur sa nuque. Il se pencha vers elle avant qu'elle n'eût la chance de se dégager. Des lèvres froides se pressèrent sur les siennes, rigides et insistantes. L'odeur du tabac et du tafia de laurier étouffa les sens de Hadley tandis qu'une anxiété assidue transforma ses muscles en pierre.

Tout, à l'intérieur d'elle, criait « non ! ». Et ce cri suffit à l'arracher à la panique. Elle repoussa le torse d'Oliver et tituba vers l'arrière, s'essuyant la bouche de la manche de son manteau. Grand Dieu, si elle avait déjà eu des doutes à propos du manque d'étincelles entre eux, elle n'en avait certainement plus.

Ce n'était pas l'homme pour elle. Absolument pas.

La mâchoire lâche, il cligna des yeux quelques secondes comme s'il était hébété. Sa poitrine se soulevait sous une respiration laborieuse. Puis, sa bouche se fit la guerre, souriant frénétiquement.

— Oh, Hadley. Ma chérie…

— Je suis en retard à un rendez-vous.

Elle avança vers le taxi rangé au bord de la rue, le frôlant au passage.

— Si tu me donnes une chance, je te donnerai le monde, lança-t-il derrière elle. Et au lieu de réprimer ton don, tu pourras réaliser ton plein potentiel.

Elle ne s'embêta pas de lui demander ce qu'il entendait par là.

Lowe suivit le maître d'hôtel de Mr Bacall à travers un manoir rempli de courants d'air. Le vieil homme était assis dans un fauteuil roulant à l'intérieur d'un porche fermé qui dominait une cour arrière d'une taille impressionnante pour cette partie de la ville, et, au loin, la baie de San Francisco, enveloppée par le crépuscule. Une vue époustouflante, à n'en pas douter, mais l'homme aveugle ne risquait pas d'en profiter. Pourtant, il était installé en face d'une large fenêtre, comme s'il pouvait encore imaginer toute cette vue, une couverture à carreaux lui couvrant les genoux et une tasse de thé fumante entre les mains.

Le serviteur annonça la visite de Lowe.

— Comment allez-vous, mon garçon ? l'accueillit Bacall, semblant ravi de recevoir de la compagnie.

— Je suis désolé de vous déranger au moment où vous rentrez de votre journée de travail, mais j'espérais que vous auriez une minute à m'accorder pour répondre à quelques questions.

— Asseyez-vous, ordonna le vieil homme. Je serai heureux de vous aider comme je le peux. Parlez-moi de votre recherche, pendant que vous y êtes. Avez-vous de bonnes nouvelles ?

Lowe tira un fauteuil en osier près de Mr Bacall et lança un coup d'œil vers la porte pour s'assurer que les domestiques ne traînaient pas autour.

— J'ai trouvé la deuxième barre transversale.

— Vraiment ? sourit le vieil homme. C'est merveilleux !

— Oui, mais je m'inquiète un peu de la recherche de la troisième barre.

Lowe posa son chapeau sur ses cuisses.

— Quelqu'un a essayé de me tuer. On me suit, et pas de la manière habituelle. Quelqu'un utilise une sorte de magie très particulière pour essayer de voler les barres transversales.

L'homme se figea.

— Que voulez-vous dire ?

— Quelqu'un qui a le pouvoir de donner vie à des chimères égyptiennes mythiques.

La surface du thé à l'intérieur de la tasse du vieux monsieur oscilla, mais il ne répondit rien.

— Lorsque ma belle-sœur a canalisé l'esprit de votre femme, elle m'a averti de tenir l'amulette loin de Noël. Si je lançais quelque chose au hasard, je dirais qu'il s'agit de votre partenaire de fouille.

L'ancien archéologue hocha la tête.

— Noël Irving.

— Peut-être qu'il est temps de me dire pourquoi vous désirez obtenir l'amulette plus que tout et ce que l'objet a à voir avec cet homme.

— Vous ne me croirez pas.

— Vous en êtes certain ? J'ai presque été brûlé vif par une déesse de feu égyptienne. Et avant cet événement, un griffon a tenté de m'arracher les yeux de son bec. Alors, vous feriez peut-être mieux de me dire à qui j'ai affaire afin que j'aie une meilleure idée du type de magie à laquelle je me mesure.

Après avoir trouvé de ses doigts tremblants une table d'appui, Mr Bacall y déposa son thé.

— Dites-moi, Mr Magnusson, croyez-vous qu'une femme puisse être amoureuse de deux hommes à la fois ?

La mâchoire de Lowe se serra.

— Non, je ne le crois pas.

— J'ai déjà partagé cette opinion.

Le vieil homme soupira longuement et s'appuya contre le dossier de son fauteuil roulant.

— Mais je suppose que je devrais commencer par le début. À l'époque où Noël et moi étions toujours amis, à la fin des années 1800, il était terriblement intéressé par les sciences occultes, et il s'essayait à la magie, réussissant à l'occasion. De petits sorts pour augmenter nos chances de trouver un trésor, ou pour créer de la lumière à l'intérieur d'un tunnel noir. Rien d'extraordinaire. Pourtant, en y repensant des années plus tard, je me suis demandé s'il avait utilisé un sort d'amour pour contraindre ma femme de coucher avec lui. Ou peut-être est-ce seulement ma fierté qui parle.

Lowe se repositionna dans son fauteuil, se sentant extrêmement mal à l'aise.

— Je suis désolé de l'entendre.

— Vous autant que moi. Mais ils ont été amants pendant plusieurs années. Je m'en doutais, mais je n'en ai pas eu la certitude avant 1898. J'ai laissé Noël veiller sur Vera, au Caire, comme je devais quitter la ville pour un mois. Lorsque je suis revenu, je les ai trouvés tous les deux gravement atteints d'une maladie infectieuse frappant la région. Ils avaient besoin de soins médicaux traditionnels, mais ils étaient trop faibles pour sortir du lit, et encore plus pour voyager. Le médecin local a déclaré qu'il ne leur restait que quelques jours à vivre, sinon quelques heures. Noël m'a supplié d'aller chercher une sorcière qu'il avait rencontrée lors de notre voyage précédent.

— Et c'est ce que vous avez fait ? demanda Lowe d'une voix douce.

— Je ne croyais pas avoir le choix. Vera était enceinte de plusieurs mois de Hadley. Si elle était morte, je les aurais perdues toutes les deux.

— Sacredieu.

Mr Bacall se replaça dans son fauteuil roulant.

— J'ai donc retrouvé la sorcière. Elle a dit qu'elle pouvait les sauver de la mort, mais qu'il y aurait des conséquences. Vous ne bouleversez pas l'ordre naturel des choses sans en payer le prix.

— Il y a toujours une embrouille, murmura Lowe.

— En effet. Et cette embrouille, c'était huit ans, déclara monsieur Bacall. Huit ans de plus pour vivre, puis ils mourraient. C'était leur sort. Que pouvais-je faire ? Les regarder mourir devant moi ? Perdre ma fille qui n'était pas encore née ? Le chagrin me rendait fou : leur trahison, la perte de mon innocence et de ma confiance envers les deux personnes qui comptaient le plus au monde pour moi.

Bacall remua la tête, plongé dans ses souvenirs, puis il soupira lourdement et reprit :

— La sorcière les a libérés de l'emprise de la mort et elle a également sauvé Hadley. J'ai été euphorique pendant un certain temps. Ce ne fut que beaucoup plus tard que j'ai appris la vraie nature de cette magie et le tort qu'elle avait causé. Car le sort, voyez-vous, avait pour but de rendre le bénéficiaire immortel.

— Immortel ?

— Indestructible. Pendant huit ans, en tout cas. Et je l'ai vu de mes propres yeux. La mort ne touchait pas à Noël. Il ne saignait pas d'une attaque au couteau, et il ne mourrait pas après avoir reçu une balle. La maladie et le poison n'avaient aucun effet sur lui. Je l'ai poussé au bas d'une falaise en 1901. Il est tombé de quelques centaines de mètres de haut, s'est levé, s'est dépoussiéré, puis il est parti.

Bon sang.

— Terriblement incommode pour moi, car plus j'en apprenais sur la durée de leur liaison et les sentiments qu'éprouvait toujours ma femme envers lui, plus j'étais désolé de l'avoir sauvé. La seule chose que je voulais, au cours des années suivantes, c'était d'enterrer le salopard. Et c'était la seule chose que je ne pouvais pas faire.

— Et votre femme possédait le même avantage ? L'immortalité ?

— Non.

L'aveugle tâta la table pour trouver son thé, puis en prit une gorgée.

— Ma femme semblait parfaitement normale. Humaine. Et Hadley est née en bonne santé. Rien ne clochait. J'ai commencé à espérer qu'elle ait simplement de la chance, et que, comme Noël avait reçu la bénédiction du sort, il était aussi celui qui allait en payer le prix huit ans plus tard. Et que Vera vivrait une vie normale.

Le vieil homme secoua la tête, puis poursuivit.

— Mais huit ans vous paraissent longs quand vous êtes jeune. Et sort ou non, Vera ne voulait tout simplement pas laisser tomber Noël. Elle insistait pour dire qu'elle nous aimait autant l'un que l'autre, mais qu'elle nous quitterait tous les deux, Hadley et moi, si je l'obligeais à mettre un terme à sa liaison. Je ne pouvais prendre ce risque. Si elle refusait de le quitter, je me disais que je l'éliminerais simplement du terrain de jeu. Alors, deux ans après la malédiction, j'ai commencé à chercher un moyen de tuer un homme qui était indestructible.

— L'amulette, murmura Lowe.

Mr Bacall confirma d'un signe de tête.

— Si j'étais parvenu à l'assembler, j'aurais pu faire venir une porte qui aurait réclamé Noël. Cela aurait peut-être suffi à payer le passeur, pour ainsi dire. Ou, à tout le moins, me disais-je, Vera pourrait emprunter les années restantes de Noël lorsqu'il serait sorti du décor.

— Vous avez donc recherché l'amulette et vous avez trouvé les barres, mais vous ne pouviez pas trouver la base.

— Exactement. Je les ai envoyées à la maison, espérant les garder cachées de Vera. Mais elle était brillante. Et elle ne pouvait supporter l'idée de perdre Noël, ce pour quoi elle a caché les morceaux lorsqu'elle a compris ce que je planifiais de faire. Elle ne pouvait pas me laisser le tuer.

Lowe se remémora les paroles de Vera pendant la session de canalisation, lorsqu'elle avait averti Hadley de tenir l'amulette loin des deux hommes.

— Mais après qu'elle ait caché les barres transversales, le séisme a sévi. Exactement huit ans jour pour jour après que la sorcière leur ait jeté le sort, précisa Mr Bacall. Je suis rentré d'Angleterre une heure avant que le tremblement de terre ne frappe.

Les yeux aveugles clignèrent des paupières pour essuyer des larmes. Le vieillard remua de nouveau la tête et se ressaisit.

— Comme vous pouvez le constater, cette maison a survécu et au séisme et au grand incendie. Mais Vera n'a pas eu cette chance.

Il se pencha vers Lowe, comme s'il pouvait le voir.

— Vous voyez, le sort était dédié à une seule personne — pas à deux. Et comme il a été jeté à la fois sur Vera et sur Noël, la magie s'est divisée. Mon partenaire a obtenu la partie avantageuse du sort : l'immunité contre la mort. Et l'âme de ma femme a été entraînée vers les enfers, récoltée par des faucheuses noires.

Les Mori de Hadley.

— Et comme si ce n'était pas assez, enchaîna Mr Bacall, non seulement les faucheuses se sont approprié la vie de ma femme, elles se sont en plus installées dans la vie de ma fille. Je suppose que c'est parce que Vera était enceinte de Hadley lorsque le sort original a été conjuré, car après la mort de ma femme, les esprits ont commencé à apparaître à ma fille.

Bordel. Le sort de momie, avait-il expliqué toutes ces années à Hadley.

La colère tintait la voix du vieil homme.

— Vous ne pouvez comprendre le choc que j'ai eu en les revoyant après qu'ils aient pris la vie de Vera. Je croyais qu'ils venaient prendre celle de Hadley aussi. Mais non. Ils étaient seulement attachés à elle, apparaissant pendant de courtes périodes, puis disparaissant. C'était comme si elle était hantée par des fantômes, des fantômes qui ne semblaient jamais l'effrayer, même lorsqu'elle était petite.

— Les a-t-elle vus enlever sa mère ?

— Non, et je ne lui ai jamais dit. Vous ne pouvez imaginer comme c'est terrifiant de les regarder suivre votre fille partout comme des chiens de chasse sortis de l'enfer. Ils sont comme la peste. Ce sont d'affreuses créatures diaboliques. Ils m'ont pris ma femme, et pendant les huit années suivantes, j'ai été terrifié qu'ils me prennent aussi ma fille. Je me suis préparé au pire, attendant qu'ils s'en prennent à elle.

— Mais ils ne l'ont pas fait, nota Lowe à voix basse.

Le vieux conservateur de musée fit non de la tête.

— Ils semblent être simplement liés à elle sans aucune raison. J'en suis venu à croire qu'ils sont toujours dans les parages en raison de Noël. Il a triché la mort. Ce sort était censé prendre sa vie à lui aussi, pas seulement celle de Vera. Mais tant et aussi longtemps qu'il est en vie, Hadley porte le fardeau des spectres.

Ils ne voulaient peut-être pas la vie de Hadley, mais ils cherchaient toujours avidement à récolter des âmes. Lowe était sur le point de prononcer cette réflexion à voix haute, mais il se ravisa à la dernière seconde. Dans l'esprit de Mr Bacall, Lowe connaissait à peine Hadley. Et si l'homme avait ne serait-ce qu'une vague idée de ce que Lowe avait fait avec sa fille ? Bien, il y avait un foutu grand risque qu'il déchire le chèque qu'il agitait sous le nez de Lowe, n'est-ce pas ?

— Nous ne nous sommes pas parlé depuis des années, Noël et moi, informa Mr Bacall, mais je sais qu'il a entendu parler de votre découverte de la base de l'amulette, parce qu'une semaine après son apparition dans les journaux, j'ai reçu une note anonyme me disant que je ne verrais jamais l'amulette assemblée de mes propres yeux. Plus tard, cette même journée, j'ai perdu la vue.

— La cécité a été causée par la magie ?

— Tout à fait. Je crois que la note était imprégnée du sort. Et c'est dégénératif. Je semble vieillir à une rapidité inhumaine. Il me tue à petit feu.

Lowe soupira lourdement.

— Et il n'y a rien que vous puissiez faire pour arrêter le processus de vieillissement ?

— Tous mes espoirs reposent sur l'amulette. S'il meurt, je vis. S'il vit, je meurs. Ce n'est plus une simple question de vengeance. C'est à la fois une question de conservation de soi et d'inquiétude pour le bien-être de Hadley. Si je meurs, je n'ai aucune idée de ce qu'il pourrait lui faire.

Tant et aussi longtemps que Lowe respirerait : pas une putain d'égratignure.

Merde. Il comprenait maintenant pourquoi le vieil archéologue était prêt à se défaire d'une petite fortune en échange de l'amulette. Et, par conséquent, pourquoi Noël Irving était prêt à tout pour l'arrêter. Lowe devrait donner à Mr Bacall, et non au moine, l'amulette authentique. Un point, c'est tout. Il trouverait un moyen de faire fonctionner son plan. Il y arrivait toujours.

— Où puis-je trouver votre partenaire ?

Le vieil homme bougea la tête de gauche à droite.

— Il a officiellement disparu des cartes géographiques depuis la mort de Vera. Je peux vous dire à quel endroit il pourrait se cacher, mais s'il est celui qui vous suit, vous allez avoir besoin d'une puissante protection.

Lowe commença à assurer l'homme qu'il s'en chargerait, mais Mr Bacall parut soudainement avoir du mal à respirer. La sueur perla au-dessus de ses sourcils.

— Qu'avez-vous ? demanda Lowe.

— J'ai l'impression que mon cou…

Le vieillard se frappa le torse du poing, puis empoigna sa chemise, avant que son corps se mette à glisser vers le bas du fauteuil roulant.

CHAPITRE 22

Hadley leva les yeux vers la grosse horloge suspendue au mur de la salle d'attente de l'hôpital après que le médecin soit reparti. Il était presque minuit. Lowe et elle étaient les deux dernières personnes assises sur le banc froid d'un long couloir stérile. Elle avait du mal à croire que seulement quelques heures s'étaient écoulées depuis qu'elle avait reçu l'appel de Lowe. Elle avait l'impression que cela faisait des jours. Mais maintenant qu'elle pouvait enfin prendre un moment pour souffler et relâcher sa posture, son esprit décida de se dégeler.

— Ce n'est qu'une légère attaque au cœur, dit Lowe à ses côtés. Tu as entendu ce qu'a expliqué le médecin. C'est très fréquent. Certaines personnes ne demandent même pas d'aide médicale.

— Oui, mais ces personnes ne se font pas extirper la vie de leur squelette par un homme fou brandissant sa magie noire.

— C'était probablement l'évolution naturelle du sort de vieillissement original, pas une nouvelle attaque.

— Ce n'est pas une grande consolation.

— Et il sera en mesure de rentrer chez lui dans un jour ou deux, ajouta Lowe. Il ira mieux.

— Pendant combien de temps ?

— Assez longtemps pour que nous trouvions son ancien partenaire et le balancions au fond de la baie dans un sac rempli de roches, ou que nous trouvions les deux dernières barres.

Il baissa la tête pour attraper son regard.

— Écoute-moi, Hadley. Nous ne le décevrons pas.

Elle s'affala sur le banc et soupira.

— Toute cette histoire est simplement accablante. La crise cardiaque et tout ce qu'il t'a raconté avant que cela n'arrive. Je suis tiraillée entre l'empathie pour mon père et la colère égoïste de savoir qu'il ne me l'a pas dit plus tôt. Et le pire, c'est que je dois prétendre de ne pas être au courant.

— Peut-être que tu peux régler cette question avec lui lorsque ce sera terminé.

Elle hocha la tête, mais son esprit était ailleurs. Avec le stress des dernières heures, elle avait complètement oublié autre chose. L'idée lui revint maintenant, lui faisant l'effet d'un coup de poing dans le ventre.

— Lowe ? Tu vas croire que je suis folle, mais…

— La folie est dans l'œil de celui qui l'observe. Mets-moi à l'essai.

— Tu as dit que mon père a qualifié son ancien partenaire d'« indestructible » et que rien ne pouvait le tuer.

— Oui.

— Devons-nous tenir pour acquis que l'homme ne vieillit pas ?

Des yeux bleus s'inclinèrent vers elle.

— Je ne lui ai pas demandé, mais tout est possible.

— Oliver m'a affrontée au musée, cet après-midi.

Elle lui relata tout ce que son admirateur lui avait dit. Elle lui raconta le baiser. Lowe émit un grondement grave du fond de la gorge.

— Je l'ai repoussé, argua-t-elle. Il n'a rien reçu en retour, et il n'a jamais été aussi impertinent par le passé. Simplement, tu m'as répété toutes ces choses au sujet de ma mère et de Noël Irving, et Oliver a dit…

Elle leva la tête vers Lowe, trop hébétée pour terminer sa phrase.

— Impossible, marmonna Lowe.

Il passa une main dans ses cheveux et agita le pied nerveusement.

— Enfin, tu as vu des photographies du partenaire de ton père, n'est-ce pas ?

— Oui, mais l'homme avait une barbe et une moustache. Par ailleurs, toutes ces photographies ont été prises au tournant du siècle, alors elles sont toutes floues ou prises de loin, à l'aide d'un appareil désuet.

Lowe exhala par les narines et fronça les sourcils.

— Quand exactement as-tu fait la connaissance d'Oliver ?

— Exactement ? Je ne sais pas.

— Il y a trois mois ?

Elle entreprit de cueillir des poussières sur son manteau, puis elle s'arrêta.

— Oui.

— Au moment où j'ai découvert la base de l'amulette en Égypte. Lorsque ton père a reçu la note de Noël Irving et qu'il a commencé à vieillir.

— Mais…

Le cerveau de Hadley cherchait à tâtons quoi que ce soit qui infirmerait cette folie.

— Si Noël Irving souhaitait trouver l'amulette…

— Il ne souhaitait pas la *trouver*. Il souhaitait empêcher ton père de l'assembler. S'il croyait que l'amulette mettrait fin à son immortalité obtenue par la malédiction, il voudrait sacrément s'assurer que cette porte ne s'ouvre jamais.

— Le moyen le plus facile serait de s'approprier l'un des morceaux, conclut-elle.

— Mais ta mère a bien caché les barres transversales. Par contre, les articles de journaux annonçant ma trouvaille pourraient aussi bien afficher une flèche rouge gigantesque pointée vers moi.

— Oui, oui, dit-elle impatiemment. Mais si Noël Irving est Oliver Ginn, pour quelle raison chercherait-il bien à me connaître ? Pourquoi ne pas simplement devenir ton ami, si c'est ce qui lui permettrait de parvenir à ses fins ?

Un ruisseau de jurons suédois s'écoula des lèvres de Lowe.

— Oliver a de la famille en Oregon ?

— C'est ce qu'il m'a dit.

— Qu'en est-il du partenaire de ton père ? Tu as une idée d'où il vient ?

Elle fit non de la tête, se sentant soudainement dégoûtée.

— Je ne connais rien au sujet d'Oliver. Il m'a toujours rendu visite au travail ; il n'est jamais passé me prendre à la maison. Il ne m'a même jamais demandé mon numéro de téléphone personnel.

La panique enfonça ses griffes dans le ventre de Hadley.

— Lowe, je ne sais même pas où cet homme habite. Et mon Dieu, si Oliver est Noël, il s'est pavané sous le nez de mon père, me courtisant au musée juste à côté du bureau de son propre ennemi ?

Lowe siffla vivement et posa une main ferme sur l'épaule de Hadley.

— Ne sautons pas sur les conclusions, d'accord ? Une chose à la fois.

— Oui, acquiesça-t-elle, expirant longuement, forçant sa respiration effrénée à ralentir. Oui, bien sûr. Tu as raison. La panique ne nous mènera nulle part. Nous devons garder la tête froide. Pour la vie de Père.

Il lui tâta l'épaule pour la réconforter.

— Je vais voir ce que je peux découvrir au sujet d'Oliver, et je demanderai à mon frère d'envoyer quelqu'un ici pour garder un œil sur toi et ton père. Jusqu'à ce que nous soyons sûrs de nous, je ne veux pas que Ginn se trouve à moins de trente mètres de toi.

— J'ai les Mori, argua-t-elle, surtout pour calmer ses propres nerfs.

Parce que, bien qu'elle les ait et qu'ils soient maudits, ils la protégeraient.

— C'est bien et c'est rassurant, mais je vais tout de même faire venir quelqu'un pour veiller sur vous deux. Je ne veux pas courir de risques. Si ce salopard est Noël Irving, c'est un maniaque dangereux. Et s'il est simplement Oliver, il a des raisons cachées de s'intéresser à toi. Sans mentionner qu'il t'a touchée. Et personne d'autre que moi n'a le droit de faire ça, *ja* ?

Elle hocha la tête, une chaleur s'épanouissant sur ses joues.

Un millier de pensées tournoyèrent dans sa tête. Noël. Oliver. Tous les secrets que son père lui avait cachés.

— Et si je m'étais mariée et que j'avais eu un enfant ? Le sort lui aurait-il été transmis à ma mort ? Mon père n'allait-il jamais m'avouer la vérité ?

— Je ne sais pas.

— Et comment peut-il toujours vénérer cette femme ?

— Quelle femme ?

— Ma mère. Elle avait une liaison avec son meilleur ami alors qu'elle était enceinte de moi ? C'est épouvantable. Scandaleux. Et extrêmement égoïste.

— Elle a payé cher pour ses péchés, commenta Lowe.

Hadley lui jeta un regard noir sous ses cils battants.

— Tu ne veux pas que je me mette en colère et que je t'écrase avec une table d'opération.

— Je préférerais que non, si on me donnait le choix, badina-t-il, souriant doucement.

Elle essaya de lui rendre son sourire, mais se retrouva plutôt à faner contre son épaule. Il lança un bras fort autour d'elle et l'attira plus près, comblant l'espace étroit entre eux. Elle ne résista pas. Lowe était chaud et solidement réconfortant. Même ses vêtements dégageaient l'odeur du réconfort. Et si l'une des infirmières racontait à son père qu'elle les avait vus ainsi blottis l'un contre l'autre, Hadley s'en contrefichait en ce moment.

Toute cette histoire était de la folie. De la démence pure et déchaînée. Une chance inouïe que Lowe ait été avec son père. Autrement, serait-elle en train de lui choisir un cercueil ? De rouler à nouveau vers Lawndale pour planifier ses funérailles ? Malgré les problèmes dressés entre eux, elle ne pourrait supporter de perdre Père en ce moment. Pas de cette manière.

Se sentant anormalement fragile, elle tendit la main par-dessus les cuisses de Lowe pour trouver sa main mutilée. Un petit son vibra dans sa poitrine avant qu'il ne replie les doigts entre les siens. Comme les choses avaient vite changé entre eux. Lorsqu'ils avaient fait connaissance dans le train, elle avait évité de serrer sa main nue. À présent, le toucher de Lowe était comme un baume sur ses nerfs fatigués. Elle mit ses inquiétudes de côté pour le moment, consciente de l'épuisement qui s'installait en elle.

— Je n'ai pas eu l'occasion de te remercier pour le lis.

— Tu as aimé ? demanda-t-il, un demi-sourire de petit garçon sur les lèvres, comme s'il voulait être fier de lui d'y avoir pensé, mais qu'il avait d'abord besoin de sa confirmation.

— C'est terriblement romantique, approuva-t-elle, prononçant l'opinion de Miss Tilly.

— Ah ! Tant mieux.

Ses yeux plissés étincelaient d'une joie muette.

— Tout le plaisir est pour moi.

— Je ne sais trop quelle est la chose appropriée à faire maintenant… Je veux dire, après notre soirée d'hier.

— Rien de ce que nous avons fait n'était approprié, répondit-il, sa voix à la fois feutrée et taquine lui infusant un petit frisson qui lui traversa le corps. Dis-moi seulement que tu ne le regrettes pas, je t'en prie.

— Non.

Elle sourit doucement, une gêne inhabituelle s'emparant d'elle.

— Absolument pas.

— Dieu merci, loua-t-il, lui pressant la main. C'est tout ce qui compte pour le moment.

La maison de Noël Irving avait été détruite lors du séisme de 1906. Lowe fit quelques appels le jour suivant et le nom de l'homme apparut à nouveau dans les archives de 1910 à titre de propriétaire d'une petite maison de Noe Valley. Mais lorsque Lowe s'y rendit pour enquêter, il trouva la maison occupée par une famille d'immigrants grecs qui ne parlaient pas beaucoup le français — juste assez pour l'informer qu'ils avaient acheté la maison une décennie plus tôt.

Lowe changea donc de stratégie et entreprit de chercher Oliver Ginn. L'homme avait dit à Hadley qu'il souhaitait acheter une demeure à Pacific

Heights, mais Lowe n'y trouva aucune adresse correspondant à son nom, ni dans aucun autre quartier. Il était passé par la compagnie de téléphone, la compagnie d'électricité et le bureau de l'impôt foncier. Et une petite drague avec une jeune standardiste lui avait valu un récapitulatif des numéros de téléphone assignés à tous les résidents de l'État de l'Oregon portant le nom Ginn : zéro.

Il adopta ensuite une approche différente et téléphona à toutes ses connaissances en archéologie de Berkeley pour leur demander s'ils avaient déjà entendu parler de Ginn et de ses fouilles subventionnées au Mexique. Deux d'entre eux confirmèrent, mais leurs souvenirs étaient vagues.

Il crut enfin qu'ils tenaient quelque chose lorsque Miss Tilly, à qui Hadley avait demandé de fouiller dans ses dossiers, trouva la carte professionnelle qu'Oliver avait laissée lors de sa première visite des bureaux du musée. Pas de numéro de téléphone, et l'adresse imprimée sur la carte appartenait à une pâtisserie de Russian Hill.

La famille qui possédait la pâtisserie avait en effet entendu parler de Mr Ginn : il avait loué un appartement au-dessus de leur commerce pendant plusieurs mois. Il avait également empaqueté ses affaires deux semaines plus tôt, avant de disparaître. Pas d'adresse de réexpédition.

— Pourquoi m'en donnerait-il une ? demanda le pâtissier en haussant les épaules. L'appartement est une location hebdomadaire. Près d'une dizaine de pensionnaires sont passés par ici l'an dernier seulement. Tant qu'ils paient le loyer, nous ne posons pas de questions.

Aussi bien pourchasser des fantômes.

Si les deux hommes étaient introuvables, Lowe devrait leur rendre la tâche difficile et devenir introuvable à son tour. Même chose pour Hadley.

La seule personne que Lowe connaissait et qui pouvait l'aider à réussir ce genre de projet, c'était la propriétaire du cabaret Gris-Gris.

Deux jours après la crise cardiaque de Mr Bacall, il téléphona donc à Velma Toussaint et lui donna une idée générale de son problème. N'importe qui d'autre aurait éclaté de rire après avoir écouté sa demande impossible. Velma se contenta de répondre :

— Tu peux venir me voir vendredi. J'aurai quelque chose de prêt pour toi.

Alors, il attendit.

L'hôpital donna son congé à Mr Bacall. Le vieil homme semblait faible, mais assez bien pour se plaindre constamment. Hadley se dit que c'était bon signe. Même si elle restait auprès de lui dans sa demeure, elle décida sagement d'embaucher deux infirmières à temps plein pour se charger de ses soins.

De son côté, Lowe avait parlé à l'assistant de Winter, Bo, qui avait réussi à faire poster deux hommes intimidants devant la résidence Bacall, chargés de signaler la venue de quiconque correspondrait à la description de Noël Irving ou d'Oliver Ginn. Même si Lowe désirait désespérément avoir une meilleure idée de ce à quoi ressemblerait aujourd'hui Noël Irving, questionner le père de Hadley ne fut pas très utile ; le vieil homme n'avait pas vu son partenaire depuis vingt ans, et il n'avait aucune idée si la magie d'immortalité avait aussi préservé sa jeunesse.

Lorsque vendredi soir arriva enfin, Lowe dîna avec sa famille avant de se rendre à Gris-Gris. Située à quelques rues du quartier chinois, l'entrée du speakeasy de North Beach se cachait derrière une porte verrouillée. Une longue file de clients attendaient déjà de pouvoir présenter leur carte de membre, mais comme pour le reste de la famille Magnusson, qui fournissait l'alcool au bar, Lowe n'avait qu'à présenter un sourire au portier pour recevoir un accueil chaleureux.

On lui fit immédiatement signe d'entrer, puis il brava un essaim de poignées de main (la moitié du personnel avait appris la nouvelle de son retour d'Égypte) avant de se faire assigner une table où attendre Velma, dans la salle de spectacle.

Une salve d'applaudissements conclut le numéro d'un trio de jazz, et après que le maître des cérémonies ait annoncé un bref interlude de piano, Lowe observa les couples quitter le plancher de danse et s'attrouper au bar pour commander à boire. Dans la foule, il aperçut une femme aux cheveux noirs et pensa immédiatement à Hadley. Cinq jours avaient passé depuis qu'elle avait pansé sa blessure dans son appartement du neuvième étage. Cinq jours depuis qu'il l'avait embrassée. Depuis qu'il l'avait fait gémir de plaisir.

Une putain d'éternité.

Il l'avait vue brièvement dans l'après-midi, la veille, au musée. Trop brièvement. Comme son père se rétablissait de sa crise cardiaque, elle s'occupait de sa charge de travail en plus de la sienne et jonglait avec les demandes téléphoniques au sujet de sa santé. Pas d'Oliver Ginn en vue, Dieu merci.

Elle lui avait laissé les peintures des vases canopes et leur liste de noms, puisqu'il avait plus de temps qu'elle pour déchiffrer les symboles sur les deux derniers vases. Il avait réduit la liste de noms possibles associés à l'un d'eux à quatre noms, et lorsqu'il aurait en main la protection magique de Velma, il serait impatient de commencer à chercher les deux dernières barres. Il s'en chargerait seul s'il n'avait aucun autre choix, mais il espérait secrètement que Hadley soit prête à continuer la chasse avec lui. Et comme il était un chien égoïste, il espérait aussi qu'elle soit bientôt prête à ce qu'ils recommencent à se peloter.

Mais surtout, et c'était la partie la plus pathétique, elle lui manquait, tout simplement. Dieu, était-il vraiment en train de se morfondre pour une femme ? Une femme maudite, de surcroît. Avec un entourage d'esprits noirs et la peur d'être touchée. Pourquoi n'y avait-il jamais rien dans sa vie qui soit normal ou facile ?

Il avait peut-être besoin d'un verre.

Une chandelle vacillante jetait des ombres sur la nappe en lin près de son coude. Il mesura son désir de boire un verre de gin par rapport à l'effort de braver la foule rassemblée au bar. Et pendant qu'il y réfléchissait, son regard s'attarda sur une femme qui s'était arrêtée au milieu de l'allée, à quelques tables de la sienne. Elle était accompagnée du directeur du bar, qui balayait la pièce des yeux tout comme elle, cherchant manifestement à repérer quelqu'un. La femme lui tournait le dos ; il ne pouvait donc pas voir son visage. Mais peu importe. L'ourlet de sa robe noire était relevé de manière inégale au centre.

Il ne connaissait qu'une seule paire de fesses capable de permettre à une robe de défier ainsi la gravité. Et pendant un moment, il se sentit comme l'une de ces femmes au foyer qu'on a sélectionnées pour participer à un concours organisé par un poste de radio, dont le prix consiste invariablement en de nouvelles machines à laver électriques, et qui doivent répondre correctement à une question arithmétique.

Il n'avait jamais su jusqu'alors qu'il désirait si fort une machine à laver.

Hadley se retourna, et ses yeux rencontrèrent les siens. Son sourire non retenu lui donna envie de bousculer les tables pour la retrouver. Elle le salua d'un geste gracieux de la main, puis esquiva les clients du bar pour se frayer un chemin jusqu'à lui. Elle portait une robe droite à hauteur des cuisses et à manches courtes, et Lowe réalisa soudainement qu'il n'avait pas vu ses coudes depuis cette soirée au manoir des Flood. Le foulard de soie bohémien gris cendré qui lui bandait le front, attaché à l'arrière de sa chevelure noir de jais coupée au carré, lui fit penser à une diseuse de bonne aventure austère qui vous donnait immanquablement des nouvelles déprimantes.

Dieu qu'il adorait son sens de la mode fataliste. Sort ou non, il s'en contrefichait. Chaque fibre de son être criait « elle — c'est elle que tu veux ».

Et merde, comme il la voulait.

Il se leva lorsqu'elle approcha de la table.

— Mr Magnusson, salua le directeur du bar à ses côtés. Elle a insisté pour…

— Oui, interrompit Lowe. C'est parfait, Daniels. Merci de l'avoir laissé entrer.

L'homme inclina la tête avant de les laisser seul à seul, un soulagement palpable enlaçant sa posture.

— Que fais-tu ici ? s'empressa de demander Lowe, soudainement inquiet que l'état de son père ait pris un mauvais tournant.

Mais elle semblait être détendue et de bonne humeur. Elle le regarda, les yeux plissés, puis désigna l'arc donnant sur le hall d'entrée, un sac à main à billes pendant à son poignet.

— Si tu préfères que je parte…

— Non, non ! Je vais te pourchasser si tu pars.

Il tira sur son sac à main jusqu'à ce qu'elle fasse un pas vers lui, tout sourire.

— Ce que j'ai *voulu* dire, c'est bonsoir, et assieds-toi donc. Tu es éblouissante. Et je te prie de me dire comment nous nous sommes retrouvés dans le même speakeasy.

— Astrid.

— Pardon ?

— J'ai appelé chez toi. Ta sœur m'a dit que tu venais tout juste de partir pour Gris-Gris.

Que Dieu bénisse Astrid et sa grande gueule.

Il tira une chaise pour elle, puis la traîna rapidement vers lui. Elle rit en s'asseyant, retenant un grand collier de billes noires à facettes contre ses seins pour l'empêcher de cliqueter. Elle paraissait légèrement à bout de souffle. En rapprochant sa chaise, humant son shampooing citronné, Lowe se sentit également perdre haleine.

— Je n'ai pas mis les pieds dans un speakeasy depuis l'université, admit-elle. Je n'avais aucune idée que celui-ci était si vaste. Élégant, même. Tes amis sont-ils ici ?

— Quels amis ? Ah ! eux. Non, ils se retrouvent au café Dan's. J'ai décidé de ne pas y aller. Je suis ici pour prendre quelque chose de la propriétaire du bar. Des charmes magiques.

— Ah bon ?

— La femme qui possède ce cabaret pratique le houdou.

Il se pencha vers elle et parla à voix basse.

Surtout pour attraper le parfum de sa peau, mais il ne voulait pas non plus crier tous ses secrets dans une pièce bondée de monde.

— Elle a créé le sort de garde sur le coffre-fort d'Adam, là où il conserve, tu sais, des choses *importantes* pour nous.

— Comme c'est intrigant.

Elle retira ses gants et les inséra dans son petit sac à main.

— Je devrais te demander des nouvelles de ton père et comment s'est passée ta journée, mais j'ai vraiment envie de t'embrasser, alors je me sens carrément déchiré en ce moment. Je suis tellement heureux que tu sois ici. Pourquoi es-tu ici, en passant ?

— Voyons voir.

Elle énuméra une liste de réponses à l'aide de ses doigts.

— Mon père est grincheux, donc je ne pouvais être plus ravie de retourner dans mon appartement hier soir. Je suis venue pour m'assurer que tu ne rencontrais pas Ruby. Et j'aimerais vraiment que tu m'embrasses.

Pas besoin de lui dire deux fois. Il pressa sa bouche avide contre la sienne, souriant en lui donnant plusieurs baisers de suite. Puis, il glissa une main sur le côté de son cou pour la tenir captive et il s'attarda un peu plus longtemps sur ses lèvres. Il était sur le point d'approfondir son baiser lorsqu'une autre voix féminine l'interrompit.

— Si tu voulais une chambre particulière au balcon, tu aurais dû en aviser Daniels.

Hadley tressaillit. Devant la table se tenait une grande femme de trente-cinq ans environ, au teint de cannelle clair d'une lignée ancestrale indéterminable. Elle avait les cheveux courts coupés à la garçonne, coiffés en fines vagues marron et brillantes lissées contre sa tête, et elle était vêtue d'une robe bleu pâle aux perles étincelantes.

Lowe bondit sur ses pieds pour la saluer.

— Je t'ai manqué ?

— Les parties de poker à l'étage se demandent toujours où tu es, répondit-elle, un sourire lui recourbant les lèvres.

Elle posa un étui à cigarillos de poche sur la table avant de l'étreindre, puis le poussa ensuite à bout de bras pour l'évaluer du regard.

— Tes cheveux ont blondi sur le dessus. Et il te manque quelque chose.

Elle baissa les yeux vers sa main mutilée.

— Accident de jardinage.

N'étant jamais de ceux qui avalaient ses histoires, elle leva les yeux au plafond avant de les tourner vers Hadley.

Lowe plaça une main sur le dossier de la chaise de sa compagne.

— Velma Toussaint, je te présente Hadley Bacall, une conservatrice au musée Young. Hadley, je te présente Velma, propriétaire de Gris-Gris.

Les femmes se regardèrent en hochant la tête poliment.

— Une curieuse énergie que tu as là, ma chère, fit remarquer Velma.

Les yeux de Hadley s'écarquillèrent. Elle se repositionna sur sa chaise tandis que Velma regardait Lowe d'un œil suspicieux, comme si elle attendait une explication.

Ce n'était pas son droit de révéler les secrets de Hadley. Il se contenta donc de lui offrir un sourire en guise de réponse, un sourire probablement plus arrogant qu'il ne le voulait.

— Hadley connaît la raison pour laquelle je suis venu te voir. Nous travaillons ensemble, elle utilisera donc le charme avec moi.

— Hé, bien. N'est-ce pas *intéressant*, lança-t-elle, rivant les yeux sur Hadley en ouvrant son étui à cigarillos d'un geste habile.

Une odeur d'herbes flotta dans l'air. L'intérieur du mince contenant dévoila une fiole en verre et plusieurs pochettes de flanelle rouge, toutes de la taille d'une pièce de monnaie de vingt-cinq cents. L'ouverture était fermée par une cordelette blanche.

— Cinq sacs de magie. Ils garderont vos ennemis au loin, mais seulement pendant une courte période. Pour activer le charme, vous devez l'alimenter au moyen d'une onction d'huile. Une goutte suffit, directement sur le sac. Gardez-le dans votre poche et ne laissez personne d'autre y toucher.

— Combien de temps durera l'effet ?

— Quinze minutes, une heure. C'est difficile à anticiper. La puissance sera à son sommet au moment où vous l'activerez. Elle s'estompera ensuite peu à peu. Chaque sac ne peut être utilisé qu'une seule fois. Lorsqu'il sera épuisé, vous devrez le jeter à la croisée des chemins. N'importe quel carrefour fera l'affaire. Vous pouvez même le lancer par la fenêtre de la voiture si vous êtes pressés.

— Qu'y a-t-il à l'intérieur ? s'enquit Hadley, reniflant le contenu du boîtier.

Velma ferma le couvercle.

— Des herbes, des charmes. Des ingrédients inoffensifs. C'est la manière dont ils sont combinés et la manière dont on les prie qui leur donnent leur pouvoir. Et c'est l'intention derrière leur déploiement qui les fait fonctionner. Alors, lorsque vous alimentez un sac, si vous avez un ennemi précis en tête, il est préférable d'y penser très fort. Compris ?

Hadley confirma d'un signe de tête.

— Tu es un amour, Velma. Combien je te dois ?

— Dis seulement à ta belle-sœur de venir me voir. J'ai un client qui souhaite dire un mot à sa défunte grand-mère.

Velma fit glisser la petite boîte métallique vers Lowe et sourit en prenant congé de la table.

— Viens nous voir plus souvent.

Lowe la regarda s'éloigner en camouflant le boîtier dans la poche interne de son complet.

— Fascinante, nota Hadley.

— Ça, oui, agréa Lowe. Et maintenant que nous sommes munis d'une protection, nous pouvons commencer notre recherche de la troisième barre transversale.

Sa réplique se perdit sous une voix tonnante provenant de la scène. Les musiciens du groupe de la maison, tous vêtus du même smoking, s'installèrent pour donner leur premier spectacle de la soirée. Et lorsque le batteur entama un rythme vif, les visiteurs, qui avaient pris une petite pause au bar, retournèrent vers le plancher de danse comme des fourmis envahissant un pique-nique. Les accords de *Bye, Bye, Blackbird* s'élevèrent ensuite, et la conversation devint pratiquement impossible.

Lowe tourna la tête vers Hadley.

— Tu aimerais danser ? proposa-t-il près de son oreille, élevant la voix pour se faire entendre.

Elle remua rapidement la tête de gauche à droite, et sa posture se raidit. Mais ses yeux curieux se tournèrent vers les danseurs et un doux sourire souleva le coin de ses lèvres. Elle lui lança ensuite un regard et se ravisa.

— Peut-être.

Il la souleva par les mains, l'incitant à se lever, puis la guida entre les tables jusqu'au plancher de danse. Et avant qu'elle ne puisse changer d'idée, il l'attira vers lui, posa un bras derrière son dos, referma sa main sur la sienne, et la fit valser d'un côté à l'autre dans la foule. Un air d'exaltation épanouit les traits de sa partenaire tandis que leurs pas s'accordèrent avec aisance. Elle était bonne danseuse, regardant leurs pieds seulement le temps d'attraper le rythme. Il ne savait trop pourquoi il en était étonné. Mais il s'empressa d'en profiter, la faisant tournoyer, riant de lire sur ses lèvres le refrain chanté par le chanteur de charme sur scène.

Quel plaisir inattendu de voir ses joues rosir d'excitation. Il se plaisait à la voir heureuse. C'était contagieux. Ils dansèrent sur un autre air endiablé, puis il l'attira près de lui pour une ballade de George

Gershwin. Et plus près encore, la tenant à deux bras, sentant la paume des mains délicates s'aplatir contre sa poitrine. Il baissa la tête pour capter l'odeur de ses cheveux, puis sentit le souffle de sa partenaire lui chatouiller la peau entre ses oreilles et le col de sa chemise. L'excitation soudaine eut pour effet de l'étourdir, se mêlant à une satisfaction surchauffée.

— Rentrons.

Il entendit à peine le mot résonner contre son oreille. Il eut du mal à le croire. Sa respiration s'accéléra. Peut-être se méprenait-il quant au sens de cette seule parole ? Peut-être désirait-elle seulement revivre la scène du fauteuil. En toute honnêteté, il ne la lui refuserait pas pour tout l'or du monde, surtout s'ils n'étaient pas interrompus par sa bonne.

Mais s'il y avait une chance qu'elle veuille plus…

— Je veux tout oublier, expliqua-t-elle. Je t'en prie.

— Je ne suis pas sûr de pouvoir survivre une fois de plus à ce que nous avons fait l'autre nuit. Un homme a ses limites, insinua-t-il. Continuons à danser.

La tension raidit la ligne des épaules de Hadley pendant un moment. Puis, elle se détendit et s'approcha de son oreille pour insister comme si elle faisait du troc dans un marché de rue au Caire :

— Sans vêtements.

— Toi ou moi ?

Elle hésita pendant quelques secondes, puis se décida.

— Nous deux.

CHAPITRE 23

Il n'eut pas à la convaincre de monter à dos de Lulu, cette fois. C'était agréable de sentir ses bras autour de lui, mais il aurait donné n'importe quoi pour se retrouver sur la banquette arrière d'un taxi sombre à la place. Et l'attente torturante ne se termina pas lorsqu'ils entrèrent dans l'immeuble de son appartement, où les locataires allaient et venaient, bavardant dans le hall d'entrée. Ils se dépêchèrent d'entrer dans l'ascenseur, seulement pour être forcés de parler de la pluie et du beau temps avec le liftier. Au moment d'ouvrir la porte de l'appartement de Hadley, Lowe avait adopté sa technique de compte pour maîtriser ses émotions.

Il n'aurait pu verrouiller plus rapidement la porte derrière eux.

— S'il te plaît, dis-moi qu'il n'y a pas de bonne qui se prépare à se mettre au lit dans une autre pièce, demanda-t-il, se débarrassant à la hâte de ses vêtements d'extérieur pendant qu'elle faisait pareil.

Elle sourit nerveusement.

— Pas de bonne.

— Pas de bonne qui arrivera plus tard ?

Elle fit non de la tête, reculant plus loin dans l'appartement obscur.

— Dieu merci. Où vas-tu ?

— Il fait plus chaud par ici.

Il s'arrêta à mi-chemin, ses paupières clignotant presque d'anticipation. Il suivit le balancement de ses hanches dans un couloir menant à une chambre qui *était* effectivement plus chaude, en ce qui concernait la température et la couleur du décor. Un vieux rose couvrait les fenêtres et le plancher. Son chat noir se vautrait sur une pile de vêtements froissés dans un coin, ballottant paresseusement sa queue tout en accueillant sa propriétaire d'un bâillement.

— Désolée, pas de bonne, marmonna Hadley en allumant une lampe à l'abat-jour en vitrail de libellules.

Tiens, tiens. Il aimait bien la voir désordonnée. Son regard tomba sur le lit défait, et à ses côtés, un grand vase de lis posé sur sa table de chevet. Des lis de tailles et de formes différentes. *Ses* lis : les rubans étaient toujours attachés aux tiges.

Il ne put s'empêcher de sourire comme un idiot.

Elle dénoua le foulard autour de sa tête et le laissa tomber sur le lit. Ils se regardèrent fixement pendant plusieurs battements de cœur. La confiance souriante qu'il avait tenue dans ses bras sur le plancher de danse du speakeasy avait disparu. Elle paraissait à présent méfiante. Une main s'aplatit sur son abdomen, comme si elle essayait de dompter ses nerfs.

Elle était angoissée.

Ce n'était pas vraiment ce qu'un homme voulait constater lorsqu'il se trouvait dans la chambre à coucher d'une femme. Mais à quoi s'attendait-il ? Que quelques minutes passées sur ses genoux une semaine plus tôt essuieraient des années d'aversion ? Tristement, il avait bêtement *espéré* que cela suffirait. Et quelque chose de primal au fond de lui la regardait, fragile et sans défense, et voulait lui arracher sauvagement ses vêtements, la lancer sur le lit, et plonger en elle.

Le peu de sang qui lui restait dans le cerveau lui souffla qu'il ne s'agissait peut-être pas de la meilleure approche.

Hadley était comme un cactus épineux. Il pouvait prendre le temps de se tailler un chemin, lentement, délicatement, entre les épines qui marqueraient ses victoires.

Ou il pourrait l'amener avec ruse à laisser tomber ses épines d'elle-même.

— Viens ici, ordonna-t-il en agitant un index vers lui.

Elle hésita, puis referma la distance entre eux, s'arrêtant à deux pas de lui.

— Voici ce que nous allons faire, annonça-t-il en retirant son veston. Je vais enlever chaque bout de tissu qui me couvre le corps.

Il accrocha son veston sur le pied de lit en métal et nota les yeux de Hadley qui suivaient ses mouvements.

— Et tu peux garder tes vêtements.

Il glissa un regard sur ses seins et ajouta :

— Pour le moment. Mais seulement si tu m'aides à me déshabiller.

Elle poussa un petit soupir, l'étudiant de bas en haut comme si ses vêtements représentaient un casse-tête impossible à résoudre.

Il déboutonna un bouton de manchette et le laissa tomber dans la poche de son pantalon.

— Tu vas me toucher tandis que mes mains à moi se tiendront bien tranquilles. Tu auras toujours le contrôle.

Elle n'avait aucun contrôle, et priait le ciel qu'il ne remarque rien. Comme un escroc usant d'un tour de passe-passe pour duper sa cible, il ajouta cette petite ruse :

— Par contre, je vais tout retirer au-dessus de ma taille pendant que tu retires mes bottes. Celui ou celle qui finit en dernier doit se charger de mon pantalon.

Les yeux écarquillés de Hadley chutèrent sur sa braguette saillante.

Réprimant un sourire, il laissa tomber l'autre bouton de manchette dans sa poche.

— Tu ferais mieux de te dépêcher, avertit-il, tapant un talon contre le bout de sa botte. Ces trucs sont vachement difficiles à délacer.

Sans un mot, elle s'accroupit à ses pieds, une tête noire penchée au sud d'où il la voulait, puis elle détacha la longue boucle au haut de sa botte droite. Puis, ses doigts s'agitèrent pour décroiser le lacet, du genou à la cheville. Chaque bruit que produisait le relâchement du lacet faisait écho dans les os de Lowe, envoyant des petits coups de plaisir silencieux dans ses testicules de plus en plus contractés.

Il en oublia presque leur course. Gilet, épingle de cravate, cravate… il faillit tout arracher avant de tirer brusquement sur sa chemise pour la sortir de son pantalon.

Levant la tête, Hadley gémit d'anxiété et remua frénétiquement le talon de la botte. Son adversaire courba les orteils pour entraver son progrès.

— Ce n'est pas juste ! s'écria-t-elle à bout de souffle, avant de tirer sur le cuir, grognant, puis manquant de tomber à la renverse.

— Je t'avais bien dit que ce ne serait pas facile, ricana-t-il.

Déterminée, elle desserra le deuxième lacet. Ma foi, elle était motivée. Mais il l'était tout autant. Un raccourci lui permit de se débarrasser rapidement de sa chemise. Une fois les quatre boutons du haut déboutonnés, l'étoffe glissa facilement par-dessus sa tête, pendant qu'elle remuait le second talon.

— N'oublie pas les chaussettes.

— Tu triches ! s'offusqua-t-elle, tirant sèchement sur la botte avant de la jeter de côté, ne se préoccupant pas du *paf* retentissant sur le plancher.

— Les chaussettes, Hadley, insista-t-il.

Elle jura tout bas, mais entreprit de lui arracher ses chaussettes. Il leva les mains par-dessus les épaules et attendit jusqu'à ce qu'elle croie encore avoir une chance de gagner avant de soulever son tricot de corps d'un geste adroit.

— Vraiment désolé, *min käraste.* Tu as perdu.

— Tu n'es pas du tout désolé, dit-elle, jetant la seconde chaussette par terre en se redressant.

Il fit claquer sa langue en poussant de côté une mèche ébouriffée qui lui couvrait les yeux.

— Ne sois pas mauvaise perdante.

Son regard trébucha sur la poitrine de sa partenaire de jeu. Elle poussa un long soupir, puis s'approcha de lui. Il inhala l'odeur de ses cheveux pendant qu'ils fixèrent tous deux l'espace entre eux. Des doigts gracieux débouclèrent sa ceinture et la libérèrent de ses passants, un à un. Son poignard courbé et sa gaine de cuir glissèrent sans peine dans la paume de sa main.

Déterminée, elle déboutonna sa braguette, chaque mouvement de ses doigts lui causant une exquise torture. Bordel, il était plus dur qu'un briquaillon. Lorsqu'elle laissa son pantalon choir sur le plancher et qu'elle hésita, il eut pitié d'elle, et il inséra les pouces sous la taille de son caleçon pour laisser pointer sa fière érection. Le glapissement qu'émit Hadley, accompagné du rouge écarlate qui s'épanouit sur son visage, lui donna envie de jeter les mains en l'air pour célébrer sa victoire.

— Mon Dieu, murmura-t-elle.

— C'est l'un de mes meilleurs atouts, railla-t-il.

Il aurait parié que George ne possédait pas la moitié de cet atout. Il voulait le lui demander, mais refusait d'entendre le nom du salopard flotter dans sa chambre. Elle avait déjà suffisamment de bagages émotionnels, et il voulait s'occuper de ces bagages d'abord.

— Viens par ici.

— Lowe…

Ignorant ses faibles protestations, il l'enveloppa de ses bras, puis l'entraîna vers le tapis couvert de roses jusqu'à ce qu'il soit allongé sur le dos et qu'elle soit assise à califourchon sur lui.

— Cloue-moi au sol, dit-il, jetant les mains par-dessus la tête en signe de reddition.

— Quoi… o*h*…

Levant le menton, elle lui glissa un regard irrité.

— Je vois ce que tu essaies de faire.

— Alors, joue le jeu. Cloue-moi au sol. Vas-y.

Avec hésitation, elle tendit les bras et se pencha au-dessus de lui. Les perles noires de son long collier cascadèrent contre la poitrine de sa monture alors que ses mains rivèrent les siennes au tapis. Bon sang, qu'il raffolait de sentir son corps contre le sien. Son visage planait au-dessus du sien, les mèches de ses cheveux courts lui chatouillant les joues au rythme de ses inhalations ardentes. Des genoux emmaillotés de bas lui pressaient l'extérieur des cuisses. Il dut faire appel à chaque once de sa volonté pour se retenir de la remonter contre lui pour la faire basculer sur le dos.

— Très intéressant, murmura-t-il d'une voix plus tremblante qu'il ne le voulait. Qu'est-ce que ça fait de retenir un homme qui a le double de ta taille ?

— Tu me laisses faire.

— Fais comme si je n'avais pas le choix. Que ferais-tu ensuite ?

— C'est ridicule.

— Tu crois ?

Il poussa lentement ses hanches vers la voûte des cuisses qui le chevauchaient.

Hadley laissa échapper un gémissement. Il ferma les yeux et attendit, écoutant son souffle s'emporter. Après un long moment, il sentit une chaleur sur son front. Des lèvres. Un baiser, puis un deuxième, sur son sourcil. Et alors qu'elle traçait lentement un chemin de sa tempe à sa mâchoire, des frissons lui parcoururent la peau. Elle augmenta la cadence et devint plus confiante, ouvrant la bouche sur le pouls affolé de son cou, faisant glisser une langue hésitante sur sa pomme d'Adam lorsqu'il avala sa salive.

Gardant l'emprise sur ses bras, elle descendit jusqu'à sa poitrine et y continua de le couvrir de baisers. Comprenait-elle ce qu'elle faisait ? Car, pendant un moment, il ne savait plus qui était le manipulateur. Il sentit ses lèvres lui effleurer les mamelons, presque comme si elle ne le faisait pas par exprès. Le plaisir fusa jusque dans ses testicules. C'était maintenant lui qui gémissait. Et lorsque les baisers de son bourreau s'intensifièrent d'une légère succion — inouï ! —, sa retenue précaire commença à s'éroder. Il bascula de nouveau les hanches vers le haut, et cette fois, sa queue vint frotter la soie entre les jambes de Hadley. Et cette fois, elle se tortilla et lui rendit la pareille.

Venue de nulle part, une pression familière se rassembla à la base de sa colonne vertébrale.

Merde.

C'était trop. Il y avait beaucoup trop longtemps qu'il avait eu une femme. Il aurait peut-être été capable de se contrôler si c'était n'importe qui d'autre. Mais il n'avait jamais rien désiré d'aussi fort et son corps se détraquait. Quelque part là-haut, Dieu riait dans sa barbe en le privant cruellement de toute sa volonté, le transformant en garçon de quinze ans prêt à éjaculer dans son pantalon au moindre coup de vent.

— Tu me rends fou, chuchota-t-il. Je ne vais pas durer. Tu dois me soulager.

Ses hanches se balançaient maintenant de leur propre gré. C'était presque douloureux.

— Je t'en supplie.

Juste comme il était sur le point de se dégager de sa prise pour se soulager lui-même, elle libéra un bras et inséra sa main entre leurs corps. Il se pressa contre la paume s'offrant à lui, et des doigts délicats s'enroulèrent autour de son manche. Un bonheur absolu. Une étreinte inégale de la main et le bassin de Lowe se souleva au-dessus du tapis. Une deuxième, et il eut du mal à trouver son souffle. Deux autres, et le plancher s'écroula sous lui. Il jouit, rapidement, violemment, se déversant sur son abdomen et le devant de la robe de Hadley.

Sa tête retomba mollement sur le plancher, les paupières fermées, chancelant entre le soulagement et le regret. S'il devait tenter de la guérir de sa phobie des contacts physiques, il était assez certain que cette méthode n'était pas la plus appropriée.

— Désolé, murmura-t-il lorsqu'elle retira sa main. Je ne suis habituellement pas si impatient.

Un froissement l'arracha à ses pensées. Une étoffe douce lui chatouilla l'estomac. Allait-elle le nettoyer ? Avant d'avoir le temps d'analyser la situation de trop près, la main chaude de Hadley disparut.

Il entrebâilla un œil et la trouva toujours à califourchon, la doublure de sa robe noire glissant par-dessus ses épaules. Elle lança la robe de côté et secoua ses cheveux, respirant bruyamment. Ses bras, nus. Ses cuisses, bandées par des jarretières noires ornées de rubans. Et, entre elles, un ensemble de chemise et culotte flottante doré — si délicat qu'il pouvait voir au travers et tracer des yeux la forme de ses mamelons et le triangle de duvet sombre au bas de son ventre.

Les pans libres de sa chemise étaient brodés d'un champ de fleurs de lotus alternant avec des tiges de papyrus en forme d'éventail. Et en haut de ses seins s'étendait la silhouette ailée bleu et vert de Maât, déesse égyptienne de l'équilibre et de la vérité.

Hadley sourit timidement du haut de sa monture. Lowe ne fut pas entièrement convaincu qu'il n'était pas mort avant d'avoir monté vers une espèce de paradis.

Hadley retint son souffle pendant que les yeux de Lowe détaillaient sa chemise. C'était le travail de broderie le plus raffiné de madame Dubois, et Hadley avait soupiré d'admiration lorsqu'elle était passée prendre le vêtement dans l'après-midi. C'était ridicule, mais elle ne pouvait abandonner l'espoir tenace qu'il plaise tout autant à Lowe.

— Hmm, gronda Lowe, se soulevant sur ses coudes.

Une partie de Hadley voulait se couvrir. L'autre partie désirait qu'il mette les mains partout où son lourd regard s'attardait. Il se redressa jusqu'à ce qu'elle soit forcée de s'asseoir sur ses cuisses.

— *Vacker.* Tellement belle. Mon Dieu, Hadley.

Du revers de la main, il effleura sa clavicule et caressa l'encolure brodée de sa chemise, insufflant des frissons le long de ses bras. D'épais cils blonds clignèrent lentement par-dessus le bleu de ses yeux. Sa voix était basse et graveleuse.

— Puis-je te toucher, maintenant ? J'ai besoin de te toucher. *Je dois te toucher.*

— Oui, accepta-t-elle, gagnant de la confiance. Certainement, oui.

Un bras fort lui enserra la taille, et dans un grognement, il se leva, la hissant avec lui pour les remettre tous les deux sur leurs jambes molles.

— Ça va, tu tiens debout ?

Deux grandes mains la firent pivoter vers le lit.

— Quoi…

Elle se tortilla pour le voir lorgner l'éventail de papyrus qui se courbait au-dessus de ses fesses.

— Bordel… lâcha-t-il à voix basse.

Sa maîtrise de soi était sur le point de craquer. Une seconde, il se trouvait dans une sorte de transe, et la seconde suivante, ses mains se baladaient sur le corps de Hadley, s'introduisant sous les pans libres de sa culotte flottante pour se refermer sur ses fesses, allumant un millier d'étincelles sur sa peau. Il s'agenouilla derrière elle, prononçant, plus pour lui-même que pour elle :

— Il faut t'enlever ça.

Il lui souleva alors un pied pour déboucler la sangle en T de ses chaussures à talon haut, l'obligeant à s'appuyer sur le pied de lit en métal. L'autre chaussure suivit bientôt la première. Des doigts chauds tirèrent sur les jarretelles avant d'envelopper une cuisse pour dérouler son bas. Une moiteur à la fois chaude et saisissante suivit la trace du bas vers sa cheville. La bouche de Lowe à l'arrière de sa cuisse. Descendant, glissant, jusqu'à lécher le creux sensible à l'arrière du genou.

Le deuxième bas fut retiré deux fois plus vite. Lowe semblait faire la course au pouls emballé de Hadley. Elle le sentit se relever derrière elle avant de faire descendre les bretelles dorées le long de ses bras. La soie chuchota contre sa peau lorsque la chemise tomba, s'échouant à ses pieds.

Elle était nue. Entièrement, complètement nue. Sa peau dépouillée de vêtements pour le regard affamé de Lowe. Personne ne l'avait jamais vue si dénudée. Pas depuis l'accident. Pas même George ; leurs brèves rencontres s'étaient produites dans l'obscurité, sous la couverture de sa jupe.

Un puissant frémissement traversa son corps d'un bout à l'autre.

— Chh… apaisa-t-il.

Une chaleur lourde pointa au bas de son dos. Bon sang ! Déjà ? La mémoire de Hadley fit un saut en arrière, s'arrêtant sur la nuit de leur rencontre, lorsque l'érection de l'archéologue s'était importunément pressée contre le bas de son dos, à l'arrière du train en marche… et elle se remémora aussi la panique que ce contact intime avait fait naître en elle.

— C'est juste moi, chuchota-t-il contre son oreille. Juste moi.

Elle s'immobilisa, se préparant à une réticence inévitable lorsque les bras de Lowe l'enveloppèrent. Ce soir, elle était prête à combattre ce sentiment. À compter jusqu'à le chasser, ou à le noyer dans l'alcool en dernier recours. Mais…

Il ne vint pas. Pas même lorsque son partenaire la serra contre les muscles solides de son torse, peau contre peau. Ni lorsque sa bouche humide s'ouvrit sur le côté de sa gorge.

Cette fois, elle ne sentit pas la panique qui lui engourdissait les sens et qui lui dérobait sa volonté.

Cette fois, elle se sentait…

En sécurité.

Son corps s'affaissa de soulagement.

Elle tournoya dans les bras de son protecteur, des larmes contenues lui piquant les yeux. La bouche de Lowe s'écrasa contre la sienne, et il l'embrassa comme s'il était appelé à la potence et qu'elle était son seul salut. Ses mains étaient soudainement partout à la fois, comme un tourbillon de chaleur et de sensations, faisant naître des frissons de plaisir sur toute la surface de la peau de Hadley. Il la poussa vers le matelas une seconde avant de baisser la tête sur son sein. Pas de doux baisers. Pas de taquineries. Il aspira simplement le mamelon dans sa bouche et suça. Un éclair éclata au centre de Hadley, l'électrifiant d'une secousse de désir intense.

Il relâcha la chair d'un bruit de succion mouillée, puis tourna son attention vers l'autre sein. Hadley libéra un gémissement de plaisir et croisa vivement les jambes dans l'effort d'apaiser le désir brûlant qui la torturait. Elle était scandaleusement moite, se frottant suavement contre l'érection offerte au-dessus d'elle… coulant au fond d'une lubricité et d'un désir déconcertant. Elle tenta de se calmer, mais une partie animale en elle refusait de céder. Ses jambes s'ouvrirent avec abandon autour de la taille de Lowe. Un long majeur en profita pour écarter ses boucles humides. Elle tressaillit, puis se trémoussa contre lui.

— Tu es tellement mouillée. *Seigneur*, Hadley.

L'émerveillement enveloppa ses paroles lorsqu'il prononça, tout bas :

— Tu as envie de moi.

Plus que n'importe quoi. Elle gémissait, à demi embarrassée sous sa main, qui glissait sur la moiteur lui couvrant l'intérieur des cuisses. Mais elle était aussi à demi ébahie. Elle n'avait jamais été si excitée. Lorsqu'un pouce caressa son clitoris de mouvements circulaires, elle sentit une chaleur titillante s'épancher dans son sexe tandis qu'un liquide ruissela sur sa chair.

Lowe poussa alors un gémissement, un riche grondement de baryton qu'elle ressentit jusque dans les os. Elle ne put arrêter les supplications de jaillir hors de sa bouche.

— S'il te plaît, Lowe. Seigneur, maintenant. *S'il te plaît.*

Il recula immédiatement. Où allait-il ?

Elle leva la tête pour le voir s'étirer vers son veston accroché à la colonne de lit. Il chercha à tâtons un boîtier métallique et jeta par-dessus son épaule le couvercle vite retiré, qui atterrit sur le couvre-lit, où Hadley entrevit l'illustration imprimée : un chariot tiré par une paire de lions galopants.

Ah.

Intéressant. Elle n'en avait jamais vu de ses propres yeux. Elle voulut l'informer qu'elle suivait depuis un moment une nouvelle méthode de décompte des jours de son cycle. Qu'ils ne couraient a priori aucun risque. À la place, elle se trouva dans un hébétement fasciné, l'observant déballer un anneau de latex et le dérouler jusqu'à la base de son manche. Ça alors. Il pourrait vendre des billets pour ce genre de démonstration. Chaque fille émoustillée de la ville paierait pour assister à un spectacle pareil. Si la main de Hadley avait palpé quelque chose d'incroyablement épais et lourd quelques minutes plus tôt, il était encore plus intimidant maintenant. Elle ne savait trop si elle était inquiète ou impressionnée.

Impressionnée, décida son corps lorsqu'une autre vague de désir échauffa son sexe endolori.

L'ombre de Lowe se dissipa tandis que son corps recouvrit de nouveau le sien, grand et fort et chaud. Un poids bienvenu. Sa main mutilée poussa un bras au-dessus de la tête de sa partenaire, faisant comme elle, lorsqu'elle l'avait cloué au sol un moment plus tôt.

— C'est juste moi, réitéra-t-il, posant un baiser sur sa lèvre inférieure.

Leurs doigts s'enlacèrent au moment où il lui écarta les jambes du genou, faisant de la place pour ses hanches. Il appuya le front contre le sien.

— Je n'ai jamais désiré personne si fort. Jamais. Bon sang, Hadley. Dis-moi que tu veux me sentir en toi.

— Oui.

Elle avait du mal à parler.

— Dis-le-moi.

Il guida la main libre de sa belle pour l'accrocher autour de son cou, avant de s'appuyer entièrement sur les coudes. Le dos arqué, il appuya le bout de sa queue sur l'entrée du sexe de Hadley, une pression aguicheuse qui lui donna envie de se tortiller sous lui.

— Dis-le.

— Je te veux…

Il plongea en elle avant qu'elle ne puisse terminer sa phrase. Une poussée punitive, sans pitié. Elle laissa échapper un cri, enfonçant les ongles dans son cou, saisie par l'intrusion presque douloureuse.

— Ne bouge pas, interdit-il vivement, ses muscles se raidissant.

Elle obéit. Elle ne pouvait pas. Tout ce dont elle était capable, c'était de retenir son souffle. *Un, deux, trois…* Son corps se détendit ensuite. Il gronda, puis se retira — non ! — avant de s'enfoncer de nouveau en elle, lentement. Terriblement lentement. Parfaitement lentement. Assez lentement pour qu'elle ferme les yeux, laissant le désir couler en elle.

— Oui ? murmura-t-il.

— *Lowe*, répondit-elle.

Il l'embrassa et elle s'abandonna, cédant à la sensation de son bassin poussant contre le sien et la friction magnifique qui décrivait des cercles entre eux, là où leurs corps s'unissaient. La main libre de Hadley erra sur la peau chaude de Lowe, explorant, se délectant des saillies fermes de ses épaules et de son dos. De la manière dont il frémissait sous la caresse de ses ongles lui chatouillant doucement le flanc.

Elle s'étira sous lui, levant les genoux pour l'inviter à s'enfoncer encore plus profondément. Ils gémirent ensemble lorsque ses muscles se resserrèrent autour de lui. Puis, Hadley aspira bruyamment et fit basculer ses hanches, testant de nouveaux angles jusqu'à ce qu'elle sente le frottement des boucles denses chatouiller la boule de nerfs sensible pulsant à la commissure de ses lèvres.

Tant de plaisir. Suffisamment pour effacer des années de calvaire. Chaque crainte, chaque inquiétude, chaque nuit qu'elle avait passée seule, se demandant s'il y avait plus pour elle. Tout avait maintenant disparu. Chassé de son esprit. Elle sentit des larmes tièdes couler sur ses tempes, la joie bloquée dans sa gorge.

— Hadley.

— C'est trop bon, dit-elle bêtement.

— C'est ce que c'est censé être, murmura-t-il, lui embrassant les paupières. C'est exactement ce que je voulais.

Ses lèvres se pressèrent contre les siennes et elle goûta le sel.

Moi aussi, pensa-t-elle. Et si ardemment.

Ne t'attends à rien et tu ne seras jamais déçue. Elle se disait que si c'était tout ce qu'il y avait ; cette intimité, ce démantèlement de sa phobie, ce plaisir confus, ce serait suffisant.

Mais ce ne l'était pas.

Elle pouvait oublier qu'elle avait couché avec George une poignée de fois sans avoir atteint l'orgasme. Ou qu'elle n'avait rien fait d'autre que d'embrasser un homme depuis des années. Tout cela n'avait maintenant aucune importance. Elle voulait soudainement tout ce qui était possible, et elle le voulait avec Lowe. Tout de suite. La facilité avec laquelle il était tombé en miettes sous sa main inexpérimentée, quelques minutes plus tôt. Sans honte, sans difficulté. Seulement la confiance et l'abandon absolus. Elle voulait aussi connaître ce bonheur. Et lorsque son sexe se referma avidement sur lui une fois de plus, ce *désir* s'intensifia, supplantant la détermination.

— Bordel, murmura Lowe. Oui, *min älskling, ja.* O-oh. Oh !

C'était vraiment ce qui arrivait.

Recherchant urgemment une ancre, sa main libre s'agrippa au biceps fléchi au-dessus d'elle tandis que ses orteils se courbèrent, sautillant au rythme de plus en plus rapide des hanches de Lowe, qui allait et venait en elle.

La sueur perlait sur ses sourcils. Ses doigts se serrèrent autour de la main qu'il tenait captive au-dessus de la tête de sa maîtresse, tandis qu'il la rivait au matelas. Elle était si près, si désespérée d'y arriver. Et en l'espace de deux battements de cœur, elle atteint le point de non-retour. Une horde de gens aurait pu entrer en trombe dans la pièce qu'elle n'aurait pu rassembler assez de honte pour stopper la vague qui montait en elle. Elle était ailleurs. Perdue. Elle courait vers l'oubli et l'incertitude et une obscurité de plus en plus aveuglante qui menaçait de l'avaler tout entière, si elle était prête à plonger dedans.

Et elle était prête. Dieu, qu'elle était prête !

L'orgasme éclata en elle comme une tempête estivale, lui arrachant un long cri charnel du fond des poumons. Sa jouissance était interminable, le plaisir dégringolant, la secouant et la serrant jusqu'à ce qu'elle ne puisse plus respirer. Jusqu'à ce qu'elle croie qu'elle risquait d'en mourir. Jusqu'à ce qu'elle sente le corps de Lowe se durcir et qu'elle entende sa réponse rugissante alors qu'il venait en elle. À l'écouter, il semblait aussi confus et perdu qu'elle. Et lorsqu'il s'écroula sur elle, Hadley jeta les bras autour de son cou, enroula les jambes autour de ses hanches, puis l'entraîna tout au fond de son ventre.

CHAPITRE 24

Hadley revérifia l'heure indiquée par son réveil-matin. Trois heures. Elle ne se souvenait pas d'avoir sombré dans le sommeil, mais elle avait dormi. Le lit était douloureusement vide. Toutefois, la panique qu'elle avait ressentie en remarquant le vide quelques instants plus tôt s'estompa lorsqu'elle eut la certitude qu'il était encore chez elle. Elle n'avait jamais été aussi heureuse d'entendre du bruit dans son appartement. Des tintements et des entrechoquements, l'eau coulant dans les tuyaux, un sifflement joyeux. Les bruits plaisants d'une autre personne dans son foyer. Et pas une bonne qui l'abandonnerait le lendemain, mais Lowe.

Lowe.

Elle sourit au plafond, plissant les paupières, laissant une joie silencieuse la submerger, puis elle se redressa pour sortir du lit.

Après une visite empressée à la salle de bain, elle se glissa dans un peignoir en soie *habutai* gris, parsemé de bégonias aux couleurs vives, puis elle noua rapidement la ceinture en se dirigeant vers la source du bruit. La cuisine. Elle posa un pied de l'autre côté de l'embrasure de la porte, grimaçant sous l'effet de la lumière crue du plafonnier que les carreaux de céramique blancs réfléchissaient. Lorsque ses yeux s'ajustèrent à la clarté, elle se trouva en train de contempler un angle très intéressant du derrière complètement nu de Lowe.

Le bras appuyé sur sa glacière, il était penché en avant, scrutant l'intérieur. De longues jambes saupoudrées de poils blonds supportaient des fesses bien galbées aux fossés musclés. Mais ce fut le coup d'œil ombragé de ce qui pendait entre ses jambes qui lui chauffa la poitrine.

Mon Dieu, les choses qu'il lui avait faites au cours des dernières heures… les choses qu'elle lui avait faites. Elle avait du mal à croire que tout cela s'était vraiment produit. Et ce matin, le voilà qui était toujours chez elle. Ce n'était pas un rêve, c'était de la chair solide. Très solide. Elle aimait la façon dont les muscles de son dos ondulaient pendant qu'il fouillait parmi les contenants et les pots de confiture. Il n'y avait pas grand-chose à voir. Du beurre. Des figues en conserve. Des oranges sanguines. Du poulet cuit pour Numéro quatre, qui tournait autour des pieds de Lowe comme s'il s'agissait de son meilleur ami.

— Qu'est-ce que c'est, selon toi ? demanda-t-il au chat. Le duvet vert ne me donne pas beaucoup d'espoir. Je dirais que c'est vaguement à base de viande.

— De la tartinade de jambon qui traîne depuis une semaine, avertit-elle, la voix enrouée par le sommeil. Que fais-tu ?

Il la regarda par-dessus son épaule, puis se redressa. Quel dommage. La vue lui avait fait vraiment plaisir. Mais le sourire qu'il lui offrit lentement compensa la perte. Ses longues mèches sable ressemblaient à une vadrouille de boucles libres emmêlées et dépeintes dans la lumière pâle. Il en repoussa une recouvrant son œil et referma la porte de la glacière.

— Je prépare le petit déjeuner, répondit-il en appuyant une épaule sur le meuble, ses bras se croisant sur son large torse.

— Nu ?

Une épaule se haussa paresseusement, puis retomba.

— Pourquoi pas ?

En effet. De la pornographie sur deux jambes, là, dans sa cuisine. Elle s'approcha, comme si de rien n'était, se sentant un peu comme une riche touriste qui essaie de mieux voir une gazelle en train de brouter dans un safari.

— À trois heures du matin ?

— Je suis affamé.

— Moi aussi, admit-elle.

Les yeux de Lowe étincelèrent de bonne humeur.

— Tous ces touchers et ces soupirs épuisent les ressources du corps.

— C'est bien vrai, murmura-t-elle, trop consciente de l'irritation engourdie qui s'attardait entre ses cuisses.

Il fit un pas de côté pour déposer un baiser sur son front. Si décontracté et affectueux, comme s'ils se voyaient depuis des années. Elle saisit l'odeur unique de sa peau et l'inhala profondément. C'était encore mieux que les lis veillant à côté de son lit. Mieux que tout ce à quoi elle pouvait penser à ce moment.

Le regard appréciateur de Lowe erra sur sa robe de nuit. Il émit un *hmm* satisfait avant de se gratter la nuque.

— J'ai lavé la vaisselle dans l'évier, en passant.

— Tu n'avais pas à le faire, répondit-elle, légèrement embarrassée.

— Quelqu'un devait bien le faire. Pourquoi ai-je la nette impression que tu ne t'y connais pas très bien en matière de travail manuel ?

— Parce que c'est bien le cas, avoua-t-elle, accolant le bout de ses orteils à ceux de son compagnon.

Ses pieds étaient dotés d'une voûte magnifique.

— Je ne vais pas te présenter des excuses pour l'argent de ma famille. Ce n'est pas comme si je reste assise toute la journée à ne rien faire. Je travaille, après tout. Et si tu veux savoir, c'est moi qui ai sali cette vaisselle, alors je ne suis pas complètement inutile dans une cuisine. Je peux faire des rôties. Et du thé.

Le gros orteil de Lowe remua en guise de réponse, se glissant sur son pied.

— Et peler des oranges, aussi.

— Et peler des oranges, agréa-t-elle, tout sourire.

— Bien, ensemble, nous pourrons arriver à faire quelque chose, car si tu peux nous préparer du thé et des rôties, je vais nous faire frire des œufs.

Il baissa les yeux vers le ronronnement provenant de la boule de poils qui poussait le bout de son nez dans leur conversation entre orteils.

— Des œufs pour trois, je suppose. Ou peut-être devrions-nous lui donner de la tartinade de jambon pour voir si elle le transformera en Numéro cinq.

— De belles paroles. Au rythme où vous allez tous les deux, vous allez me faire sortir du lit à coups de pieds pour vous blottir l'un contre l'autre.

— Pas tant que tu existes.

Il laissa errer un doigt à peine aussi léger qu'une plume sur sa hanche au moment où elle s'éloigna de lui, provoquant un minuscule frisson qui s'étendit sous la soie de son peignoir.

— Je préfère tes griffes aux siennes.

Pendant qu'elle mettait une bouilloire remplie d'eau sur le poêle et qu'elle trouvait sur une étagère la plus petite boîte en métal d'un ensemble farine-sucre-café-thé (celle avec l'inscription « café » ne contenait que des pièces de monnaie et des clous), Lowe s'empara d'un poêlon en fonte et craqua une allumette pour allumer le feu.

— Je voulais te le dire plus tôt ; ta brûlure semble déjà guérir, dit-elle, hochant le menton vers son bras blessé.

— Une chance pour moi, j'ai eu une infirmière compétente pour la panser comme il faut.

Elle ricana, puis posa deux tasses à thé vides sur des soucoupes.

— C'est plutôt étrange de passer ma nuit du vendredi à faire le petit déjeuner avec un homme nu dans ma cuisine, opina-t-elle, mettant des feuilles de thé dans les deux tasses à l'aide d'une cuillère.

— Étrange, mais agréable, ajouta-t-elle en le regardant à la dérobée.

— Si je n'étais pas ici, que serais-tu en train de faire ?

— Dormir. Ou, si l'on tient compte des événements de la semaine dernière, j'*essaierais* en vain de dormir chez mon père. Si j'avais passé une nuit de plus dans ce vieil endroit déprimant, je serais peut-être devenue folle.

— Il ne veut probablement pas que tu passes ton temps à le couvrir d'attention, de toute façon.

— Je suis certaine que tu as raison.

Elle rangea la boîte à thé et inséra des tranches de pain dans chaque fente d'un grille-pain électrique. Puis, elle se pencha pour prendre Numéro quatre dans ses bras, qui étendit paresseusement les pattes avant sur l'épaule de sa maîtresse.

— As-tu eu le temps de regarder les pictogrammes ?

— Je crois que j'ai trouvé tous les noms possibles pour le troisième vase canope. Quelques noms, seulement.

Il tailla une noix de beurre et la laissa tomber dans le poêlon.

— Tu es prête à te remettre à la tâche ?

— Nous pouvons commencer demain, si tu veux. Je n'ai rien de prévu, ce week-end.

Ce qu'elle voulait vraiment dire, c'était qu'elle désirait qu'il reste chez elle. Que tout ce qu'elle vivait était si merveilleusement nouveau, et que maintenant qu'elle avait brisé sa phobie du toucher, elle se sentait comme une enfant qui avait goûté au sucre pour la première fois de sa vie — bourdonnant de joie et de plaisir et d'une sorte de chaleur à la fois glorieuse et rassasiée.

Et ce n'était pas suffisant.

Elle en voulait plus. Plus de ce qu'elle avait déjà eu et davantage de promesses de nouvelles expériences. Elle voulait savoir comment c'était de se réveiller dans ses bras. De se baigner avec lui. De marcher jusqu'au marché et d'y acheter des sacs de provisions pour remplir sa glacière et ses armoires vides.

Quelles pensées ridicules.

Lowe fit craquer des œufs, qu'il laissa tomber dans le beurre chaud, puis il débita les noms qu'il avait trouvés en déchiffrant les pictogrammes. Ils débattirent des significations possibles de l'un des symboles en particulier. Et lorsque leur humble repas de nuit fut prêt, elle décrocha Numéro quatre de son épaule, heureuse d'avoir un plan pour le lendemain.

Ils déposèrent leurs tasses fumantes et leurs assiettes sur une petite table ronde sous une fenêtre qui cadrait la ville endormie. Lowe considéra la paire de chaises de café polies rangées sous la table et testa leur mobilité, déplaçant une chaise près de l'autre.

— Tiens, quelle surprise. On dirait que tu as certaines choses qui ne sont pas encore clouées au plancher.

— Ne te moque pas, avertit-elle. Tu serais étonné de voir ce que les Mori peuvent faire avec deux chaises et une fenêtre.

— Je m'inquiète plus du poêlon en fonte et des couteaux dans le tiroir.

— Tu serais sage de confiner toute querelle avec moi dans la chambre à coucher.

— Je serais ravi de mettre cette suggestion à l'essai un plus tard, railla-t-il, la guidant vers sa chaise.

Pendant qu'ils dégustaient leur repas impromptu, elle donna des bouts de nourriture à Numéro quatre sous la table tout en s'intéressant à la famille de Lowe. Il lui raconta que ses parents avaient émigré de Suède et qu'ils avaient fondé une petite entreprise de pêche qui avait connu beaucoup de succès. Comment son père avait décidé de tout risquer lorsqu'il avait vendu la moitié de sa flotte de pêche pour acheter des navires contrebandiers après l'adoption de la loi Volstead. Toutefois, lorsqu'elle lui posa des questions sur son enfance, puis sur Adam Goldberg et sa fille, quelque chose changea dans sa posture.

— Je ne veux pas être indiscrète, assura-t-elle, trempant le coin de sa rôtie dans le jaune d'œuf.

Il ne répondit rien pendant plusieurs secondes.

— Je crois que je dois te dire quelque chose. Enfin, je dirais plutôt que je veux te le dire, et non que je *doive* le faire.

Lorsqu'il ne poursuivit pas, elle l'encouragea.

— Quelque chose au sujet d'Adam ?

— Plutôt au sujet de Stella.

Il donna un petit coup sur son assiette avec les dents de sa fourchette.

— Il y a une petite chance qu'elle vienne de moi.

Lorsque Hadley enregistra les paroles de Lowe, le choc entrecoupa sa respiration.

— Ton… enfant ?

Il soupira lourdement.

— Adam et moi étions dans la même classe, à l'école primaire. Miriam avait un an de moins que nous. Nous étions tous amis, mais à l'adolescence, les choses ont changé. Mon père gagnait plus d'argent, alors nous avons déménagé dans une plus belle maison, dans un quartier différent. Je me suis fait de nouveaux amis. Et Miriam et Adam ont commencé à sortir ensemble. Après la remise des diplômes, je suis allé à l'université. Ils sont restés ici et se sont mariés.

Il tassa son assiette de côté, puis il enchaîna :

— En un an à peu près, tout a changé. La contrebande a enrichi ma famille du jour au lendemain, pourrait-on dire. Je crois qu'Adam éprouvait du ressentiment. Il s'est plongé dans son travail et Miriam et lui ont traversé une période difficile. Elle et moi correspondions pendant que j'étudiais à Berkeley et, lors d'un long week-end, je suis rentré à la maison…

Hadley fixa son assiette en clignant des yeux, incapable de le regarder.

— Ça n'est arrivé qu'une seule fois. Ça ne s'est jamais reproduit, expliqua-t-il. Mais c'est de loin la chose la plus stupide que je n'ai jamais faite.

— L'aimais-tu ?

— Pas d'une manière romantique. Je ne sais trop si j'essayais de m'accrocher à une vie que j'avais perdue, ou si j'étais jaloux d'eux. Ils étaient adultes. Ils travaillaient, ils étaient mariés. Ils payaient un loyer. J'étais toujours un garçon, prenant des cuites à l'université et jouant des tours idiots, ignorant toujours qui j'étais ou ce que je voulais faire de ma vie. Puis, Miriam a commencé à m'envoyer des lettres.

— Et tu ne l'as pas repoussée.

— Adam était mon meilleur ami, et je…

Il secoua la tête avant de poursuivre.

— La culpabilité me dévorait. J'ai presque abandonné l'école. Puis, Miriam a annoncé qu'elle était enceinte. Et, à quelques semaines près, Adam ou moi pouvions être le père. Elle m'a supplié de ne rien dire, et j'ai essayé de me fermer la trappe. Je suis habituellement assez doué pour mentir.

Lowe força alors un rire guindé.

— Mais tu le lui as dit.

— J'aurais voulu le savoir à sa place. Et il n'était pas heureux, bien sûr. Il fait la moitié de ma taille, mais le mec a un vilain crocheté, élabora Lowe, pointant le doigt vers son nez. Tout ce qu'il m'a dit, c'était que même si l'enfant avait les yeux bleus et les cheveux blonds, il était le sien, pas le mien. Miriam et lui ont réglé leurs problèmes, et il a fini par me pardonner aussi. Je ne le méritais pas, mais il l'a fait.

— Et Stella…

— Elle ressemble à Miriam, sous toutes ses coutures. Même les cheveux ressemblent à ceux de sa mère.

Il fit un bref sourire tendu en levant les yeux vers Hadley.

— Mais Stella n'a que quatre ans. On dit que les ressemblances deviennent plus prononcées lorsqu'ils vieillissent.

— Il y a ce nouveau test, qui associe les groupes sanguins, répondit-elle.

— Et ce test est fiable à quoi, cinquante pour cent au plus ?

Lowe haussa les épaules.

— Adam ne voudrait pas le savoir donc je dois respecter son choix. Et je ne sais pas si le fait de savoir changerait quoi que ce soit. J'ai essayé d'offrir de l'aide financière au fil des années, pour les médecins et les écoles spécialisées, tu sais ? Mais il n'accepte pas les offrandes.

Elle leva la tête pour étudier son visage.

— C'est pour cette raison qu'il se charge de certains boulots pour toi, n'est-ce pas ?

— C'est la seule manière que j'ai trouvée pour qu'il accepte mon argent. Il est entêté. C'est sa prérogative.

Un triste sourire se dessina sur ses lèvres, puis il conclut.

— Au bout du compte, ça ne change rien. Ils sont comme ma famille, que la petite ait mon sang ou celui d'Adam. Je me sens privilégié de faire partie de leur vie, et c'est suffisant.

Hadley ne trouvait rien à dire. Elle avait l'impression de traverser toute une gamme d'émotions, passant de la jalousie et la détresse à la pitié mêlée au respect. Et quelque chose d'autre, réalisa-t-elle. Non seulement avait-il abattu la barrière qu'elle avait construite autour d'elle-même, il démantelait maintenant les briques de son propre mur, un rempart invisible dont elle ignorait l'existence jusqu'alors. Il avait eu raison en disant qu'il n'avait pas besoin de lui raconter cette histoire. S'il ne l'avait pas fait, elle ne se serait probablement jamais doutée de rien.

Mais elle était maintenant au courant. Et ce qu'il lui avait révélé n'avait pas d'importance. Elle valorisait seulement le fait qu'il avait voulu le partager avec elle. Et son cœur se gonfla de cette prise de conscience.

— Me regardes-tu d'un autre œil, maintenant ? demanda-t-il doucement. Veux-tu que je parte ?

Elle fit tournoyer les feuilles de thé dans les dernières gouttes du liquide doré au fond de sa tasse.

— Ce serait affreusement égoïste de ta part de partir maintenant. Qui laverait la vaisselle ?

Du coin de l'œil, elle remarqua ses épaules s'affaisser tandis qu'il libéra un long soupir. Quelques instants plus tard, la main de Lowe traversa doucement la table pour amadouer les doigts de Hadley.

— Que dirais-tu d'un bon bain chaud ? proposa-t-il d'une voix teintée d'espoir. J'ai vu ta baignoire un peu plus tôt. Elle me semble assez grande pour nous deux.

— J'en doute fort.

— Mais ce sera amusant d'essayer, *ja* ?

— *Ja*, répéta-t-elle, une joie tranquille lui chauffant la poitrine. Ça pourrait être très amusant.

CHAPITRE 25

Lowe aurait été heureux d'élire domicile dans le lit de Hadley, mais ses vêtements défraîchis le poussèrent à quitter son appartement le jour suivant. Ils avaient prévu de se retrouver dans l'après-midi pour partir à la recherche de la troisième barre transversale. Mais au stade où il en était, Lowe ne se souciait guère de pourchasser des barres magiques ou des lapins, pourvu qu'il passe du temps avec Hadley.

Il conduisit Lulu comme un fou le long de la rue Mason, vibrant d'une vive satisfaction. Lorsqu'il s'arrêta à une intersection, il dut se retenir de ne pas sourire bêtement aux passagers dans la voiture d'à côté. Une seule nuit avec Hadley et il était euphorique. Ivre de sexe et du profond bonheur de l'avoir tenue dans ses bras. Il n'y avait rien de meilleur que de sentir tous ses angles tendus et ses crêtes rigides ramollir sous ses doigts. Ou de s'effondrer sur son sein après avoir joui avec elle, puis écouter les battements déments de son cœur ralentir, se transformant en un rythme fort et féroce, synchronisé au sien. Comme s'ils coulaient tous deux sous l'eau, se noyant lentement dans le plaisir.

Mais il y avait autre chose. Il y avait beaucoup plus. Sa compagnie. Son esprit aiguisé. La manière dont ses yeux sombres se plissaient lorsqu'elle souriait, leurs coins retroussés créant un trait ombragé qui semblait vouloir s'étendre à l'infini. La manière dont un sourcil fin se haussait, sceptique, lorsqu'elle critiquait ses idées folles de son accent acerbe et distingué.

Il s'était préparé à recevoir ses réprimandes en lui avouant la vérité au sujet de Stella. Il ne lui en aurait certainement pas voulu si son aveu lui avait été trop difficile à digérer. Il n'avait jamais oublié comment sa mère avait pleuré de manière incontrôlable lorsqu'il lui en avait parlé. La déception qu'il lui avait causée, dévastée qu'elle était par la nature impossible de la situation, se voyant privée de la joie d'avoir des petits-enfants courant dans sa maison ou même de pouvoir regarder Stella grandir de loin. Adam avait refusé ; il ne voulait pas créer une confusion chez la petite. Et il avait eu raison.

Pourtant, Hadley avait accepté la vérité. Il l'avait prudemment observée par la suite, certain que si elle y réfléchissait un peu plus, elle commencerait à se détacher de son affection. Mais non. Un petit miracle. Il n'avait jamais ressenti tant de gratitude.

Pendant qu'il filait sur Lulu à travers les rues de Pacific Heights, la ville devint floue, un peu comme les pensées nonchalantes ruisselant dans sa tête. Il avait l'impression que son monde était tombé à la renverse, puis qu'on l'avait remis à l'endroit. Comme s'il n'avait pas compris qu'il avait perdu l'équilibre jusqu'à se rendre compte combien il se sentait mieux en se redressant.

Chaque inquiétude qui avait occupé son esprit depuis son retour d'Égypte lui paraissait maintenant un peu moins désespérée. Chaque problème était maintenant réparable. Son esprit faisait la course à la motocyclette, barattant des images d'un avenir brillant avec Hadley. Une grande maison. Une famille. Elle, dirigeant le service des antiquités. Lui… et bien, il ne savait pas encore ce qu'il deviendrait. Voyager avec son oncle ne semblait plus aussi excitant qu'auparavant. La nourriture infecte, les vêtements souillés de sueur, le travail ardu, la maladie et le manque de sommeil, tout cela était tolérable lorsque vous souhaitiez échapper à quelque chose. Ou à quelqu'un.

Peut-être que de retourner creuser sous le soleil misérable ne serait pas si mal avec Hadley à ses côtés. Il l'imagina marcher dans le désert dans une *jalabiya*, robe égyptienne traditionnelle, et il sourit. Peut-être se débrouillerait-elle mieux que lui. Peut-être que de voir l'expression sur son visage lorsqu'elle se promènerait parmi les ruines vaudrait tout l'or du monde.

Il considérait toutes ces possibilités en galopant vers le haut des marches de l'entrée latérale de la demeure familiale. Et après avoir poussé vivement sur la porte-moustiquaire, il passa à deux doigts d'entrer en collision avec Winter, qui resta de glace, figé comme un steak de bœuf dans une glacière.

— Où étais-tu, bordel ?

— Et une putain de belle journée à toi aussi, rétorqua Lowe, le frôlant de l'épaule.

Winter leva une main en l'air pour l'arrêter.

— Sorti toute la nuit et tu rentres avec cette tête ? Qu'as-tu fait ? Passé la nuit à t'envoyer en l'air ?

Lowe tourna la tête, regardant son frère dans les yeux.

— Je te mets au défi de répéter.

— On est protecteur envers cette conservatrice, n'est-ce pas ?

Des yeux dépareillés se rétrécirent par-dessus un sourire à la fois obscur et pincé.

— Ah ! oui. Je sais. Greta m'a dit que tu as emmené la femme ici.

Les sacrés domestiques et leurs langues bien pendues.

— Ce n'est pas la première fois que tu veilles jusqu'aux petites heures du matin, nota Winter. Il y a une semaine, Jonte m'a dit que tu es rentré avec la Packard au petit matin. Tu étais avec la conservatrice cette nuit-là également ?

— Ce n'est pas de tes putains d'affaires.

— C'est une illustre héritière ; une fille de la haute société. Bordel, Lowe. Si tu veux voir ce genre de femme, tu dois le faire correctement. Si tout le monde parle ici, tu ne crois pas que son entourage parle aussi ?

Lowe commença à protester, voulant expliquer qu'elle n'avait pas de bonne, mais il se ravisa. Et Winter n'avait pas tort, à vrai dire. Hadley semblait avoir un rapport amical avec le liftier, qui lui avait jeté un regard froid pendant la descente vers le hall d'entrée, un peu plus tôt. Sans mentionner les locataires des autres appartements ; ils parleraient certainement s'ils le voyaient rôder à des heures suspectes. Il ne passait pas exactement inaperçu.

— Le domaine des antiquités n'est pas si vaste, à San Francisco. Si la nouvelle de votre fréquentation se répand, tout le monde dans ce musée se mettra à jaser. Les mécènes, les donateurs... Tu dois prendre garde de ne pas nuire à la réputation de cette dame.

— Je fais attention.

— Et tu as aussi l'habitude de faire des promesses que tu ne tiens pas et de t'enfuir par la fenêtre de la chambre à coucher. Ne lui fauche pas l'herbe sous le pied.

— C'est toujours réconfortant d'entendre à quel point tu crois en moi, répondit amèrement le plus jeune des deux frères.

— Pourquoi es-tu allé embêter Velma ?

Mais pouvait-il faire confiance à qui que ce soit pour garder sa foutue gueule fermée ?

— Non que ça te regarde, mais Hadley et moi travaillons sur quelque chose ensemble, pour le musée. À la demande de son père.

Le sourcil cicatrisé de Lowe se souleva.

— Je te prie de me rassurer que Goldberg n'est pas mêlé à cette histoire.

— Bien sûr que non.

Pas aux yeux de Hadley. Pas de la manière qu'elle le croyait, du moins. Mais il ne voulait pas y penser à ce moment. Ou jamais. Merde, il faisait chaud dans cette maison. Lowe desserra sa cravate lorsque la sueur perla sur ses sourcils.

Une pause tendue s'étira entre les deux frères, puis l'aîné sembla abandonner le combat, soupirant lourdement.

— Lowe, plaida-t-il, employant la prononciation de l'Ancien Monde : *Low-ya.*

Il poursuivit en suédois.

— Tu ne peux pas continuer ainsi. Je sais que tu veux tracer ton propre chemin, mais tu ne peux passer le reste de ta vie à courir d'un bout à l'autre du globe avec notre oncle, ou tu finiras comme lui : seul.

— Je déteste l'Égypte, admit hargneusement le cadet en suédois. Je déteste creuser.

— Alors, *ne le fais pas* ! Viens travailler pour moi. Tu peux diriger le nouvel entrepôt. Sortir et divertir les clients.

— *Nej.*

Lowe secoua la tête.

— Je ne peux pas. Je suis si près de réussir, si je pouvais seulement…

Il laissa sa phrase en suspens.

— Je ne veux pas continuer à faire ce que je fais pour toujours, mais je dois terminer ce que j'ai commencé.

Winter regarda fixement son frère pendant un long moment, l'air de vouloir dire autre chose, mais il choisit de changer de sujet. Il revint à l'anglais, annonçant enfin :

— La compagnie de livraison a téléphoné. Les caisses que tu as envoyées d'Égypte seront livrées la semaine prochaine. Greta a tous les détails.

Lowe marmonna ses remerciements et s'apprêta à prendre congé de son frère.

— Tu as parlé au moine ?

Pour l'amour de Dieu. Winter était pire qu'une mère. Lowe devait sortir de cette maison avant de devenir fou. Peut-être louer un appartement au centre-ville. Cela ne faisait pas partie de ses projets à long terme, c'est-à-dire acheter une maison confortable et veiller à ce qu'Adam et Stella ne manquent de rien. Mais ce plan n'allait pas se réaliser dès le lendemain, et plusieurs choses figuraient déjà en haut de sa liste de priorités. La plus urgente consistait à trouver un montant d'argent suffisant pour régler sa dette envers le moine. Le plus tôt serait le mieux.

Et la source de financement la plus probable dépendait de la réussite de sa chasse aux barres transversales, une aventure se révélant beaucoup plus compliquée qu'il l'avait envisagée au départ, avec la santé de Mr Bacall, Noël Irving, Oliver, la magie… et Hadley.

Hadley.

Lowe pouvait se débrouiller sans la nuée de domestiques et tous les luxes de sa vie actuelle. Il préférait être libre et pauvre. Mais ce qu'il avait dit à Winter était vrai : les barres transversales *devaient* être son dernier projet de contrefaçon, et il n'y avait rien à ajouter. Hadley ne le tolérerait jamais, sous aucun prétexte. Et il la voulait, elle, plus que l'argent. Pourvu qu'Adam et Stella aient ce dont ils avaient besoin, Lowe garderait sa part et prendrait sa retraite, pour ainsi dire.

Tout ce qu'il devait faire, c'était de trouver les deux autres barres transversales, vendre la vraie amulette à Mr Bacall, et remettre l'artefact contrefait au moine pour rembourser sa dette de la fausse statue de crocodile. Il n'aurait qu'à parler à Bacall pour le convaincre de lui laisser l'acte de vente original en échange des barres transversales. Il le remettrait ensuite au moine avec les documents officiels attestant de l'authenticité de la base de l'amulette. Bacall n'avait aucunement l'intention de revendre la foutue relique. Il désirait simplement se débarrasser de Noël Irving.

C'était simple, en réalité. Personne ne serait blessé ; tout le monde serait heureux. Et Hadley n'aurait jamais à savoir qu'il avait d'abord eu l'intention de duper son père. Par contre, pour que ce plan fonctionne, il devait trouver les deux dernières barres magiques.

Et pour ce faire, il devait d'abord prendre un bain et se raser.

La recherche l'attendait, tout comme sa partenaire de chasse aux cheveux noir corbeau.

La joie de revoir Hadley ne fut pas illusoire. En l'espace d'une seule nuit, tout avait changé entre eux. Ses murs de garde étaient tombés. Elle l'accueillait maintenant à bras ouverts. Il la souleva dans ses bras, le cœur battant, avec l'intention de ne jamais la laisser partir. Il n'avait jamais été aussi heureux.

Et pourtant, si anxieux en même temps…

Parce que la chance généreuse qu'ils avaient connue en trouvant les deux premières barres semblait s'être dissipée. Ils avaient labouré deux adresses au cours du week-end, puis deux autres en début de semaine, travaillant en catimini pendant la pause déjeuner de Hadley et après ses heures de travail. Chaque fois, ils avaient utilisé les sacs enchantés de Velma pour masquer leurs traces. Ils s'étaient présentés en tant que représentants d'organismes caritatifs, de consultants faisant du porte-à-porte, de parents perdus de vue depuis longtemps, et de leurs personnages les plus inouïs : un pasteur et sa femme timide.

Une perte de choix de vaudevilles, puisque tous les noms recherchés les avaient menés vers un cul-de-sac.

Incroyablement choquant.

Malgré tout, la semaine n'apporta pas que de mauvaises nouvelles. La santé du père de Hadley s'améliora, et même si Lowe échoua à confirmer l'existence de Noël, alias Oliver, ils ne virent ni n'entendirent aucun signe de l'homme, et aucune chimère magique ne vint leur picorer la tête.

Mais le meilleur, c'était qu'ils noyaient leurs échecs dans des rondes consolantes de matchs sexuels de plus en plus téméraires : sur la banquette arrière de la Packard, dans des ruelles obscures, dans des toilettes publiques et, par un après-midi particulièrement blasphématoire, sur les marches arrière d'une église vide, alors qu'ils inspectaient un cimetière en miettes.

Chaque fois qu'il la voyait était comme un nouveau cadeau. Pourtant, une frustration croissante, qui n'avait rien à voir avec les barres transversales, persistait à déranger son bonheur. Les paroles de Winter faisaient écho dans sa tête. « Si tu veux voir ce genre de femme, tu dois le faire correctement. » Pourquoi son frère devait-il avoir raison ? Parce que Lowe devait en effet ne pas passer la moitié de son temps à essayer de garder leur liaison secrète : esquiver son père et ses collègues, s'introduire discrètement dans son immeuble résidentiel à des heures douteuses, monter avec peine un million de volées de marches pour éviter le liftier ; garer Lulu de l'autre côté de la rue, à l'hôtel Fairmont.

C'était dégradant pour lui comme pour elle.

Et près d'une semaine après leur première nuit passée ensemble, le voilà qui rôdait autour des cyprès, au bas de la tour avant du musée, à vingt-deux heures, attendant la pause de Mr Hill, le même garde qui les avait surpris dans le bureau de Mr Bacall lorsque toute cette histoire avait commencé. Lorsque la voiture de l'homme accéléra après avoir tourné le coin du parc de stationnement, la porte du musée s'entrouvrit et la tête de Hadley apparut dans la noirceur.

— Feu vert ! chuchota-t-elle avant de l'attirer à l'intérieur, puis de verrouiller la porte.

Les yeux de Lowe se dardèrent sur tous les coins du hall d'entrée ombragé. C'était étrange de se retrouver seul avec Hadley dans cet endroit.

— Il n'y a pas un autre garde qui va rentrer ici sans avertir, n'est-ce pas ?

— Les deux autres sont postés à l'extérieur.

— Et Mr Hill…

— Il ne reviendra pas avant minuit.

— Si la mauvaise personne était au courant, tu pourrais te faire détrousser.

— Il y a eu seulement deux tentatives de cambriolage dans les dix dernières années. Et ce n'est pas comme si quelqu'un pouvait garer un camion devant la porte d'entrée et la défoncer sans que personne n'entende rien. Où est passé votre sens de l'aventure, Monsieur Le chasseur de trésors ?

— Hmmf. Je crois qu'il s'est fait écraser par les roues de nos récents échecs.

Il se cogna la tête contre une colonne et serra les dents, le son du métal grinçant se répercutant contre les murs.

— Merde, Hadley. Je me sens comme un garçon mal élevé, à me faufiler à l'intérieur d'un immeuble pour défier la chance.

— Bien, espérons que l'ascenseur de mon immeuble soit réparé demain. Tu pourras alors utiliser tes qualités de polisson pour te faufiler dans l'escalier sans croiser tous les locataires.

— Quelle joie.

Elle posa les mains sur sa poitrine et leva le visage vers le sien.

— Grincheux.

— Frustré.

Mais maintenant qu'il avait humé l'odeur de ses cheveux, une partie de lui se détendit. Il pencha la tête pour appuyer son front contre le sien pendant un moment, puis il lui donna un baiser sur le bout du nez.

— Je suis si heureuse que tu sois ici, chuchota-t-elle. J'ai eu du mal à dormir, sans toi, la nuit dernière.

— Je déteste être loin de toi. Ça me rend malade physiquement, murmura-t-il. Je veux que cette chasse soit terminée, pour que nous puissions cesser de nous cacher et de mentir.

— Je croyais que tu vivais pour mentir, taquina-t-elle.

— Vous êtes en train de me détruire, Miss Bacall, répondit-il contre ses lèvres.

— Je ne crois pas avoir jamais détruit qui que ce soit de toute ma vie.

— Tu ferais mieux de t'y appliquer, car je ne veux pas que tu détruises qui que ce soit d'autre du reste de ta vie.

Elle arqua le dos pour mouler son corps au sien, souriant d'un sourire délicieusement innocent qu'il essuya vite d'un baiser. Et juste au moment où il commençait à s'échauffer, elle brisa leur baiser et enlaça ses doigts des siens.

— Nous pouvons entendre la voiture de Mr Hill dans l'aile des antiquités. Et il y a quelque chose que je veux te montrer.

Se sentant légèrement moins anxieux et beaucoup plus motivé, il la suivit de l'autre côté de la billetterie, puis d'une armée de statues muettes bordant les murs. Les hauts plafonds et le plancher de tuiles de marbre semblaient magnifier et avaler simultanément leurs pas tandis qu'ils avançaient devant des peintures encadrées dont la valeur surpassait n'importe laquelle des voitures de luxe des Magnusson.

De l'autre côté de la collection des arts du Pacifique, une entrée voûtée portait une affiche indiquant : trésors de l'Égypte antique : momification, magie et rituels. Il avait vu cette exposition plusieurs fois au fil des années, même à l'époque où elle était hébergée dans le vieil immeuble Midwinter. Lorsqu'il était petit, elle suscitait une énorme fascination chez lui, ayant même été l'élément catalyseur qui l'avait incité à poursuivre des études en archéologie. Comme c'était étrange de penser que les objets que le garçon de dix ans s'était réjoui d'admirer étaient maintenant placés sous l'administration de Hadley.

Il s'arrêta devant un présentoir contenant une momie féminine. Des brins de cheveux étaient toujours attachés à sa peau préservée. La plupart de ses dents étaient toujours intactes, mais il lui manquait une jambe, la moitié des momies du musée ayant été endommagées ou réduites en miettes lors du séisme. Par contre, ce qui faisait d'elle la vedette de l'exposition se trouvait dans le présentoir attenant : un chat soigneusement enveloppé qui avait été trouvé dans sa tombe.

— Le meilleur spécimen félin de la côte Ouest, fanfaronna Hadley. Un excellent exemple d'emmaillotement avec motifs géométriques de l'époque ptolémaïque.

— C'est ce que tu planifies de faire pour Numéro quatre, le moment venu ?

Elle joignit les mains derrière son dos et regarda le félin, un sourire satisfait sur les lèvres, la tête penchée de côté.

— Je crois que cela lui plairait bien. Un minuscule sarcophage pourrait aussi être chouette. Qui sait, peut-être qu'un jour, nous nous retrouverons tous les deux dans un présentoir. Les gens étudieront nos corps préservés et me surnommeront « la Femme au chat ».

— Vous êtes une femme morbide, *min kära.*

Un sourire espiègle se dessina sur ses joues.

— Moi aussi, j'aime la manière dont vous flirtez, Mr Magnusson.

Son regard s'accrocha au sien, ses mains toujours unies l'une à l'autre derrière son dos, puis elle fit quelques pas vers l'arrière. Lowe aurait aussi bien pu être lui-même momifié, car il avait l'impression qu'elle pourrait tirer sur ses bandelettes, les déroulant et l'attirant vers elle d'un seul regard.

Si elle voulait que son corps préservé se retrouve un jour dans un présentoir, alors il voulait être celui allongé auprès d'elle.

— Par ici, dit-elle, lui faisant signe d'approcher, les yeux brillant d'excitation. Viens voir ce que je voulais te montrer.

CHAPITRE 26

Lowe regarda Hadley tourner les talons avant de le mener jusqu'au centre de la salle d'exposition, où un pilier carré supportait un présentoir en verre qui lui arrivait à la taille. La boîte vitrée contenait une collection d'articles personnels trouvés dans le tombeau de la Femme au chat : des bouteilles de parfum, un peigne, des bijoux. Et au milieu se trouvaient trois vases canopes ; le quatrième avait été perdu pendant le séisme.

Hadley se pencha au-dessus du présentoir pour regarder à l'intérieur.

— Mes parents ont trouvé ce tombeau dans la nécropole située près de Thèbes en 1985. Seulement trois ans avant ma naissance. Je me demande si ma mère s'en est inspirée lorsqu'elle a décidé de cacher les barres transversales.

— C'est pourtant un style appartenant à une ère différente que celle à laquelle appartiennent les vases qu'elle a fait fabriquer, remarqua Lowe.

— Oui, mais je l'imagine en train de marcher ici, en colère contre mon père de vouloir tuer Noël. Cherchant désespérément à rétablir la paix entre eux pour pouvoir, égoïstement, garder à la fois son mari et son amant. Et elle voit ces objets.

Hadley donna des petits coups sur le verre protecteur du bout de l'ongle.

— La solution à son problème, comprit Lowe, s'approchant de Hadley pour examiner les vases par-dessus son épaule.

Il enroula prudemment un bras autour de sa taille pour tester ses barrières.

— Les cacher dans quelque chose que les gens protégeraient et chériraient.

— Exactement.

Elle laissa sa main errer le long du bras qui l'enveloppait, exprimant silencieusement son approbation.

— Et je me suis dit que, si nous les étudiions de la bonne manière, peut-être verrions-nous quelque chose qui nous aiderait à déchiffrer les deux derniers pictogrammes.

Comme il détestait ces deux pictogrammes, impossibles à décoder. Que Hadley et sa mère soient maudites. Il inhala l'odeur nette de sa peau, humant la fragrance de son savon et la note vive de son shampooing, et sous toutes ses couches de parfums, *Hadley*. Enivrante. Soudain, il ne put résister à l'envie de tracer du nez la ligne droite de ses cheveux cours, puis d'embrasser les fins cheveux décrivant un V sur sa nuque.

Elle frémit le plus doucement du monde, mais poursuivit le fil de ses pensées, d'une voix toutefois feutrée.

— Tu sais, je crois que Père a bien voulu faire don de la Femme au chat au musée à la condition d'être nommé directeur de ce service.

— Hmm.

Lowe laissa traîner deux autres baisers le long de sa colonne vertébrale, s'arrêtant là où les boutons du haut sa robe noire d'enterrement l'empêchaient de descendre plus bas.

— C'est peut-être la raison pour laquelle il a cru que je rongerais mon mors à l'idée de lui succéder.

Deux doigts graciles s'insérèrent sous la manchette de Lowe, caressant la peau de son poignet. Le plus léger des touchers, qui fit naître en lui un frisson bondissant directement sur sa queue.

— Tu n'as pas changé d'idée, j'espère ? murmura-t-elle. Car je t'avertis, si tu brises notre entente, je vais t'enterrer sous une pile de lustres.

— J'adore lorsque tu es romantique, répliqua-t-il, la tenant plus fermement tout en se nichant dans la fente de ses fesses.

Elle sursauta en glapissant.

— Ah ! non.

— Ah ! oui.

Il ouvrit la bouche pour mordiller la peau sous son oreille.

— Quel gros pendule vous avez, Mr Magnusson.

Il égrena un rire dans ses cheveux.

— Je suis presque tombé face contre terre lorsque ce mot s'est échappé de ta bouche, dans le bureau de ton père, ce matin-là. Pour un esprit instruit par Stanford, tu connais très mal l'orthographe.

Le ricanement étouffé de Hadley fut vite brisé par une inhalation sifflante.

— Mon bureau…

— Je croyais que tu voulais me montrer les vases canopes.

Il lui lâcha la taille, seulement pour la pousser gentiment vers l'avant.

— Penche-toi par-dessus le présentoir et place tes mains ici, commanda-t-il.

— Ici ? Quelqu'un pourrait nous trouver.

— J'espère vachement qu'on nous trouvera, railla-t-il, mi-agité, mi-excité. Nous pourrons cesser de nous cacher comme si nous faisions quelque chose de mal. *Tss, tss !* Reste penchée, réprimanda-t-il, la repoussant contre le verre. Mets tes mains juste ici et ne bouge pas, sauf si je te le demande.

— Et si je refuse ?

— Alors, je hurlerai pour attirer les gardes et leur dire que tu es devenue folle et que tu essaies de voler le compagnon éternel de la Femme au chat. Ne bouge pas.

Appuyant une main contre le bas de son dos, il souleva l'ourlet de sa robe de l'autre pour révéler son derrière magnifique.

— Qu'est-ce qu'on a ici ?

Une culotte flottante bleu de cobalt parsemée d'étoiles dorées, avec au centre, adossés l'un contre l'autre, deux croissants de lune entrecroisés.

— Tes goûts aventureux en matière de lingerie ne cesseront jamais de m'impressionner. Tu me fais penser à un tableau érotique de Van Gogh.

Elle souffla un petit rire, se tortillant pour le regarder, mais lorsqu'il glissa une main sous l'étoffe souple et brodée de sa culotte, elle aspira bruyamment une bouffée d'air avant de se faner sur le présentoir en vitre. Elle avait la peau la plus douce au monde. Il malaxa révérencieusement une fesse rebondie, puis l'autre, son geste tirant peu à peu sur la soie jusqu'à ce qu'elle se coince entre les deux monts de chair blancs pour en dévoiler la partie inférieure. Une vue superbe. Il aimait particulièrement la manière dont elle se trémoussait sous sa main. C'était comme si elle agitait un drapeau rouge devant un taureau. Elle obtenait sans contredit toute l'attention de sa queue.

Il fit descendre la culotte flottante étoilée d'or. Lentement, doucement. De son point de vue, ses fesses avaient la forme d'un cœur renversé. Mais c'est l'espace entre elles qui captiva son attention.

— Lève ton pied, ordonna-t-il d'une voix rauque, poussant la culotte du bout de sa botte après qu'elle ait passé les pieds par les ouvertures.

Il donna ensuite des petits coups de genou entre ses cuisses.

— Ouvre plus grand.

— Lowe…

— Chh.

Il se laissa tomber à genoux derrière elle, puis embrassa le haut de ses bas. Lécha la fissure ombragée sous chaque fesse généreuse. Elle poussa de petits bruits essoufflés. Puis, lorsqu'elle se mit à remuer, se dandinant d'une jambe à l'autre, il lui écarta les fesses à deux mains.

— Bon sang, murmura-t-il.

Toute lisse et gonflée, sa chair rose gorgée de désir était flanquée de boucles sombres et humides.

Intoxiqué par l'odeur de son sexe, il se pencha et se servit d'une longue léchée flâneuse de l'avant vers l'arrière, jusqu'à ce qu'elle pleurniche et que ses genoux fléchissent. Puis, il le fit de nouveau, plongeant dans le liquide chaud s'accumulant au centre de son sexe. Si humide. Tout à lui.

— S'il te plaît, murmura-t-elle.

Ah ! comme il aimait qu'elle le supplie. S'il pouvait l'entendre répéter cette *seule* demande chaque jour du reste de sa vie, il mourrait heureux. Et il s'efforça de patienter, de la pousser à répéter cette supplique, mais à ce moment, il était tout aussi avide de son plaisir qu'elle l'était.

Il enfouit le visage entre ses cuisses et trouva son petit bourgeon du bout de la langue, passant d'un côté à l'autre plusieurs fois pour tester sa réaction. Et lorsqu'elle poussa un cri et souleva les fesses pour lui permettre de mieux y accéder, il s'y abandonna complètement et lui donna ce qu'elle voulait : des lampées rythmées, du plat de la langue. De haut en bas, de bas en haut, suçant et titillant. Tournant d'un côté, puis de l'autre. Pour autant qu'il lui offrît un rythme cadencé, elle lui donnait les gémissements les plus glorieux en retour.

Et pendant un moment, il crut presque pouvoir continuer ainsi, à donner sans recevoir, mais la douleur insistante dans ses testicules devint trop lourde à supporter. Bordel, elle faisait de lui un animal vorace, incapable de se maîtriser. Personne n'avait jamais exercé sur lui ce genre d'attraction persistante. Son odeur, son goût, ses formes. Son rire. Son regard glacial. Son accent prétentieux. La manière dont elle plissait un œil lorsqu'elle résolvait un problème. Chaque petite partie d'elle le faisait bander. Par chance, il ne l'avait pas rencontrée à l'âge de dix-sept ans, alors qu'il avait du mal à passer quelques heures à l'école sans se soulager. Il n'aurait peut-être jamais obtenu son diplôme d'études secondaires.

La tenant en place d'une main, offerte à lui, il déboutonna maladroitement sa braguette, les doigts tremblants. Son manche surgit dans la paume de sa main, lourd et dur comme l'acier. Un frisson de soulagement le traversa lorsqu'il se pressa la queue d'un mouvement vers le bas. Merde, il n'en pouvait plus.

Ignorant sa protestation vocale, il se leva, lui écarta résolument les jambes, puis, se guidant d'une main, plongea à l'intérieur de sa chaleur moite en laissant échapper un grognement incontrôlé. Elle se tendit, poussa un cri, puis son corps s'arqua, s'élevant au-dessus du cube de verre.

— Ouh ! là, avertit-il, posant une main ferme contre son dos pour la forcer à se pencher de nouveau.

Il recommença à bouger en elle. Rapidement. Vigoureusement. Aucune inhibition. Aucune retenue. Seulement un empressement démesuré vers l'oubli et l'instinct irrépressible de la pousser plus loin qu'il ne l'ait encore jamais fait. Pour la conquérir. Pour se l'approprier.

Et si une voix tranquille l'avertissait d'être prudent et de considérer les fantômes de son passé, tandis qu'il la retenait contre le présentoir, s'enfonçant sauvagement en elle, une voix beaucoup plus forte éteignit ses doutes.

— Oui, oui, oui ! cria-t-elle. Merci, oh mon Dieu, oui, merci…

S'accrochant aux bords du cube, elle tourna la tête de côté, une joue contre le verre, la bouche entrouverte, un air d'extase sur le visage.

Elle n'était pas fragile. Elle n'était pas brisée. Elle n'était pas hantée.

Ses plaintes se répercutèrent d'un côté à l'autre de la pièce obscure, bondissant sur les piliers et les vitrines. Ils pouvaient bien se faire surprendre, après tout. Il serait damné de la ramener à la raison. Il redoubla plutôt d'ardeur, s'agrippant à ses hanches charnues pour aller et venir vigoureusement en elle jusqu'à ce que la sueur ruisselle sur sa nuque. Jusqu'à ce qu'ils ne furent plus que les deux parties d'une machine, chacune alimentant le plaisir de l'autre. Jusqu'à ce que ses prières et gémissements désespérés ressemblent à un chant désespéré et que son sexe se serre autour du sien.

— Vas-y, murmura-t-il. Viens pour moi.

Il glissa une main autour de sa hanche pour piller ses boucles humides. Son majeur effleura le bourgeon gonflé de sa maîtresse une fois, puis deux… Elle aspira bruyamment une bouffée d'air. Tressaillit. Se contracta autour de sa queue jusqu'à ce qu'il gronde et qu'il s'enfonce avec plus de force. Et ensuite…

Oui.

Elle y était, libérant une plainte brisée et confuse. Il la poussa à travers l'orgasme, les hanches pompant, le majeur frottant son clitoris jusqu'à ce que ses cris se calment et que ses muscles se contractent autour de lui. Elle appuya la main contre la sienne pour lui faire savoir qu'elle n'en pouvait plus.

Une joie possessive sonna à l'intérieur de la poitrine de Lowe tandis qu'une chaleur se rassembla à la base de sa colonne vertébrale. Bordel, ses testicules étaient sur le point d'exploser. Prenant de la vitesse, il se guida en elle vers une destination incontournable, prêt à la rejoindre. Et, ah ! misère ! Non.

Pas étonnant que ce soit si bon. Il avait oublié le putain de préservatif.

Comment il avait pu oublier une chose pareille n'avait pas d'importance. Il devait se retirer. Maintenant.

Mû par une impulsion démente et sauvage, il grogna, puis se retira subitement de sa chaleur mouillée. Un putain de saint, c'est ce qu'il était. Mais il lui saisit le bras, et il entendit vaguement un gémissement de surprise lorsqu'il la poussa à s'agenouiller, une main sur sa tête. Merde, elle avait toutes les raisons du monde de le détester de faire une chose pareille, mais il ne pouvait simplement pas s'arrêter, prenant sa queue en main, appuyant le bout contre la bouche de sa proie.

— Hadley, supplia-t-il.

Il était un chien, et il le savait, mais il la suppliait tout de même.

Ses lèvres s'ouvrirent. De grands yeux bruns se rivèrent aux siens tandis qu'elle referma la bouche autour de son sexe et suça.

L'esprit de Lowe se vida. Sa tête se renversa vers l'arrière. L'extase se précipita en lui, prête à jaillir. Il s'enfonça dans sa bouche et vint.

Et vint.

Que Dieu lui vienne en aide, c'était comme de déverser son âme à l'intérieur d'elle. Il frémit, manquant de perdre pied en se balançant au-dessus d'elle, le poing refermé dans ses cheveux. Bordel ! Il pouvait à peine respirer. Mais lorsqu'une gratification grisante pulsa dans ses veines, les bords externes de son monde se liquéfiant pour éclipser le brouillard de son esprit, lui rendant la vue, une épaisse honte s'épancha lentement dans sa poitrine.

D'une seconde à l'autre, elle le repousserait et lui dirait d'aller se faire foutre. C'était inévitable. Il en était certain. Or, lorsqu'elle le retira d'entre ses lèvres, il ne s'attendait pas à sentir les caresses lâches et tendres de sa main. Ni le doux baiser sur le bout de sa queue, qui injecta dans ses jambes des secousses effrénées assez intenses pour le faire basculer sur le bout des pieds.

Et lorsqu'elle le relâcha enfin, puis qu'elle se releva devant lui, il ne s'attendait certainement pas à voir un sourire espiègle sur son visage. Dieux du ciel, quel sourire ! Malicieux et timide en même temps. Il en était renversé. Il l'enveloppa de ses bras et lui donna un baiser sur le front, répétant son nom comme un sacrement, se dandinant avec elle sur ses jambes instables.

— Je ne sais pas à quoi je pensais. J'ai oublié le préservatif, marmonna-t-il contre le parfum citronné de ses cheveux. Je suis désolé.

— Pas moi.

Il souleva son visage de la main et constata, émerveillé, qu'elle était sincère.

— Tu ne l'es vraiment pas.

Elle secoua la tête.

Il soupira lourdement, un sourire bête s'étendant d'un côté à l'autre de son visage, et inséra sa chemise dans son pantalon avant de le reboutonner.

Elle replaça sa chemise un peu plus proprement.

— Par ailleurs, l'exercice a secoué une pensée dans mon esprit.

— Hein ?

L'exercice avait secoué plusieurs choses en lui, mais les pensées n'en faisaient pas partie.

Elle s'expliqua.

— Pendant que j'étais, et bien, penchée sur le verre, je n'arrêtais pas de penser à ce qu'il y avait de travers avec le troisième nom.

— Et moi qui croyais que je te menais au septième ciel.

— Ah ! c'était bien le cas. Crois-moi, confirma-t-elle d'un air rêveur, une satisfaction lubrique alourdissant ses paupières. Mais après, lorsque tu m'as soulevée au-dessus du verre comme une espèce de maraudeur violent...

Lowe acquiesça d'un grognement.

— Inutile d'être désolé. J'ai plutôt aimé. Beaucoup, en fait, déclara-t-elle, un sourcil haussé accompagné d'un bref sourire penaud. Mais...

— Mais ?

— J'imagine que j'avais toujours le mot « pendule » en tête, et les moqueries que tu as faites au sujet de mes talents d'épellation médiocres, donc j'ai compris quel était le problème avec le nom. Notre interprétation des pictogrammes n'est pas mauvaise. C'est ma mère qui a mal épelé le nom.

— Vraiment ?

Hadley agrippa les revers de la veste de son partenaire et annonça d'une voix fébrile :

— Lowe, je sais exactement où se trouve le troisième vase canope, et il ne se trouve pas du tout près d'une pierre tombale.

CHAPITRE 27

— Ce n'est pas L-E-V-I-N-E. C'est L-E-V-I-N. Cinq lettres, pas six.

— Levin ? Il étudia son visage, encore un peu hébété et abruti par l'orgasme massif qui l'avait submergé. Je ne me souviens pas d'avoir vu un Levin sur la liste.

— C'est parce qu'il n'y en avait pas. Mais je lisais justement un article hier, dans le *Chronicle*, au sujet des cinémas qui ont été bâtis autour de San Francisco. Il y en a un nombre surprenant qui a été financé par les frères Levin. Y compris celui dans le quartier Richmond. Le cinéma Alexandria. Le passe-temps préféré de Sammy Levin.

— Pourquoi ce nom m'est-il familier ?

— Parce que nous avons une obsession en commun avec lui.

Elle redressa le nœud de sa cravate.

— Il nous reste un sac magique ?

— Oui.

— Nous en aurons besoin. Le journal a mentionné un gala qui aura lieu dimanche soir. Le propriétaire fait la cour à Hollywood pour qu'on tourne plus de films à San Francisco, et il désire exhiber sa propre collection. Je te parie n'importe quoi que nous y trouverons le vase de Kébehsénouf.

Il valait certainement la peine d'essayer.

Alors, c'est ce qu'ils firent…

En début de soirée, le dimanche suivant, Lowe ouvrit la portière du côté passager de la Packard argentée et aida Hadley à sortir sur le trottoir, où d'autres richissimes invités au gala étaient rassemblés devant le cinéma Alexandria. En marchant entre les colonnes aux chapiteaux gravés de lotus, ils avancèrent sous l'entrée d'inspiration égyptienne, puis firent la file près d'une billetterie fermée pour la soirée. Un homme en smoking recueillait les invitations privées près de la porte. Près d'eux, des photographes prenaient des clichés d'un couple magnifique ; des vedettes de cinéma, selon les bavardages bourdonnants. Mais même le faible éclat hollywoodien n'arrivait pas à distraire Lowe de l'étrange sensation de picotement qui lui disait qu'on les observait. Il avait utilisé le dernier sac magique de Velma, ils étaient donc sûrement à l'abri. Mais Lowe n'arrivait pas à se débarrasser de la mauvaise impression que quelque chose clochait.

— Tout le monde a des invitations, chuchota Hadley.

— Je vais trouver quelque chose à dire.

— Je t'en prie, car je crois que je vois quelqu'un que je connais dans une voiture qui vient de s'arrêter devant le cinéma.

Lowe grogna, légèrement découragé. Ils n'avaient certainement pas besoin de quelqu'un qui démentirait leur couverture. Les grosses escroqueries publiques étaient tellement plus exigeantes que les petites tromperies intimes. Il observa la file dans l'espoir de trouver une ouverture où s'immiscer, puis lorsque personne ne porta attention, il poussa rapidement Hadley en avant pour passer devant plusieurs couples.

Le portier leva les yeux vers eux.

— Bonsoir. Nous sommes heureux que vous ayez pu venir.

— Nous en serons aussi heureux lorsque nous serons à l'intérieur, répondit Lowe, imitant l'enthousiasme de l'homme. Il fait un froid de canard, ce soir. Dites, je suis gêné de vous le demander, mais mon assistante que voici a accidentellement laissé notre invitation à l'hôtel. C'est ma faute, vraiment. Nous avons conduit depuis Los Angeles cet après-midi, et j'imagine que le voyage a été plus long que je le croyais, car je me suis endormi dans la chambre au moment où j'aurais dû me changer.

— Bien, Monsieur, c'est que…

— Puis, lorsqu'elle m'a appelé pour me dire que la voiture attendait, j'ai dû me préparer en un temps record et c'est un miracle que nous soyons arrivés à temps. Enfin, si vous avez vraiment besoin de l'invitation, je suis certain que nous pouvons téléphoner à l'hôtel Palace. Nous pourrions demander à la réception qu'ils envoient l'un des directeurs vérifier qu'elle se trouve dans ma chambre.

L'assistant jeta un coup d'œil aux gens impatients faisant la file derrière Lowe et Hadley, puis il se gratta l'oreille.

— Nous avons fait la réservation au nom de Columbia Pictures, si vous désirez appeler l'hôtel vous-même, ajouta Lowe.

— Columbia ?

Il posa les yeux sur la fourrure de Hadley, puis allongea le bras en direction du hall d'entrée.

— Ce ne sera pas nécessaire. Je vous en prie, entrez.

Bien, ce n'était pas si mal, après tout.

Lowe guida Hadley à l'intérieur. Un tapis vert à motifs s'étendait sur le plancher de la salle spacieuse, décorée par de nombreuses colonnes. Les murs étaient rehaussés de bas-relief égyptien en bronze. Un convoi d'assistants montait et descendait un escalier somptueux entre le rez-de-chaussée et un palier au mur concave, où l'on servait des hors-d'œuvre et des cocktails. Toutefois, ce fut l'étalage déployé au fond du hall d'entrée qui capta l'attention de Lowe.

La collection privée de Sammy Levin.

Hadley avait raison. Ils partageaient tous la même obsession, à n'en pas douter. Celle de Mr Levin, cependant, tendait vers le surnaturel. La pièce maîtresse de cette collection était un trône égyptien massif doté d'épais appuie-bras bordés de fleurs de lotus gravées dans le bois. L'affichette suspendue au-dessus identifiait l'objet comme étant un accessoire utilisé pour le film *Cleopatra*, ce qui signifiait que le derrière à peine couvert de Theda Bara avait déjà siégé sur ce fauteuil en bois. Comment Levin avait-il réussi à obtenir cet objet, ce n'était pas un mystère, car ce qui ornait les étagères autour du trône consistait en un mélange dispendieux, sinon éclectique, d'objets égyptiens, allant de sculptures hollywoodiennes peintes aux statues à l'aspect vraiment ancien, et *vraiment* réel.

Mr Levin était plein aux as.

Et il avait les poches assez profondes pour bâtir une poignée de cinémas de quartier comme celui-ci, mais également pour acquérir des trésors qui devraient appartenir à l'aile des antiquités de Hadley.

— Savais-tu qu'il possédait tout ça ? chuchota Lowe à l'oreille de Hadley.

— Il a surenchéri sur le musée quelques fois, répondit-elle. Rien d'extravagant. Quelques bijoux et un masque funéraire brisé. J'ai déjà entendu dire qu'il possède des connaissances profondes sur les objets qu'il collectionne. Il est comme un petit garçon dans un magasin de jouets. Il désire simplement, et il prend ce qu'il veut. Plus ça brille, mieux c'est.

Hadley n'avait pas rencontré l'homme en personne, Lowe le savait. Elle avait mentionné l'avoir entrevu lors d'un événement caritatif ayant eu lieu l'année précédente, et avoir entendu des rumeurs voulant qu'il lui manque quelques boulons dans la tête. Les gens prétendaient qu'il disposait de logements secrets à l'étage du cinéma et qu'on pouvait parfois l'apercevoir sur le balcon entre les présentations, buvant du whiskey en peignoir.

Lowe n'avait aucun mal à imaginer que l'un des vases canopes se trouvait parmi cet étrange mélange de vieux et de contemporain. Mais sa curiosité luttait contre l'impression renouvelée qu'on suivait leur trace. L'ancien partenaire de Mr Bacall oserait-il les attaquer par des créatures magiques dans un endroit public comme celui-ci ?

Il valait mieux trouver le fichu vase, et prendre la clé des champs. Vite.

Après avoir balayé la foule pour déceler d'éventuels regards suspicieux, Lowe attira Hadley vers lui de manière protectrice. Ils rejoignirent la file de gens qui serpentait devant les policiers gardant les étagères de la collection. La moitié d'entre eux n'avait aucune idée de la valeur des objets se trouvant à quelques centimètres de leurs doigts. Bordel, la plupart des gens désiraient seulement qu'on prenne une photo d'eux perchés sur le trône. Hollywood regorgeait pourtant de reliques poussiéreuses.

Ce qui était parfait, aux yeux de Lowe. La moitié de la collection demeurait ainsi dégagée, et ils avaient le loisir de l'observer attentivement. Son regard effleura les objets un à un, à la recherche de l'urne distincte. Mais lorsqu'ils longèrent une baie d'étagères convexes, les yeux de Lowe s'attachèrent à autre chose. Quelque chose d'horriblement et d'atrocement familier.

La statuette de crocodile dorée.

Samuel Levin était donc le client silencieux du moine.

Non, c'était impossible. Il ferma les yeux, plissant le front, comme s'il pouvait la faire disparaître par sa simple volonté, puis il regarda à nouveau. Ah ! oui. C'était le crocodile. Et comme il savait pertinemment que l'autre statue, c'est-à-dire le vrai crocodile, reposait dans un présentoir de New York, celui-ci était logiquement le produit de contrefaçon d'Adam.

Lowe crut sentir son corps en entier s'enflammer de l'intérieur. Il desserra sa cravate, momentanément engourdi par la panique embrouillant ses pensées. Il essuya la sueur sur ses sourcils et jeta un coup d'œil derrière lui. D'accord, tout n'était pas perdu. Tout ce qu'ils avaient à faire, c'était de trouver la putain d'urne et de s'enfuir par la porte. Et peut-être qu'elle n'était même pas là. Peut-être que Hadley se trompait. Il se retourna alors pour suggérer l'idée à sa partenaire, mais la trouva penchée au-dessus de l'étagère, à quelques centimètres du crocodile.

— Lowe, murmura-t-elle, ce crocodile ressemble à la statue de la Basse époque qui a été volée du tombeau de Fayoum. Mais comment s'est-il retrouvé ici ?

Lowe resta debout, muet, ayant dangereusement l'impression de perdre l'équilibre, comme si le plancher s'était liquéfié sous ses pieds. La température de son corps passa du chaud au froid en l'espace de quelques secondes. La sueur imprégna sa peau.

Il devait le lui dire maintenant. Et lorsqu'il le ferait, elle se douterait qu'il faisait la même chose avec l'amulette. Elle saurait qu'il avait planifié de duper son père, et elle le détesterait. Au cours de la dernière semaine, il s'était senti mal à l'aise de tout ce qu'il manigançait pour garder leur liaison secrète, mais il ne s'agissait que de la moitié du problème, n'est-ce pas ? C'était lui qui se mentait à lui-même au sujet des mensonges qu'il racontait à Hadley, croyant qu'il pourrait d'une manière ou d'une autre jongler avec toutes les trahisons et cacher les contrefaçons sous le tapis. Qu'il pourrait annuler sa dette envers le moine et aider le père de Hadley, sans qu'elle sache quoi que ce soit ! Ce qui aurait consisté en une idée géniale si sa relation avec elle n'avait été qu'une liaison de passage.

Or, entre le moment où il l'avait vue pour la première fois à la gare et la nuit dernière, qu'il avait passée dans son lit, c'était devenu beaucoup plus, et maintenant, il était bel et bien baisé.

Il allait la perdre, avec cette histoire. Il aurait dû simplement lui avouer la vérité. Elle avait compris au sujet d'Adam et de Stella. Elle se serait peut-être également montrée compréhensive vis-à-vis de ses méfaits. Mais elle ne le serait plus, maintenant. C'était trop tard.

Il était un idiot. Un putain d'idiot.

Un grand homme vêtu d'une redingote s'approcha d'eux. Sur ses tempes, deux mèches grises contrastaient avec ses cheveux foncés, se retroussant comme des ailes.

— Bonsoir, dit-il. Ma collection vous plaît-elle ?

— Mr Levin, répondit Hadley, une octave trop haute.

Helvete.

Mr Levin dévisagea Hadley, les yeux plissés.

— Avons-nous déjà fait connaissance ? Votre visage m'est terriblement familier, ma chère.

— Non, je ne le crois pas.

— Nous venons d'arriver de Los Angeles, aujourd'hui, répliqua rapidement Lowe, cherchant à tâtons les moyens de retrouver son sang-froid.

— Oui, de Columbia Studios, c'est bien vrai ? Le portier l'a dit à l'un de mes hommes, et je tenais à venir vous rencontrer moi-même. Que faites-vous, exactement ?

Génial. L'homme saurait qu'ils avaient menti au sujet de l'invitation laissée à l'hôtel, n'est-ce pas ? Lowe lui tendit donc la main et confectionna rapidement une deuxième histoire.

— James Anderson, producteur. Et je vous présente mon assistante, Miss Black. Nous sommes ici pour explorer les endroits qui serviraient à un film de suspense. Nous avons entendu parler de votre gala et avons décidé de passer. J'espère que vous n'êtes pas ennuyé que nous soyons venus sans invitation.

— Bien sûr que non. Je suis agréablement surpris.

C'était peut-être l'imagination de Lowe, mais Mr Levin semblait lui serrer la main un peu trop fort. Il se rappela que le moine effectuait souvent des ententes silencieuses, et qu'il n'avait certainement pas divulgué le nom de Lowe. Il n'y avait donc aucune raison de paniquer.

Les yeux de Levin se rétrécirent.

— Quelle est l'histoire de votre film, au fait ?

Lowe lui relata le résumé d'une série de Dashiell Hammett qu'il avait lue dans le magazine *Black Mask.* L'histoire portait sur un détective dur à cuir retrouvant un bijou volé dans les rues de San Francisco. Le collectionneur semblait l'écouter. Hadley, par contre, n'y portait aucune attention. Pendant que Lowe racontait son scénario, elle porta plusieurs regards furtifs vers la statue de crocodile, et après avoir entendu la réaction enthousiaste de monsieur Levin au faux script de Lowe, elle fit un pas vers l'étalage et pointa l'index vers l'animal doré.

— Pardon, Mr Levin, je suis absolument fascinée par cet objet. Mais où avez-vous acquis une chose pareille ?

— Ma chère, quelle coïncidence que vous me le demandiez. Je l'ai acheté d'un homme qui opère dans, comment pourrait-on dire, la vente d'antiquités sous la table.

— Ah bon ?

Mr Levin croisa les bras et se pencha vers Hadley.

— Vous ai-je choquée ? lui demanda-t-il. Parce que j'ai été tout à fait choqué moi-même lorsque mon avocat a découvert que la documentation n'était pas en règle. Et j'ai été encore plus choqué d'entendre qu'il existait une autre statue identique à celle-ci, qui, m'a-t-on dit, fait partie de la collection privée d'un propriétaire écossais de Manhattan.

— Une réplique ?

Hadley considéra la statue d'un regard évaluateur.

— Comme c'est intrigant. Je croirais qu'il s'agit de l'originale.

Un sourire se dessina sur les lèvres de Mr Levin.

— N'est-ce pas ? Votre partenaire fait un excellent travail.

Un silence resta suspendu entre les trois collectionneurs ; un silence qui se gonfla dans l'air lourd du hall du cinéma, jusqu'à en étouffer tout le bruit autour d'eux. Ce n'était pas la première fois que Lowe se retrouvait dans ce genre de situations, dans lesquelles il devait prendre une décision sans réfléchir, c'est-à-dire inventer une histoire pour contourner le problème ou s'enfuir sur-le-champ. Mais pour la première fois de sa vie, il était cloué au plancher comme un con, sans un seul mot à répliquer.

En un instant, tout échappa à sa portée. Son avenir. Sa fierté. Et à en juger par l'expression sur son visage, même Hadley.

Et, comme si le Bon Dieu ne lui avait pas déjà suffisamment tapé dessus, un homme à la tête foncée, couvert d'un long manteau marron, apparut derrière l'ombre de Mr Levin.

— Heureux de te revoir, Magnusson. Je croyais presque tu m'évitais.

Le moine Morales.

L'ex-partenaire de Mr Bacall ne les suivait pas, après tout. Si le monde de Lowe ne venait pas de s'écrouler, il aurait probablement ri de l'ironie de la situation. Il avait utilisé le dernier sac de Velma sur la mauvaise personne.

Le propriétaire du cinéma hocha la tête en direction des deux policiers qui gardaient sa collection, puis il s'adressa à Lowe.

— Pourquoi n'irions-nous pas discuter tranquillement tous les quatre dans mon bureau, à l'étage ? Ces gentlemen veilleront à ce que nous ne soyons pas interrompus.

CHAPITRE 28

Hadley resta silencieuse pendant que Levin les guidait d'un bout à l'autre d'un couloir verrouillé du premier étage. Il s'agissait sûrement d'un grave malentendu. Il devait y avoir une explication quelconque. Une bonne raison. Elle se remémora cet après-midi au cours duquel ils avaient mangé de la soupe de palourdes sur le quai, et Mrs Alioto qui avait prévenu Lowe que le moine Morales cherchait à lui parler. Lowe avait banalisé ce renseignement, réagissant comme s'il était anodin.

Aux yeux de Hadley, diriger des activités de contrefaçon n'était pas *anodin.*

Dans son esprit, le visage de Lowe se divisait en deux images : le Lowe qu'elle connaissait, celui à qui elle avait donné son corps et son cœur, et le Lowe qu'elle se représentait avant leur rencontre. Le chercheur d'or. Le chasseur de trésors. L'homme appartenant à une famille de criminels.

Mr Levin déverrouilla une porte. Les policiers attendirent à l'extérieur tandis que Hadley marchait sur les pas de Lowe et de Morales, qui pénétraient dans un vaste bureau décoré de boiseries sombres, de tapis luxueux, d'un foyer et d'un bureau de travail au style ridiculement spectaculaire, qui occupait la moitié de la pièce. Les murs étaient bordés d'étagères. Il y avait surtout des livres, mais quelques objets égyptiens y erraient ici et là. Pas de vase canope. Pourtant, à ce moment précis, elle ne pouvait même plus essayer de s'en soucier.

L'homme s'arrêta devant le foyer. Il s'y réchauffa les mains pendant un moment, puis il s'installa derrière l'énorme bureau. Dans son fauteuil de cuir à dossier haut, il ressemblait à un roi plutôt qu'à un propriétaire de cinéma.

— Je dois dire, Miss Bacall, que je n'aurais pas cru que vous auriez des amis de classe ignoble.

Les épaules de Hadley se tendirent.

— Vous savez qui je suis ?

— Vous êtes le portrait craché de votre mère. Ma défunte épouse était son amie. Elles se côtoyaient lors des soirées données par le musée.

C'était peut-être la défunte Mrs Levin qui avait acheté le vase canope de sa mère.

Le propriétaire de cinéma tendit la main vers un tiroir, puis en sortit un cigare.

— Et tout le monde connaît votre père, bien sûr. Nous tombons l'un sur l'autre à New York de temps à autre. Enfin, plus maintenant, mais lorsqu'il s'y rendait pour faire une offre sur des œuvres pour le musée.

— Il n'a jamais parlé de vous, dit-elle aigrement.

Mr Levin coupa le bout de son cigare.

— Il y a déjà quelques années que je l'ai vu. Mais lorsque les hommes du moine ont rapporté avoir entendu parler de vous deux — il inclina la tête vers Lowe —, vous promenant ensemble dans la ville, j'ai été surpris. Mr Bacall est-il au courant que vous passez du temps avec un escroc ? Car j'ai l'impression que le musée verrait ce genre d'affiliation d'un mauvais œil. C'est le genre de choses qui pourraient ternir sa réputation, surtout si l'on apprenait que Mr Magnusson fait dans la contrefaçon.

— Laissez-la en dehors de cette affaire, dit Lowe. Elle ne sait rien de cette histoire. Et honnêtement, Mr Levin, je n'ai fait aucune entente avec vous, cette affaire est entre le moine et moi.

— Tu as fichûment raison, appuya ce dernier, remontant le bord de son chapeau sur son front jusqu'à donner l'impression qu'il allait tomber vers l'arrière. Et que comptes-tu faire, pour régler ton compte ?

— La seule chose que je puisse faire. Rendre l'argent.

Lowe plissa les yeux et leva la main, comme pour calmer la tension entre eux.

— Je peux passer chez vous et vous donner la moitié de l'argent demain…

— Je ne veux pas mon argent, cracha Mr Levin, jetant son cigare sur son bureau comme un enfant. Je veux la vraie statue.

— Elle ne m'appartient pas, répondit Lowe.

— C'est vrai ?

Mr Levin empoigna la base en forme de bougeoir de son téléphone et le posa bruyamment sur son bureau d'un geste furibond.

— Devrais-je donc appeler le collectionneur écossais moi-même pour lui dire que son crocodile n'est peut-être qu'une vulgaire copie ?

Lowe ferma les yeux brièvement et expira lourdement par les narines.

— Écoutez…

— Depuis quand fais-tu ce genre de choses ? demanda Hadley, interrompant la conversation.

Elle se contrefoutait de la présence des deux hommes, qu'ils soient rois ou gangsters.

— Depuis quand ?

Le visage de Lowe se tourna vers le sien.

— Hadley…

— C'est ce que tu fais avec toutes les trouvailles que tu rapportes d'Égypte ?

— Non. *Non*, répéta-t-il. Je vais tout te dire.

Sa voix était grave, ses yeux, implorants.

— Je t'en prie. Laisse-moi parler au moine.

D'une seconde à l'autre, la chaleur quitta son corps alors que son esprit traça un lien entre la statue de crocodile et la raison pour laquelle ils étaient au cinéma.

— L'amulette, chuchota-t-elle, se couvrant la bouche de la main. L'amulette aussi ?

— Hadley…

Elle s'écarta vivement de la portée de Lowe.

— Dis-le-moi, maintenant. Regarde-moi dans les yeux et dis-moi que tu n'allais pas tromper mon père. Que tu n'allais pas le laisser te donner un chèque pendant que…

Seigneur, elle avait du mal à respirer. Elle avait du mal à parler.

— S'il te plaît, dis-moi que tu n'allais pas le laisser mourir pour gagner quelques dollars.

Lowe se pencha vivement vers elle lorsqu'elle tenta de reculer. Il réussit à lui attraper la main et l'attira vers lui, la posant contre sa poitrine. Hadley sentit son cœur battre la chamade.

— Je jure sur toutes les choses saintes que non. Enfin, c'est ce que je voulais faire, *au début.* J'avais besoin d'argent, et rapidement. Je ne te connaissais pas, ni ton père. Je ne pouvais deviner ce qui arriverait entre nous.

Les yeux de Hadley s'embrouillèrent.

— Mais c'est arrivé.

— Et j'ai modifié mon plan en cours de route, insista Lowe, ses yeux bleu vif se jetant rapidement d'un côté à l'autre, cherchant désespérément à capturer son regard. Je ne pouvais plus… je ne l'aurais pas fait. Mon Dieu, Hadley, je te prie de me croire. Je t'ai promis que je ne te mentirais pas lorsque cette main tiendrait la tienne.

— Tu aurais dû me le dire !

Hadley s'arracha à la prise de Lowe et s'essuya les yeux. La douleur et la colère déchiquetèrent son jugement en minuscules morceaux qui s'envolèrent comme des confettis. Sa poitrine lui faisait mal. Elle ne pouvait plus respirer. Elle ne voyait que du noir. Et comme l'appel d'une sirène, l'enflure de son chagrin appela ses spectres, faisant retentir une alarme silencieuse. Elle les sentit approcher : leurs ombres rampant dans les coins de la pièce… des formes noires se déplaçant en arrière-plan de sa vision embrouillée. La température du bureau douillet chuta de plusieurs degrés.

— Vos problèmes personnels sont fascinants, commenta sèchement Mr Levin. Et je suis certain que votre père sera enchanté d'entendre que vous fréquentez des hommes comme Mr Magnusson. Mais à moins que vous vouliez que la ville entière soit au courant, je suggère que vous convainquiez votre compagnon de faire ce que j'ai demandé. Je veux la vraie statue. Immédiatement.

Lowe ignora l'homme et tendit les mains vers Hadley, qui reculait.

— Hadley, ne fais pas ça. Prends une grande respiration. Tu peux me tuer plus tard, si tu veux, mais ne leur fais pas de mal. Tu le regretteras.

— Tu aurais dû me le dire, répéta-t-elle.

Une mer noire de spectres Mori inonda la pièce, grimpant sur les étagères, piétinant le plafond. S'élevant des planchers. Leurs formes à demi humaines encerclèrent Lowe.

Ils avaient faim.

Le contrôle échappait à Hadley. Elle entendit un grognement angoissé et fut vaguement consciente qu'il émanait d'elle.

— Mais qu'est-ce qui se passe, merde ? maugréa Mr Levin.

— Magnusson, aboya le moine. Si tu veux retravailler un jour, tu ferais mieux d'être attentif. Je veux mon argent, et Levin veut la vraie statue. Amène ton cul ici et commence à passer des appels.

— Hadley, je t'en supplie. Compte, si tu dois le faire, insista Lowe.

Elle s'était malheureusement rendue trop loin pour que la technique du compte fonctionne. Ou pour se soucier d'arrêter les Mori.

— Je ne rigole pas.

Le bras de Morales se souleva. Un cliquètement se fit entendre.

Hadley pivota sur les talons pour trouver un revolver pointé vers Lowe. Et c'est à ce moment qu'elle craqua.

Les Mori affluèrent vers une étagère derrière le moine et poussèrent un vase dans le vide. L'objet bascula, puis se fracassa sur l'épaule du gangster, éclatant comme une pluie d'éclats de céramique.

— Argh !

Morales chancela et relâcha le revolver malgré lui, envoyant l'arme au sol.

Lowe s'élança vers l'arme, tandis que Levin bondit de son fauteuil en hurlant de confusion.

Et dans la mêlée, Hadley déchaîna les Mori. « Ils sont à vous », pensa-t-elle.

Leur tremblement noir collectif se réverbéra dans ses os.

Les livres furent projetés du haut des étagères, leurs pages battant comme des ailes ; des balles reliées de cuir fendant l'air dans toutes les directions, rouant de coups les trois hommes. Les genoux du moine cédèrent. Il fut aplati sur le plancher sous une pile de volumes. Le verre vola en éclats. Les ampoules électriques explosèrent, et la pièce aurait été submergée par la noirceur si ce n'avait été de la lueur orangée vacillant dans le foyer.

— Hadley !

La porte du bureau fut grande ouverte. Une lumière blanche se déversait depuis le couloir lorsque deux policiers se ruèrent à l'intérieur de la pièce.

— Mais qu'est-ce qui…

Le chaos. Les cris. Les coups. Les tiroirs d'un classeur furent violemment ouverts, un à un, leur contenu projeté en l'air, palpitant autour de Mr Levin. Un horrible grincement strident perça l'air lorsque les spectres poussèrent l'énorme bureau vers le fond de la pièce. Mr Levin s'esquiva juste à temps. Une seconde de plus, et il se faisait écraser contre le mur, dans son fauteuil.

Une silhouette plongea alors vers Hadley. Elle fut percutée de côté et perdit pied, puis son dos heurta le plancher. L'air se vida d'un coup de ses poumons.

La douleur. La douleur vive. Une clarté terrible inonda sa vision avant de s'estomper complètement. Elle obligea ses muscles à coopérer et aspira enfin une bouffée d'air. Elle ouvrit les yeux, puis réalisa que quelque chose l'écrasait. Pas un spectre — c'était chaud, pas froid.

— Hadley !

Son prénom, répété plusieurs fois. Puis, des nombres.

Elle cligna des yeux pour dissiper la confusion, tâchant de respirer sous un poids impossible à supporter.

— Dix, onze, douze…

Au-dessus d'elle, le visage de Lowe se matérialisa dans l'obscurité. Elle vit ses lèvres bouger. Entendit le compte. Lorsque ces deux réalités fusionnèrent, un horrible sanglot convulsa sa poitrine.

— Ça ira, rassura-t-il. Je suis là. C'est bon.

La colère s'écoula dans ses larmes. Elle sentit les Mori faiblir. Elle ressentit leurs protestations angoissées lorsque la frénésie chaotique de la pièce commença à se calmer. Et un à un, les spectres s'évaporèrent.

Elle entendit au loin des cris furieux. La confusion. Une fumée âcre. Quelqu'un étouffait un feu. Mais tous ces sons assourdis s'élevèrent en avant-plan lorsque Lowe laissa échapper une plainte près de son oreille. Puis, son poids et sa chaleur disparurent brusquement.

Elle souleva la tête et aperçut deux policiers hissant Lowe sur ses pieds.

— Arrêtez-le, criait furieusement Mr Levin en s'essuyant les mains sur le devant de son smoking débraillé.

Près de lui, la fumée montait en boucles d'une pile de livres, à côté du foyer.

— Sous quelle accusation ? demanda l'un des deux flics, son regard agité sautant d'un coin à l'autre de la pièce, balayant les ombres, absorbant les amoncellements de carcasses d'ouvrages et de poteries en miettes. Ses sourcils étaient froncés. Il craignait manifestement que la tornade invisible se soulève à nouveau.

— Qu'est-ce que j'en ai à foutre ! s'écria le propriétaire du cinéma. Dommage à la propriété ? Vol ?

Le deuxième flic repoussa un livre du pied, puis cueillit le revolver du moine là où il avait atterri.

— Pourquoi pas pour avoir brandi un revolver non enregistré ?

Mr Levin se pencha pour aider le moine à se relever.

— Emmenez-le au poste et assurez-vous que sa caution soit trop élevée.

— Et la fille ?

— Tu la touches et je t'étrangle, promit Lowe en serrant les dents, se débattant contre la prise du policier.

— Il m'a menacé, dénonça Mr Levin. Vous l'avez tous entendu.

Lorsque Hadley s'appuya sur un genou pour se redresser, Mr Levin tressaillit vers l'arrière, la dévisageant, à la fois incrédule et effrayé. Elle avait vu cette incertitude affolée sur d'autres visages au moins une dizaine de fois. Il savait qu'elle était responsable de tout ce chahut, et pourtant, c'était inexplicable. Mais il était trop lâche pour la questionner. C'était plus facile de mettre le blâme sur quelque chose d'ordinaire, même si c'était improbable.

— Laissez-la partir, dit l'homme apeuré. Je téléphonerai à son père plus tard.

La colère vint lui picorer les joues, mais avant qu'elle ne puisse réagir, des pas tonnèrent dans le couloir. Les gens approchaient. D'autres questions s'en venaient. La presse était déjà sur place en raison du gala, et la dernière chose dont elle avait besoin, c'était d'être identifiée publiquement au milieu de toute cette galère.

Elle se releva sur ses jambes tremblantes, en face de Lowe. Dans la lueur des flammes dansantes, elle nota les coupures sur son visage. Une éclaboussure bordeaux sur la blancheur de son col. Une vague fraîche de douleur menaça de l'entraîner à nouveau dans la rage. La douleur de la trahison sillonnait son cœur comme une ronce sauvage.

Elle ne pouvait simplement pas se trouver dans la même pièce que lui. Pas maintenant. Si elle perdait le contrôle une fois de plus, ses Mori pourraient incendier le putain de cinéma en entier.

CHAPITRE 29

Sans prononcer un seul mot de plus, elle se dirigea vers la porte, puis passa à côté d'un petit groupe d'employés inquiets, vociférant pour entrer à l'intérieur du bureau. Au bas de l'escalier, elle se fraya un chemin en poussant des épaules les curieux qui jacassaient. Les spéculations filaient de chaque côté de ses oreilles alors qu'elle continuait à descendre les marches : « Que se passe-t-il ? Une bagarre ? La police a arrêté quelqu'un. » Lorsqu'elle se dégagea enfin de la foule d'un pas maladroit, elle tomba sur d'autres employés du cinéma. Les policiers. Et l'entrée était toujours gardée par l'imbécile qui avait signalé leur présence à Samuel Levin.

Où aller ? Elle serra le devant de son manteau de fourrure et baissa la tête en marchant vers le côté du hall. La panique effilait ses sens. Et même si son esprit lui criait de fuir, une sensation obscure, qui lui donna la chair de poule, l'incita à s'arrêter un instant.

Elle descendit quelques marches vers les couloirs latéraux pour trouver la source de cette sensation, puis son effet s'intensifia. Mais où devait-elle aller ?

Elle aperçut une affichette ; L'OASIS DES FEMMES, puis franchit rapidement les portes battantes pour se retrouver dans un élégant salon. Des palmiers en pots, des sofas et des fauteuils rembourrés meublaient l'espace. De l'autre côté de la petite pièce, des lampes vives éclairaient la salle de bain. Tout y était calme et tranquille. Trompeusement normal.

Cependant, au fond de la salle de toilette, un long miroir doré était accroché au mur, gravé de motifs de papyrus. Et en dessous, sur une table de maquillage en marbre étroite, se trouvait innocemment le vase canope à la tête de faucon.

Elle apaisa ses nerfs exténués lorsque la chasse d'eau d'une toilette fut tirée dans la pièce d'à côté, puis elle attendit sagement, écoutant les talons claquer et l'eau couler. Une femme d'âge mûr arriva enfin dans la salle de toilette, souriant poliment à la rencontre de Hadley. Dès que la porte battit, Hadley se jeta sur l'urne, la hissa au-dessus de sa tête, puis la frappa violemment contre la table de marbre.

L'or scintilla. La barre transversale rebondit sur la table. Hadley l'empoigna, ignorant l'odieuse énergie qui en émanait, puis elle la glissa dans la poche de son manteau.

— Mon Dieu ! s'écria une femme derrière elle. Avez-vous besoin d'aide, chère ?

Hadley poussa la porte battante sans répondre. Elle avait l'esprit plus clair qu'il ne l'avait été depuis des semaines. Si l'amour était un épais brouillard, le chagrin était comme une pluie froide d'hiver qui le dissipait complètement. Après toutes les déceptions qui l'avaient frappée au visage dans les dernières semaines ; les secrets de son père au sujet de la liaison de sa mère et le programme caché d'Oliver Ginn, celle qu'elle venait de découvrir était la dernière à laquelle elle s'attendait. Mais elle la surmonterait, peu importe la douleur.

Et elle connaissait une personne qui pourrait lui donner toute la vérité.

Une tête blonde flottait au-dessus de la foule sur le palier du balcon. Les invités du gala essaimaient autour de l'escalier, observant les policiers tirer l'homme de force vers le rez-de-chaussée. Lowe pouvait bien pourrir dans une cellule de prison, Hadley s'en fichait éperdument. Elle se déplaça rapidement, passant discrètement les cordes délimitant la collection délabrée de monsieur Levin, puis elle attrapa la dernière chose dont elle avait besoin.

Elle ne dormit pas cette nuit-là ; soit elle pleurait, soit elle repoussait les Mori, pour éviter que Numéro quatre de se retrouve au milieu des tirs croisés. À un certain moment, la douleur émotionnelle devint si intense qu'elle essaya de paver un chemin rationnel qui la mènerait jusqu'au pardon.

Mais serait-ce la dernière fois ?

Elle n'arrivait qu'à imaginer un avenir cahoteux avec Lowe, rempli de mensonges et de supercheries qui n'en finiraient pas. Elle s'imaginait attendre patiemment à la maison, se languissant de lui alors qu'il serait à l'autre bout du monde, la trahissant d'une manière ou d'une autre… peut-être même avec d'autres femmes.

Le jugement initial qu'elle avait formé à son sujet était-il le bon ? Il était trop beau, trop habile avec les fausses explications et trop à l'aise avec les duperies. Il avait le don de faire paraître toutes ces faussetés charmantes, mais ce n'était qu'une façade. Il n'y avait rien de charmant à bâtir sa vie sur des mensonges. Et quand ces tromperies s'arrêteraient-elles ? Hadley ne serait pas étonnée de découvrir d'autres trahisons, qu'elle n'aurait simplement pas encore devinées.

Mais à quel point était-elle idiote, au fait ?

Se concentrer sur la tâche qu'elle s'était elle-même assignée lui donna la motivation nécessaire pour trouver une réponse à cette question. Aussi, au matin, elle sécha ses larmes et prit la route, seule.

Elle n'eut aucun mal à trouver Adam Goldberg. Lowe pouvait bien affirmer que son ami n'était qu'un simple dragon qui protégeait son trésor, Hadley était presque certaine qu'il était beaucoup plus. Une conversation amicale avec une téléphoniste ambitieuse lui avait valu une liste des commerces du quartier Fillmore contenant le nom Goldberg, et lorsque le mot « horloger » avait grésillé au téléphone, elle avait su que ce devait être lui.

Avec un chapeau au bord large offrant plusieurs années de style dépassé pour lui cacher le visage, elle sortit dans la bruine grise et monta à bord d'un taxi pour désorienter quiconque suivrait sa trace. Convaincue qu'on ne la suivait pas, elle paya le conducteur pour attendre dans la rue, puis elle entra dans une petite boutique.

Une clochette sonna au-dessus de la porte pour annoncer son arrivée. Elle tira sur les poignets de ses gants en balayant des yeux la petite pièce chaude, les odeurs de flux de soudage et de métal cuivré lui emplissant les narines. Un comptoir en bois se trouvait entre une aire étroite et l'atelier du fond, où les scies et les marteaux à panne ronde longeaient le mur près d'une forge et des polisseuses. De l'autre côté de la boutique, une lampe à bras mobile jetait une lumière vive sur un bureau bordé de plateaux soigneusement alignés, qui contenaient des fils, des rouages et des vis. Et sous le coin du bureau avait été placée une petite table, sur laquelle était penchée Stella, en train de créer un dessin coloré. Près de son coude, le chat noir à remontoir offert par Lowe l'observait patiemment.

La poitrine de Hadley se serra tandis qu'elle regardait la fillette, qui était inconsciente de son arrivée. Était-elle réellement l'enfant de Lowe ? Et combien de fois s'était-il posé la même question, les yeux fixés sur ses cheveux bouclés ? Elle songea à la douleur que Lowe devait ressentir, se contentant d'observer la petite grandir, le fardeau de la culpabilité et le bâillement de l'inconnu suspendus au-dessus de sa tête.

Il avait trahi Adam — son meilleur ami. Pourquoi était-ce un si grand choc de s'apercevoir qu'il l'avait trahie, elle aussi ?

Des pas descendirent un escalier étroit, qui semblait mener vers un appartement au-dessus du commerce, puis Adam apparut. En s'essuyant les mains sur un chiffon de travail, il tourna la tête vers la porte. Son visage s'égaya momentanément lorsqu'il reconnut Hadley, mais se raidit rapidement d'anxiété et de méfiance.

— Bonjour, Mr Goldberg, salua énergiquement la visiteuse.

— Hadley...

Stella leva les yeux de son dessin et cligna des paupières. Un sourire se dessina sur son visage rond. Elle laissa tomber son crayon de couleur et avança vers Hadley, mais elle s'arrêta à mi-chemin, hésitante, puis recula vers la sécurité des jambes de son père.

Adam regarda derrière Hadley.

— Lowe est-il avec vous ?

— Lorsque nous sommes partis chacun de notre côté, hier soir, Lowe s'en allait en prison, annonça Hadley.

— Bon sang, qu'est-il arrivé ?

Hadley inséra la main dans la poche de son manteau, puis elle plaça le crocodile doré sur le comptoir sous lequel étaient présentées des montres de gousset en or et en argent sur une bande de velours rouge foncé.

— Ceci est arrivé. Nous avons croisé le moine Morales. Je suppose que vous reconnaissez bien cette statue.

Adam jura doucement en yiddish.

La conservatrice de musée fit tourner le crocodile pour le regarder en face.

— Un travail extraordinaire, je dois dire. J'ai cru qu'il était authentique, ce qui en dit beaucoup. Mais je crois que l'acheteur, Mr Samuel Levin, est très fâché que Lowe l'ait trompé, alors il l'a fait arrêter.

Adam posa une main protectrice sur la tête de Stella, puis l'attira plus près de lui.

— Sait-il que c'est moi qui ai fabriqué la copie ?

— Non, je l'ai deviné moi-même.

Elle retira à ce moment la petite barre transversale.

— J'aurais dû trouver étrange que vous cachiez simplement les morceaux pour Lowe, surtout après qu'il m'ait informée que Velma Toussaint avait protégé le coffre-fort dans lequel vous gardiez les objets de valeur. Si le coffre était protégé par la magie, pourquoi Lowe ne le conserverait-il pas chez lui ?

Les épaules d'Adam s'affaissèrent.

— Pourquoi pas, en effet.

Après avoir réinstallé Stella devant sa minuscule table à dessin, il verrouilla la porte de la boutique, baissa les stores, puis disparut derrière une porte interne. Une minute plus tard, il réapparut avec une boîte en forme de tronc miniature, dont la surface peinte en noir était couverte de symboles rouges.

— Pouvez-vous étendre ceci sur le comptoir, s'il vous plaît ? demanda-t-il, les bras tremblant d'effort.

Hadley déplia un morceau de cuir brun souple et l'étendit sur la surface en verre. Elle comprit bientôt pourquoi cette précaution était nécessaire : la boîte était suffisamment brute pour égratigner le verre.

— C'est du fer forgé, expliqua Adam. Il cache bien les choses, selon Velma. Cela semble fonctionner, il n'y a donc pas de raison d'en douter, je suppose.

Dès l'instant où il déverrouilla la boîte, ouvrant vivement le couvercle, Hadley grimaça et tourna la tête de côté. Une énergie noire s'éleva du contenant, si puissante qu'elle était presque palpable.

Adam émit un bruit grave du fond de la gorge.

— Vous la sentez aussi ? Lowe affirme qu'il la sent. Stella et moi ne sentons rien, Dieu merci.

Il souleva deux objets de la boîte, puis les déposa côte à côte sur le cuir.

— Voici l'original, et l'autre est le mien.

Se préparant à affronter l'énergie négative, Hadley se pencha sur le comptoir. Sa bouche s'ouvrit subitement. Deux amulettes identiques, chacune rassemblant la colonne d'Osiris et deux barres transversales.

— Seigneur, murmura-t-elle. Vous avez commencé à la reproduire au fur et à mesure que nous avons trouvé les morceaux ?

L'horloger hocha la tête.

— Lowe voulait la copier pour pouvoir…

Les yeux bruns d'Adam changèrent de direction, puis s'abaissèrent.

Il s'éclaircit la voix.

— Oui, il me l'a dit, expliqua Hadley. Il planifiait de duper mon père pour obtenir cent mille dollars et vendre l'original à quelqu'un d'autre.

— Pas le vendre. C'était pour rembourser le moine de lui avoir refilé la réplique du crocodile. Morales n'a aucun scrupule à vous mettre une balle dans la tête.

— Oui, c'est ce qu'il allait faire, hier soir.

Elle souleva la copie de l'amulette et l'artefact original pour en comparer le poids dans la paume de sa main. Hormis l'intense énergie émanant de l'artefact, elle ne détecta aucune différence entre les deux statuettes. Même la teinte rougeâtre de l'or était la même. Et Lowe avait l'intention d'utiliser la véritable amulette pour annuler sa dette envers le moine ? Elle lui aurait rapporté un bon paquet d'argent, sans aucun doute, mais Lowe aurait sûrement pu demander la somme à son frère contrebandier. Bon sang, s'il avait simplement été honnête et qu'il le lui avait demandé à *elle*, Hadley aurait été heureuse de la lui accorder.

— Oh ! merde.

Adam soupira en se grattant la nuque.

— Je me demande s'il a appelé son frère pour régler sa caution ?

— Il y a une heure, il ne l'avait pas encore fait, répondit Hadley. J'ai appelé le poste de police et on m'a dit qu'il n'avait effectué aucun appel.

— Probablement parce que Winter l'écorcherait vif en apprenant la vérité. Et la fierté de Lowe est plus grande que le Golden Gate, au cas où vous ne l'auriez pas remarqué.

Comment un menteur et fraudeur pouvait-il avoir une once de fierté, Hadley ne pouvait le comprendre. Elle aurait aimé avoir assez de muscles pour le frapper à plusieurs reprises et peut-être insuffler un peu de bon sens dans son stupide cerveau de mâle. Pour lui faire voir à quel point cette affaire était ridicule. Combien il était imbécile de perdre ce qu'ils partageaient pour quelque chose d'aussi insipide que l'argent et d'aussi inutile que la fierté.

— C'est magnifique, dit-elle doucement, reposant l'objet sur le cuir. J'ignore comment vous avez procédé, mais c'est une copie parfaite. Avec toute mon expertise, je ne pourrais dire que c'est un faux. Votre travail est exquis.

Adam haussa les épaules et agita mollement la main, rejetant le compliment. Quelques secondes s'écoulèrent avant qu'il annonce doucement :

— Il est amoureux de vous, vous savez.

Le chagrin frais fit monter de nouvelles larmes dans les yeux déjà irrités et épuisés de Hadley.

— Les gens qui s'aiment ne se mentent pas l'un à l'autre.

— Vous avez tort. Ce sont eux qui mentent le plus.

Elle ne put s'empêcher de regarder Stella furtivement. Il le remarqua. Elle se demanda s'il avait deviné que Lowe lui avait parlé de leur passé. Mais la tristesse dans ses yeux était trop difficile à regarder.

— Si le musée découvre ce que fait Lowe et que nous nous fréquentons, ma carrière est ruinée. Et il sait à quel point c'est important pour moi. C'est tout ce que j'ai. Ma vie est tissée dans l'aile des Antiquités, et…

Il ne valait pas la peine d'expliquer davantage. Rien ne changerait la réalité.

— J'imagine que j'ai sous-estimé son insouciance.

— Je ne crois pas que le problème de Lowe soit un manque de sentiments, proposa prudemment Adam. C'est le contraire, en fait. Lorsqu'il fait des erreurs, il est si déterminé à réparer le mal, et tellement confiant en sa capacité de tout arranger, qu'il perd de vue l'ensemble de la situation et finit par aggraver les choses.

Elle détourna le regard pour retrouver la maîtrise de ses émotions imprévisibles, puis fouilla sa poche pour y pêcher une enveloppe.

— Tenez, offrit-elle, la tendant vers Adam. Pour sa caution. Il est détenu au poste de Richmond. J'ai écrit le numéro de téléphone du bureau du capitaine à l'intérieur.

Adam tenta de repousser l'enveloppe.

— Allez-y, vous. Allez lui parler.

— Vous a-t-il dit pourquoi mon père veut l'amulette ? s'enquit-elle d'une voix enrouée. Vous a-t-il parlé… de moi ?

Adam sembla réellement perplexe.

— Je sais que les morceaux de l'amulette sont cachés dans la ville, et je sais combien votre père est prêt à payer Lowe pour les retrouver.

— Mon père est très malade, et cette amulette pourrait lui sauver la vie.

Adam poussa un long soupir.

— Vous savez comment sont morts les parents de Lowe ?

Elle fit oui de la tête.

— Un accident de voiture. C'est-à-dire, c'est ce que j'ai lu dans les journaux. Lowe n'en parle jamais.

— Ce n'est pas étonnant. Ce fut une période très triste. Mais vous savez que son frère, Winter, était celui qui conduisait la voiture ?

Elle acquiesça de nouveau d'un signe de tête.

— Winter a eu beaucoup de difficulté à l'accepter. Il s'est blâmé. Lowe, quant à lui, a passé quelques semaines à faire son deuil avant de partir en Égypte. Il croyait pouvoir échapper au chagrin, vous savez. Et peut-être qu'il y est parvenu, pendant un certain temps.

Adam haussa les épaules, avant de poursuivre.

— En fait, ce que j'essaie de dire, c'est que Lowe ne choisirait pas l'argent, sous aucun prétexte, plutôt que la vie de votre père. Il est bien des choses, mais il n'est pas un monstre.

Hadley baissa la tête et remua la mâchoire pour s'empêcher de pleurer.

Après quelques instants, Adam poussa la troisième barre transversale vers elle, de même que la vraie amulette, munie des deux premières barres.

— Prenez-la. Si vous vous réconciliez avec Lowe et que vous désirez toujours reproduire le reste, vous savez où me trouver. Et dans le cas contraire…

Il lui fit un sourire en coin, puis conclut :

— Bien, disons qu'il m'en devra une.

— En êtes-vous certain ?

Il feignit de la repousser de la main.

— Prenez-la, insista-t-il, plaçant la copie de l'amulette à l'intérieur de la boîte.

— Alors, gardez le crocodile. Après tout, c'est vous qui l'avez fabriqué.

Elle empocha l'amulette.

— Enfin, si vous ne voyez pas d'inconvénient à conserver la chose. Je me suis assurée que personne ne m'a suivie jusqu'ici, mais le moine Morales doit avoir des yeux tout le tour de la tête.

L'horloger inséra le crocodile à l'intérieur de la boîte avant de la refermer et de sceller le couvercle avec ses doigts.

— Cette vieille copine le gardera en sécurité. Velma a dit que le fer suffit à protéger le contenu.

Les gens cachent des choses dans des contenants en fer depuis des siècles. Mais sa magie rend la boîte doublement sécuritaire.

Hadley lui répondit d'un sourire pincé et remit ses gants. Une pensée immobilisa soudainement ses mains.

Le fer.

Elle connaissait quelque chose fait en fer. Quelque chose qui se trouvait dans le jardin de sa maison familiale. Et apparurent dans son esprit les pictogrammes de la dernière urne, ceux que Lowe et elle ne parvenaient pas à déchiffrer ni à relier à aucun nom de la liste. L'objet indiquait le bon nombre de lettres, mais elle était passée par chaque interprétation possible un millier de fois.

Toutes les interprétations, sauf une.

Incroyable, la manière dont une lettre erronée pouvait complètement changer un mot.

— Est-ce que ça va ? demanda Adam.

— Non, pas du tout, marmonna-t-elle, une lumière aveuglante lui emplissant l'esprit d'une idée à la fois énorme et singulière.

Une idée si distrayante qu'elle ne remarqua pas la voiture foncée garée de l'autre côté de la rue, ni l'homme qui sortait du côté passager au moment où son taxi accélérait, la ramenant chez elle.

CHAPITRE 30

Lowe recueillit ses effets personnels par la fenêtre de la cellule, puis salua le capitaine de la tête avant de se diriger vers la salle d'attente du poste de police avec Bo.

— Merci encore, dit-il à l'assistant de Winter.

— Tu aurais dû appeler hier soir, reprocha-t-il, son corps mince et sinueux dépassant celui de Lowe dans la cage d'escalier, où la lumière morne de l'après-midi filtrait par les fenêtres grises.

— Si le chef Ryan savait qu'ils détenaient un Magnusson pour des accusations fabriquées, il serait sorti du lit pour venir ici et leur aurait personnellement botté le cul !

Lowe redressa sa cravate et tenta de lisser les plis de son veston froissé. Son dos lui faisait incroyablement mal. Il s'était assoupi dans la cellule une fois ou deux, seulement pour faire une petite sieste qui l'avait rendu grincheux. Il était également vaguement conscient de n'avoir rien mangé depuis le déjeuner la veille. Et pourtant, aucun de ses inconforts ne se mesurait à la douleur massive et impardonnable au creux de son ventre.

Morales voulait sa mort.

Samuel Levin tenait à le dénoncer en tant que contrefacteur et à lui arracher toute crédibilité en tant qu'archéologue.

La chasse aux barres transversales était à présent impensable ; il devait donc renoncer au paiement de Mr Bacall. C'était inévitable. Et ce faisant, il enverrait probablement l'homme vers sa mort, exposant par le fait même sa fille à la magie noire et aux obsessions malsaines de son ancien partenaire.

Et, le pire dans toute cette histoire, non seulement avait-il perdu Hadley, mais il avait peut-être également ruiné sa réputation et sa carrière.

— Merde, Bo. J'ai tout bousillé.

Bo tira sur le bord de son chapeau plat et acquiesça vivement, confirmant les craintes de Lowe au moyen d'une expression cantonaise enthousiaste que l'archéologue ne put interpréter autrement que par « complètement ».

— J'aimerais que tu n'en parles pas à Winter, suggéra Lowe.

— J'en suis certain, agréa Bo. Tu es un homme décent, malgré tes défauts, et je t'aime bien. Mais ma loyauté appartient à Winter, et tu le sais.

— Emmène-moi à la maison, alors. Mais je dois d'abord passer chez Adam pour savoir pourquoi il ne s'est jamais pointé.

Le capitaine l'avait informé qu'Adam avait téléphoné à dix heures en promettant d'arriver au poste dans la demi-heure suivante. Il était maintenant passé treize heures. N'importe quoi aurait pu le retenir, mais avec sa malchance des derniers jours, Lowe se douta que cela n'augurait rien de bon. Et même s'il désirait désespérément se rendre directement chez Hadley, il devait d'abord s'assurer que tout allait bien pour Adam.

Bo pointa l'index vers le bord du trottoir.

— J'ai conduit Lulu ici. Jonte attend en face, dans la Pierce-Arrow. Je roule avec lui jusqu'au cinéma pour prendre la Packard. Tu ferais mieux de prier Dieu qu'elle soit toujours en un seul morceau, sinon Winter aura peut-être à te tuer deux fois.

— Une fois est plus que suffisante, opina Lowe.

— Hé ! fit Bo d'une voix plus chaleureuse. Courage. Tu trouveras le moyen de t'en sortir. Tu y arrives toujours.

Il y avait une première fois à tout.

Lowe boutonna son manteau et observa Bo bondir vers le bas des marches du poste de police, puis se glisser à l'intérieur de la limousine de Winter. Cependant, au moment où l'archéologue ouvrit la porte pour sortir, le répartiteur de la police annonça aux détectives quelque chose qui capta son attention.

Il fit donc marche arrière jusqu'au comptoir d'accueil.

— Venez-vous de dire « Fillmore » ?

Le répartiteur leva vers lui des yeux méfiants, puis jeta un air interrogateur vers le détective.

— Oui, le quartier Fillmore, confirma ce dernier. Plus tôt, ce matin.

— Homicide ?

— Nous ne le savons pas encore. Pourquoi le demandez-vous ?

Lowe sentit son visage se vider de son sang. Les bouts de ses doigts se mirent à fourmiller. Il faillit trébucher en sortant de l'immeuble à la hâte, incapable de prononcer un autre mot.

Il fila dans les rues de la ville à dos de Lulu, l'esprit engourdi. Les panneaux d'arrêt passaient devant ses yeux embrouillés. Il ignorait l'avertissement des klaxons et effectuait sans réfléchir des virages dangereusement serrés, tissant sa route de part et d'autre du trafic sur la chaussée mouillée.

Il arrêta enfin Lulu, faisant crisser ses pneus, l'arrière de l'engin zigzaguant lorsque les roues dérapèrent derrière deux voitures de police. Une foule de gens semblait se diviser de chaque côté d'un chevalet de sciage, bloquant la vue du commerce. Deux agents en uniforme flanquaient la porte.

Le cœur de Lowe tomba au fond de son abdomen lorsqu'il aperçut le camion noir de la morgue grondant vers le bas de la rue. Il sauta au bas de Lulu et courut vers l'entrée de la boutique, criant en suédois.

— Ho ! là !

Le policier l'empoigna par le bras.

— Vous ne pouvez pas entrer ici. Parlez-vous anglais ?

Lowe passa à la langue du pays.

— Adam Goldberg est le propriétaire de ce commerce, et je suis son ami. Où est-il ? Que s'est-il passé ?

— Calmez-vous, Monsieur. Quel est votre nom ?

— Lowe Magnusson.

Il étudia le visage des deux hommes, souhaitant en vain reconnaître l'un d'eux comme faisant partie des nombreux flics que Winter achetait avec ses pots de vin.

— Je suis le frère de Winter Magnusson.

La lumière dans le regard du premier policier lui révéla qu'il le reconnaissait. Il chuchota quelque chose à l'oreille de son confrère. Et lorsque Lowe voulut les contourner pour entrer dans le commerce, il lança :

— Hé ! Hé, stop ! Vous ne voulez pas entrer là.

— Putain que oui.

Lowe poussa la main levée de l'homme.

— Qu'est-il arrivé à Adam ?

— Je suis désolé, mon vieux, répondit l'homme, gardant les deux mains devant lui pour lui bloquer le passage. Votre ami a été trouvé mort il y a environ deux heures.

— Toutes nos condoléances, prononça l'autre solennellement, retirant son chapeau pour baisser la tête en signe de respect.

Lowe les regarda tour à tour, les sinistres paroles faisant écho dans son esprit.

Mort.

Parti.

Impossible.

Erreur.

Lowe cligna des yeux et voulut dire quelque chose, mais sa gorge refusait de fonctionner. Il lécha ses lèvres sèches et essaya à nouveau.

— Comment ? Pourquoi ? Oh ! bon sang… Où est Stella ? Est-elle…

Je vous en prie, Dieu, non.

Cela ne pouvait arriver. Pas une fois de plus. Il avait déjà perdu trop de proches. Il ne pouvait perdre Adam et Stella aussi. Ce n'était tout simplement pas acceptable. C'était impossible.

— Peut-être devrait-il parler au détective, suggéra quelqu'un. Mr Magnusson ? Est-ce que ça va ?

Il hocha la tête.

Ils le laissèrent entrer, mais l'empêchèrent d'aller au-delà du comptoir. La boutique était sens dessus dessous. Des éclats de verre couvraient le plancher, des outils y étaient éparpillés. Et la présence de tous ces policiers alourdissait l'atmosphère de l'endroit ; cet endroit qui lui avait été si familier et réconfortant lui semblait maintenant étranger.

— Détective Cohen, annonça le premier agent de police. Voici Lowe Magnusson. Un ami de Mr Goldberg.

Un homme à la tête foncée vêtu d'un long imperméable bleu marine leva furtivement les yeux de son bloc-notes.

— Mr Magnusson, vous dites ?

— *Le* Magnusson, clarifia le policier.

Le détective offrit à Lowe un air de sympathie.

— Je connaissais votre père. Mes sincères condoléances. Vous étiez proche de Mr Goldberg ?

Lowe opina d'un signe de tête, tâchant de regarder derrière les épaules de l'homme.

— Où est Stella ?

— La petite fille ?

— *Ja, ja.* Où est-elle ?

Le détective posa une main sur l'épaule de Lowe.

— Elle va bien. Elle est entre bonnes mains. Peut-être un peu traumatisée. Le propriétaire du commerce voisin l'a trouvée, cachée sous la table, dans un coin.

— Ah… Seigneur.

Lowe commençait à se décomposer. Ses mains tremblaient si fort qu'il serra les poings pour les maîtriser.

— Je ne… comprends pas ce qui s'est passé.

— À quand remonte la dernière fois où vous avez vu votre ami ?

Réfléchis. Quand ?

— Je crois que c'était il y a deux jours. Trois.

Le jour où il était venu annoncer à Adam son nouveau plan selon lequel il échangerait les documents rattachés à l'amulette. Donner au moine les vrais documents et la fausse amulette, et à Mr Bacall, l'originale.

— J'ai apporté des sandwichs, finit-il par dire, comme si cela avait une quelconque importance.

Ils avaient joué à cache-cache avec Stella.

Le détective griffonna la réponse de Lowe dans un petit bloc-notes.

— Et comment l'avez-vous connu ?

— C'est mon ami d'enfance. J'ai grandi dans ce quartier.

— Quel âge avait-il ?

— Quoi ?

— Son âge ?

— Le même âge que moi, s'impatienta Lowe, perplexe. Vingt-cinq ans. Qu'est-ce que ça change ?

Le détective considéra Lowe, le regard inquisiteur.

— Il semble que quelqu'un recherchait quelque chose ici. Vous avez une idée de ce que ça pourrait être ? Mr Goldberg avait-il des ennemis ? Se faisait-il harceler par qui que ce soit ?

Merde. Était-ce sa faute ? Était-ce Morales, ou Levin ? Impossible. Comment auraient-ils pu le savoir ? Par un homme du moine ? Il avait été si prudent. Et Morales avait eu l'air d'ignorer l'identité du contrefacteur en le questionnant dans le bureau du propriétaire de cinéma, la veille.

— Je ne le crois pas, répondit Lowe.

Le couple du commerce voisin…

— Les Ackerman, clarifia Lowe. La quincaillerie.

— Oui. La femme a affirmé avoir vu une dame entrer ici vers neuf heures et demie.

Lowe se glaça.

— Qui ?

— Elle ne la connaît pas.

Le détective consulta ses notes rédigées au stylo.

— Les cheveux noirs. Grande. Un manteau de fourrure foncé.

Hadley.

— Elle a dit qu'elle était restée dans la boutique environ un quart d'heure. Elle est repartie en taxi. Dès son départ, un homme est sorti d'une Cadillac bleue et est entré dans le commerce.

Lowe ne connaissait personne possédant une Caddy bleue. Mais Dieu du ciel, que fichait Hadley ici ? Elle avait retrouvé Adam et quelqu'un l'avait suivie. Qui ?

— Mrs Ackerman a entendu des coups de feu, enchaîna le détective. Elle a mentionné avoir entendu Mr Goldberg dire au visiteur de sortir. Elle a tenté d'entrer dans la boutique pour savoir ce qu'il s'y passait, mais la porte était verrouillée. Elle a alors demandé à son mari de cogner à la porte, mais personne n'est venu ouvrir. Ensuite, ils nous ont appelés. Nous avions une voiture de patrouille dans le quartier, mais au moment où l'agent de police est arrivé ici, l'homme s'était déjà enfui dans sa Cadillac.

— Mrs Ackerman a-t-elle réussi à voir son visage ?

Le détective fit oui de la tête.

— Les cheveux noirs. De grande taille. Mince. Un bel homme, a-t-elle précisé. Son mari a noté le numéro de la plaque.

Le détective rétrécit le regard, puis demanda :

— Vous connaissez quelqu'un du nom d'Oliver Ginn ?

Lowe eut la sensation que le plancher se dérobait soudainement sous ses pieds. Il posa une main sur le comptoir pour garder l'équilibre et tâcha de répondre d'une voix légère.

— Son nom me dit quelque chose, mais je ne saurais dire où je l'ai entendu.

— Bien, il semble que nous n'arrivions pas à l'identifier. Le répartiteur nous a donné l'adresse correspondant à l'enregistrement du véhicule, mais elle n'existe plus. La propriété a été détruite par le grand incendie. Elle appartenait à un homme maintenant décédé. Son nom est...

Le détective vérifia ses notes.

— Noël Irving.

Oliver Ginn.

Noël Irving.

À l'intérieur de son cerveau alimenté par le choc, les lettres se replacèrent d'elles-mêmes, sans effort.

Une anagramme.

Une putain d'anagramme.

— En tout cas, peu importe qui est ce mec, nous avons compris qu'il a tué votre ami et qu'il a saccagé l'endroit à la recherche de quelque chose. Il a probablement eu les jetons lorsque Mrs Ackerman a frappé à la porte.

— Comment ?

— Je vous demande pardon ?

— Comment est-il mort ? demanda Lowe d'une voix qui paraissait venir de loin.

— Nous n'en sommes pas encore certains. Vous dites qu'il avait vingt-cinq ans. Les Ackerman et deux autres voisins affirment la même chose, et ses pièces d'identité le confirment.

Le détective souleva son chapeau pour se gratter la tête.

— Mais lorsque nous l'avons trouvé, et je sais que ça peut paraître fou, mais il avait l'air…

— De quoi ? exigea Lowe, cherchant à lire le visage de l'homme.

— Il avait l'air d'un vieil homme.

Bordel de merde.

Lowe fixa le détective du regard pendant un long moment, un millier de pensées s'embrouillant dans son esprit, aucune d'elles ne s'accordant avec une autre… et son regard trébucha sur les crayons brisés éparpillés sur le plancher.

Tu t'écrouleras plus tard, songea-t-il, luttant contre la charge d'émotions menaçant de le faire tomber à genoux. *Tu n'as qu'à garder le contrôle un peu plus longtemps.*

— Où avez-vous amené Stella ? demanda-t-il.

— À l'orphelinat Pacific Hebrew, au coin de Silver et Mission. Tout le monde dit que le parent toujours vivant de Mr Goldberg serait son père…

— C'est un ivrogne, lança furieusement Lowe. Adam ne laisserait jamais Stella s'approcher de son père. Non que le vieux s'en soucierait le moins du monde. La dernière fois qu'Adam a entendu parler de lui, il était quelque part à Philadelphie.

— La cour va tout de même essayer de communiquer avec lui. Vous connaissez quelqu'un d'autre ? Une tante, peut-être ? La famille de sa défunte femme ?

— La fillette me connaît bien, insista Lowe. Je la vois toutes les semaines depuis sa naissance. Je suis sa famille.

— Légalement ?

Oh ! putain.

— Elle est sourde. Elle a besoin de soins spéciaux, argua Lowe.

Le détective posa son chapeau sur le comptoir en hochant la tête.

— La directrice de l'orphelinat en est consciente.

Lowe fut sur le point de dire autre chose, mais un autre policier à l'extérieur de la boutique fit signe à son collègue de sortir.

— Écoutez, dit le détective, vous pouvez présenter une demande de garde légale à la cour. Et vous pouvez aller parler aux dames de l'orphelinat, peut-être même établir des horaires de visite. Mais nous ne pouvons simplement pas la confier aux soins du premier venu. Je suis vraiment désolé, et je sais que vous êtes en détresse. Croyez-moi, je vais faire tout ce qui est possible pour découvrir ce qui s'est passé ici, aujourd'hui. Donnez-moi un numéro par lequel je peux vous joindre. Attendez une minute, je reviens.

Aveuglément, Lowe sortit une carte professionnelle de son portefeuille et la posa sur le comptoir, à côté du chapeau du détective. Et lorsque l'homme sortit de la boutique pour discuter avec son confrère, il avança d'un pas ferme vers le local de rangement fermé par un simple rideau au fond de la pièce. Sans hésiter, il tassa de côté une caisse en bois vide, puis pressa sur le mur un panneau secret à ressort pour l'ouvrir. Derrière, la boîte en fer y était toujours, Dieu, merci.

La clé était cachée ailleurs. Lowe fouilla dans un plateau de vieux outils et la trouva en dessous des objets métalliques. Il déverrouilla ensuite hâtivement la boîte en fer.

La statue de crocodile le dévisagea de son regard fixe. Il fallut à Lowe quelques instants pour se remettre de la surprise de la trouver à cet endroit. Un autre moment pour réaliser qu'il ne ressentait aucune énergie étrange. Mais lorsqu'il déplaça la statue et qu'il trouva une seule amulette — pas deux —, il devina très bien où l'autre pouvait être.

Hadley n'était certainement pas venue ici pour parler de la pluie et du beau temps.

Et si Noël Irving venait de tuer Adam pour mettre la main sur l'amulette, quel putain de sort réservait-il à Hadley ?

CHAPITRE 31

Hadley passa des heures à fouiller la maison de son père, à la recherche de la clé du mausolée familial. Les domestiques crurent qu'elle était devenue folle. Elle s'en fichait éperdument. Père serait bientôt de retour de l'hôpital, où il avait rendez-vous pour son examen médical, et elle était prête à lui exposer la vérité : elle était au courant, au sujet de sa mère et de Noël Irving. Et elle avait aidé Lowe à trouver les barres transversales depuis le début.

Il les avait trahis tous les deux.

Et elle était tombée amoureuse de quelqu'un qui lui avait brisé le cœur.

La vérité éclaterait tôt ou tard, de toute façon. Elle supposa que Samuel Levin avait déjà téléphoné à son père. Néanmoins, elle devait déverrouiller le mausolée. Si elle devait défoncer la porte à coups de poing, quitte à s'ensanglanter les jointures, c'est ce qu'elle ferait.

— Mademoiselle, intervint la plus vieille des servantes, soufflant sur une mèche rebelle pour dégager son visage rougi par l'effort. Je ne sais vraiment plus où chercher. Elle est probablement dans le coffre-fort de votre père. Lorsqu'il rentrera, nous la lui demanderons. Mais s'il revient et qu'il trouve la maison dans ce désordre, il sera très vexé. Et nous ne devrions pas le bouleverser, compte tenu de son état physique.

— Si nous ne trouvons pas cette clé, son état s'aggravera drôlement plus sans que nous y soyons pour quoi que ce soit. Et de quel coffre-fort parlez-vous ? Celui qui se trouve dans son bureau ?

Le visage joufflu de la servante se couvrit alors d'un rouge encore plus vif.

— Je parle de l'autre coffre.

— Quel *autre* coffre ?

— Pouvons-nous seulement…

Hadley fronça les sourcils.

— Montrez-moi le coffre-fort, Charlotte. *Tout de suite.*

Elle suivit la femme vers le haut du grand escalier qui menait à la chambre de son père. La table de nuit comportait un tiroir qui n'ouvrait pas. La servante souleva la lampe qui décorait la table, puis éloigna le meuble du mur. L'arrière s'ouvrit pour révéler un coffre noir de la taille du tiroir avant.

— Je ne connais pas la combinaison, insista Charlotte.

Mais Hadley la connaissait. Son père avait utilisé les mêmes numéros qu'à son habitude : la date de naissance de son unique enfant. Et après quelques mouvements énergiques du bouton, le verrou se dégagea en produisant un clic ! Hadley se garda de considérer trop longuement les objets dissimulés à l'intérieur : des photographies de sa mère, des documents juridiques, une pile de billets. Plusieurs clés avaient été enfouies à l'intérieur d'une enveloppe, mais elle n'eut aucun mal à trouver celle dont elle avait besoin : une grande clé accompagnée d'une petite, toutes deux accrochées à un anneau martelé.

Le mausolée avait été érigé par le grand-père de sa mère en 1856, un an après que la maison ait été construite avec la nouvelle fortune acquise par la famille Murray grâce à la ruée vers l'or. L'histoire racontait que l'arrière-grand-père Murray désirait bâtir le mausolée dans le cimetière de Laurel Hill, à l'époque où il portait le nom de Lone Mountain. Or, il s'est battu à coups de poing avec un homme du bureau des documents lorsqu'il a tenté d'acheter une parcelle de terrain. Furieux contre la ville, il a fini par se résoudre à construire le monument funéraire dans sa propre cour arrière.

La bâtisse n'était pas très grande. Le toit de sa structure néoclassique mesurait à peine un demimètre de plus que Hadley. Et bien que le mausolée soit beaucoup plus profond que haut, la moitié du fond avait été avalée par les buissons de gueules noires, et la bâtisse entière était éclipsée par le feuillage de l'acacia d'Australie adoré de sa grand-mère. L'une des deux colonnes affichait une fissure, causée par le célèbre séisme, mais comme la maison, le mausolée avait été épargné du grand incendie qui n'avait pas affecté la partie nord-ouest de Russian Hill.

Dans la bruine de l'après-midi vaporisant ses cheveux, Hadley inséra la lourde clé dans la serrure de la porte blindée. Le verrou rouillé céda, mais la porte resta légèrement coincée, exigeant de Hadley tout son poids et toute sa force pour se laisser entrouvrir. Son grincement de protestation fit grimacer Hadley lorsqu'elle s'immobilisa enfin.

Hadley alluma une lampe de poche. Six cryptes, trois de chaque côté, toutes couvertes d'un pâle drap de poussière. Arrière-grand-mère et arrière-grand-père, grand-mère et grand-père. Hadley ne porta guère attention à ces tombeaux, se concentrant plutôt sur les deux du haut, près du plafond.

Vera Murray Bacall

Épouse et mère

Née en 1875 – Décédée en 1906

Son cercueil logeait de l'autre côté de la porte en granite sculpté. Il n'y avait pas de barre transversale à l'intérieur, évidemment. Son père l'aurait trouvée lorsqu'il avait défié la loi interdisant l'enterrement à l'intérieur de la ville et qu'il avait introduit subrepticement sa dépouille dans le mausolée, pendant la période chaotique suivant le grand incendie.

Cependant, la dernière crypte, le futur lit de repos de son père, était toujours vide. Si sa mère avait caché quelque chose dans le mausolée, elle aurait choisi ce tombeau.

— Ça aura valu le coup d'essayer, murmura Hadley, puis elle inséra la petite clé dans la porte en fer de la crypte.

L'effroi la frappa comme une gifle au visage.

L'énergie maléfique qu'elle reconnaîtrait n'importe où. Adam avait dit vrai : le fer protégeait de manière sûre les objets précieux.

Elle dirigea le faisceau lumineux à l'intérieur de l'espace noir. Le dernier vase canope. Son couvercle à la tête humaine représentait Amset, protecteur du foie.

Quelle bonne plaisanterie sa mère avait-elle imaginée ; cacher la barre transversale dans un endroit que personne n'aurait aucune raison d'ouvrir avant la mort de son père. Lorsqu'il serait trop tard pour qu'il utilise l'amulette.

Hadley n'avait jamais autant détesté sa mère.

Après avoir éteint la lampe de poche, elle hissa le vase canope au-dessus de la crypte et posa un dernier regard sur les pictogrammes, avant de jeter la poterie contre le sol de granite. Un éclat d'or dansa au-dessus des éclats de céramique, puis s'évada de la chambre du mausolée pour atterrir sur le sol boueux à l'extérieur.

Hadley émergea dans la lumière grise et vit clairement la chose.

Ce n'était pas une simple barre comme les autres. Celle-ci avait une boucle sur le dessus, à laquelle était attachée une longue chaîne en or. Il s'agissait du dessus de l'amulette. Lorsque les morceaux seraient liés par la chaîne, l'assemblage deviendrait un collier.

Hadley fit un pas au-dessus d'une racine noueuse de l'acacia et se pencha pour cueillir la barre. Ses doigts rencontrèrent ceux d'une autre personne. Elle leva la tête et se retrouva face à face avec Oliver Ginn.

— Bonjour, Miss Bacall, dit-il, cueillant la barre transversale dans la boue.

Elle tressauta, puis se redressa maladroitement.

— Vous avez décidé d'entreprendre un petit vol de cercueil cet après-midi ?

Il essuya l'objet métallique du poignet de son manteau sombre, la bruine perlant sur le rebord de son chapeau.

— Ceci ne vous appartient pas, dit-elle, refermant la main sur la barre.

Les longs doigts d'Oliver se refermèrent sur la chaîne pour tirer brusquement dessus, hors de la portée de Hadley.

— Pour être précis, elle n'appartient à personne d'autre qu'à l'ancienne prêtresse du désert. Votre père a été idiot de vouloir retrouver les morceaux. Encore plus idiot d'envoyer des enfants à leur recherche après que votre mère ait mis tant d'efforts à les cacher de lui.

— Elle voulait apparemment les cacher de *vous*, également, Oliver. Ou Noël. Peu importe le foutu nom que vous vous donnez.

— Ah ! fit-il, haussant la tête pour la considérer d'un regard sévère.

Le visage qu'elle avait déjà trouvé beau et jeune n'avait pas changé, mais le fait de savoir qu'il était surnaturel rendait le creux de ses joues émacié, et la lumière de son regard, affaiblie.

— Je suis Oliver depuis de nombreuses années, maintenant, affirma-t-il doucement. Mais je ne mentirai pas, j'adore entendre « Noël » sur vos lèvres. Cela me rappelle tellement Vera.

— Ne me confondez pas avec ma mère.

— Non, vous êtes tellement plus froide qu'elle ne l'a jamais été. Mais je vois maintenant que la froideur n'est qu'un mécanisme de défense.

Vous avez grandi seule, sans la chaleur d'une mère.

— En effet, c'est ce qui m'est arrivé. Car même lorsqu'elle était en vie, ce n'était pas une mère. Elle m'a confiée aux domestiques et a continué à vivre joyeusement sa vie. Elle était trop occupée à tromper mon père pour s'ennuyer d'élever un enfant.

— Elle vous aimait. Vous et votre père, malheureusement. Archie ne méritait certainement pas l'émotion qu'elle gaspillait envers lui. Il était trop intéressé par l'avancement de sa carrière pour lui procurer ce dont elle avait besoin.

— Ah ! c'est bien vrai, il ne lui a pas offert ce que vous lui avez donné : c'est-à-dire un obscur sort qui lui a enlevé la vie.

Les sourcils d'Oliver se contractèrent subitement.

— Ce sort lui a *sauvé* la vie. Et la vôtre, également.

— Il m'a aussi maudite !

— Maudite ? Comment ? Vous n'avez pas trouvé la mort huit ans plus tard comme votre mère. Vous êtes debout, devant moi, n'est-ce pas ? insista-t-il, son regard glissant sur le corps de Hadley, lui donnant la chair de poule. Vous savez, lorsque j'ai appris que la base de l'amulette avait été découverte, je m'attendais à voir votre père se ruer vers l'Égypte pour mettre la main dessus. Je ne m'attendais pas à vous trouver, vous qui ressemblez plus à votre mère que dans mes rêves les plus fous.

— Pourquoi ? Vous attendiez-vous à ce que les spectres Mori s'approprient mon âme huit ans après la mort de ma mère pour m'accabler du sort dont elle avait été victime ?

Les yeux d'Oliver se jetèrent sur les siens.

— Je n'avais aucune idée que c'est ce qui arriverait. Ni que c'était arrivé. Pas avant la soirée du musée. Lorsque j'ai vu les faucheuses grimper aux murs, j'ai cru qu'ils venaient enfin me chercher. Ensuite, j'ai cru que c'est vous qu'ils réclamaient, que le même cauchemar se reproduisait. Je venais tout juste de vous trouver, et ils allaient vous enlever, comme ils m'avaient enlevé mon premier amour…

Hadley ouvrit la bouche pour protester, mais vit qu'Oliver était dans un autre monde, les yeux vitreux et hantés. Après un moment, il redescendit sur la terre ferme.

— Mais lorsque j'ai réalisé que les faucheuses répondaient à vos commandes, ce fut la révélation la plus extraordinaire. Hadley, ne comprenez-vous pas ? Vous maniez le pouvoir d'une déesse. Les meutes de Set répondent à vos ordres. Vous avez anéanti mon griffon…

— Vous avez envoyé ces créatures magiques pour nous tuer.

— Je les ai envoyées recueillir les morceaux de l'amulette, corrigea-t-il en levant la chaîne.

La barre se balança devant lui, suspendue dans la bruine.

— Aucune d'elles ne vous aurait fait du mal.

— Votre automate de flammes a brûlé Lowe.

Les yeux d'Oliver s'assombrirent.

— J'ai dit qu'elles ne *vous* feraient pas de mal, je ne parlais pas de ce crétin nordique. Et vous devriez le blâmer d'avoir mis votre vie en danger. De même que votre avare de père. Vous ne pouvez pas savoir à quel point j'étais furieux de découvrir qu'il vous avait envoyée rencontrer ce Magnusson à la gare de Salt Lake City.

Hadley fit un bond en arrière.

— Vous avez envoyé ces deux brutes sur les traces de Lowe ?

— Je les ai payés pour qu'ils récupèrent la base de l'amulette par tous les moyens possibles. Mr Magnusson aurait dû être mort à Chicago, et si ce n'était de leur incompétence, c'est ce qui serait arrivé. Ce n'est qu'après coup que j'ai appris que la femme avec qui il s'était évadé sur le train, c'était vous. Et lorsque votre amant gueulard, George Houston…

— George ?

Seigneur ! Seul ce nom suffisait à transformer sa panique en une réelle colère qui attirait les Mori. Elle les sentit renifler sous les haies, derrière l'acacia majestueux.

— Ah ! oui. Un goujat qu'on peut acheter avec un seul verre n'est pas quelqu'un avec qui je recommande de partager votre lit, réprimanda-t-il d'une manière qui révélait le vieil homme derrière sa jeune façade. George Houston m'a informé que votre père vous avait demandé de rejoindre Mr Magnusson à la fête des Flood. Je n'arrivais pas à croire qu'il utilisait sa propre fille pour faire son sale boulot.

Il se trompait sur ce point, mais elle ne rectifia pas ses dires. Son regard s'éleva subitement au-dessus de l'épaule de Noël, puis trouva son père, dans son fauteuil roulant, traçant aveuglément deux ornières boueuses dans l'herbe morte.

— Bonjour, Archie.

— Noël, espèce de tas de merde.

Le vieil archéologue aboya un rire cruel. À cet instant précis, Hadley bondit vers lui et saisit fermement la barre transversale qui pendait à son poignet. La chaîne se brisa ; l'un des chaînons céda. Mais elle la détenait !

— Allons, allons, ma chère.

Noël regardait le père de Hadley, mais son attention était portée vers elle.

— Ce n'est pas gentil. Votre loyauté est-elle vraiment soudée à votre père ? Je vous rappelle qu'il vous a lui-même trahie devant ses pairs, vendant votre carrière au premier chasseur de trésors balourd qui était tombé comme par hasard sur la base de l'amulette.

— Pour l'amour de Dieu, je ne l'ai pas fait pour la *blesser*.

Mr Bacall s'arrêta à quelques mètres d'eux.

— C'était simplement une carotte pour leurrer Mr Magnusson. Et je le referais un million de fois si cela m'apportait seulement une parcelle de chance d'enfouir ton corps pourri six pieds sous terre. Hadley, lança-t-il. Reste loin de cet homme. Il est dangereux.

— Je le sais, acquiesça-t-elle. Je sais tout. Je suis au courant de la magie d'immortalité et de sa liaison avec Mère, et je sais qu'elle m'a laissé les spectres à sa mort.

— Hadley, prononça le père d'une voix brisée.

Hadley sentit les larmes lui piquer les yeux tandis que les Mori approchaient.

— Pourquoi ne m'en avez-vous pas parlé ? J'avais le droit de savoir. Je ne suis pas une enfant.

— Je voulais simplement te protéger. Et je ne voulais pas que tu en veuilles à ta mère.

— Pourquoi lui en voudrait-elle ? demanda Noël. Vera était brillante et remplie d'un potentiel infini. Son erreur a été de croire que tu le reconnaîtrais.

— Bien sûr que je le reconnaissais. Elle était *ma femme* !

La colère raidit les traits de Noël.

— Elle a peut-être été ta femme sur papier, mais elle est morte dans *mes* bras, rappela-t-il en se frappant la poitrine.

— Une vision que je n'oublierai jamais, rétorqua hargneusement Mr Bacall. Toute la ville était enlisée dans le chaos, et j'avais couru jusqu'à la maison pour te trouver dans mon lit. Mon lit. Ma maison. Ma femme.

Ses bras se mirent à trembler.

— Et tu l'as tuée. Tu l'as infectée de cette maladie en Égypte. Tu l'as rendue malade alors qu'elle portait mon enfant. Et c'est toi qui as insisté pour que j'appelle cette sorcière profane. Hadley a été maudite par ta faute !

— Seigneur, Archie, cria Noël. Ce n'est pas une malédiction. Elle commande ces faucheuses. C'est un cadeau des dieux. Mais bien sûr, je suppose que ce n'est pas quelque chose que tu es en mesure d'apprécier puisque tu l'as induite en erreur pendant toutes ces années.

— Ce sort a fait moisir ton cerveau.

Noël secoua la tête et se tourna vers Hadley, lui parlant d'une voix douce.

— Venez avec moi. Je peux vous emmener au Caire et vous montrer des choses incroyables. Des choses que votre mère adorait.

Des ombres enfumées encerclèrent la base de l'acacia et grimpèrent sur l'écorce mouillée au fur et à mesure que la voix de Noël devenait plus convaincante.

— Pensez-y, Hadley. Je comprends que vous ayez des doutes quant à nous deux. J'accepte même que vous ayez fait de Magnusson votre amant. Mais vous ne pouvez nier qu'il y a quelque chose de plus fort qui nous unit. C'est le destin, Hadley. Nous sommes deux moitiés qui peuvent former un tout. Vous, avec votre pouvoir de manipuler la mort, et moi, l'homme que la mort ne peut atteindre.

Le père de Hadley étouffa un rire.

— Es-tu fou ? D'abord, ma femme, et maintenant, ma fille ? La mort n'est pas assez bonne pour toi ! J'aurais dû creuser un trou et te cimenter à l'intérieur.

— Et j'aurais dû faire la même chose avec toi, mais j'ai promis à Vera de ne pas te tuer.

— Tu me tues avec ce foutu sort de vieillissement.

— Je ne fais que te donner un petit coup de coude dans la bonne direction. Mais si tu préfères recevoir une bonne poussée, je serai ravi de te rendre ce service.

Les Mori étourdissaient Hadley. Ils étaient si nombreux. Certains d'entre eux s'accrochaient à sa colère et à sa panique, et d'autres se concentraient sur autre chose. Et lorsqu'elle comprit ce qui les attirait, elle se ressaisit assez longtemps pour trouver l'amulette dans la poche de son manteau.

— Hadley, avertit Noël lorsqu'il vit l'or briller.

— Père a peut-être fait beaucoup d'erreurs, mais ma mère l'aimait manifestement assez pour rester avec lui. Et j'imagine que nous partageons certains traits, après tout, parce que je suis de son côté.

— Hadley, lança son père pour la prévenir.

— Ne vous inquiétez pas, Père, rassura-t-elle, reculant pour s'éloigner de Noël, s'approchant de la porte du mausolée. Je détiens tous les morceaux, maintenant. C'est à moi que vous auriez dû demander de les trouver.

— Hadley…

Se préparant à faire face à l'inconnu, elle inséra la dernière barre transversale au haut de l'amulette. Le morceau se fixa avidement à la colonne, comme s'il était attiré par un aimant. Comme s'il était en vie. De ses doigts tremblants que la pluie avait rendus glissants, elle fit tourner les morceaux de métal en sens inverse, jusqu'à ce qu'ils s'emboîtent l'un dans l'autre.

CHAPITRE 32

L'amulette était entière, tous les morceaux étant maintenant assemblés. Hadley s'attendait à ce que quelque chose de gros et de dramatique et d'effrayant se produise. Mais…

Rien.

Pas de porte vers les enfers. Pas d'éclat de lumière. Pas de tourbillon de fumée magique. Elle remua l'artefact en regardant autour d'elle, à la recherche de quelque chose qui n'y était pas. Elle le secoua, poussant un grognement de frustration.

Toujours rien.

Le petit ricanement de Noël se transforma en rire.

— Oh ! Archie, si seulement tu pouvais voir l'expression sur son visage. Ta précieuse colonne d'Osiris ne semble pas fonctionner. J'ai bien peur que quelqu'un ait été dupé, car je ne vois aucune sorte d'entrée vers un monde ténébreux.

Seigneur. Adam lui avait-il donné la fausse amulette ? Venait-elle tout juste de fixer la dernière barre transversale à l'artefact contrefait ? Elle laissa tomber un cri de rage. Ses Mori braillèrent avec elle, grinçant des dents. Souhaitant être libérés. Un grondement se rassemblant quelque part au loin vibra dans l'air, s'approchant peu à peu.

— Hadley ! mugit son père. Mets-la autour de son cou. Elle doit être autour de son cou !

Elle fixa des yeux la chaîne brisée. Leva la tête vers Noël. Un sourire s'étendit lentement sur le visage de l'homme éternel, envoyant un frisson de peur parcourir son corps. Quel salopard arrogant et stupide. Elle ne pouvait peut-être pas le tuer, mais elle pouvait le blesser assez gravement pour lui faire souhaiter être mort.

Le grondement distant s'approchait peu à peu, jusqu'à ce que Hadley ressente un murmure dans ses os. Et avec un hurlement furieux, elle relâcha les Mori et les poussa vers Noël de toutes ses forces.

Les ombres s'amalgamèrent les unes aux autres au-dessus du mausolée, les spectres tournoyant autour d'une branche de l'arbre qui mesurait au moins six mètres et qui était plus large que le torse d'un homme. Le vieil acacia majestueux se mit à trembler. Le bois grinça. L'écorce se fendit. Et un craquement terrible éclata. La branche s'effondra dans la brume.

Noël bondit de côté lorsque le bois explosa près des pieds de Hadley, frappant le sol avec tant de force qu'elle claqua des dents. Son regard croisa celui de Noël par-dessus les rameaux effondrés. La bouche de l'homme se tordit dans un grognement furieux. Ses yeux se fermèrent momentanément.

— Pardonne-moi, Vera, mâchonna-t-il avant de pivoter vers son ennemi de longue date.

Une série de mots familiers s'échappa de ses lèvres. Qu'est-ce que c'était ? L'arabe égyptien ?

Le vent froissa les cheveux de Hadley alors que Noël hurla quelque chose au ciel.

Son père poussa un cri. Ses jambes s'entortillèrent. Les os craquèrent.

— Père !

Hadley trébucha sur les marches du mausolée et glissa dans la boue tandis que l'arbre géant tremblait à nouveau. Elle vit ses spectres secouer une autre branche un moment avant qu'une traînée de rouge apparaisse sur la pelouse.

Le grondement ne venait pas des Mori.

Il venait de *Lulu*.

Une silhouette sombre se jeta au bas de la motocyclette — une silhouette qu'elle ne reconnut pas instantanément. Mais c'était bien Lowe. Ses vêtements trempés s'accrochaient à ses muscles bien taillés. Une couronne sauvage de boucles dorées foncées par la pluie dégouttait au-dessus de ses yeux plissés, ses longues jambes le portant d'un bout à l'autre de la pelouse avec une grâce redoutable. On aurait cru qu'il était le diable en personne, sortant tout droit de l'enfer, décidé à vous arracher le cœur à mains nues.

Décidé à arracher le cœur de Noël.

Lorsque Hadley se redressa, les pieds dans la boue, elle entrevit la main de Lowe s'introduisant sous le revers de son veston. L'argent chatoya dans la bruine lorsqu'il serra le poing sur son poignard courbé.

— Lowe ! lança-t-elle.

Ses yeux se tournèrent furtivement vers elle, sans pour autant exprimer le moindre signe de reconnaissance. Il semblait possédé. Mais pourquoi avait-il choisi de venir ici ? Adam lui avait-il dit quelque chose ? Elle n'arrivait pas à se souvenir de ce qu'elle avait murmuré à l'horloger en quittant sa boutique.

— L'amulette ! coassa Mr Bacall entre deux respirations pénibles. Mets-la... autour de son... c-cou.

Lowe fonça sur Noël et l'attaqua. Il jeta l'homme par terre comme s'il n'était rien de plus qu'un sac de frappe en cuir, et son chapeau s'envola. Hadley manqua de glisser à nouveau lorsque le poids combiné des deux hommes heurta le tronc de l'arbre effondré, le poussant de plusieurs centimètres vers elle.

En grondant, Lowe saisit les cheveux de l'homme de sa main mutilée, puis lui cogna le crâne contre les branches. Une fois. Deux fois. Noël se débattit. Lutta. Puis, il retrouva un peu de force et frappa Lowe au visage si violemment que Hadley ne put s'empêcher de glapir d'effroi.

Pourtant, Lowe se contenta de remuer la tête pour retrouver ses esprits, et il changea de tactique, crachant des jurons suédois. Sa main blessée s'abattit sur le poignet de son adversaire. De l'autre main, il souleva son poignard dans la pluie, grognant sauvagement, puis l'abattit avec une force brutale. La lame traversa la paume de Noël et s'enfonça dans la branche de l'arbre.

Noël hurla. Il essaya de lever son bras, mais ne parvint qu'à agiter ses membres tandis que le sang s'épanchait dans le creux de sa main.

Lowe avait cloué l'homme à une branche.

Et la blessure était déjà en train de guérir d'elle-même, voulant se refermer autour de la lame.

— Hadley ! interpella Lowe. Donne-la-moi, maintenant !

Elle hésita, serrant l'amulette couverte de boue dans son poing. La chaîne était brisée. Elle devait le lui dire. Et beaucoup plus. Elle voulait voir toute cette folie disparaître, voir le paysage essuyé, propre à nouveau. Car une minute leur suffirait. Ils pourraient évaluer la situation ensemble et trouver une solution, comme ils l'avaient fait tant de fois avant que tout ait terriblement mal tourné.

Avant qu'il lui ait écrasé le cœur en miettes.

Dieu, comme elle voulait lui faire confiance.

Plus que tout au monde.

Une petite partie d'elle devait avoir foi en lui, car son bras se souleva de son propre gré, lui offrant l'amulette.

En un éclair, il la saisit. Ses yeux fous croisèrent les siens. L'espace d'un petit moment. Mais lorsqu'elle ne put souffler un seul mot hors de sa bouche, il baissa son regard furieux vers son ennemi et lui enserra le cou avec les bouts lâches de la chaîne, comme s'il voulait l'étouffer.

Les Mori poussèrent un gémissement collectif. Un avertissement. Quelque chose se passait.

Le sol trembla. La branche craqua. Et lorsque l'énergie maléfique de l'amulette s'intensifia soudainement, un trou noir s'ouvrit sous le dos de Noël.

Elle fonctionnait !

Le trou s'élargit telle une auréole noire autour des épaules de Noël, avant d'encercler aussi ses jambes. Les Mori descendirent de l'arbre dans un coup de vent, puis encerclèrent les hommes comme des anges noirs.

Noël hurla d'horreur. Mais il n'était pas le seul à avoir peur. Lowe se débattait pour s'éloigner de son adversaire. Les deux hommes s'enfonçaient dans le vide, comme si le trou était fait de sable mouvant ; une gueule affamée, noire comme une nuit sans étoile, ne cherchant qu'à les avaler vivants.

Hadley s'élança vers eux, et avec ses deux mains, elle attrapa le bras de Lowe qu'elle tira de toutes ses forces.

— Accroche-toi, cria-t-elle.

Elle enfonça un talon dans le sol boueux et poussa contre la branche écroulée de l'arbre pour s'en servir comme levier. C'était impossible. Elle sentait l'énergie aspirante du trou noir lui saper toute la sienne. Et Lowe était trop grand. Trop lourd. Ses vêtements mouillés glissèrent sous ses mains et elle le perdit presque.

Presque.

Le cœur galopant, elle ajusta rapidement sa prise, serra les dents, puis elle tira plus fort.

Noël hurla de plus belle. Près du pied de Hadley, sa chair s'arracha au poignard. Son corps coula au fond du vide tout d'un coup et… disparut.

Et comme si elle était du côté vainqueur d'une partie de souque à la corde, le torse de Lowe fut subitement libéré et se renversa sur l'arbre. Ils basculèrent ensemble dans la boue dans un enchevêtrement de bras. Elle chercha son souffle tandis qu'il se retourna vivement et souleva ses jambes par-dessus l'énorme branche. Puis, ils se redressèrent tous deux à genoux dans un empressement maladroit.

Un à un, les Mori plongèrent dans le trou qui se rétrécissait peu à peu, comme une envolée d'oiseaux noirs piquant vers un bassin d'eau. Ce qui était assez grand pour engloutir Noël quelques secondes plus tôt avait maintenant la taille d'une assiette, laissant entrer le dernier spectre.

Du coin de l'œil, Hadley perçut l'or briller. L'amulette. Ses morceaux étaient éparpillés sur le membre de l'arbre, une extrémité de sa chaîne brisée était enroulée autour du poignard toujours enfoncé dans le bois.

Lowe la vit également. Sa main se jeta dessus. Il arracha l'amulette, brisant la chaîne, et la jeta dans le trou qui continuait de rétrécir. Puisqu'elle avait maintenant tout ce qu'elle voulait, la gueule se referma d'un coup, puis disparut complètement.

Un grognement las attira l'attention d'Hadley. Elle tourna la tête vers la source du bruit.

Elle accourut vers son père en sautant par-dessus les branches, puis s'arrêta juste devant son fauteuil roulant. Il poussait sur ses jambes pour les délier. Il avait toujours mal et ses yeux étaient toujours pâles. Mais il était en vie.

— Père, dit-elle, incapable de retenir les larmes roulant sur ses joues.

Les domestiques sortirent sur le porche arrière à la hâte, la terreur dans les yeux.

— Appelez une ambulance, ordonna-t-elle.

— L'amulette a fonctionné, confirma le père entre deux respirations difficiles. Je sens la magie s'éloigner.

Mais ce ne fut pas la seule chose qui s'éloignait.

Le moteur de Lulu crépita, reprenant vie. Hadley interpella Lowe, sans savoir s'il l'entendit. Elle le vit seulement se pencher par-dessus le guidon de la motocyclette, puis accélérer, s'éloignant sans se retourner une seule fois.

Et il était parti.

CHAPITRE 33

Un mois plus tard…

Hadley posa un verre rempli de champagne sur le bord du bureau, les rires distants de la fête flottant dans l'air, atteignant l'embrasure de la porte. Elle n'avait jamais serré tant de mains de toute sa vie. Il lui était difficile de s'habituer à toute cette peau nue, et maintenant que c'était terminé, elle devait lutter contre l'envie persistante de se laver les mains pour ne pas remplacer une phobie par une autre. Mais elle parvint à s'en empêcher : une petite victoire.

Elle avait simplement besoin d'une petite pause. Si elle était restée parmi les invités plus longtemps, Miss Tilly serait probablement allée jusqu'à essayer de la serrer dans ses bras. Elle frémit et grinça des dents juste d'y penser.

Un petit pas à la fois.

— C'est la dernière, annonça son père, entrant dans la pièce en boitillant à l'aide de béquilles.

Il agita le menton en direction d'une boîte de bric-à-brac posée aux pieds de sa fille.

— Vous êtes certain de vouloir abandonner ce bureau ?

Elle s'appuya contre le bord du meuble.

— Dernière chance d'annuler votre retraite. Les employés sont déjà bourrés. Je suis certaine qu'ils seraient plus que ravis de lever leur verre à votre changement de décision.

Un sourire souleva le coin des lèvres du retraité.

— Tu imagines toute la paperasse qu'il y aurait à remplir ? Par ailleurs, on a déjà imprimé tes cartes professionnelles. Quel effet cela fait-il d'être chef de service ?

Étrangement, ce n'était pas aussi satisfaisant qu'elle l'avait imaginé, mais elle se contenta de répondre :

— C'est intimidant.

— Pss. Tu te débrouilleras très bien. Ah ! pendant que j'y pense, j'ai demandé à Miss Tilly de faire paraître une annonce dans les revues professionnelles pour le remplacement de George. Et si tu as besoin d'aide pour les entrevues…

— Je crois que j'y arriverai.

Il cligna des yeux, étudiant son visage, des particules de poussière virevoltant dans un rayon du soleil de l'après-midi qui se déversait par la fenêtre. Bien qu'il ait retrouvé la vue quelques jours après la confrontation finale avec son ancien partenaire, il passait toujours beaucoup de temps à observer sa fille avec une attention qu'il ne lui avait jamais portée avant sa cécité.

— Ne sois pas trop fière pour demander de l'aide.

— Promis, assura-t-elle, au moment où l'assistant de son père entra dans la pièce.

Stan souleva la boîte contenant les affaires du vieil homme.

— Nous devrions y aller, Monsieur. Le chauffeur attend à l'extérieur.

— Mettez cette boîte dans le coffre, répondit l'ancien chef de service. Je vous rejoins dans une minute ou deux.

— À quelle heure est votre rendez-vous chez le médecin ? demanda Hadley à son père lorsque Stan quitta le bureau.

— Dans une demi-heure, mais il peut attendre. Je veux te parler de quelque chose.

— Père, je vous suis reconnaissante de vous soucier de moi, mais je suis réellement capable de m'occuper de tout.

Le vieil homme s'appuya sur une béquille et secoua la tête.

— Non, c'est autre chose. Je voulais te parler de Mr Magnusson.

La seule mention de son nom lui pinça le cœur. Y avait-il déjà un mois qu'elle l'avait vu quitter la cour de son père, filant à dos de sa motocyclette ? Parce que ce mois lui faisait l'effet d'une année entière de nuits blanches.

— Qu'y a-t-il ? demanda-t-elle, s'efforçant d'utiliser une voix normale.

— Es-tu amoureuse de lui ?

Elle se regimba face à l'accusation, croisant les bras sous sa poitrine. Oui, son père l'avait vue tomber quelques fois en miettes après le départ cruel de Lowe, lorsque la colère et la tristesse la tourmentaient tour à tour. Mais elle s'était remise sur pied. Presque.

— Je ne sais pas pourquoi vous me posez cette question. Rien n'a changé. Il n'a fait aucune tentative pour me joindre.

— Ce n'est pas ce que je t'ai demandé.

— Ce que vous m'avez demandé n'a aucune importance. Je ne serais pas étonnée de ne jamais revoir cet homme de ma vie.

Il était vrai qu'elle avait pris un taxi une ou deux fois pour passer devant la demeure des Magnusson, au cas où elle repérerait sa motocyclette rouge dans l'allée privée. Elle ne l'avait jamais vue, aussi avait-elle abandonné l'idée.

— À ce que je sache, il s'est enfui dans le désert de l'Égypte à nouveau. Et compte tenu des circonstances dans lesquelles nous nous sommes quittés, je suis plutôt certaine qu'il n'essaiera pas de vendre au musée ses futures trouvailles.

Son père plissa les paupières.

— Il n'est pas en Égypte. En fait, il est passé à la maison ce matin avant que je ne vienne ici.

L'estomac de Hadley ne fit qu'un tour et une sensation de picotement s'étendit jusqu'au bout de ses membres. Une douzaine de questions défilèrent dans son esprit en l'espace d'une seconde, mais la seule qu'elle put exprimer fut :

— Pourquoi ?

— Il est venu me montrer quelques objets qu'il a trouvés à Philæ.

Ah. Pas pour avoir de ses nouvelles, alors. Seulement pour les affaires. Et la seule pensée que son père accepte de faire affaire avec lui alluma des flammes de colère dans son cœur.

— Vous ne parlez pas sérieusement. Êtes-vous devenu fou ? Vous l'avez rencontré, sachant qu'il vend à la criée des objets contrefaits ?

— Ces objets étaient authentiques. Il y avait surtout des poteries, et quelques outils.

— Père.

— Ne me regarde pas comme si j'étais un imbécile, dit-il avec mauvaise humeur. Je vois très bien, maintenant, tu sais. Et c'est moi qui lui ai demandé de venir me montrer ces objets, ce n'est pas lui qui est venu vers moi.

Impossible. Mais qu'est-ce qui lui avait pris... ? Le pouls de Hadley accéléra en flèche.

— Êtes-vous en train de me dire que vous étiez resté en contact avec lui avant ce matin ?

— Je ne voulais pas te bouleverser.

— Vous réussissez très bien à le faire maintenant.

— Allons, allons. Calme-toi et renvoie ces choses au loin.

Elle jeta un coup d'œil vers le coin où son père avait tourné la tête. Deux Mori rampaient pour sortir d'un espace ombragé par une étagère de livres.

La descente de Noël vers les enfers avait beau avoir annihilé le sort de vieillissement que l'homme avait ancré dans le corps de son père, elle n'avait pas coupé le lien qu'elle partageait avec les Mori. Lorsqu'elle s'en était rendu compte, elle avait pratiquement détruit la cuisine de son père dans une rage noyée de larmes. Mais elle avait fini par accepter la réalité et s'était résignée devant le fait qu'ils fassent partie de sa vie pour de bon. Malédiction ou bénédiction, ils lui appartenaient.

Il était également de sa responsabilité de les contrôler. Fermant les yeux, elle les força rapidement à repartir d'où ils venaient, puis elle prit une profonde respiration pour clarifier ses pensées.

— C'est bon. Continuez.

— La dernière fois que je l'ai vu, Mr Magnusson a mentionné qu'il songeait à faire don de certaines de ses trouvailles à Berkeley, et je lui ai demandé si je pouvais voir les poteries.

— Combien de fois l'avez-vous vu ?

— Nous avions toujours quelque chose à régler. Naturellement, je lui ai demandé de me rendre visite.

— Quel genre de chose à régler ?

— Le paiement, bien sûr. Considère les choses de cette façon : ta mère nous a mis dans ce pétrin lorsqu'elle a commencé à fréquenter Noël. Par conséquent, utiliser la fortune de sa famille pour nous en sortir est le moins qu'elle puisse faire pour nous.

Hadley était décontenancée par la franchise de son père. Il n'avait jamais parlé de sa mère ainsi. Peut-être était-ce sa manière de passer à autre chose, grincheux qu'il était.

— Et une entente est une entente, conclut-il. La somme dont nous avions convenu au départ ne couvrait pas seulement l'amulette en soi.

— Vous avez payé Lowe ?

— Il y a deux semaines.

— Il planifiait de vous duper.

— Néanmoins, l'amulette a été trouvée…

— Surtout grâce à moi !

— … et Noël est parti. Mr Magnusson a respecté sa partie de l'entente, j'ai donc respecté la mienne. J'aurais éprouvé de la culpabilité si je ne l'avais pas fait. Et le fait qu'il n'ait pas exigé le paiement m'a permis de le voir d'un autre œil.

Il souleva le menton vers sa fille à quelques reprises, puis prononça d'une voix adoucie :

— Si je suis capable de voir au-delà de ses erreurs, peut-être pourrais-tu considérer en faire autant ? Il a fait des pieds et des mains pour s'assurer que Samuel Levin ne ternisse pas ta carrière en lançant des rumeurs.

Comment, elle n'en savait rien, mais plutôt mourir que de supplier son père de le lui dire.

— Il ne démontre aucun intérêt à communiquer avec moi, alors je ne vois pas quelle différence toutes ces révélations pourraient faire.

— Tu pourrais lui accorder le bénéfice du doute, suggéra-t-il, enfonçant ses béquilles sous ses bras. Et c'est tout ce que j'ai à dire à ce sujet. Ta vie t'appartient. Mais garde à l'esprit que, peu importe la gratification que tu trouveras à l'intérieur de ces murs, il s'agit d'une pauvre excuse pour négliger de chercher d'autres réalisations à l'extérieur. Ne laisse pas l'ambition du succès devenir ta seule source de bonheur.

De drôles de paroles, venant de la part d'un homme qui avait fait exactement le contraire, mais elle l'observa sortir du bureau sans répondre, surtout parce qu'elle était trop contrariée pour prononcer un seul mot. Toute la douleur et tout le chagrin qu'elle avait pris le soin d'enfermer à l'intérieur de sa tête refirent surface avec une force décuplée.

— Miss Bacall ?

Elle piétina ses émotions chaotiques et leva les yeux vers l'entrée du bureau pour trouver la secrétaire comptable, qui était restée à l'accueil pendant que Miss Tilly prenait un verre de trop avec le reste du personnel. La femme tendit un lis tigré orange vif vers Hadley.

— Vous avez reçu ceci.

Hadley maudit silencieusement Miss Tilly de ne pas l'avoir informée de la marche à suivre.

— Jetez-le à la poubelle.

— Le jeter ? Mais pourquoi ?

Parce que, peu importe le nombre de fois qu'elle avait demandé au jeune livreur de cesser de lui apporter les lis, il avait insisté pour continuer, disant qu'il s'attirerait des ennuis s'il manquait à sa tâche ; et ne connaissait-elle pas les Magnusson ? Comme si la famille le pourchasserait munie de mitraillettes s'il négligeait de livrer une stupide fleur. Ridicule. Hadley se demandait parfois si Miss Tilly demandait au garçon de continuer à les apporter parce qu'il lui faisait les yeux doux.

— Aucune importance, dit-elle à la secrétaire, un sentiment de défaite balayant soudainement sa colère.

Le discours de son père l'avait rendue perplexe. Quinze minutes plus tôt, elle se sentait parfaitement bien. Bon, c'était un mensonge. Sans se sentir parfaitement bien, elle arrivait à surmonter sa peine. Elle l'endurait. Et, oui, elle regrettait à l'occasion ce qu'elle avait perdu avec Lowe, surtout après avoir abandonné l'espoir qu'il apparaisse dans l'embrasure de sa porte pour au moins essayer d'expliquer pourquoi il lui avait menti.

Mais il n'apparut pas.

La vérité, c'était qu'elle était probablement plus vexée qu'il l'ait laissée tomber, de même que ce qu'ils partageaient, qu'elle l'était par ses mensonges. Après tout, son père lui avait aussi menti, et ils s'étaient réconciliés. Lowe n'estimait-il pas qu'elle en valait la peine ?

Une lourde bouffée d'air lui gonfla la poitrine. Elle ne croyait tout simplement pas avoir la force de faire son deuil de lui une fois de plus.

— Quel est le nom du fleuriste ? demanda-t-elle à la secrétaire.

— Les fleurs de Lunde.

Il était peut-être temps d'admettre que tout était bel et bien terminé entre eux. Et que le moment était venu de couper le dernier lien qui les rattachait, une fois pour toutes.

Elle fit venir un taxi et quitta le bureau plus tôt que prévu, donnant au conducteur le nom du fleuriste. La voiture la conduisit vers le sud du parc, jusqu'au quartier Fillmore. Le taxi s'arrêta à un pâté de maisons de la boutique d'Adam. Elle aurait dû s'en douter.

Après avoir demandé au conducteur de l'attendre, elle entra dans la boutique du fleuriste, une résignation calme propulsant ses pas. Elle fit tinter la sonnette sur le comptoir.

Une femme d'âge mûr aux cheveux blonds et aux pommettes rosées ouvrit une porte.

— Bonjour, salua-t-elle avec un lourd accent scandinave. Comment est-ce que je peux vous aider ?

— Il y a environ deux mois, quelqu'un a demandé à ce qu'on livre des fleurs à mon bureau. Une livraison quotidienne de lis…

— Ah ! Mr Magnusson, *ja.*

Elle sourit.

— Vous êtes au musée.

— Oui, c'est bien moi.

Les sourcils de la femme se plissèrent.

— Vous avez bien reçu vos livraisons ?

— Oui, sans problème. Je suis venue vous demander de les faire cesser.

— Pourquoi ? La qualité n'est pas bonne ?

— La qualité est parfaite.

Hadley inhala une bouffée d'air apaisante.

— Mr Magnusson et moi ne nous fréquentons plus, et je suppose qu'il a oublié de vous aviser de faire cesser les livraisons.

— Oh ! comme c'est terrible. Le pauvre homme.

Pour l'amour de Dieu, elle aussi ? Toute la ville avait-elle décidé de prendre parti pour Lowe, aujourd'hui ?

— Il a perdu beaucoup, expliqua la fleuriste d'un ton solennel. D'abord, Mr Goldberg, et ensuite, sa chérie.

Hadley pencha la tête de côté.

— Avez-vous dit Mr Goldberg ? L'horloger ?

— *Ja.* Quelle horrible tragédie. Nous sommes si tristes de son départ.

La visiteuse se figea. Le message de la femme avait sûrement été perdu à la traduction.

— Vous ne voulez pas dire qu'il est décédé, n'est-ce pas ?

La fleuriste fit oui de la tête.

— Il a été tué dans sa boutique. La police ne trouve pas encore le tueur. Vous n'avez pas entendu ? C'était dans les journaux.

Hadley resta clouée sur place pendant un bon moment, essayant désespérément de calmer ses nerfs et de réfléchir de manière rationnelle.

— Quand est-ce que c'est arrivé ?

— Il y a un mois.

Un mois. C'était… lorsqu'elle avait vu Lowe pour la dernière fois. Lorsqu'il était arrivé en trombe dans la cour arrière de son père, enragé, et qu'il avait attaqué Noël et… *Oh, mon Dieu !*

— Et la petite fille ? Est-elle ? C'est-à-dire, enfin, a-t-elle été tuée ?

— Non.

La commerçante remua la tête de gauche à droite, regardant Hadley d'un œil réprobateur, comme si elle était une personne horrible d'avoir pensé une chose pareille.

Hadley cligna rapidement des yeux, puis s'éloigna du comptoir à reculons.

— Je dois y aller. Merci.

— Attendez ! Et les livraisons ?

— Oubliez ce que j'ai dit, marmonna-t-elle, sortant du commerce au pas de course.

Entre deux inspirations laborieuses, elle donna au chauffeur de taxi une adresse, puis serra son sac à main contre ses cuisses pendant tout le trajet, l'esprit vide et ébloui par le choc. Lorsque les roues ralentirent devant la demeure des Magnusson, sur Broadway, elle faillit bondir à l'extérieur de la voiture avant qu'elle ne s'arrête complètement.

Pendant qu'elle courait vers la porte avant, une tête blonde familière étira le cou dans l'allée privée.

— Miss Bacall ?

— Astrid !

Elle changea le cap et marcha à grandes enjambées jusqu'à la grande barrière du côté de la demeure.

— Lowe est-il à la maison ?

La sœur de l'archéologue se gratta l'oreille et tordit les lèvres.

— Et bien, pas exactement…

L'assistant de Winter, Bo, s'avança derrière Astrid.

— B'jour, dit-il en inclinant la tête.

— Je cherche Lowe, répéta Hadley.

Une conversation muette eut lieu entre Astrid et Bo. La jeune femme hocha la tête, lui accordant un genre de permission.

Bo repoussa légèrement le bord de son chapeau plat d'une jointure.

— En fait, nous allions tous les deux le voir. Si vous voulez, vous pouvez venir avec nous.

Hadley fut incapable de formuler quelque chose de cohérent. Elle se contenta de répondre oui d'un signe de tête, puis courut payer le chauffeur de taxi. Deux minutes plus tard, elle se retrouvait assise sur la banquette arrière de la limousine Pierce-Arrow avec Astrid, et Bo les conduisait vers les limites de Pacific Heights.

Astrid tenta de converser, mais Hadley était trop énervée pour être autre chose que la pire compagne de route. Un silence à la fois tendu et inconfortable s'étendit le long des grands pâtés de maisons urbains. Ce ne fut que lorsqu'ils traversèrent Russian

Hill que Hadley réalisa qu'elle n'avait pas demandé où ils allaient.

Au moment d'entamer la longue ascension de la rue Filbert, des clichés du jour où elle avait grimpé Telegraph Hill avec Lowe refirent surface dans sa mémoire. Rouler avec lui dans le taxi après leur visite au Columbarium. Les perroquets vert et rouge. Prétendre être un couple souhaitant acheter la vieille maison des Rosewood à ce pauvre agent immobilier ébouriffé. Le Manoir lugubre, comme l'avait surnommé Lowe.

Et le voilà qui régnait toujours sur le haut de la colline.

Des camions étaient garés sur le bord de la route. Des travailleurs chargeaient les véhicules de débris tandis que d'autres s'accrochaient à des échelles pour peindre les moulures. Les fenêtres jumelles du deuxième étage avaient été remplacées.

Hadley regarda fixement par la fenêtre lorsque la voiture ralentit pour se garer.

— Que se passe-t-il ici ?

— Croyez-moi, j'ai posé la même question lorsque j'ai vu cette cabane en ruines, la première fois, répondit Astrid, agitant la main en signe de dégoût envers la maison victorienne. Lowe m'a répondu que je n'avais aucune vision, et il avait peut-être raison. Allez, venez avec nous à l'intérieur.

Hébétée, elle les suivit sur le trottoir, où Lowe et elle s'étaient battus contre le griffon, puis ils passèrent devant les travailleurs qui les saluèrent en abaissant leurs casquettes, avant de monter les marches menant vers la porte ouverte. L'endroit était tellement plus clair et chaleureux que dans ses souvenirs. Il y avait l'électricité et le chauffage, comprit-elle vaguement, toujours abasourdie. Et elle sentit l'odeur de la peinture fraîche. Le graffiti grotesque avait disparu. De même que les vieux meubles. Un nouveau portemanteau artisanal se dressait au fond du vestibule. Et là, au-dessus d'un banc sculpté, un chapeau plat et deux manteaux étaient suspendus ; l'un d'eux lui était douloureusement familier, et l'autre était beaucoup plus petit.

Une voix grave retentit, quelques mètres plus loin, et sa gorge se serra.

— Non, tu ne peux pas monter. Ils travaillent là-haut, *sötnos.*

Lowe se tenait debout, au bas de l'escalier, tirant sur la main d'une petite fille vêtue d'une robe rouge à pois blancs.

Hadley resta immobile, enracinée dans le plancher, pendant qu'Astrid et Bo avançaient dans la pièce. Un sourire égaya le visage auréolé de boucles de la petite fille qui les épiait, puis elle oublia tout de son projet de gravir l'escalier. Astrid se pencha et accourut vers l'enfant.

— Stella-bella, l'accueillit Astrid d'une voix taquine, soulevant la fillette dans ses bras. Qu'est-ce que tu faisais ? Tes mains sont complètement couvertes de saleté.

Stella tendit les mains, paumes vers le haut, puis elle remua les doigts, manifestement contente d'elle-même.

— Elle a essayé d'attraper un perroquet sauvage dans le jardin, expliqua Lowe. Je vais devoir faire bâtir une clôture autour…

Le regard de Lowe s'arrêta sur celui de Hadley.

Une étrange chaleur inonda sa peau. Elle ne savait trop si elle voulait fuir ou pleurer.

— Nous avons emmené quelqu'un qui voulait te voir, justifia Bo. Astrid, qu'en dis-tu d'emmener Stella dehors pour voir si nous pourrions trouver un autre perroquet ?

Hadley se concentra sur sa respiration pendant qu'ils accompagnaient la fillette à l'extérieur. Lowe resta où il se tenait, à quelques mètres d'elle. Son complet était de la même teinte que la nouvelle teinture à bois de l'escalier, et il portait ses bottes de motocyclette en cuir. Le souvenir de la nuit où elle s'était accroupie pour délier ses lacets attisa davantage le chaos émotionnel menaçant d'incendier son cœur.

— Bonjour, Hadley.

— Bonjour, Lowe.

Sa bouche s'assécha. Elle avait trop de choses à lui dire, mais elle n'arrivait pas à se souvenir d'aucune d'elles en ce moment. Un mois passé sans lui, et c'était comme si son cœur idiot ne se souciait plus de la douleur qu'il lui avait causée. Elle dut lutter contre le besoin irrépressible de courir vers lui pour se presser contre son torse solide et sentir ses bras l'envelopper. Sentir ce cœur battre à un rythme rassurant sous sa joue. Elle finit par faire semblant d'évaluer la pièce autour d'elle pour rassembler ses esprits et se ressaisir.

— Tu as acheté le Manoir lugubre, parvint-elle finalement à dire d'une voix qui se voulait naturelle.

— Eh oui, répondit-il. Mon frère a insisté auprès de la banque pour finaliser la vente. Ils avaient hâte de s'en débarrasser. Les maisons hantées ne sont pas des propriétés en demande, apparemment.

Elle voulut lui offrir un sourire détendu, mais sa bouche avait du mal à se rappeler comment faire.

— Tu m'étonnes.

— Elle n'est pas réellement hantée, au cas où tu te poserais la question.

Il enfonça ses mains dans les poches de son pantalon et fit quelques pas nonchalants vers Hadley.

— Aida a donné le feu vert ; l'approbation ultime. Alors, je suppose que tous ces fantômes peints sur les murs ne faisaient que prendre leurs désirs pour la réalité.

Une partie d'elle avait envie de sourire, mais elle retrouva rapidement le sens de la réalité, se souvenant de la panique qui l'avait poussée à le retrouver.

— Pourquoi ne me l'as-tu pas dit ? s'enquit-elle dans un murmure.

Il laissa tomber sa tête, puis la releva pour la regarder de ses yeux bleu clair. Deux lignes creuses marquaient son front.

— Hadley…

— Tu aurais dû me le dire. Je n'étais pas au courant.

Les mots dégringolèrent si vite de sa bouche. Elle cligna des paupières pour essuyer les larmes qui menaçaient d'en déborder.

— Je suis allée chez la fleuriste de Fillmore et elle m'a dit qu'Adam était mort, et je n'arrivais pas à le croire. Je me suis rendue directement chez toi…

— Hé ! ho ! fit-il doucement. Ça va.

— Ça ne va pas. C'est terrible. Tu ne comprends pas ? Je suis allée voir Adam à son atelier. Je suis allée lui parler parce que je t'en voulais de m'avoir menti, et je voulais savoir la vérité. Je croyais avoir été très prudente…

— Noël Irving t'a suivie, continua-t-il d'une voix cassée.

Il cligna plusieurs fois des paupières et se racla la gorge.

— Il cherchait l'amulette, et j'imagine que lorsqu'il ne l'a pas trouvée, il est allé chez ton père et t'a trouvée dans la cour.

Un horrible vide envahissait la poitrine de Hadley.

— Tu aurais dû me le dire.

— Je croyais que tu savais.

— Mon Dieu, Lowe, si j'avais su, j'aurais…

— Quoi ? défia-t-il. Qu'aurais-tu fait ? Il est parti, et contrairement à ton père, il n'y a pas de magie noire qui peut le ramener à la vie.

— C'est injuste, chuchota-t-elle, les larmes lui picotant les yeux.

— Oui, c'est injuste. Sais-tu combien de personnes j'ai perdues pour toujours dans les dernières années ? D'abord, Miriam, puis mes parents — les deux en même temps, Hadley. Et maintenant, Adam.

— Et je suis tellement désolée. J'ai le cœur qui fend lorsque j'imagine à quel point tu as dû avoir mal, mais tu n'avais pas à traverser cette épreuve seul. Tout ce que tu avais à faire, c'était de me parler.

— Pourquoi aurais-je eu une seule raison de croire que tu voulais me parler ? J'ai menti, puis tu es partie.

— Ça, tu peux le croire, affirma-t-elle, clignant des yeux pour refouler des larmes de colère. J'ai été trahie par de nombreuses personnes au cours de ma vie, mais je ne l'ai jamais senti venir de ta part. Tu aurais mieux fait de me percer le ventre de ton fameux poignard, car je crois que la douleur aurait été moins pénible.

Les yeux de Lowe débordaient d'émotion.

— Je n'ai réellement jamais eu l'intention de te blesser.

— Mais tu l'as fait, et tu aurais au moins dû essayer de me parler — si ce n'était de nous deux, alors au moins d'Adam. Après ce que nous avons vécu ensemble, je dirais que tu me devais au moins cela. Ou crois-tu plutôt…

Elle attendit que sa gorge se desserre, mais lorsqu'elle termina sa phrase, sa voix était toujours rauque et déchirée.

— Me blâmes-tu pour ce qui lui est arrivé ?

Le regard de Lowe s'échoua sur les lames du plancher.

— J'ai voulu te blâmer, crois-moi. Mais c'est moi qui ai trouvé la foutue amulette et qui l'ai apportée ici. C'est moi qui ai demandé à Adam de la reproduire. Alors, au bout du compte, il m'a été plus facile de jeter le blâme sur moi.

— Lowe…

— Quand je bâcle les choses, je le fais de manière spectaculaire. Je vous ai perdus, toi et Adam, la même journée, parce que je n'étais pas assez homme pour assumer mes mensonges. C'est impressionnant, vraiment, à quel point je me suis rendu pour le réaliser.

Hadley ne savait plus quoi dire. Il ne lui restait plus une once d'énergie pour se battre.

— Alors, oui, je me suis blâmé moi-même, conclut-il d'une voix adoucie. Mais quelques jours sont passés, puis je me suis mis à penser à ton père.

— Mon père ? répéta-t-elle, perplexe.

Il remua la monnaie au fond de sa poche et soupira lourdement.

— Lorsque ta mère a obtenu huit ans en prime avec le sort, ton père, au lieu de passer ces années à essayer de réparer ce qui était brisé entre eux, a dépensé une fortune pour voyager d'un bout à l'autre de la planète dans le but de trouver un objet de trois mille ans qui tuerait son meilleur ami. Il faut l'avouer, son ami était un monstre, et le contraire absolu d'Adam sous tous ses angles.

— Ah ! Lowe.

Il secoua la tête, comme si c'était chose du passé, et qu'il n'était pas intéressé d'y replonger. Puis, il reprit son explication.

— Mais tu vois, ça ne s'est pas arrêté là. Après la mort de ta mère, ton père a passé des décennies de plus à s'accrocher à cette idée de vengeance. Des décennies. C'est une foutue longue période à passer dans la colère. Peut-être que toutes ces tragédies auraient pu être évitées s'il avait accepté le fait que ce soit en partie sa faute. Peut-être aurait-il pu se demander si ta mère s'était tournée vers Noël parce que son mari avait oublié qu'une relation exige qu'on s'en occupe.

Une longue pause s'étira entre eux.

— La même chose est arrivée entre Adam et toi, murmura-t-elle, réalisant soudainement. Lorsque Miriam et toi…

— Tout le monde commet des erreurs. Il est plus facile de se pardonner lorsque les gens qui vous entourent vous donnent la même considération.

Elle essuya rapidement ses larmes de ses doigts gantés.

— Tu as obtenu la garde de Stella ?

— Oui et non.

Il porta les yeux vers le bout du couloir, où Astrid et Bo avaient emmené la fillette.

— Les juges n'aiment pas accorder la garde à un homme qui ne fait pas partie de la famille de l'enfant. Surtout si cet homme ne possède pas de propriété et passe la moitié de l'année à l'étranger. Ils froncent aussi les sourcils à la vue d'un casier judiciaire. Semble-t-il qu'il faut faire preuve de bonnes mœurs pour élever un enfant de nos jours.

— Difficile à croire, badina Hadley d'un sourire ironique.

— Heureusement pour moi, il se trouve que le juge possède des parts dans l'un des hôtels auxquels les Magnusson fournissent de l'alcool.

— Ah ! fit-elle en hochant la tête. C'est pratique.

— Effectivement. Alors, il a accordé la garde temporaire à Winter et à Aida. Nous avons obtenu son congé de l'orphelinat il y a une dizaine de jours. Elle était un peu sous le choc au début, mais elle est devenue à l'aise assez rapidement avec toute la maisonnée. J'ai réalisé que les humeurs d'une fille peuvent être amadouées avec de grandes quantités de gâteau éponge et de jouets étincelants.

Hadley murmura son accord.

— Je crois me souvenir que tu m'as amadouée avec de la tarte au citron.

— Et je le referais sans aucune hésitation.

Une chaleur s'épanouit dans sa poitrine. Elle détourna les yeux.

— Alors, tu as acheté le Manoir lugubre pour obtenir la garde de Stella ?

— En partie. La maison familiale est déjà pleine à craquer, et Winter et Aida attendent un bébé. Stella est légèrement intimidée par le mastiff d'Aida. Et j'ai toujours voulu posséder mon propre foyer. L'argent de ton père m'a permis de réaliser ce rêve.

— Il m'en a parlé cet après-midi. Il a également mentionné que tu as payé ta dette envers Mr Levin ?

— Ton père m'a aidé à le faire. Il lui a donné la base contrefaite de l'amulette accompagnée des documents authentiques. Si c'était venu de moi, Levin aurait senti qu'il y avait quelque chose de louche. Mais ton père a été capable de le convaincre qu'il achetait son silence au sujet de la copie du crocodile avec un artefact original.

— Bon sang, murmura-t-elle. Il a dupé Samuel Levin ?

— Mr Bacall est très bon acteur.

— Je ne savais pas qu'il en était capable.

— Maintenant, tout le monde est heureux. Levin croit posséder un rare morceau de l'histoire, ta réputation demeure intacte et Morales est satisfait. Et je crois qu'Adam serait ravi de savoir que son chef-d'œuvre a permis de réparer les pots cassés. Il approuverait le geste sans aucun doute.

Ils se regardèrent pendant un moment, et une timidité terrible s'insinua en elle. Elle tourna alors la tête et se mit à tapoter le revers de la manche de son manteau.

— Je ne sais pas quoi dire. J'ai l'impression d'avoir vécu dans un autre monde pendant que toutes ces choses se déroulaient.

— Tu étais occupée. Félicitations pour ton nouveau poste de chef de service. Tu le mérites grandement.

Elle le remercia tandis qu'un martèlement retentissant au-dessus de leurs têtes étouffa ses paroles. Lowe lui fit signe d'aller dans une autre pièce. Elle accepta d'un signe de tête avant de le suivre, laissant le bruit derrière eux.

— Et que comptes-tu faire ? demanda-t-elle, synchronisant son pas avec le sien. Maintenant que tu as Stella, vas-tu retourner creuser le sol pour déterrer des trésors ?

— En fait, je suis parvenu à décrocher un boulot à l'Université Berkeley. Je vais enseigner le travail sur le terrain pour le service d'anthropologie et je superviserai des petits projets de fouille dans la région pour les étudiants des cycles supérieurs.

— Professeur ?

Une autre surprise.

— Je me suis dit que ça vaudrait le coup d'essayer. Je suis connu pour raconter de bonnes histoires. C'est un talent qui pourrait me servir dans une salle de classe.

— Je suis d'accord.

— Winter me laisse amarrer un runabout au quai Magnusson. Cela m'évite d'avoir à prendre le traversier vers Berkeley. Et ce sera plus facile de rentrer pour m'occuper de Stella. Je devrai engager des domestiques et une nounou, bien sûr. Trouver un tuteur pour qu'elle puisse bien apprendre la langue des signes. Mais je ne commence pas avant le mois d'août, donc j'ai amplement le temps de tout prévoir.

Ils s'arrêtèrent dans l'embrasure de la porte de la cuisine, où les carreaux de céramique avaient fraîchement été posés et la peinture, récemment appliquée. Une glacière et une machine à laver attendaient d'être installées, et une longue table régnait au milieu de l'espace.

— On dirait que tu as pensé à tout, commenta-t-elle. Et il semble que la maison sera bientôt prête à t'accueillir.

— Dans deux semaines, environ. Il y a encore beaucoup de travail à faire, mais Winter a eu recours à quelques faveurs qui lui étaient dues pour employer des ouvriers supplémentaires.

Hadley baissa les yeux vers les pattes de la table. Elle se pencha pour regarder de plus près, n'en croyant pas ses yeux.

— Une équipe d'hommes talentueux, enchaîna-t-il. Ils ont trouvé le moyen de visser la table au plancher brut avant de fixer les carreaux. Mais ils trouvent vachement difficile d'imaginer un moyen de river la glacière au sol. Peut-être que les hommes qui ont installé tes meubles pourraient leur dire comment faire ?

— Lowe ?

— Oui ?

— Je ne… Pourquoi ?

Elle essaya à nouveau.

— Que fais-tu au juste ?

Il se tourna pour la regarder en face et précisa d'une voix douce :

— Je n'ai pas encore planifié tous les détails. Je sais que c'est fichûment ambitieux d'espérer que tu me pardonneras, mais disons que j'ai plus confiance en ta capacité de le faire qu'aux chances que j'ai de le mériter. Et je sais que c'est beaucoup te demander que tu m'acceptes moi, mais aussi Stella. C'est une énorme demande. Mais je ne m'attends pas à ce que tu valses ici en jouant à la mère. Je m'en tiens à mon rôle d'oncle, moi-même. Ça reste simple.

— Lowe.

Hadley remua doucement la tête pendant un long moment, incrédule. Elle bredouilla une réponse incompréhensible, puis réalisa qu'elle ne savait même pas ce qu'elle pensait, encore moins ce qu'elle disait. Son cœur battait la chamade, si bien qu'elle craignit qu'il l'entende.

— Je croyais que tu ne croyais plus en nous. Que tu…

— Comme je le disais, j'ai tout bâclé de manière si spectaculaire, et j'avais peur que tu me dises d'aller me faire foutre si je pointais le nez sur le pas de ta porte en t'offrant seulement mes excuses. Alors, j'ai planifié de rénover cette baraque, tu vois. Puis j'ai pensé que je pourrais essayer de gagner ton amour en attirant ta sympathie. En feignant d'être atteint d'une maladie invalidante qui me laisserait six semaines à vivre, peut-être.

Ses paroles étaient légères, mais sa voix était éraillée par une émotion retenue. Il leva une main, hésitant, puis traça une mèche de ses cheveux du bout du doigt, un frôlement à peine perceptible qui lui injecta le bras de frissons.

— Et si cette ruse ne fonctionnait pas, j'étais prêt à me métamorphoser en quelqu'un d'autre. Teindre mes cheveux, faire semblant de boiter. Peut-être même me présenter comme étant quelqu'un de prestigieux — un duc, par exemple, ou un riche héritier qui chasse les animaux sauvages en Afrique. Te séduire avec mes conversations charmantes et une grosse bague somptueuse, puis attendre après notre mariage pour te révéler mon identité, en priant pour que tu ne divorces pas.

Elle s'étouffa d'un rire graveleux.

— Et si ton plan échouait ?

— Si tu veux me voir à genoux, je suis prêt à ramper. J'ai passé la majeure partie de ma vie à faire des erreurs, mais si je dois passer le reste de mes jours à te prouver que je peux être un homme meilleur, je serai ravi d'essayer jusqu'à ma mort.

Il était vraiment près d'elle, à présent. Si près qu'elle pouvait humer ses cheveux et ses vêtements, et l'odeur douloureusement réconfortante de sa peau. Elle garda les yeux rivés sur le col de sa chemise pour empêcher son cœur de galoper plus vite que ses pensées dispersées.

— C'est une longue route, d'ici au musée.

— Il y a suffisamment de place à l'étage des domestiques pour un chauffeur à temps plein.

— Je n'ai pas beaucoup de chance avec les domestiques.

— C'est là où le nom de ma famille devient très utile.

Une curieuse euphorie vint affaiblir les jambes de Hadley.

— Et je ne sais pas comment Numéro quatre envisagera la vie à la campagne.

Lentement, il lui prit les mains et entreprit de lui retirer ses gants, murmurant d'une voix grave.

— Ce n'est pas la campagne, ici, *min kära,* mais Stella adore les chats, alors il disposera au moins d'une complice s'il a soudain l'envie irrésistible de chasser les perroquets.

— Lowe, insista-t-elle, lui prenant les doigts pour les immobiliser.

— Oui, Hadley ?

— Je peux pardonner les erreurs. Et je me fiche des escroqueries et des arnaques. Si tu veux dire au président que tu es le pape, cela ne fait aucune différence à mes yeux. Tout ce que je demande, c'est que tu te retiennes de mentir à deux personnes.

— Et ces personnes sont… ?

— Toi et moi.

Dans un dernier geste, il lui retira son gant et enveloppa sa main nue dans les siennes.

— Miss Bacall, prononça-t-il en lui embrassant les jointures. Nous avons une entente.

ÉPILOGUE

Janvier 1929 — un an plus tard

Hadley fronça les paupières dans le soleil matinal, s'approchant du porteur qui hissait leurs bagages sur le train ronflant. La gare de Twin Peaks bourdonnait de voyageurs qui partaient pour San Francisco ou qui en revenaient, et Hadley se sentait à la fois ravie et nerveuse d'en faire partie. Elle rêvait de ce voyage depuis qu'elle était toute petite. Son estomac s'était maintenant transformé en une émeute de papillons et elle ne pouvait s'arrêter de sourire.

— C'est juste que j'ai aussi remarqué deux noms de famille, Monsieur, expliqua le porteur à l'homme remarquablement grand aux cheveux de blé.

Hadley s'arrêta derrière ce géant, hors de la vue du porteur, pour entendre sa réponse.

— Vous avez le sens de l'observation, répondit Lowe avec un air de conspirateur. Oui, c'est vrai.

Nous devons aller prendre un navire à vapeur qui traversera l'Atlantique, vous voyez. Et Miss Bacall est une célèbre journaliste qui a été choisie pour m'accompagner dans le but d'écrire mes mémoires. Contrées lointaines, aventures palpitantes. Ce genre de choses.

— Ah ! fit le porteur, les yeux écarquillés. Bien, pardonnez-moi de vous le demander sans ambages, Monsieur, mais sa valise porte le numéro de votre chambre. Devrais-je plutôt la mettre dans la chambre voisine avec l'enfant et sa nourrice, Mrs Geller ?

Les bras croisés, Lowe se balança sur les talons de ses bottes de motocyclette, avant de se pencher tout près du porteur.

— Non, la valise est bien identifiée. Miss Bacall logera dans ma chambre. Elle devra prendre *beaucoup* de notes, si vous comprenez ce que je veux dire.

Le porteur haussa lentement les sourcils.

— Je comprends, en effet. Et y a-t-il… Mrs Geller et l'enfant, et Miss Bacall et vous… Y a-t-il une Mrs Magnusson qui fera partie du voyage ?

— Juste nous quatre.

— Je vois, répondit le porteur, l'air absolument choqué. Ne vous faites pas de soucis, je suis très discret.

Hadley s'avança près de Lowe et lui glissa un long regard en coin, les sourcils tendus vers le haut.

— Ah ! la voici, présenta Lowe, posant une main ferme sur son dos.

— Oui, c'est moi. Votre compagne de voyage, confirma-t-elle sèchement. J'ai bien peur d'avoir oublié d'empaqueter une machine à écrire.

— J'espère que vous avez une belle calligraphie, alors, railla-t-il pendant que sa main chaude glissa vers le bas pour lui serrer les fesses.

— Vous ai-je entendu dire qu'il y avait une couchette supplémentaire dans la chambre de Mrs Geller ? demanda-t-elle au porteur, cherchant à repousser la main de Lowe sans attirer l'attention.

— Il a dit que vous y seriez beaucoup trop à l'étroit, résolut rapidement Lowe avant de la relâcher pour y pêcher un billet ridiculement scandaleux.

— Gardez l'assignation des chambres telle quelle. Et si vous pouviez veiller personnellement à ce que notre service soit impeccable jusqu'à notre arrivée à New York, il y a d'autres billets du même genre dans ma poche.

— Oui, Monsieur. Tout ce que vous voudrez, je suis votre homme, accepta-t-il avant de pousser leur chariot à bagages.

— Alors, c'est « Miss Bacall » et nous ne sommes plus mariés ? vérifia Hadley lorsque l'homme se fut éloigné.

— Il a remarqué que tu ne portais pas de bague…

Elle ne pouvait pas voyager avec ce bijou. La chose était si massive et voyante qu'ils se la feraient voler avant d'avoir franchi les frontières de la Californie. Ils l'avaient donc soigneusement cachée derrière le panneau secret d'un mur du placard de leur chambre à coucher.

— … et nos noms de famille.

Pour des raisons professionnelles. Elle avait conservé le nom Bacall pour sa carrière, rien de plus. Expliquer son nom de jeune fille aux étrangers était presque trop ennuyeux pour l'avantage qu'il offrait. Aux yeux de Hadley, à tout le moins, mais pour Lowe, il représentait l'occasion d'inventer une nouvelle histoire insensée à chaque dîner mondain. Dieu seul savait ce qu'il racontait à ses collègues de Berkeley. Les domestiques de leur foyer avaient cru que Hadley était une sorte de princesse royale lorsqu'elle avait emménagé avec lui après leur mariage.

— Tu sais que la rumeur va se répandre d'un bout à l'autre du train comme un feu de paille, fit-elle remarquer.

Il agita les sourcils de haut en bas.

— Rien de plus excitant que les cancans salaces.

Avant d'avoir la chance de décider si elle préférait lui flanquer un coup de sac à main sur le bras ou se presser contre le baiser qu'il posait sur sa tempe, le reste de leur groupe apparut : le clan Magnusson au complet, son père, Mrs Geller et Stella, qui abandonna la main de sa nounou pour se jeter sur eux, s'accrochant à leurs jambes comme s'il s'agissait d'une cage à écureuil. Elle poussa un petit cri d'excitation dans la jupe de Hadley avant de renverser la tête vers l'arrière, leur souriant à tous les deux.

— Profites-en maintenant, *sötnos,* recommanda Lowe. Lorsque tu auras le mal des transports, tu souhaiteras qu'oncle Lowe et que tatie Hadley aient été assez responsables pour te laisser à la maison.

Stella dégagea son visage de boucles noires et décrivit des bosses avec ses doigts pour dire « chameau ».

— Oui, nous allons monter à dos de chameau, assura Hadley en lui souriant. J'ai très hâte, moi aussi.

— Des bêtes sataniques qui puent et qui crachent, marmonna Lowe, mais ses yeux scintillaient de gaieté.

Il passa la main dans les cheveux de Stella.

— Je le jure, elle a le même sourire qu'Adam.

Et c'était bien vrai. La fillette ressemblait de plus en plus à Adam, au fil des semaines. Hadley craignait que Lowe en soit déçu, mais la ressemblance ne semblait que solidifier leur lien. L'adoption avait été finalisée trois mois plus tôt, officialisant leur petite famille de trois.

Il avait fallu un certain temps à Hadley et à Stella pour apprendre à se connaître. C'était surtout la faute de Hadley. Elle était si nerveuse par rapport à ses spectres. Numéro quatre était une chose, mais une petite enfant qui ne disposait pas de neuf vies en était une autre. Heureusement, la fillette ne voyait pas les Mori, et au cours des douze premiers mois de leur vie commune, Hadley avait rarement été assez bouleversée pour attirer leur attention.

Comme il était étrange que l'homme qu'elle a déjà considéré comme étant la personne la plus irritante qu'elle n'eût jamais rencontrée soit devenu pour elle une si grande source de sérénité.

Même lorsqu'il fabriquait des récits pour les porteurs de train.

— Tu es certaine de ne rien avoir oublié ? vérifia son père. Tu as pensé au revolver ?

— Nous séjournons dans les hôtels de luxe et nous visiterons les sites touristiques renommés, nous n'allons pas déterrer des trésors dans le désert, lui rappela Lowe. Si je craignais qu'on ait l'idée de nous tirer dessus, je n'emmènerais pas une fillette de cinq ans ni ma femme. Ni vous, Mrs Geller, ajouta-t-il.

La femme à la chevelure grise paraissait plus titillée que méfiante.

— Ne vous inquiétez pas, Docteur Bacall. J'ai mis un petit épieu de bois dans mon coffre, juste au cas où nous ferions face à des bandits.

Lowe avait persuadé Mrs Geller de quitter l'orphelinat Pacific Hebrew pour devenir l'institutrice à domicile et la nounou de Stella. Depuis, elle apprenait à l'enfant la langue des signes à une vitesse impressionnante. Et pour quelqu'un qui n'avait jamais franchi les limites de l'état, elle manifestait un enthousiasme exubérant pour leur voyage en Égypte. C'était un miracle, si l'on considérait toutes les histoires incroyables que Lowe lui avait relatées au sujet de son dernier périple dans ce pays.

— Personne ne dévalisera nos chambres d'hôtel, hormis les bonnes qui les videront des draps sales, rassura Lowe.

— Mieux vaut prévenir que guérir, contesta Winter, jetant le bras par-dessus les épaules de sa femme. Leur nouveau-né était emmailloté dans une poussette, sous Astrid qui lui roucoulait des mots doux. Bo se tenait près d'elle et les observait.

— Il vous faudra deux semaines pour vous rendre en Europe ? demanda Astrid.

— Un peu moins. Quatre jours de train jusqu'à New York, précisa Lowe, comptant les jours sur ses doigts. Six jours sur le navire à vapeur Olympic jusqu'en Angleterre. Un traversier qui nous amènera alors en France, puis nous ferons un autre voyage en train vers la côte le matin suivant pour aller attraper un deuxième navire qui nous mènera à Alexandrie en trois jours.

Hadley se retint de prononcer silencieusement l'horaire de voyage avec Lowe. Il y avait plusieurs semaines qu'elle en avait mémorisé chaque détail.

— Ce qui signifie que dans exactement deux semaines, nous poserons le pied sur le sol égyptien.

Rien qu'à y penser, elle avait des chatouillements dans l'estomac.

— N'oubliez pas de prendre plein de photos des pyramides, rappela Bo.

— Et lorsque vous irez au musée, ajouta Mr Bacall, vous remettrez ma lettre au directeur, Mr Amir, pour l'inviter à San Francisco ?

— Vous me l'avez demandé deux fois, déjà, Père.

Une meilleure relation entre leur musée et celui du Caire pourrait donner lieu à des tournées d'exposition à San Francisco. Hadley était impatiente de faire la connaissance du directeur et de discuter de possibilités de partenariat.

Il va sans dire, elle était également impatiente de découvrir le pays qui avait donné naissance à la civilisation qu'elle avait passé sa vie à étudier, et qui avait eu un impact si profond sur la vie des membres de sa famille. Sans cette civilisation, son monde serait si différent. Elle n'aurait pas perdu sa mère et ne serait pas maudite par les Mori, certes, mais elle ne dirigerait pas non plus le service des antiquités, et elle n'aurait pas rencontré l'homme de sa vie.

Et à eux seuls, ces cadeaux lui donnaient presque le sentiment que sa malédiction était une bénédiction.

Le premier sifflement retentit pour annoncer le départ imminent du train.

— L'aventure nous attend, Miss Bacall, affirma Lowe, baissant la tête pour lui sourire. Êtes-vous prête ?

Elle enroula son bras autour du sien, se liant à son coude, et répondit :

— Chéri, je suis née pour l'aventure.

REMERCIEMENTS

J'ai beaucoup d'affection et de reconnaissance pour mon agente extraordinaire, Laura Bradford, de même que pour ma réviseure adorable, Leis Pederson. Un grand merci à mon agente publicitaire, Jessica Brock, et à Aleta Rafton, pour sa magnifique couverture. Je tiens également à remercier le service artistique de Berkley pour sa superbe mise en page.

La création de cet humble récit a nécessité beaucoup de recherche, et je n'aurais pas réussi à l'écrire sans l'aide des institutions et personnes suivantes : *San Francisco Chronicle*, le M. H. de Young Memorial Museum, le musée égyptien du Caire, le British Museum à Londres, la Bancroft Library à la UC Berkley, Mark Bittner (auteur du livre fascinant *The Wild Parrots of Telegraph Hill*), le San Francisco Cable Car Museum, la Jewish Home of San Francisco, le restaurant de fruits de mer et de cuisine italienne Alioto du quartier Fisherman's Wharf, la

James Leary Flood Mansion, le projet CinemaTour, le projet communautaire Shaping San Francisco et le Western Neighborhoods Project of San Francisco.

Merci à mon brillant mari, non seulement de tolérer mon angoisse d'auteure, mais aussi de m'aider et m'encourager dans mes projets d'écriture. Enfin, un gros merci à mes lecteurs pour me suivre hors des sentiers battus, vers le jardin secret des histoires d'amour historiques insolites. La rédaction de ce livre a été un plaisir absolu. Si le lire vous procure ne serait-ce que la moitié du plaisir que j'ai éprouvé à l'écrire, sachez que je serai une auteure comblée !